내고향 여름의 추억

머리말

이 책은 그동안 세파에 찌들고 오염된 우리 마음을 말끔히 씻겨줄 것입니다. 투명한 하늘로, 푸른 바다로, 초록의 수림으로, 반짝이는 별들과 반딧불로 병들고 지친 우리의 영혼에 생기를 불어넣어 줄 것입니다.

마음의 고향은 어머니와 같고, 한없는 사랑을 베푸시는 어머니는 고향과 같습니다. 우리는 어머니와 같은 고향이 아니고는 위로받을 곳이 없는 세태에 살고 있습니다.

우리는 마치 짠맛을 잃은 소금 같은 종교에서 위로받지 못합니다. 정체성 없는 국적 불명의 교육에서도, 정론 직필을 펴지 못하고 권력이나 여론의 눈치 보는 언론에도 기대할 수 없습니다.

우리가 기대할 수 있는 마음의 고향은 신성과 모성이 자리한 신념에서 찾을 수밖에 없을 것입니다. 우리는 정겨운 고향산천을 통해서 잃었던 모성을 되찾아야 하겠습니다.

'내 고향 여름의 추억'을 기획한 건 20년 전의 일입니다. 우리들의 가정이나 사회가 경제적으로는 윤택해졌을지 몰라도 정신적(정서적)으로는 메마르고 황폐해진 정신춘궁기에 이 기획을 하게 되었습니다.

고향은 누구에게나 어머니의 품속 같은 사랑과 우정의 보금자리입니다. 세상 살기 힘들 때마다 어머니를 찾듯 고향을 찾게 됩니다. 언제나 반갑게 맞아주는 어머니처럼 고향산천은 우리를 따뜻이 품어주었습니다.

지금 시골은 도시의 끝이 되어 있습니다. 우리 심신을 건강하게 하던 옻나무 샘도, 장독대도, 봉선화 화단도 사라졌지만, 우리 가슴마다 샘 하나씩 지니고 살아야 하겠습니다.

어려운 가운데서도 옥고를 기꺼이 써주신 문사 여러분께 마음 깊이 감사하면서 이 탄생의 기쁨을 필자들과 함께 자축하고자 합니다.

단기 4355년(서기 2022년) 초여름에 용마산방에서

黃松文 적음

■■■■■■■■■
머리말

I. 풀을 누가 깎으리

II. 도랑에 흘려보낸 고무신 배

Ⅲ. 월광곡 흐르는 밤

Ⅳ. 여름날의 초상

Ⅴ. 고향 언덕에 묻어둔 추억

I. 풀을 누가 깎으리

풀을 누가 깎으리

▌김규동 金奎東
함북 경성 - 시인

고향이라 하나 가지 못하는 고향이 어찌 고향이겠나요. 내 고향은 이북에 있습니다. 꿈에만 그리고 가보지 못하는 고향을 한없이 가엾이 여기며 삽니다. 불쌍한 고향이죠. 불행한 고향하늘을 향해 설움을 달래 봅니다.

생각해보면 고향을 잃어버린 사람들이 많이 있습니다. 나 같은 이북 출신이야 말할 것 없고 살기 어려워 시골에서 도시로 무작정 가족이 흩어져 올라왔다거나 이민을 떠났다거나 하는 사람들은 고향이라고 해서 돌아가 볼 곳이 없지요. 고향을 빼앗긴 유민이라고 말할 수 있겠습니다.

고향을 일부러 버렸나요? 살아가는 과정이 절박하여 정든 그곳을 떠난 것입니다. 밭이 있었다면 그것을 팔고, 산이 조금 있었다면 참으로 억울한 값에 그마저 팔아 자녀들의 교육비로 다 없이하고 온 식구가 뿔뿔이 흩어져 살기위한 싸움 길 떠났을 것이외다.

그러니 어쩌다 내 고향산천 근처라도 지나는 일이 있더라도 옛날 정답게 살았던 고향땅 흙 밟을 생각 못하고 그곳 산야와 하늘을 우러러 볼 엄두를 못 내지요. 옛 추억이 너무나 가슴을 칠 것이기 때문입니다.

고향을 박탈당한 이 사람들, 이 말없는 민중들을 나는 나와 똑같은 이산가족이라 여기고 있습니다. 고향이 없는 사람은 불행합니다. 뿌리가 뽑힌 사람이 어찌 온전하게 삶을 누리고 산다 하겠습니까.

나의 고향은 함경북도 '종성'이라는 곳입니다. 바로 두만강 가에 있습니다. '회령'에서 두만강을 끼고 50리 올라가면 되고 중국 땅 '도문' 맞은편 '남양'은 40리 더 가면 됩니다. 종성은 조용한 고읍으로 예부터 학자(선비)가 많이 산 곳입니다. 붓글씨 잘 쓰는 사람이 많았고, 이 고장에서 나는 까만 벼루는 유명합니다.

농토가 적은데다 농사가 잘 되지 않으므로 일정시대에는 유민으로 인구의 4분의 1이 북간도로 떠나갔습니다. 이곳 출신의 독립운동가 김약연金躍淵 선생은 일찍이 종성 사람들을 데리고 간도 '용정'으로 건너가 '명동촌'을 개간하고 명동학교를 세워 젊은이들을 교육하고 이 고장을 독립운동의 근거지 내지 연락처로 삼았습니다. 문익환 목사 가족도 김약연 선생을 따라 용정으로 들어갔고, 시인 윤동주 일가도 마찬가지로 종선에서 들어간 개척민이었어요.

내 아버지는 의사였습니다만 문익환 목사의 선친 문제린 목사와 명동학교 동창입니다. 김약연 선생은 하얀 수염이 극히 인상적인 백발의 고매하신 어른이었어요. 나는 어린 시절에 우리 집에 오신 그 어른께 큰절을 올리곤 했습니다.

저의 부친은 약연선생이 다녀가실 때는 흰 수건에 싼 것(돈)을 드렸지요. 선생의 독립자금으로 보태신 것이죠. 중학교 다닐 때 용정에 가서 약연선생을 뵈었습니다. 선생이 자신의 방 벽에 두른 병풍을 가리키며 "이거 너의 아버지 글씨다. 너의 아버지는 명필이라, 지금은 병원을 하고 있지만…. 용정 일대에 너의 아버지 글씨 많이 있다. 소동파, 이백, 장계, 가도, 두보의 5언. 7언시를 잘 썼지."하고 칭찬하시는 것이었어요. 이 무렵에 선친이 작고하셨어요. 1941년 50세를 일기로.

두만강은 오늘도 흘러가겠지요. 그곳 인민들은 어떻게 사는지. 배급쌀은 살아갈 만큼 주는지. 생이별한 가족과 친척, 많은 이웃들의 살아가는 고달픈 모습이 눈앞에 펼쳐집니다.

1945년 8월 15일을 어찌 잊을 수가 있겠어요. 두만강을 건너 소련군(러시아)이 탱크를 앞세우고 막 쳐들어오고 패주한 일본군이 산지사방으로 흩어져 죽으라 하고 도망가던 그 날을.

해방만세. 독립만세. 소련군대 만세. 스탈린만세.

우리는 저마다 빨간 헝겊을 찢어 가슴에 달고, 혹은 팔에 두르고 그저 감격의 만세만 불렀어요. 그때는 우리나라가 독립이 되어 눈부신 광명 속에 솟아오르는 모습이 환히 보일 뿐이었어요. 그랬는데 38선이란 무엇입니까. 운명이 이리 기구할 줄 알기라도 했더라면 우리는 그렇게 뜨겁게 우렁찬 만세를 불러대지 않았을 것입니다.

우리는 강대국의 놀음에 깜박 속았고 그들의 야욕에 그대로 빨려들고 말았습니다. 이리하여 분단의 세월은 끝없이 이어져 가고 있습니다. 해방되던 해의 여름은 참 더웠지요. 매일 햇볕이 쩡쩡했고 두만강에는 소련군대 천막이 수없이 늘어서고 뿌연 흙먼지 뒤집어 쓴 얼굴이 까만 병정 놈들이 군복을 걸친 채 물놀이를 즐기며 노래를 부르는가 하면 어떤 녀석은 댄스도 했습니다. 그 녀석들은 채 익지 않은 돼지비계를 마구 뜯어먹었어요. 녀석들은 무지했습니다.

뭣이든 훔쳐 가지려 하고 부녀자를 보면 겁탈하려 덤벼들고. 스탈린이 복역 중인 죄인들을 끌어 모아 대 일전에 내보낸 것이라고들 했습니다. 그러니까 장교를 빼고는 모두 무식하기 짝이 없는 군대였죠.

> 가고 있을까
> 나의 작은 배
> 두만강에
>
> 반백년 비바람에 너홀로
>
> 백두산줄기
> 그 강가에
> 한줌 흙이 된 작은 배

나의 졸작시 「두만강에 두고 온 작은 배」라는 노래입니다. 세월이 너무 많이 흘러갔습니다. 이북은 프롤레타리아 독재로 잘 사는 세상 만든다 했습니다. 그런데 지금 어찌 되고 있나요. 무서워요. 일인숭배, 이인 독재의 그 현실이 공포를 자아냅니다.

편지하지 못하더라도
알려주세요.
전화 못하더라도
알려주세요.
소식 전할 인편이 없어
소식 못 전하더라도
알려주세요.

오늘은 바람이 분다고
알려주세요.
비가 내리고 있다
알려주세요.

온 세계, 넓은 세상 소식 듣고 싶다고
알려줘요.

기차를 타려면
인민위원회에 가셔 여행증명서 받아야 한다고
알려줘요.

웃는 얼굴로 산다고
웃지 않으면 점수 깎인다고
알려주세요.

알려주세요.
형제여 인민이여.

이것은 「편지」라는 제목의 나의 졸작시입니다. 어떻게들 사는지 깜깜 소식불통이니 어디다 대고 하소연해야 합니까. 매미가 헛소리 내어 웁니다. 저 매미는 이북 땅에서도 울겠지요. 매미울음이 가슴을 떨리게 합니다. 절로 서글퍼집니다. 무심하게 울고 있는 매미가 왜 서글퍼질까요. 이북사람들도 올 여름, 저 매미소리 들을 것이라 생각하니 자연 감상에 젖게 되는군요.

나는 추석이라든가 한식날에 조상의 산소에 가서 벌초하고 차례지낸 다음 가족이 모여앉아 무덤 앞에서 음식을 나누는 사람들을 보면 부럽다 못해 눈물이 납니다. 얼마나 아름다운 광경입니까 조상을 공경하고 추모하는 마음은 바로 애국심이기도 합니다. 선인善人이 그 속에 있고 덕이 또 이 가운데서 태어나는 것입니다.

조상을 모른다고 하는 자는 인간의 반열에 들 수 없어요. 지금 나는 아버지 산소에 풀이 키를 넘게 자라고 봉분도 허물어진 것을 환상 속에 보고 있습니다. 풀이 자란들 그것을 깎아줄 사람이 없어요. 김일성 묘에 참배 가는 것 대신 개인 묘소를 찾는 것은 점수 깎이는 행위입니다. 점수 깎인 인민은 장차 탄광 아니면 수용소에 가기 알맞습니다. 북에서는 ….

내 어린 시절 친구가 내 생각하고 지나는 길에 우리 아버지 무덤에 풀을 베어줄는지 모르겠습니다. 그러나 나는 소리치고 싶습니다. 행준아, 아서라, 풀 베지마라. 누구라도 보면 너는 의심을 받는다. 당의 신임을 잃을지도 모른다. 공연한 일 하지 말라고 일러주고 싶군요.

안타까운 이 여름이 한없이 원망스럽기도 하고 고달프기도 합니다.

한 해 여름의 추억

▮ 김규련 金奎鍊

경남 하동 - 수필가

야삼경에 잠에서 깨어났다.

창밖에는 순금가루가 쏟아져 내리고 있다. 하늘을 우러러본다. 황금으로 된 커다란 징 하나가 허공에 떠 있다. 문득 어린 시절 하동 섬진강의 달밤이 눈앞을 스친다.

아저씨는 우리에게 달뜨러 갈 테니 담아올 대야를 들고 나오라 한다. 그는 어깨에 투망을 메고 앞장서며 우리는 세숫대야를 들고 뒤따랐다. 정말 달을 뜰 수 있을까 의아해하면서.

수심 얕은 강물에 수많은 물비늘이 살랑살랑 일고 있다. 달 밝은 여름 밤, 썰물 때는 물고기 떼들이 서로 어우러져 노니기 때문이란다. 물비늘 하나하나에 수많은 달이 내려와 일렁이고 있다.

그는 강물에 투망을 펼쳐 확 던진다. 철썩 소리와 함께 무수한 달들이 산산조각 깨뜨려진다. 그는 서서히 투망을 끌어올린다. 고기비늘이 달빛에 반짝인다.

우리는 그에게 달려가서 붕어며 피라미며 몽어며… 물고기 두어 마리씩 얻어 물이 담긴 대야에 넣어 둔다. 발가벗고 물놀이가 시작되면 물장구치고 벽 감고 즐겁기 그지없다. 우리는 한순간 섬진강의 한 어족이 됐다고 할까.

이게 웬일인가 집으로 돌아오는 길에 우리가 조심스레 안고 오는 대야마다 달이 하나씩 떠서 출렁거리고 있지 않는가.

우리 셋은 이웃해 사는 일곱 살 꼬마들이다. 우리는 기뻐서 어쩔 줄 몰랐다. 무심히 봐온 밤하늘의 달이며 별이며 은하수에 천체의 비밀이 숨어있음을 비로소 느껴봤다고 하리라.

별이 총총 빛나는 어느 날 밤, 그는 별 따러 가자며 우리를 불러낸다. 그는 긴 장대를 들고, 우리는 별을 싸들고 올 보자기를 준비해서 뒷산 버려진 감나무 밑에 갔다.

그는 감나무 위 검은담비 모피 같은 밤하늘에 석류 알 마냥 알알이 박혀 있는 별들을 후려친다. 투닥투닥 별 떨어지는 소리가 난다. 우리는 주섬주섬 보자기에 주워 담는다.

그것은 별이 아니고 풋감이었다. 풋감을 삭혀 먹으며 즐거워했던 그날의 동심이 내 가슴에 아롱아롱 달려 있는 향수를 달래며 강물로 출렁인다. 그에게는 흔히 쓰는 말도 묘하게 재미있게 말해 사람을 기쁘게 하는 말재주가 번득거렸다.

불볕이 쏟아지는 강변, 팽나무 그늘에서 그는 우리에게 동삼 얘기를 한다. 산삼보다 훨씬 약효가 뛰어난 동삼은 때때로 동자로 둔갑해서 이산저산 옮겨 다닌다고 하지 않는가. 우리는 호기심으로 눈이 반짝 빛났다. 그에게 매달려 동삼 캐러 가자고 졸라댔다.

드디어 괭이며 삽이며 호미를 들고 뒷산 후미진 곳을 더터 다녔다. 저쪽에서 그는 '심봤다' 큰소리를 질러댄다. 달려가서 함께 캐내본즉 그것은 칡뿌리였다. 우리는 땀을 뻘뻘 흘리며 동삼을 캔 듯 환성을 지르며 손뼉을 쳤다.

마침내 우리는 자연의 깊숙한 안뜰에 들어가서 자연이 무엇인가를 어렴풋이 깨닫고, 온갖 초목과 새들과 짐승들이 사람과 더불어 산다는 것을 알 수 있었다.

어느 날 아침, 그는 우리 셋을 데리고 해량항解良港 부두로 갔다. 그날이 하동 장날이었던 것 같다. 지금은 이름마저 없어진 그 항구에 부산, 남해, 여수, 삼천포에서 온 화물선이며 여객선이며 고깃배가 닻을 내리고 있었다.

부두 한켠에는 벌써 파시波市가 열려 아낙네들이 북적댄다. 주막과 여인숙, 어물전과 거리에는 사람들이 물결친다. 뱃사람은 뱃사람들끼리 만나서 즐겁고, 촌사람은 촌사람끼리 어울려야 신명나고 장꾼은 장꾼끼리 얼굴을 맞대야 흥이 나는 모양이다.

들머리에는 해량촌 사물놀이패들이 부두에 마중 나와 한바탕 마당놀이를 펼친다. 장성해서 알았지만 뇌공雷公은 꽹과리를 쳐서 천둥소리를 우사雨師는 장구를 치며 소나기소리를 만들고, 운사雲師는 북을 쳐서 구름 둥둥 떠다니는 소리를 보이고, 풍백風伯은 징을 치며 바람소리를 불러낸다. 하늘의 소리가 땅에 내려와 지신을 밟고 풍요로운 하동장을 서게 한다.

우리는 아침을 거른 채 아저씨를 따라 장터 구경에 나섰다. 우리들의 동심은 피에로 차림으로 만병통치약을 파는 약장수의 말재주며 박가분朴家粉 장수의 능청이며 각설이패들의 품바에 넋을 놓곤 했다.

여름도 막바지에 들 무렵, 그는 소나무 껍질로 만든 배를 우리에게 하나씩 나눠준다. 그 배에 각자의 이름을 새겨 파고 자기의 소망을 담으라 한다.

나는 고향 초등학교 선생이 꿈이었다. 어느 날 우리는 강변에 나가 저마다의 배를 강물에 띄웠다. 그 배가 남쪽 바다 용궁에 가서 용왕님께 우리의 소원을 알려서 꿈을 이루게 해준다고 했다. 그로 인해 우리는 미래니 희망이니 성공이니 하는 말뜻을 조금씩 터득했다고 하리라.

그는 우리의 친구요 아저씨요 스승이었다고 할까. 헌데도 동네 어른들은 그를 바보 총각이라고 부르기도 하고 팔푼이라고도 했다. 그는 언제부터인가 어머니를 모시고 남의 집 문간방에 세 들어 살았다. 어머니의 바느질 품삯으로 살면서도 마을의 궂은 일, 험한 일, 힘든 일을 스스로 도맡아 했다. 그러고도 보수를 바라지 않았다. 어려운 사람 만나 몸을 던져 도와주고, 슬픈 사연으로 우는 사람 보게 되면 함께 울 수 있어서 행복하다고도 했다.

어쩌면 그는 천문도를 읽으며 별자리 순례하다 길을 잃고 지상으로 잘못 내려온 천사인지도 모른다. 이제 와 생각하니 그는 성자의 바탕을 지닌 큰 바보였던 것 같다.

어느 해 봄, 두 모자는 어디론가 구름처럼 떠나버렸다.

세월은 늦가을 낙엽 지듯 흩어져 가는데 오늘따라 내 삶의 흔적들이 남루하고 가긍하고 부끄럽게 느껴지는 것은 무슨 까닭일까.

잊혀지지 않는 두 이야기

▎김년균 金年均

전북 김제 – 시인 · 전 한국문협 이사장

똘에서

내촌이었다. 120가구나 되는 큰 마을이었다. 소나무와 대나무가 에워 싼 잔등머리 아래로, 마을 집들이 군데군데 무리를 지어 길게 늘어서 있었다. '웃멀(마을)', '큰멀', '작은뜸', '재너머' 등으로 구분하여 불렀다. 내 집은 그중에서 '재너머'에 있었다.

마을 앞으로 수로가 두 개 뻗쳐 있었다. 이곳을 '똘'이라고 했다. 마을 앞 오른편으로 '큰똘'이 흐르고, 왼편으론 '작은똘'이 흘렀다. '작은똘'은 괭이처럼 굽었으므로 '괭이똘'이라고도 불렀다.

두 개의 수로는, 저 멀리 칠보 땅에 있는 운암저수지에서 시작된다고 했는데, 하나(큰똘)는 갯벌을 막아 만든 간척지가 있는 광활 쪽으로 흘렀고, 또 하나(작은똘)는 대창리가 있는 죽산 쪽으로 흘렀다. 나라가 농사를 지으라고 보내주는 물이었다. 이 물은 주로 농번기인 봄과 여름철에 많이 흘렀고, 늦가을이면 바닥이 드러나 보이도록 물이 줄었다.

그 수로에서 흐르던 물이 잠시 멎을 때가 있었다. 물을 아끼기 위해 저수지 관리자가 물을 내보내는 수문을 닫은 것이다. 그날은 마을 사람들의 잔칫날이었다. 어찌 알았는지, 마을 사람들이 새벽부터 달려나와, 수로의 중간을 가로질러 흙과 돌로 둑을 쌓으며, 생선을 토막 내듯 칸을 만들었다. 그리고 그 안에 담긴 물을 둑 밖으로 퍼내기 시작했다. 물레방아처럼 빙글빙글 돌며 물을 자아올리는 '무자위'를 가져오고, 어느 땐 물푸기 농기구인 '양수기'도 동원되었다. 아침부터 물을 퍼내기 시작하면 늦어도 오후 서너 시쯤엔 끝이 났다. 물이 다 빠진 수로바닥엔 고기들이 우글거리기 마련이었다.

구경 나온 마을 사람들이 히야! 하고 탄성을 질러댔다. 뱀장어, 참게, 메기, 빠가사리, 쏘가리, 붕어, 잉어, 그리고 이름조차 알 수 없는 별의 별 고기들, 그중에는 된장찌개 감으로 알맞은 손가락만한 고기들이 유독 많았다. 물을 퍼내느라고 고생한 사람들이 고기를 나누어 가졌지만, 그날은 마을 잔칫날이기도 했다. 그 고기들을 큰솥에 넣고 된장과 고추를 듬뿍 넣어 솥뚜껑이 뜨겁도록 펄펄 끓이면, 그 냄새에 끌려 마을의 누군가가 소주나 막걸리를 들고 왔고, 마을 사람들이 하나둘 모여들어, 자연스레 마을잔치가 이루어졌던 것이다.

> 짐승은 모르나니 고향이나마
> 사람은 못잊는 것 고향입니다.
> 생시에는 생각도 아니하던 것
> 잠들면 어느덧 고향입니다.
>
> 조상님 뼈 가서 묻힌 곳이라
> 송아지 동무들과 놀던 곳이라
> 그래서 그런지도 모르지마는
> 아아 꿈에서는 항상 고향입니다.
>
> — 김소월의 시 「고향」에서

세월은 흘러도 마음은 흐를 수 없는 것인가 보았다. 마을사람들은 몸에 술기운을 그득 담고 밤새도록 춤추고 노래하며 놀았다.

뽈바탕에서

마을 운동장이었다. 뽈(볼)을 차며 노는 곳이라 해서 그렇게 불렀다. 마을에서 좀 떨어져 구석진 곳에 있었으나, 주인도 없는 땅이라서 아무도 간섭을 하지 않았다. 마을 사람들은 틈만 나면 이곳으로 몰려와 놀이를 했다. 볏짚으로 동여매어 둥글게 볼을 만들어 축구를 하고, 김 빠진 돼지오줌통에 바람을 넣어서 배구를 했다. 그런가 하면, 주먹 만한 공을 손으로 쳐내는 '뽈빵' 놀이도 했다. '뽈빵'이란, 수비선수가 공격선수에게 공을 던져주면 그 공을 팔로 받아치는 것이었는데, 지금의 야구경기와도 비슷했다. 하지만 공격수가 라운드를 한 바퀴 돌고 나면 '죽었던 선수'를 다시 살려낸다는 규칙 때문에, 선수들은 '죽은 선수'를 살려내려고 더욱 기를 썼다. 그밖에, 지금의 족구와도 같이 발로 제기를 차서 상대편의 땅으로 떠넘기는 '땅따먹기' 놀이, 큰 나무방망이로 작은 나무토막을 멀리 쳐내는 '자치기' 등, 놀이도 여러 가지였다.

놀이란 원래, 놀면 놀수록 재미있다. 해가 져야만 끝이 났다. 그러면, 근처 어느 문중의 제실 앞에 있는 샘으로 달려가서 '샘물'을 두레박에 끌어올려 배가 부르도록 마셨다. 그런 다음 마을 앞의 '똘'로 달려가서 풍덩 뛰어들어 몸을 씻었다. 몸에 흥건히 고였던 땀과 몸속에 담긴 노폐물들이 맑은 물에 말끔히 씻겨지면, 그날은 밥맛이 한결 좋았거니와 잠 또한 꿀맛이었다. 언제 잠들었나 싶게 깊은 잠에 빠졌다가도, 금세 아침이 되어 일어났고, 몸은 항상 날아갈 듯이 가벼웠다.

절반은 남에게 주고
남은 시간은 구걸을 하며

메마른 바람처럼 하루 내 쫓기다가
자리에 들면

멍든 다리, 결리는 허리 매만지다 잠든
꿈길 사이로 찾아오는 고향.

어릴 때 뛰놀던 마을이
둥둥 떠다닌다.

천길 만길 떨어진
빛도 없는 벌판에
몸이나 져야 잊게 되는지

손짓 발짓 하나에도
비단같이 눈뜨는
그리움.

- 검년균의 시 「고향」에서

　모두가 고향 때문에 생각난 일이다. 고향은 이처럼 누구나 잊혀지지
않는 곳이다. 살아 있는 동안은 잠시도 잊을 수 없는 곳이다.

비금도飛禽島의 추억

▌ 김동수 金東洙

전북 남원 – 시인 · 전라정신연구원장

사람에게는 누구나 나름대로 아름다운 추억이 있으리라. 그것이 아름답고 소중하면 소중할수록 오히려 저 추억의 밀실 속에 깊이 감추어 두고 그것이 그리울 때마다 조금씩 꺼내어 은밀히 젖어보곤 하리라. 아름다운 추억에는 늘 푸른 고향 뒷산의 언덕처럼 그리움이 있고 향기가 있고 때로는 흐려져 가는 영혼까지 정화시켜 주는 신비로운 힘이 있다.

뭐 하나 내세울 것 없는 나에게도 한 가닥 언제나 지하수처럼 흐르고 있는 추억이 하나 있다. 벌써 45년 전 일이다. 전남 신안군 비금중학교로 발령이 났다. 딱 6개월밖에 안 되는 짧은 섬 생활이었지만 지금껏 내가 간직해온 그 어느 추억보다도 선연하다.

그때 난 내 고향 남원 산골에서만 줄곧 30여 년을 살아 왔었다. 비록 초등에서 중등학교로 승진해 가는 전보라 할지라도, 고향과 처자를 두고 홀몸으로 떠나야 한다니 선뜻 내키지 않았다.

지도책을 펴보니 목포에서 흑산도와 홍도로 가는 길목에 있는 섬이었다. 가족과 주위에선 한사코 말렸지만, 난 그 때까지 9년간 몸담고 있던 초등계를 그만 두고 언제 돌아올지도 모를 멀고도 외로운 비금도를 택했다.

덤덤하고 느슨한 생에 무언가 새로운 변화를 갖고자 했다. 그래서인지 섬 생활에 대한 야릇한 호기심과 모험심으로 '집'이라고 하는 나의 울타리를 한 번 벗어나보고 싶은 충동 같은 게 있었다.

목포에서 배를 타고 5시간쯤 걸린 먼 곳이었다. 여객선의 객실은 마치 옛날 시골의 사랑방처럼 퀴퀴하고 어둑했다. 즐비하게 가로 세로 눕거나 앉거나 혹은 소주를 마시며 소위 '삼봉'이라고 하는 화투를 치며 무료한 시간을 표정 없이 보내고들 있었다.

섬이라고는 하지만 육지의 면 단위에 해당되는 면적이었다. 어업과 농사와 염전이 주업이었다. 배가 닿는 선창에서 섬의 중심 부에 위치한 중학교와는 5~6km쯤으로 기억되는데, 정기 운행하는 차가 없어 부임하는 그날도 짐을 싣는 경운기를 타고 갔었다.

그곳은 물이 참 귀한 곳이었다. 우리 하숙집에도 마당 가운데, 큰 저수탱크가 있었는데, 지붕에 내리는 빗물을 이곳에 모아 식수와 허드레 물로 쓰고 있었다. 일요일이 되어도 사면이 바다로 둘러싸여 있기에 별로 갈 곳이 없었다. 더구나 배편[船便] 사정이 좋지 않아 며칠간의 연휴가 아니고서는 섬을 빠져 나오기가 어려웠다. 그러기에 주말만 되면 우리들은 이집 저집 동료들의 하숙방을 싸돌아다니면서 두고 온 고향이며 대학시절과 군대이야기 등으로 외로움을 달래곤 했다.

그러던 오월 어느 일요일, 명산리란 마을로 가정방문을 갔었다. 들에서는 보리가 무두룩이 올라오고 야산 청솔가지에선 산꿩이 한가롭게 울고 있었다. 고갯마루를 넘어서니 정말이지 이를 두고 무릉도원이라고 하였던가!

들판에는 자운영꽃이 만발하고 핑크빛 복숭아꽃들은 불붙는 듯 온통 마을을 감고 돌아 잉잉대는 벌떼 속에 낮잠을 즐기는 명산리는 한 폭의 선명한 동양화였다. 어찌 알았는지 학생들이 마을 앞까지 마중을 나왔다. 서로 먼저 자기 집으로 가자고 손목을 이끌던 일, 바닷가에 나가 여학생들이 따준 굴을 안주삼아 쏴—쏴 부서지는 파도소리와 함께 소주를 마시던 일, 물장난을 치며 뛰고 달리던 그 널따란 백사장의 추억들이 지금껏 마음 한 구석에 낮달로 걸려 간간이 취기(醉氣)처럼 그리움을 몰고 오곤 한다.

섬은 늘 깃 치는 소리로 떠 있다.

바다에서 돌아온 아이는
시퍼런 파도를 토한다.

우리의 달은 어디에 있나요.
빈 섬을 보채다
어둠 속의 안개처럼
몇 년이고 잠들지 못한 꿈

목선(木船)마다 하나 둘 불이 꺼지고
출렁일수록 가랑잎처럼
밀려만 가는
바람탄 비금도에서

갈기갈기 헤진 일상을 투망질하던
아이들은
새벽이면 맨살로 바다로 간다.

우우 또 한 차례
몰려왔다 포말(泡沫)지는
하얀 새떼들의 울음

호드득 호드득 갈매기 되어
꿈에만 날아보던 하늘을 두고

섬은 늘 깃치는 소리로
가난한 아이들의 울음을 건지고 있다.
　　　　　　　　　 － 김동수, 「비금도飛禽島」 전문, 1977

　저녁이면 아무도 모르게 꽃을 한 아름 꺾어다 놓고 도망치던 여학생
들. 동생처럼 따르며 나의 음악선생이 되어 많은 노래를 가르쳐 주었

던 하숙집 딸 금순이, 밤바다 낚시를 가자고 약속만 했던 보건소 K양, 그리고 간간이 금순이를 부르며 우리 하숙집으로 찾아와 함께 화투를 쳤던 슈퍼마켓 집 딸 연자… 그들도 지금쯤은 누구네 집의 엄마, 아니 이제 할머니가 되었으리라. 그리하여 어느 하늘 밑에서 나처럼 이렇게 그리고 어떻게 살고 있을까?

십년 전 친구들과 그곳 비금도를 찾았다. 그리고 지난여름 또 그 비금도를 찾았다. 하룻밤을 그곳에서 묵으며 수소문 끝에 금자와 K양과 연자 중 인천에 살고 있다는 연자 연락처만 어렵게 알게 되었다. 너무 기쁘고 반가워 문자를 보내다 멈추고 말았다. 판도라 상자를 열어보려다 두려워 그만 덮고 말았다.

'동구 밖 과수원길 아카시아 꽃이 활짝 폈네.'를 부르며 그들과 마지막 수업을 보냈던 그 교정, 그 오솔길, 그 서늘한 눈망울들이 파도소리와 함께 지금도 내 가슴에 여울져 흐른다. 아, 그리운 비금도!. 언제나 마르지 않을 내 고운 추억의 샘.

웃고 뛰고 춤추는 계절

▎김시헌 金時憲

경북 안동 – 수필가

옛날의 농촌은 영원한 원시지역이었다. 그 속에 살았던 나의 소년시절은 들녘에 서면 목동이었고, 물속에 들면 물개였고, 산기슭에 앉으면 토끼였다. 산이 곧 나이고 하늘이 곧 나이고 물이 곧 나였다. 지식이 소용없는 있는 그대로의 지역이었다.

한낮의 땡볕이 물러나고 강변에 산그늘이 드리워지면 나는 강줄기 속에 선 작은 어부가 된다. 낚싯대를 들고 수면을 바라보고 있으면 손가락만큼 한 피라미가 풀쩍풀쩍 뛰어 오른다. 수면 위에 까닥거리는 파리를 붙잡기 위해서다. 그러나 그것은 파리가 아니다. 속임수로 만든 파리낚시일 뿐이다. 털 속에 날카로운 바늘이 숨어 있다는 것을 모르는 고기들은 입이 꿰어지면 반동으로 허공 속에 몸을 드러낸다. 그때 나의 팔에는 전율이 일어난다. 그 쾌감을 무엇에 비유하랴? 하나는 생명을 건 몸부림인데 하나는 전율로 오는 즐거움이다.

경북 안동에서 30리를 거슬러 올라간 곳에 나의 고향이 있다. 한때 신문에 많이 오르내렸던 임하댐이 있는 곳이다. 지금은 거대한 호수가 산 속에 만들어지고 관광객이 호수 구경을 온다. 상전벽해桑田碧海란 말이 바로 그런 데에 쓰일 것 같다. 그곳에서 소년시절을 보낸 나는 지금 서울 사람이 되고 있다. 거슬러 올라가면 60년 전의 일들이다.

농촌의 여름밤은 모기의 난무장이다. 그들은 피를 좋아한다. 종아리가 따끔해서 손바닥으로 치면 그곳에 피가 묻어 나온다. 배에 가득 채운 남의 피가 나의 종아리에 묻는다는 사실은 불쾌한 일이다. 그러나 어쩌랴? 그들을 내몰기 위해서 풀더미를 옮겨 놓고 불을 붙인다. 연기가 많이 날수록 모기는 빨리 도망간다. 깔아놓은 멍석에 앉아 삶아온 옥수수를 뜯고 있으면 밤하늘이 너무 아름답다.

북두칠성이 어느 것이냐? 그곳에서 다섯 걸음을 간 곳에 북극성이 있다는데? 하면서 밤 시간을 보내고 있으면 일찍 나타난 귀뚜라미가 또르륵 또르륵 독창에 열중한다. 독창과 독창이 어울려져서 주변은 교향악의 연주장이 된다.

캄캄한 밤을 바람처럼 지나가는 불빛이 있다. 그것이 반딧불이다. 지금은 밤하늘에 가끔씩 인공위성이 지나가고 있지만 그때는 지상에 반딧불이 지나가고 있었다. 반디는 왜 불을 켜고 다니느냐에 해답을 붙인 우화가 있다. 개구리 우는 소리가 너무 시끄러워 왕이 잠을 잘 수가 없었다. 개구리를 불러오라했다. 우는 이유를 물었더니 개구리는 달팽이가 제집을 등에 업고 다니는 것이 너무 우스워서 운 것이 아니고 크게 웃었을 뿐입니다 했다.

왕이 달팽이를 불렀다. "너는 왜 집을 등에 메고 다니느냐?"고 물었다. "밤이 되면 개똥벌레가 불을 켜들고 다니기 때문에 집에 불이 붙을까봐 메고 다닙니다."했다. 왕은 개똥벌레를 불러서 또 물었다. 개똥벌레는 "모기가 덤벼서 피를 빨까봐 불빛으로 막으려는 것입니다."했다. 이번에는 모기를 불렀다. 모기는 "창조주의 명령을 받아 그 임무를 수행하고 있습니다."했다. 그 임무란 "사람이라는 동물에는 다혈질이 섞여 있어, 이들 때문에 세상이 시끄럽다. 그러니까 그들의 피를 좀 빼야겠다."는 것이었다.

위의 이야기는 그 우화의 한 토막이다. 모두가 한여름에 일어나는 현상들이다. 그런데 지금은 농촌에도 개똥벌레가 없어졌단다. 다혈질의 사람이 오늘날 더욱 많아진 이유가 개똥벌레 때문인 것 같기도 하다.

여름의 강변은 화롯불과도 같다. 강변이 햇볕에 달아서 걷기조차 힘들다. 그래도 모여드는 곳은 강물뿐이다. 여기저기에서 더위를 피해 나타나서는 먼저 옷을 홀랑 벗는다. 고추를 달랑달랑 바쁘게 흔들면서 강변의 모래를 밟는다. 불에 달구어진 다리미 모양 발바닥이 따끈따끈하다. 그러면 발꿈치로 걸어야 한다. 성큼성큼 뛰어서 개구리처럼 물속에 맨몸을 던지면 그때부터 행복감이 온다. 고통이 있었기 때문에 행복이 온다는 철리가 그곳에도 있었다.

여름의 강물은 하동들의 놀이터이다. 흔들고 밀고 당기고 치고 박고 풍덩거리고 있으면 어느덧 오슬오슬한 한기가 느껴진다. 전신에 소름이 일어나면서 햇볕이 그리워진다. 그때는 그 뜨겁던 강변이 온돌방이 된다. 배를 모래에 붙이고 엎드려 있으면 추위가 금방 사라지고 다시 물속이 그리워진다.

처음은 개헤엄을 치고, 다음은 참 헤엄을 치고, 또 다음은 뒤 헤엄을 친다. 누가 가르치는 것도 아닌데 절로 배워진다. 그리하여 마침내 발헤엄의 시합을 한다. 두 팔을 허공에 뻗쳐 손을 맞잡고 발로만 헤엄을 치는 시합이다. 용이똥! 하는 신호가 내리면 깊은 곳을 향해 발을 빨리 움직인다. 그런데 좀체로 앞으로 나아가지 않는다. 발을 쉬면 그대로 몸이 물속 깊이 잠겨 들어간다.

하마 같은 암소를 몰고 풀을 뜯어 먹이는 일도 농촌에는 소년이 담당한다. 우리 집에는 소가 없었다. 그래서 옆집 소년을 따라다녔다. 초원이라고 할 수 있는 산기슭에 이르면 그때부터 소에게 자유가 주어진다. 그런데 암소는 너무 순하다. 열두 살 전후밖에 안 되는 소년에게 끈이 묶여, 이끄는 대로 따라간다. 그러다가 걸음이 느리면 잡은 끈으로 소의 엉덩이를 철썩 때린다. 반항도 할 줄 모르는 큰 몸이 움찔! 움직일 뿐 바보처럼 걸음이 빨라진다. 그 둔하고 순한 암소에게 나는 "바보 같은 자식!"하는 불만이 항상 일어났다.

암소는 장자나 노자를 뱃속에서부터 공부하고 나온 모양이다. "지는 것이 이기는 것이다."를 실제로 실행하는 동물로 보인다. 그들을 산기슭에 풀어놓고 목동들은 제멋대로의 자기 시간을 보낸다.

고풍의 여름은 나른한 때도 있다. 할 일 없이 긴긴 한낮을 보내는 동안이다. 30대 때 나는 이상의 수필 「권태」를 좋아했다. 나른한 농촌의 한가를 너무 구체적으로 그리고 있었다. 그런데도 그때는 나른을 의식 못했다. 너무 어렸기 때문이리라. '나른의 의식'이 없었다는 것은 행도 불행도 아니다. 그것조차 대자연의 품안에 있었기 때문이리라.

농촌의 여름! 그곳은 영원한 향수의 저장소이다. 이광수는 자신이 농촌에서 자란 것을 자랑하고 있었다. 나고 가고 지는 계절이 봄, 가을, 겨울이라면, 여름은 웃고 뛰고 춤추는 계절이다. 인생의 아름다운 계절이 청춘이듯이 여름은 사계절의 청춘이다. 그 청춘을 농촌에서 보냈다는 것은 다행이 아닐 수 없다.

여름밤 가설극장의 추억

┃ 김재성 金在晟
전북 남원 – 언론인

고향의 여름하면 제일 먼저 생각나는 것이 가설극장이다. 5일마다 열리는 장터에 널찍한 채울(차일:遮日)을 치고 발동기를 돌려 전기를 가설해 영사기를 돌리면 그것이 곧 극장이었다. 가설극장은 한겨울만 빼고 봄가을에도 서지만 역시 여름이 제격이다. 가설극장이라면 별이 총총한 밤, 여기저기서 휘휘 불어대는 휘파람 소리, 처녀들을 향한 총각들의 낄낄대는 수작이 영화보다 더 설레는 대목인데 봄·가을은 밤이 슬이 내리면 제법 서늘해 그런지 여름밤처럼 분위기가 뜨질 않는다.

나른한 여름날 오후, 운전석 지붕에 마이크 장치를 한 스리코터(4분의 3톤 트럭)가 산골 신작로를 누비고 다닌다. 여기저기서 꼬마들이 뛰쳐나와 파리 떼처럼 트럭 꽁무니를 따라 붙으면 물속처럼 조용하던 시골에 왁자지껄 소란이 일어난다.

"문화와 예술을 사랑하는 인월면민 여러분, 안녕하십니까. 오늘밤 면민 여러분을 모시고 상영할 영화는 눈물 없이는 감상할 수 없는 영화, '홍도야 우지마라', 삐익 –,'

성능이 다된 마이크가 내지르는 귀청이 찢어지는 소음 때문에 끊겼다가 이어지는 변사의 세리프, "하늘도 울고 땅도 울고 오빠도 울고…, 아 불쌍한 홍도!" 중간 중간에 낡은 유성기를 걸어 흘러나오는 도롯또(트로트) 멜로디, "헤일 수 없이 수많은 밤을 / 내 가슴 도려내는 아픔에 겨워 …" 이쯤 되면 산골 마을에 설렘이 일고 지심 매던 총각, 콩밭 매던 처녀들의 손길이 빨라진다. 그 무렵, 내게는 여섯 살 위 누나가 있었는데 영화가 들어오는 날 부엌에서 누나가 건성건성 설거지하는 모습을 보고 있으면 문득 어른들에게서 들은 "뒤 마려운 며느리 국거리 썰듯 한다."는 말이 생각나 혼자 피식피식 웃던 기억이 난다.

어둠이 깔리고 하늘에 별이 하나 둘 뜨기 시작하면 제일 먼저 여드름쟁이 '준무아저씨'가 불어 제키는 하모니카 소리가 들린다. 우리 동네에서 가설극장이 있는 면소재지를 가려면 냇물을 하나 건너야 하는데 '준무아저씨'는 그 다리목 깽본(강변 백사장)에서 하모니카를 불었다. '준무아저씨'가 잘 부는 레퍼토리는 「애수의 소아곡」, 「울어라 기타줄」, 그리고 "헤어지면 그리웁고 / 만나보면 시들하는 …"으로 시작하는 「청춘고백」이었는데, 처음에는 우리들(꼬마들)의 신청곡을 받아들여 「고향의 봄」, 「뜸부기」 등 가곡을 부르다가 저쪽에서 우리 누나를 비롯한 일단의 처녀들이 나타나면 예의 18번(애창곡)을 신명나게 불어 제켰다.

여드름쟁이 '준무아저씨'는 우리 누나를 무척 좋아했다. 내가 봐도 누나는 인근에서 제일 예뻤다. 그래서 가설극장이나 명절 때 굿판이 서거나 하면 인근 총각들의 표적은 언제나 누나가 있는 우리 동네 처녀들이었다. 그렇지만 어림도 없었다. 특히 누나는 새초롬한 외모와 달리 말 펀치가 메가톤급이어서 건달들의 수작을 끊는데 아주 단칼이었다.

누나의 말 펀치와 관련해서 두고두고 생생한 일화가 있다. 역시 가설극장이 들어온 날이었다. 누나 일행이 앞서 가고 준무아저씨를 비롯한 일단의 건달패들이 집적거리면서 뒤 따라가고 있었다. 나는 누나들보다는 준무아저씨 일행을 따라다니는 것을 더 좋아해 그날도 그 틈에 끼어서 따라가고 있는데 한 형이 나에게 "야 너 누나들한테 가서 '새솥에 고구마 삶자'고 해라"하는 것이었다. 나는 그 말이 어렴풋이 '좀 야릇하다'고는 느꼈지만 정확한 뜻을 모른 채 시키는 대로 했다.

"새 솥에 고구마 삶재요." 이 말을 들은 누나들은 '별꼴' 어쩌고 구시렁거리면서 도망치듯 걸음이 빨라지는데 누나가 불쑥 "야! 가서 '지에 미 질난(길든) 솥에 삶으라.'고 해라"하는 것이었다. 말 거래가 심상찮다고 느끼면서도 나는 그대로 전할 수밖에. 전하나 마나, 누나의 댓거리는 그 형에게 충분히 들릴만한 거리였다. "지에미 질난 솥에 삶으래요." 내게 말 심부름을 시켰던 그 형 얼굴이 완전히 벌레 씹은 상이 되는 것을 어둠 속에서도 확실히 볼 수 있었다. "숙이(누나 이름은 '숙희'였다.) 저것이 뜨건 맛을 봐야 말 뽄새를 고칠랑가?" 나는 슬며시 겁이 났다. 준무아저씨 일행은 인근에서 완력이 제일 세고 거칠었기 때문이다. 언젠가 누나가 된통 당할 것 같았다.

그 두려움 때문인지 나는 기어이 사고를 내고 말았다. 다음 날인가 아침밥을 먹는 자리에서 부모님에게 문제의 '고구마' 얘기를 미주알고주알 고했다. 고자질은 아니었다. 그 무렵 나는 누나가 그릇을 깨먹었다거나 보리쌀 퍼주고 복숭아를 사서 감춰 놓고 먹어도 누나가 부탁하면 절대 말하지 않았다. 사실은 미용에 좋은 벌레를 먹기 위해 친구들과 어울려 일부러 밤에 복숭아를 먹으면서 내게는 한 개도 주지 않아 야속했지만 고자질하지는 않았다. 그런데 그때 누나는 부탁도 안 했다. 아무튼 이 일로 누나는 눈물이 쏙 빠지게 경을 쳤다.

극장 주위는 완전히 축제 분위기다. 높은 장대에 매단 확성기에서는 「동백 아가씨」, 「섬마을 선생님」 그 시절 애창곡이 연달아 흘러나오고 환한 전기 불에 들뜬 꼬마들은 제 또래 여자 아이들 주위를 이리저리 내닫고 공중에서는 하루살이 깔따구들이 전등 주위를 정신없이 맴돈다. 그러다 음악이 뚝 그치고 "아, 아, 마이크 시험 중, 잠시 후 여러분께서 기다리시는 영화, '홍도야 우지마라' 상영이 시작 되겠습니다." 성우 겸 내레이터, 이른바 변사의 안내방송을 신호로 관객의 입장이 시작 되면 우리 꼬마들의 잔치는 여기서 끝난다.

극장 주위에서 서성이던 처녀 총각들, 다 입장해버리고 우리가 따라왔던 준무아저씨 패들은 일찌감치 어디론가 사라져버렸다. 우리가 형들을 따라왔지 그들이 우리를 데리고 온 것이 아니었으니 우리를 챙길리 만무했다. 노는 것도 시들해진 우리들은 돈이 없어서 극장에 들어가지 못하고 입구에 우두커니 서서 입장하는 사람들을 부러운 눈으로 바라보기나 했다. 지서주임과 차석, 우체국장, 그 때 내가 가장 존경하는 선망의 대상은 지서주임이나 유지가 아니고 극장 기도를 향해 고개한번 까닥하면 통하는 인규아저씨였다. 남원읍내 '거미줄파' 깡패들도 못 해본다는 그는 일명 '완빤찌'로 통했는데, 한 주먹에 KO 당하지 않는 사람이 없대서 붙여진 별명이다.

완빤찌(원 펀치)는 영화 관람에는 관심이 없고 군기반장 비슷한 품으로 어슬렁거리다가 가끔은 영화가 반쯤 남았을 때 극장 측에 압력을 가해 오들오들 떨고 있는 우리 모두를 들여보내 주곤 했다. 그런 날은 아주 행운이고 대개는 파장 무렵 극장 측이 포장을 걷을 때 겨우 들어가 보게 되는데 그 때는 영화가 해피엔딩의 정점으로 변사의 내레이션이 한창 물이 오른 때다. 지금도 기억나는 「며느리 설움」의 끝부분. "아, 세월은 유수와 같이 흘러 앞산 뒷산 진달래가 피고 지기를 몇 번이던가? 강산은 변해도 청춘남녀의 굳은 맹세는 변하지 않았으니…"

무성無聲 영화 시절 스타는 단연 변사辯士였다. 특히 꼬마들에게는 그랬다. 그 때 우리 또래 꼬마들은 「며느리 설움」, 「검사와 여선생」, 「이수일과 심순애」, 「홍도야 울지 마라」의 내레이션 한 토막씩을 못 외우는 사람이 없었다. 나는 그 중에서도 구연口演에 능해 또래 아이들은 물론 동네 아주머니들에게도 인기가 좋았다.

그 무렵 또 하나 잊혀지지 않은 기억이 있다. 소재지 담배 가게, 나는 평소 얼굴이 뽀얗고 통통한 그 집 딸을 선녀를 보듯 했는데 그 소녀가 부모들과 함께 걸상을 들고 들어가다가 나와 눈이 마주쳤다. 순간, 내 모습이 부끄러워 얼른 눈을 피했다. 그 후 길에서 마주쳤는데 그 때 나를 보는 눈이 꼭 비웃는 것 같아 두고두고 그 생각만 하면 혼자 얼굴을 붉혔다. 나중에 서울서 만났을 때는 그녀가 통통한 것이 아니라 뚱뚱하다는 것을 알았지만 너나없이 얼굴에 마른버짐이 피던 시절, 통통한 그 소녀를 대부분의 아이들이 짝사랑했으리라.

가설극장이 사라진 것은 오래 전 일이다. 하모니카 준무아저씨도, 나중에 매형이 된 완빤찌아저씨도 지금은 이 세상 사람이 아니다. 겁

없는 새침떼기 누나는 운전면허를 따 뉴욕 거리를 부릉거리고 다닌다. 강산이 네 번 바뀌고 사람도 변했다. 추억은 그래서 아름답다.

서부두 방파제의 추억

▌김종원 金鍾元

제주도 봉개 - 시인·영화평론가

나와 같은 섬사람들에게는 바다가 모든 것에 우선하는 화두일 수밖에 없다. 고향이 제주도이다 보니 자연히 바다와 밀접한 여름 이야기가 주종을 이루게 마련이다.

내가 열일곱 살 때만 해도 지금의 제주시는 행정구역상 읍으로 되어 있었다. 세상에 태어나 한 번도 뭍으로 나가본 적이 없는 소년은 제주의 관덕정 광장이나 서 부두의 방파제만큼 크고 긴 것이 없다고 믿는 우물 안 개구리였다. 뒷날 대학에 진학하기 위해 서울로 올라와서야 자신이 얼마나 세상 물정에 어두운 촌뜨기였던가를 깨닫게 되었지만, 그때는 정말 그랬었다.

그래도 서 부두의 방파제는 광화문 네거리와 결코 견줄 수 없는 관덕정 광장만큼 실망시키지는 않았다. 어림잡아 폭이 10미터 가량, 길이 20미터 정도 되는 이 방파제는 그야말로 물 위로 뻗친 멋진 길이었다. 약간 오른쪽 방향으로 휘는 끝머리에 동 부두와 사라봉이 한눈에 들어오는 등대가 있었다.

동 부두는 섬과 뭍을 잇는 제주의 중요한 관문이었다. 목포 여덟 시간, 부산까지 열세 시간 남짓 걸리는 거리를 가야호나 황영호와 같은 정기여객선이 승객들을 실어 날랐다. 프로펠러 군용기 외에는 일반용 항공기가 없던 시절이었다. 6·25전쟁 때는 전선에서 죽은 장병들의 유골이 군악대의 슬픈 조곡 속에 하선하는 모습을 볼 수 있었다.

그런 반면에 피난 왔다가 정든 섬사람들의 전송을 받으며 떠나는 월
남민들의 아쉬운 작별은 물론이고, 육지로 유학 가는 자식의 손을 놓
지 못한 채 울먹이는 모성애의 당부도, 출항한 배를 향해 손을 흔드는
젊은 연인의 이별을 슬퍼하듯이 애처롭게 울리는 뱃고동 소리도 들을
수 있었다. 그러다보니 이 부두는 애창가곡이 된 「이별의 노래」(박목월
작사)며, 「떠나는 배」(양중해 작사)의 발상 무대가 되기도 했다.

동 부두 뒤로는 그리 높지 않는 사라봉이 있다. 사라봉은 일몰이 아
름답기로 유명한 곳이다. 장관을 이루는 석양의 광경은 예로부터 사봉
낙조沙峰落照라 하여 영주십경의 하나로 꼽았다. 이 산에서는 서쪽 수
평선으로 기우는 노을의 절경도 볼 수 있었다.

이런 동 부두가 내항이라면, 서 부두는 외항에 가까웠다. 동 부두가
교통의 요충지인데 비해 서 부두는 산책로, 또는 해수욕장 구실을 했
다. 여름이면 물놀이 오는 사람들이 발을 들여놓을 틈이 없이 붐볐으
나, 봄이나 가을에는 한가로운 산책로로 바뀌었다. 여름에도 바람이
부는 날에는 파도가 방파제로 삼킬 듯이 몰아쳐 왔다. 하지만 사람이
덜 붐비는 화창한 초여름에는 해녀들이 따온 미역 따위를 말리곤 했
다. 이 기회를 이용하여 친구들과 미역서리를 하곤 했다. 점액질의 쫄
깃쫄깃한 날 미역귀를 따먹는 맛이 일품이었다.

그 시절만 해도 방파제 입구 쪽에는 복개 공사가 덜된 부분이 많아
물놀이를 나오는 사람들로 북적거렸다. 시멘트에 미처 묻히지 않은 바
위와 잔모래가 깔린 동쪽 방파제의 절반가량이 수영장에 해당하는 셈
이었다. 수심도 별로 깊지 않았다. 그러다 보니 거리가 떨어진 삼양해
수욕장이나 그보다 먼 함덕해수욕장보다 인기가 많았다. 나 역시 여름
이면 이곳을 즐겨 찾았다. 집에서 가까운데다 바다 위를 걷는 기분으
로 등대까지 갈 수 있었기 때문이다. 이따금 바위에서 다이빙을 할 수
있어 용연을 찾기도 했지만, 물이 차고 깊어서 잘 가지 않았다.

그 날, 나는 수영을 하다가 방파제로 올라와 잠시 피로를 풀고 있었
다. 그런데 문득 수심의 깊은 상류 쪽으로 시선을 돌리는 순간, 왁자

지껄한 수영 객들 사이로 허우적거리는 사람의 모습이 보였다. 처음에
는 몇 번 얼굴이 물에 잠겼다가 떠오르는 것을 보고 장난으로 여겼다.
그런데 그게 아니었다. 자세히 보니 이런 동작을 계속 되풀이하는 것
이었다. 나는 순식간에 주위에 있던 고무 구명대를 집어 들고 물로 뛰
어들었다. 정신없이 헤엄쳐 가서 구하고보니 여학생이었다. 고등학교
일학년 여름방학이 시작될 무렵이었다. 나의 기억은 여기까지이다. 그
때 동행한 친구가 누구였는지 떠오르지 않는 것으로 보아 혼자 와 있
었던 것으로 기억된다.

그런데 서울에서 대학을 나와 직장생활을 할 때였다. 내가 일하는
학원나라는 출판사의 한 여성잡지 편집부로 나를 찾는 전화가 걸려 왔
다. 1965년경이었을 것이다. 초가을이 아니었나 싶다. 낯선 여성이라
의아해 했더니 자신의 이름을 대며 일단 만나서 이야기를 듣게 되면
알게 될 것이라고 했다. 아직 미혼인 처지라 기대 반 호기심 반으로
며칠 후 약속한 태평로 회사 근처의 찻집에 들어서자 낯선 여성이 자
리에서 일어서며 인사하는 것이었다.

알고 보니 11년 전 제주 서 부두의 방파제 해수욕장에서 내가 던진
구명대의 도움을 받았던 바로 그 여학생이었다. 자신은 지금 동화백화
점(현 신세계백화점)에 근무한다며, 나를 생명의 은인이라고 했다. 그
때는 수줍어서 고맙다는 말을 하지 못했는데, 늦게나마 수소문 끝에
이렇게 찾아오게 된 것이라고 했다. 그동안 내가 쓴 글도 더러 읽은
것 같았다.

이때 알게 된 일이지만 그녀는 6·25전쟁 때 부모와 함께 제주도로
내려온 피난민이었다. 나의 모교인 오현고등학교에는 남녀공학으로 피
난민 고등학교반이 따로 있었는데, 그녀는 여기에서 배운 적이 있는
학생이었다. 교실이 모자라 가건물을 짓고 한 교정에서 교육을 받은
이들을 우리는 '피고' 학생이라고 불렀다. 그러면서도 우러러보였다. 우
선 남녀 공학이라는 점이 부러웠고, 육지에서 왔다는 사실이 주눅들게
했기 때문이다. 그녀는 나보다 한 학년 아래였던 것으로 기억된다. 그

러나 그 뒤 더 이상 만나지는 않았다.

지금 생각하면, 바람같이 스쳐지나간 작은 인연에 불과한 일이었다.

하지만, 중요한 것은 내가 잊고 있었던 사소한 행동이 상대에게는 '고마운 도움'이 되었다는 사실이다. 내가 졸지에 은인이 될 줄은 생각지도 못했다. 이 일은 적지 않는 것을 깨우치게 했다.

서 부두의 방파제는 이 뿐만 아니라 또한 잊을 수 없는 몇 가지 이야깃거리를 남기게 했다. 하나는 단거리 자유형 경기에 나섰다가 폼나게(?) 앞서 가기는 했으나 혼자 선 밖으로 이탈하여 구경꾼들의 웃음을 자아내게 했고, 무리하게 부두의 연안에서 등대까지 가는 장거리 수영에 나섰다가 죽음으로 돌이올 뻔한 일이었다. 다른 한 가지는 늦도록 물놀이에 정신이 팔린 나머지 동행했던 아우가 나의 옷을 챙겨들고 집으로 돌아가 버리는 바람에 어쩔 수 없이 손으로 고추를 가린 발가숭이 모습으로 혼자 방파제의 둑길을 걸어갔던 기억이다. 초등학교 5학년 때였다.

이처럼 내 고향 여름 이야기는 서 부두의 방파제에 얽힌 추억만으로도 풍성할 정도이다. 이런 일들이 아직도 새롭기만 한데, 어느새 예순다섯 굽이나 돌아오는 세월에 이르렀다. 지금 서 부두의 방파제는 그 시절보다 훨씬 길어졌지만, 이런 동심의 정취나 낭만을 낳는 여건이 되지 못한 것 같아 안타깝기만 하다.

이끼 향기 가득한 고향 여름

▌ 김중위 金重緯
경북 봉화 - 전 환경부장관·국회의원

고향은, 누구에게나 눈물이고 한숨이고 애틋함이 아닐까 싶은 마음으로 나는 항상 고향을 생각한다. 이제는 기억조차도 희미한 첫사랑의 추억만큼이나 안개 속으로 자취를 감춘 향기일 뿐이다. 어쩌면 향기까지도 다 바래버린 낙엽처럼 허무하게 허공을 날고 있을 바람일는지도 모른다. 오직 이끼 낀 추억과 그리움으로 남아 있는 소리일 뿐이라고만 여겨진다.

내가 태어난 곳은 경북 봉화군 해저리라는 곳이지만, 천둥벌거숭이로 논두렁 밭고랑을 천방지축 싸돌아다니면서 유년시절을 보낸 곳은 문경 농암에 위치한 영거렁이라는 두메 마을이었다. 독립운동에 앞장섰던 증조부님이 출옥 후 돌아가시자 조부모님은 큰집 손자들인 나와 형을 데리고 일제의 핍박을 피해 산골 속의 산골인 이곳을 더듬어 찾아 들어온 것이다.

해방될 때까지 3년여를 살았다. 그 짧은 3년이 왜 나에게는 그렇게도 잊혀지지 않는지! 한줄기 소나기에도 마을 앞을 흐르는 거렁은 어느새 홍수가 되어 온 동네 사람의 구경거리가 되었고, 동네 아이들은 약속이나 한 듯이 한데 모여 멱 감기를 즐겼다. 그도 싫증나면 신발도 신지 않은 맨발로 뒷산 뽕나무밭에 올라 오디를 따먹고 저마다 빨간 혀를 날름거리며 오후 한나절을 보내는 하루해는 언제나 어찌 그리도 짧았는지 모를 일이다.

한여름의 장마가 그칠 새도 없이 지루하게 계속되는 어느 날 저녁 나는 문득 돌담에 붙어 스멀거리는 수백 개의 움직이는 물체를 보았다. 가까이 다가가는 그 순간 움직이는 물체들이 하나같이 뱀이라는 사실을 알게 되었다. 나는 까무러칠 것만 같은 기분으로 할아버지께 달려가 숨을 헐떡거리며 이를 알렸다.

한번은 자고 일어나 이불을 젖히다 보면 문틈으로 어느 겨를에 내 이불 속으로 들어왔는지 한 마리의 뱀이 시침 떼고 누워 있는 모습도 본 적이 있다. 도시아이들로서는 상상도 할 수 없는 정경들일 것으로 여겨진다.

두메산골에 옹기종기 모여 있는 초가집의 주인은 언제나 빈대였다. 그 많은 빈대에 견디다 못해 조부님은 아예 깔아 놓은 요 둘레에 네모 반듯한 모양으로 재(灰)를 소복이 쌓아 성벽을 이루게 하였다. 빈대가 재로 쌓은 성벽을 타 넘지는 못할 것이라는 생각에서였다. 그러나 빈대는 조부님보다 한 수 위의 전략가였다. 어느새 벽을 타고 천장에 올라가 공중낙하로 이불 속을 파고드는 것이었다. 어린 시절의 이런 추억은 언제나 나를 끝없는 상념의 포로가 되도록 하였다.

일본 사람이 말하는 소위 대동아전쟁이 막바지에 접어들어 모두가 지쳐 있을 무렵 막내 삼촌이 이웃 동네로 장가를 간다고 했다. 이제 겨우 대여섯 살밖에 안 된 소년도 두루마기를 곱게 차려입고 상객(上客)으로 뒤따라갔다. 꼬꼬 재배를 보러 온 상객에게 사돈집에서는 잔칫상이 나오기 전의 군것질로 곶감 깎은 껍질과 대추 몇 개를 손에 쥐어주자 소년은 모르는 척 방바닥에 내려놓는다.

사돈집 어른들은 이상하게 여겨 다시 소반에 받쳐 주었다. 그제야 소년은 대추 하나를 입에 넣더라는 얘기를 귀에 못이 박히도록 들으면서 자랐다. 소년도 잔칫날의 상객이라고 어른들과 똑같이 사돈집 마루에서 술 마시고 춤추다가 어디론가 별안간 사라지고 말았다.

사돈집에서는 어디로 사라졌는지 몰라 온 식구들 얼굴이 새파랗게 질렸다. 어린 상객을 찾느라 잔치는 뒷전이 되고 잔치판이 근심판이 되었다. 몇 시간 만에야 두루마기를 입은 채로 집 앞 밀밭 한가운데서 술에 취해 골아 떨어져 자고 있는 상객을 찾았다는 얘기도 귀가 따갑도록 들었다. 그때부터 술을 마다하지 않아서였던가? 지금도 그 버릇은 고치지 못하고 있으니 말이다.

여름의 고향에서는 개 짖는 소리도 달빛 그림자조차도 더위에 녹아 있었다. 그만큼 고향의 여름은 더위와 싸우다 지쳐버린 한숨이었다. 그리고 온갖 소리로 나를 사로잡고 있는 삼라만상이었다.

아침부터 시작해 온종일 울기를 그치지 않는 매미 소리는 여름의 상징이지만 여름의 상징이 어디 그뿐이겠는가? 쓰르라미와 여치와 온갖 풀벌레가 연주하는 오케스트라 역시 빼놓을 수 없는 여름의 잔칫상이었다. 해진 뒤부터 논두렁에서 울어대는 맹꽁이 소리와 개구리 울음소리도 한여름을 장식하는 명화 중의 명화가 아니던가?

부엉이의 날갯짓 소리가 바람과 함께 머리 위로 지나갈 때쯤이면 나는 마당에 지펴둔 모깃불 옆에서 잠이 들어있기가 보통이지만 어느 때는 나보다 먼저 잠이든 할머니의 코고는 소리가 어쩔 수 없는 고향의 향기로 남는다.

2차 대전이 막바지로 접어들 무렵 나뭇잎마저도 더위에 지쳐 낮잠을 자는 한더위를 피해 어른들은 느티나무 그늘에 모여 잡담이 한창이었던 어느 날 소쿠리를 들고 논두렁 가 야트막한 도랑에 들어가 발로 바닥을 훑어 미꾸라지나 붕어를 잡기에 정신이 없었던 어린 소년들에게 날아든 소식이 하나 있었다. 해방이 되었단다.

해방이 무엇인지 알기나 했을까? 그저 우리 학교에서 큰 잔치가 벌어지고 있다는 소식에 초등학교 1학년이었던 우리는 고기 잡던 소쿠리를 집어 던지고 학교로 줄달음질을 쳤다.

마을 사람들은 저마다 장고나 북이나 꽹과리를 들고 농암국민학교에 모이기 시작했다. 학교에는 벌써 사람들로 인산인해. 난생처음으로 만나보는 사람들의 물결이었다. 이 마을 저 마을에서 온 농악대들이 한데 어울려 농악놀이를 하는 둘레 한가운데에서는 엄청난 불길이 치솟고 있었다. 그 불길은 불타는 햇빛을 더욱 달구어 내는 듯하였다.

사람들은 아랑곳없이 교실에 들어가 칠판 위에 붙여 놓은 일장기나 교훈이나 사진 같은 것을 마구잡이로 들고 나와 치솟는 불길에 집어던졌다. 농악놀이 소리는 치솟는 불길보다도 더 높이 울려 퍼졌고 주위에서 구경하던 사람들의 만세 소리는 신명나게 벌이는 춤판과 함께 온 천지를 뒤흔들어 놓는 듯하였다. 어디서 누가 들고 왔을까? 감춰 두었던 술독과 물동이가 운동장 주위에 지천으로 깔리고 농악꾼에게 한 바가지씩 떠서 갈증을 풀게 해주는 아낙네의 몸놀림은 눈물겨울 정도로 정성스러웠다.

그해 여름은 그렇게 익어 가고 있었다. 그리고 나는 고향의 여름을 다시는 경험할 수가 없었다. 해방되어 농암에 머물러 있을 이유가 없어진 것이다.

야성이 넘치던 순간

▌김지연 金芝娟
경남 진주 - 소설가

20여 년 전, 제주도 중문中文 해수욕장에서였다.

그날따라 바람이 몹시 불었다. 여름철 동남 계절풍이 때맞춰 그곳을 지나던 시기여서 수심이 갑자기 깊어지기도 하고 파도가 느닷없이 2미터 높이로 치솟기도 하는 등 수영하기엔 몹시 거친 날씨였다.

날씨와는 상관없이 헤엄을 칠 줄 모르는 나는 거친 파도를 타보기는 커녕 덮치는 파도 더미에 솟구쳤다가 내동댕이쳐지거나 물가 모랫벌에 거꾸로 처박히기도 해서 함께 간 사람들의 웃음거리가 되다가 저물녘이 되면서 기운을 얻기 시작했다.

마침 동반자가 흉허물 없는 남편이고 또한 가족처럼 지내는 다정한 친구들 '커플'이어서 우리는 피차가 부담 없이 즐길 수 있었다.

바다에 어둠이 내리기 시작하자 사람들은 돌아갈 채비를 하느라 부산했다. 그 때였다. 얼마 떨어지지 않은 곳에 고깃배가 통통거리며 들어오자 일행 중의 남자들이 함성을 지르며 그 곳으로 내달았다. 그리고 배에서 막 쏟아놓은 자리돔을 한 양동이 사오는 것이었다.

남자들은 고삐 풀어진 아이들같이 신명나 했다. 누군가 간이식당에 달려가더니 민물 한 통과 도마, 칼, 초고추장, 소주병 등을 안고 왔다.

생선은 마냥 퍼드덕거렸다. 이이들 손바닥만큼 작은 크기의 그것들은 시퍼런 칼을 들고 설치는 남자들에 의해 대가리와 꼬리를 잘리고도 꿈틀거렸다.

여자들은 저물녘의 서늘한 공기에 '비치파라솔' 밑에서 떨고 있었다. 그러나 남자들에 이끌려 모래 바닥에 퍼질고 앉아 소주 먼저 마시고 계속 꿈틀대는 자리돔을 조금씩 먹어보기도 했다.

맛이 여간 고소하지 않았다. 처음에는 맛의 음미는 고사하고 입 안의 감각에만 신경이 모두어지던 것이 소주의 기운이 몸에 번져들면서 비윗장이 늘어나 그 싱싱하고 고소한 맛이 어떤 생선회에 비길 수도 없을 만큼 특출함을 느끼기 시작했다.

몸의 떨림도 가셔졌다. 기분도 서서히 흥겨워져 갔다. 저녁 바람에 '간데라' 불이 꺼질 듯 꺼질 듯 흔들리면서도 요행히 꺼지지 않았다.

발밑으로는 산더미 같은 시커먼 파도가 덮칠 듯 꼿꼿이 서서 오다가 차르르 부서져 나가고 몸의 열기는 갈수록 더했다.

"우하하… 여기가 바로 극락이다."

생선의 대가리와 꼬리를 자르기가 무섭게 동이 나자 남자들은 숫제 도마를 밀어 버리고 민물에 헹궈 낸 그것들을 통째로 입 속에 넣고 우적거리기 시작했다.

"아, 야만인들I"

시종 한 점도 먹지 않고 소주만 홀짝 홀짝 마시던 친구 하나가 얼굴을 찌푸리고 남자들을 향해 소리쳤다. 여물을 씹는 황소의 큰 입처럼 입을 좌우로 한껏 염치없이 놀려대던 그 친구의 남편이, 도톰한 놈 한 마리를 건져 느닷없이 아내의 얼굴 앞에 갖다 댔다.

"악! 싫어요."

그녀는 자지러지듯 경악했고 남자들은 입에 것이 튀어나오는 줄도 모르고 갈갈 웃어댔다.

나는 앉은걸음으로 양동이 가까이로 다가가서 가장 작은 놈 한 마리를 건져냈다. 놈은 손가락에 집혀서도 마냥 퍼득거렸다. 미끄러운 걸 간신히 누르고 그것을 고추장에 콕 찍어 입 안에 넣고 눈을 질끈 감고 씹었다. 그리고 킬킬대고 웃었다.

"원시인!"

그녀는 나를 향해 다시 소리쳤다.

왜일까. 나는 숨통이 트이는 것 같았다. 흡사 짐승 가죽으로 아래만 가린 원시인들이 이제 막 작살로 찍어 낸 물고기를 와작와작 깨물어 먹는 듯한, 저 원색적이고 순직한 야성들….

유치스럽도록 소심, 교활, 약삭빠른 현대 남성에의 누적된 역겨움이 그 순간에 스물스물 허물어짐을 느꼈다.

검게 그을은 벗은 피부에 빨간 '간데라', 불빛까지 범벅되어 시뻘겋게 달아오른 얼굴로 입귀를 실룩이며 우적대는 남자들의 모습에서, 나는 여자를 닮는 요즘 남자들의 나약한 모습을 지우고 있었다.

파도치는 밤바다와 바람과 별과 소주와 생식生食을 하던 벌거벗은 남자들.

그래서 나는 젊은 시절의 여름밤을 잊지 못한다.

해마다 여름이 오면

김 학 金鶴

전북 임실 – 수필가

앞으로는 비단결 같은 냇물이 흐르고, 뒤로는 야트막한 산이 초록색으로 감싸여 병풍 마냥 둘러쳐진 빼어난 절경, 몇 걸음만 나서면 펑퍼짐한 바위가 이끼로 치부를 가린 채 누워 있고, 그 바위 틈새에서 묘하게도 뿌리를 내린 노송老松들이 허리를 꺾고서 금방 세수를 하려는 듯한 자세, 그 바위가 발을 뻗고 있는 곳에 조그마한 정자가 서 있으니, 이름하여 호연정浩然亭이다. 그 호연정에 앉아 있으면 여름날에도 부채가 무용지물이 되고 만다. 산바람 강바람이 한데 어우러져 삼복더위도 아랑곳없이 한기寒氣를 느낀다. 숲 속에서는 이름 모를 산새며 매미들의 간드러진 노랫소리가 메들리로 들려오고, 도란거리며 나들이를 떠나는 시냇물 소리가 꿈결처럼 감미로운 곳, 내 고향 전라북도 임실군 삼계면 후천리 광제 마을의 정경이다.

청자 빛 하늘엔 흰 구름이 한가로이 노닐고, 냇물 건너 들녘에선 여물어 가는 벼가 따사로운 여름 햇살을 끌어안고 탱고를 춘다. 빨간 고추잠자리가 잊혀져간 유년시절의 추억을 실어 나르면, 나는 슬며시 꿈에 잠긴다. 개구쟁이 꼬마들은 잔잔한 냇물 속에서 물놀이를 하느라 시간 가는 줄을 모르고, 코밑이 시컴시컴해진 아이들은 낚싯대를 드리운 채 점잖을 피운다. 아낙네들은 음식을 장만하느라 비지땀을 흘리고, 남정네들은 투망으로 물고기를 잡느라 땀에 젖는다. 노인들은 술잔을 기울이며 옛날 옛적의 추억을 되새기느라 바쁘다. 해마다 여름철이면 고향에서 펼쳐지는 우리 집안의 피서풍경이다. 직장 따라 뿔뿔이 흩어져 살다보니 피붙이끼리도 마주할 기회가 드물었다. 새로 시집 온 며느리들, 집안 딸네들을 아내로 맞아간 사위들, 새로이 태어난 아이들이 남처럼 여겨졌다. 더구나 한가로이 이 집 저 집 찾아다니며 얼굴을 익힐 수도 없는 노릇, 그러다 보니 세월의 흐름에 떠밀려 피붙이로서의 정마저 약해져 가는 걸 어쩌랴. 그리하여, 궁리해 낸 것이 10촌 이내의 일가친척들이 여름이면 고향의 호연정에 모여 함께 피서를 즐기기로 한 것이다.

20여 년 전 처음 모였을 때는 서로가 서먹서먹했다. 아저씨와 조카, 형님과 동생의 구별도 어려웠다. 그러니 노인들이 엉킨 실타래를 풀듯이 촌수와 항렬을 따져 가르마를 타주시는 바람에 잊고 살던 위계질서가 바로잡히게 되었다. 만나는 횟수가 거듭되면서 주고받는 인사도 정다워졌다. 머리만 꾸벅 숙이던 인사기 손을 마주 잡으며 다정스런 인사말까지 곁들이게 되었다. 아무리 가까운 일가친척이라 해도 서로 지내기 나름이라던 선인들의 가르침이 결코 빈말이 아니었다.

"아빠! 우리 언제 고향에 가지?"

여름방학이 가까워 오면 아이들은 언제 고향에 가느냐고 안달이다. 그들은 어느새 고향에서의 집단 피서에 맛을 붙이게 되었다. 날마다 튜브를 꺼내 손질하는가 하면, 물안경을 써보기도 하고, 수영복을 꺼내 입어보는 등 야단들이다. 서울의 재종동생의 아이들도 그럴 것이고, 광주에 사는 내종형님의 이이들도, 울산 사는 오 서방의 아이들도 마찬가지였을 것이다.

아스팔트 거리, 시멘트 건물 틈바구니에서 민들레처럼 자란 아이들에게 고향의 흙냄새를 일깨워 줄 수 있다는 것도 산교육이다. 벼가 익어갈 무렵. 뙤기를 치며 우여! 우여! 새를 쫓던 일, 논고랑의 미지근한 물속에 땡감을 담가놓았다가 우려먹던 일, 얼굴이 까맣게 그을은 줄도 모르고 메뚜기를 잡으러 논두렁을 헤집고 다니던 일을 경험토록 할 수는 없어도 고향에서의 하루 물놀이는 의미가 크다. 성묘도 곁들일 수 있으니 고향에서의 피서는 더 더욱 좋다. 도시에서 태어나 자란 아이들에게 쌀나무(벼)나 갖가지 채소 그리고 토종 과일 나무를 보여줄 수 있는 것도 보너스가 아닌가? 맞벌이인 막내아들의 쌍둥이 손자를 돌보시느라 서울의 아파트에 사시는 큰 당숙모의 모발毛髮은 얼마나 은백색으로 물드셨을까?

여름이 오면, 나도 아이들처럼 고향에 갈 날이 은근히 기다려진다. 돌멩이 하나, 나무 한 그루, 풀 한 포기에서도 고향의 정, 조상의 숨결, 어린 날의 추억을 되새길 수 있으니 어찌 기다려지지 않으랴. 한여름에도 손이 시리던 호연정 그 옹달샘의 물맛은 시방도 변함이 없을까? 고향은 누구나 자신의 마음속에 산다. 눈을 감으면 고향의 산하가 앨범처럼 펼쳐지고, 고향 사투리가 귀에 잡히면 잊고 살던 고향의 그리운 얼굴들이 슬로비디오처럼 다가선다. 꺼지지 않는 불씨처럼 고향은 누구에게나 자신의 가슴속에서 살아 숨쉬기 마련이다.

내 고향은 전라도의 가운데 토막인 임실任實. 높낮은 산들이 강강수월래에 맞춰 원무圓舞를 추고, 산허리를 감돌아 흐르는 냇물이 도란도란 밀어를 속삭이며 섬진강으로 합수되는 곳이다. 산수가 그림같이 아름답고, 인심이 순후하며, 명당이 많아 박사를 많이 배출한 고장이 내 고향 임실이다. 여름이 성큼성큼 다가오고 있다. 오랜만에 만나게 될 일가친척의 얼굴들이 필름처럼 떠오른다.

고향 가꾸기

■ 박경수 朴敬洙

충남 서천 – 소설가

서울에서 30수년을 살다가 낙향한 지가 12, 3년이 된다. 서울에서는 『사상계思想界』기자와 글 쓰는 일이 직업이었다. 그것으로 양명하고 출세하고 한 것은 없다. 그럼에도 이 시골에까지 서울에서 찾아와 주는 사람들이 많다. 그들은 오면 누구나 나를 부러워한다. 누구처럼 고향에다 집을 번듯하게 잘 지어놓고 생활을 그렇게 하고 있는 것도 아니다. 살고 있는 향리鄕里(舒川 韓山)가 부럽다는 것이다. 나의 자랑이 한몫을 한 것도 있다.

월남月南 이상재李商在의 생가가 1리里도 안 되는 바로 이웃에 있다. 석초石艸 申應植의 생가가 3리 내에 있고 그의 대표작 「바라춤」의 산실 (배경)이 되는 산사山寺(鳳棲寺)가 그의 집보다도 더 가까이에 있다. 금년(2003년) 3월의 '문화인물'로 지정된 명창 이동백李東伯이 태어난 마을과 그가 폭포 밑에서 독공獨工한 희리산希夷山이 같은 군郡 안에 있다.

그것만으로도 서울에서 온 사람들에게는 내가 부러운 사람이 되지만 위 세 분의 보존 선양宣揚을 위해서 내가 해온 일들이 어떤 것인가를 자랑으로 말하면 더욱 나는 그들에 있어 부러운 사람이 된다. 그동안 위 세 분을 향리에서들 너무 모르고 있었던 것이 도리어 도움이 된 것도 있다. 먼저 향리 발행의 한 신문에 월남에 대해서 쓴 졸문拙文의 일절을 본다. 선생은 독립운동이 적극적이지 않았다, 망명亡命이 없었다 등 역시 향리 사람들이 선생을 너무 모르고 낮추 평가하려 하고 있던데 대한 시정 촉구의 글이 된다.

… 선생은 망명이 없었다는 말은 맞는 말이다. 망명이란 '망명도주亡命逃走'의 준 말이다. 당시 선생만큼 선생을 아끼는 각처로부터 망명의 권유를 받은 지도자도 없다. 그때마다 왜 거절했나를 다음의 한 예에서만 보면 당시 선생에 있어 망명이 뭔가를 알게 된다.

1922년 4월 중국의 베이징北京에서 열린 제1차 세계기독교학생연맹대회에 한국기독교청년 대표를 인솔하고 월남이 참석한 일이 있다. YMCA 총무 신흥우, 간사 이대위, 이화학당의 김활란, 김필례 등이 함께 갔다. 이때가 마침 우리의 상해 임시정부가 대통령 이승만에 대한 불신임과 국무총리 이동휘李東輝의 모스크바 자금 40만 루블 문제 등으로 내분이 극도에 달해있던 무렵이었다. 국무총리인 이동휘, 안창호, 김규식 등 내각원 대부분이 사퇴하는 사태에까지 이르러 있었다.

이런 때에 월남이 중국에 간 것이고 그 어느 날 월남은 뜻밖에 그를 찾아온 임정臨政 동지 둘을 베이징에서 만났다. 하나는 임정의 의정원 의장 손정도孫貞道이고 하나는 여운형呂運亨인데 임정 내분 수습의 요청을 위해서 온 것이 그들의 임무였다. 당시는 임정 수반이 주석이 아닌 대통령이었다. 전 각료의 요청이라며 그것을 맡아달라는 것이 그들의 말이었다.

그때 월남은 둘의 청을 정중히 거절하고 이렇게 말했다.

'나까지 조국을 빠져나오면 동포들이 너무 불쌍하지 않소. 여기 일도 중하지만 조국의 동포가 더 중하오. 나는 돌아가서 그들과 같이 있어야 하오.'

월남의 그 거절의 말에 따로 해설이 필요치 않다.

"망국 후 무기력한 조선인에게 생기와 용기를 준 자가 월남 외에 누구냐" 1927년 4월 7일자 동아일보 '월남 선생의 영여靈輿나간다.'라는 제의 글에 있는 송산松山의 그 말만으로도 족하다. …

이것이 향리신문에 쓴 졸문의 일절이고 그렇게 기회 있을 때마다 신문에 쓰고 사람을 만나면 말로도 하고 하는 것이 나의 일이다. 그 결과는 이 글의 뒤에 나온다.

다음 석초石艸. 낙향하자 나를 놀라게 한 것 중의 하나가 고향에 석초의 문학비 하나가 없는 그것이었다. '바라춤'의 시인인 것은 그만두고 예술원 문학분과 회장(1966년)을 지낸 분이다. 시비, 문학비처럼 흔한 것도 없는 우리나라다. 타계한 시인 말고도 산 사람의 시비詩碑도 수두룩 하다. 그런데도 석초의 타계가 66년이고 나의 낙향이 88년인데 그때까지 고향에 그의 시비 하나가 없다는 말이다. 고향에 뿐 아니라 전국 어디에도 그의 시비가 없고 전에 근무했던 '한국일보' 사장 장기영의 묘역에 장식용으로 비슷한 비 하나가 서 있을 뿐이라는 것이 고향에 내려온 내 귀에 들리는 말이었다.

다른 데에는 몰라도 고향에만은 그의 문학비가 반드시 있어야 된다 하고 시골 신문에는 물론이고 이번에는 서울의 신문들에까지 그런 글을 쓰는 일이 나의 일이 되었다. 이래 8년인가 9년인가 동안에 모두 7회에 걸쳐 여러 신문에 쓴 스크랩을 그대로 가지고 있다. 9년 만에 다행히 결실이 되어서 드디어 고향 한산韓山에 그의 시비가 서게 되었다. 동제銅製의 초상이 박힌 비이고 그 뒷면에는 '박경수 기'로 된 건립기가 새겨져 있다. 그 제막에 서울에서 대전에서 성춘복·조남익·김후란·구혜영·이성교·허영자·성기조 등 많은 문인들이 대거 내려왔던 것도 여기에 적을만한 일이 된다 .

다음 명창 이동백. 바로 가까운 얼마 전 그분 일에 대해서 향리의 한 신문에 쓴 졸문 몇 줄을 먼저 본다.

재인才人 소리꾼 하나가 비인庇仁 쪽 어딘가에서 살았다는 것은 알지만 명창 이동백이 서천 출신이면서 근대 판소리 3명창(송만잡·이동백·김창환·유성준·정정렬) 중 하나인 것을 알고 있는 서천인은 몇이 되지 않는다.

언제인가 아마 2년쯤 되었을 것이다. '서천 8경'인가를 지정하는 애기를 몇이 모여서 하게 되는 자리라며 군 회의실에 오라하여 가 본 일이 있다. 그 자리에서 누군가가 종천鐘川의 희리산希夷山을 8경의 하나로 했으면 좋겠다 했다. 필자가 즉각 동조했다.

"그 산 좋고말고다. 산경이 좋을 뿐 아니라 산하의 도만리都萬里가 명창 이동백이 태어난 마을이고 그 산이 바로 그가 독공한 산으로 전해지고 있다. 그리고 진작에 세웠어야 했는데도 못 세운 그의 '소리비碑'를 거기에 세우면 금상첨화錦上添花겠다. 우리 서천은 너무 양반군郡이라 그만 큼으로 양반이 아닌 쪽의 문화는 뒤진 것으로 되어 있다는 것이 나의 견해다. 쉬운 예로 5명창 중 4명창은 모두 전라도 출신들이라 그들의 고구故丘에 묘墓들만도 왕릉만큼씩 하고 고장 도처에 그들을 기리는 '소리비'들이 서 있는데 이동백만이 재수가 없어서 우리 서천 출신이 되어 왕릉은 그만두고 그가 사후 어디에 묻혔는지조차도 알 길이 없다. 그래서 소리비는 그만두고 묘전의 단갈短碣이나마도 볼 길이 없는 것으로 그렇다. …"

필자의 말이었지만 그 후 그 곳에도 그 밖의 어디에도 이동백의 소리 비가 서지 못하고 있는 것은 이 글을 읽고 있는 독자들이 아는 일이다 일개 상인常人 소리꾼이 비는 무슨 비냐가 우리 서천의 문화수준이다. 상인의 그것뿐이 아니다. 이웃 홍성洪

城의 한용운제를 비롯해서 충청도 도처에 그 지방
출신 선언을 기리는 제전祭典들이 있는데 서천의
월남만이 그런 것이 없는 것도 같은 것이다. …
　이동백이 금년 3월의 문화인물로 선정되었다. 물
론 정부에 의해서다. 으레 갯놈 소리꾼쯤으로 밖에
는 보지 않고 있다가 당한 일이다. 마치 주변에서
월남月南 얘기를 하니까 서천의 어느 기관장이란
사람이 "월남이 뭐랴"했다는 것과도 같은 것이다.
이동백 명창의 문화인물 지정에 군이나 문화원에서
는 무슨 낯으로 그를 위한 어떤 일을 하고 있을까
가 보고 싶은 일이다. …

이 글이 신문에 나고 이틀 뒤다. 군에서 문화담당관이 나의 집을 찾
아왔다.

"늦어도 내년까지는 이동백 소리비를 세우고 월남제전도 반드시 마
련하겠습니다. 군수님의 약속입니다."

그 담당관의 말이었다.

앞에, 앞에도 가장 앞에 들어갔어야 될 얘기 하나가 빠져 부득이 뒤
에 적는다. 나의 향리鄕里(면단위)가 한산韓山인 것은 앞에 밝혀져 있
다. 옛부터 모시紵布의 산지로 이름이 나 있는 바로 그 '한산'이다. '잠
자리 날개 같은 한산모시'라면 누구나 아는 이름이다.

낙향해 보니 '한산모시'가 문화재文化財로 지정되어 해마다 그 제전이
열리고 있었다, 그런데 그 역시 일거리 하나를 나에게 지어주는 것이
되어 있던 것으로 문화제文化祭의 명칭이 '한산모시'가 아니고 군명郡名
을 따라 '서천舒川모시'로 되어 있는 그것이었다. 군 소재지에서 면面을
세勢로 누르고 된 일이었다. 10년을 그렇게 내려온 그것을 결국은 바
로 고쳐서 3년 전부터는 '한산모시문화제'가 되게 한 그 일이다.

그 밤의 그 소리

▌박순녀 朴順女
함남 함흥 - 소설가

1943년쯤이 아닐까. 나는 여학생이었다. 지금의 고등학생. 내게는 4인 그룹이라고 세 명의 단짝이 있었다. 그러니까 나까지 해서 네 명인데 그중의 한 아이가 승자다. 승자는 우리하고 이웃해서 살았는데 사실 거기는 오빠네 집이고 자기네 집은 여기서 15리가량 떨어진 어느 면 소재지에 있었다, 그러니까 승자는 주중에는 오빠네에 와서 학교를 다니다가 토요일 오후가 되면 책가방을 둘러메고 자기네 집으로 가기가 바빴다.

여름방학이 왔다. 날로날로 더워오는데 여름방학이다. 이렇게 좋을 수가. 그런데 더 좋은 것은 승자가 우리더러 자기네 시골집으로 가자는 것이었다.

"정말이야!"

이런 일은 일 년에 한 번 있을까 말까 하는 횡재였다. 거길 가면 하룻밤을 자고 오는데 승자 부모님은 우릴 정성껏 환대하지 넷이서 한밤을 함께 지낸다는 것은 황홀 그 것이었다. 시골 풍경은 또 얼마나 여유로운가. 승자야 고맙다 초대해 줘서.

그러나 이런 일에는 꼭 '마'가 끼는 법이다, 호사다마라고. 하필이면 우리 엄마가 그날 고깃배가 모여드는 항구인 서호로 생선 받으러 간다는 것이었다.

이 고장의 엄마들은 가끔 함지박을 이고 서호로 생선을 사러 갔다. 몇몇이서 약속을 해갖고는 첫새벽에 기동차 타고 서호까지 가서 배에서 막 내린 펄펄 뛰는 생선을 한가득 함지박에 담아가지고는 돌아오는 것이다.

여기는 동해안을 끼고 있어서 워낙 생선이 흔했다. 시장에 가보면 소달구지에다가 생선을 싣고 온 장사꾼들이 그 달구지에 터억 걸터앉아서는 한 마리 두 마리가 아니고 한 두렁(20마리) 반 두렁 단위로 생선을 팔았다. 그러니까 비싸지도 않았다. 그런데 엄마들이 서호에까지 가서 생선을 사오는 것은 입으로는 싸고 싱싱하고 어쩌구 하지만 사실은 그것이 엄마들에게는 일종의 휴식이었다. 나들이 같은 것이었다. 그래서 아이들의 뒷바라지에 바빴던 엄마들이 아이들의 방학이 시작되자 서호로 내빼는 것이었다. 그렇게 되면 나 같은 경우는 엄마가 새벽에 집을 비우면 내가 동생들을 건사해야했다. 승자네에 가 있어야 하는 내가!

"승자네로 가야한다는데!"

"다음에 가라."

"애들하고 역속이 다 됐는데!

"안 된다."

이렇게 되면 이제 내가 지랄(?)을 할 것을 엄마는 잘 알고 있었다. 타협안이 나왔다. 내가 승자네에 당일치기로 갔다 오는 것이었다. 밤에 넷이서 자는 행사는 단념하고 그날로 돌아오는 안이었다. 그러면 다음 날 새벽에 엄마가 예정대로 서호에 갈 수 있었다. 이 안을 나는 받아들이지 않을 수 없었다. 엄마가 서호행을 단념한다는 것은 내가 승자네로 안 가는 것이나 마찬가지로 절대로 있을 수 없는 일이니까.

이리하여 나는 승자네로 갔고 그곳에서의 즐거움을 다 가졌다. 종일 먹고 떠들었는데 나중에는 승자 어머니가 골방에서 베틀에 앉아 무명을 짜는 구경까지 했다. 도시의 아이들인 우리에게는 너무나 신기했다. 작문(수필)의 한 꼭지라도 떠오를 갓만 같은 정서어린 광경이었다.

시간은 무정했다. 내가 돌아가야 하는 시간이 됐다. 혼자서 15리 길은 가야하니 우물쭈물할 수는 없었다. 얼른 교복으로 갈아입고 여기 오자마자 벗어서 승자 아버지 옷장에 모셔둔 교복이다. 그런데 옷장 문이 열리지 않았다. 아무리 잡아 다녀도 끄떡을 하지 않았다. 어떡해 어떡해!

"아버지가 잠깐 나가셨구나."

승자 어머니의 말씀이셨다.

"어디에!"

우리는 이구동성으로 물었다.

"글쎄 말이다."

하다가 승자 어머니가,

"면사무소에 볼일이 있다고 하셨는데 …"

면사무소는 여기서 30분은 뛰어가야 한다는 것이었다. 우리는 두 말 않고 뛰어갔다 뛰어왔다. 열쇠는 역시 아버님이 갖고 계셨다. 시간은 예정보다 한 시간 반이나 늦어 있었다. 내가 집에 가 있어야 하는 시간이었다.

교복이 아닌 사복으로는 한 걸음도 밖에 나가서는 안 됐던 시대다. 사복으로 외출을 했다가 들키기라도 하면 퇴학도 마다하지 않던 고약한 시대였다. 그 절대 복종의 상징인 교복으로 갈아입고 내가 나서자 모두가 나를 붙잡았다. 이미 어득어득한데 어찌 시골길을 혼자서 가겠냐는 것이었다. 내 입장을 다들 알고 있었지만 그래도 안 된다는 것이었다. 금방 컴컴해질 텐데 달도 뜨지 않는 이 밤에 어디를 그러나 나는 다 뿌리치고 떠났다.

동구 밖을 벗어나자 벌써 본격적으로 어두워지기 시작했다. 그뿐인가. 길이 자꾸자꾸 좁아졌다. 그리고 논두렁 같은 길의 양켠으로는 논도 있고 밭도 있는데 가다가 난데없이 시커먼 나무가 불쑥 앞을 막을 때가 있었다. 그러면 그 나무 이파리가 풀어헤친 여인네의 머리처럼 너풀거렸다. 온몸에 땀이 짜악 흐른다. 뛴다, 그러나 계속 뛸 수도 없다. 숨이 턱에 닿고 오줌이 스르르 흐르는 것 같다. 가지 말랄 때 나서지 말 걸, 그렇게 고집을 부리지 말걸. 돌아갈 수도 없다. 반은 왔을까. 사람이 진실로 그리운데 사실은 이 세상에서 사람이 제일 무섭지. 죽으나 사나 간다.

이번에는 논이며 밭이 끝나고 사람의 키를 넘는 수수밭이 나타났다. 수수밭에는 문둥이가 있단다. 문둥이가 수수밭에 숨어 있다가 깜부기를 따먹으러오는 아이들을 붙잡아서 그 간을 빼먹는단다. 그러면 낫는다고. 그런 소문이 짜악 돌고 있었다. 그래서 아이들은 낮에도 수수밭에는 혼자서 들어가지 않았다. 문둥이, 문둥이하고 악마같이 무서웠던 나병환자님들. 그렇게 무서운 수수밭이 이어진다. 그러니까 옛 추억은 대체로 순수하고 아름다운데 그러나 그중에는 참말로 무식하고 잔인한 것도 있다.

졸졸졸. 냇물이 나를 따라오고 있었다. 그 냇물이 시작되고 있는 것도 나는 모르고 있었다. 과수원을 끼고 흐르는 냇물인데, 그래서 익숙한 냇물인데 그러나 그 저쪽은 공동묘지였다. 낮에는 그런 것들이 아무렇지도 않은데 밤의 냇물이며 공동묘지는 아니었다. 유령하고 물귀신이 한꺼번에 달려들었다. 머리가 곤두서면서 내 한 쪽 다리가 스르르 밭둑에서 미끌어져 냇물로 들어가고 있는 것을 알아차렸다. 물귀신이 잡아끈다.

아니야! 나는 잡풀을 거머잡고 온 힘을 다해서 밭둑으로 기어오른다. 그때였다. 멀리 개 짖는 소리, 멍 멍 멍.

우리 동네에서 4, 5백 미터쯤 떨어진 곳에 농가 같은 외딴집 한 채가 있었다. 거기까지는 길도 넓었는데 왜 거기에 집이 꼭 한 채가 그렇게 있는지 나는 모른다. 그러나 하여간에 그 집의 개가 짖은 것이다. 인기척을 알아채고, 물귀신에 홀린 내 인기척을 알아채고.

살았다. 사람이 나타났으면 나는 기절했을지도 모르는데 그 멍멍멍 소리는 나를 정말로 살렸다. 그 똥개 … 똥개겠지. 어디 족보 있는 고급 개였을라고. 그 외딴집 그 농가에. 그러나 그 개가 짖지 않았다면 나는 마을로 거의 다 온 것도 모르고 물귀신하고 마지막 사투를 벌이고 있었을 것이다. 그리고 그 싸움에서 누가 이겼을지는 모르는 일이다. 내가 물속으로 끌려들어갔을지도 모른다.

집으로 돌아왔다. 한밤에 돌아온 나를 보고 엄마는 말을 잇지 못했다. 이게 미쳐도 예사 미쳤나. 엄마도 잘 아는 그 길을 이 밤에 혼자서 걸어 돌아오다니. 문둥이가 튀어나올지도 모르고 물귀신이 잡아갈지도 모르는데, 또 외딴 밤길에서 사람이 여간 무서운가. 끌고 가면 어찌 될지도 모르지. 모두가 등골이 서늘해지는 일들인데, 그런데 이게 그 길을 이 밤에 혼자서 걸어왔다. 엄마는 내 등짝을 내리쳤다. '이 간나야! 이 간나야!' 하면서. 서울말로는 '이년아!'다. 한차례 맞고 나서 나는 엄마한데 항의했다.

"꼭 오랬잖아!"

"이 간나야, 그걸 말이라고 하니. 못하는 일은 에미가 죽인대두 못하는 거지."

나는 교복이 어쩌구, 중얼중얼했다.

"그래서 늦었으면 못 오는 거지. 이 간나야, 니 성미가 오직 독해서, 내가 모르니?"

엄마는 결국 한숨을 내쉬었다. 엄마는 내가 독해서 정말로 마음에 걸리는 모양이었다.

지금에 와서 생각해보면 내가 백번 잘못했다는 것은 알고도 남는다. 그러나 그것이 내가 타고난 성미라는 생각도 든다. 그러나 그 여름밤의 그 개 짖던 소리는 지금도 내 귓가에 생생하다.

어머니와 무심천과 딸기밭

▌박정희 朴貞姬
함북 길주 – 시인

어릴 때 태어난 북녘을 떠나 충청도에서 초·중·고를 다녔으니 고향이라면 응당 '충청도'를 일러야 옳다. 그런데 나는 늘 북녘의 높고 뾰죽한 봉우리들을 고향이라 그리며 살았다. 나직하고 결이 고운 충청도 산하에 비해 별로 기억 속에 선명하지도 않은 차고, 맵고, 날카로운 자연 풍경을 그토록 머릿속에 담아둔 것은 전적으로 어머니 탓이다.

어머니는 틈만 나면 두고 온 북녘에 대해 이야기했다. 이야기 속의 산과 바다는 보이는 한계를 뛰어넘어 몇 갑절 푸르고 신비로웠다. 북녘의 추위는 너무 추워서 도리어 동화적이고, 또한 북녘의 더위는 그 우람한 산그늘과 바닷바람 때문에 더욱 싱그럽게 그려졌다.

어느새 나는, 눈에 보이는 현장의 현실보다 보이지 않는 머릿속의 그림을 더 좋아하게 된 것이다. 특히 무더운 여름철이 오면 충청도에서, 그것도 바다가 없는 충청북도 청주에서 꼼짝없이 작은 책상머리에 앉아서 광풍이 몰아닥치는 북녘 파도의 꿈을 먹으며 출렁이던 기억은 거의 버릇이 되어 있었다.

유난히 땀을 많이 흘리는 남쪽 친구들 곁에서 나는 늘 바람의 아이처럼 조금씩 춥고 쓸쓸했다. 산들도 힘에 겨운지 납작하게 엎드리는 한 나절, 그 아래 무릎 꿇듯 논밭이 깔리고, 다시 그 밑에 숨죽인 실개천도 겨우겨우 흘러가는 여름의 절정에 이르면 '악!' 소리를 지르고 싶도록 적막하여 소름이 끼쳤다.

충청북도의 말씨는 서울말의 억양과 남도 말의 느린 어조가 합성되어 잔잔하고 섬세했다. 주거니 받거니 나즉 나즉한 리듬의 말솜씨 가운데 혹여 우리 집안사람들의 투박한 북녘 억양이 끼어 들까봐 조심스러웠다. 집에서 쓰던 억양은 이따금 예기치 않을 때 튕겨져 나와 서둘러 말문을 닫을 때도 많았다.

충청도는 뿌리박힌 지역 빛깔이 유난히 질었다. 풍습과 인습 또한 대대로 이어져 내려온 탓인지 집집마다의 내력이 뚜렷해서 행사도 많고 의식도 많았다. 그런데 우리 집은 늘 맨숭맨숭하고 북녘 물김치 맛처럼 싱겁기 짝이 없었다. 마을마다 동네마다 떡을 빚고 기름내를 풍기는 이름 있는 날이라는데 우리 집 어머니는 전혀 모르고 있었다.

"지역마다 풍속이 다르니까…"

나는 그때 처음으로 실향민의 그늘 같은 것을 어머니 얼굴에서 읽었다. 풍속과 민속을 함께할 수 없다는 떠돌이의 소외감 같은 것이 내 가슴으로 파고들었다.

그 무렵이 초등학교 때인지, 중학교 때인지 정확하지는 않지만 청주 시내 한복판을 남북으로 가로지르는 '무심천'을 나는 무심하게만 바라볼 수는 없어졌다. 무심천은 강수량이 많지도 적지도 않게 끊임없이 흘렀다. 상류로 오르면 아득하게 까치내가 보이고 아래쪽으로는 서문다리, 남다리가 걸쳐 있어서 드문드문 느릿느릿 사람들이 그 위를 오고 갔다.

어린 날 나의 눈에 비친 무심천은 '어디서 흘러와서 어디로 흘러가는가'의 속 깊은 의문보다 그냥 흐르는 물이 있어서 좋았다. 거기서 어머니는 아침부터 빨래를 했다. 어떤 때는 빨래를 삶고, 빨래를 염색하고, 다시 그 빨래를 모래밭에서 바싹 말려 꽁꽁 묶어서 머리에 이고 집으로 돌아왔다.

어머니 얼굴은 모래밭 조약돌처럼 까맣게 되고 반들반들해졌다. 늘 어난 주름살 사이가 햇볕에 그을은 쪽과 반대쪽으로 갈라져 강물의 물살무늬를 만들었다. 어머니는 그 강물의 물살무늬로 환하게 웃으며 계속 빨래를 했다. 빨래 중의 내 교복 빨래는 더욱 뽀얗게 빨았다.

무심천 다리를 건너, 여름 한철 버드나무가 치렁치렁 춤추는 사잇길을 지나면 내가 중학교 3년을 신나게 뛰놀던 청주여중이 있다. 학교가 멀어서 나는 늘 어둑한 새벽길을 걸었다. 무심천 다릿목에 이르러서야 '후유ㅡ' 한숨을 돌렸다.

나는 학교 방송실에서 등교 길을 경쾌하게 열어주는 풍요한 역할을 맡고 있었다. 좋은 음악을 고르고, 좋은 시를 고르고 나서 내 목청도 한껏 낭랑하게 가다듬었다. 처음엔 담당 선생님이 원고도 써주고 차례도 돌봐주더니 나중엔 모두 나한테 떠맡겼다.

나는 그 바람에 내가 쓴 원고를 가지고 웅변대회에까지 나갔다가 의외의 상을 타기도 했다. 그 외에는 음악반에서 밤늦도록 합창대회 연습을 하는가 하면 문예반에서 글 쓰는 친구들과 함께 학교 교지를 만드느라고 땀을 빼기도 했다.

그런 시간에 어머니는 내 교복을 풀 먹여 다림질하고 머리맡에 가지런히 놓아두었다. 그 뽀얗게 손질한 교복을 입고 학교생활을 신나게 했다. '방송실, 음악반, 문예반, 웅변반'을 두 계단 세 계단씩 건너 뛰어다니며 무엇인가 미친 듯이 열중하고 살았다.

집으로 돌아가는 길에 다시 한 번 무심천 다릿목에 이르면 강변의 빨래터는 비어 있었다. 나는 늘 거기서 강물의 물살무늬로 웃는 어머니를 보는 것 같았다. 그때마다 나는 줄달음질쳐 집으로 향했고, 어머니의 웃는 얼굴을 빨리 보려고 거리에서 한눈을 팔 새가 없었다. 학교로 가는 길과 집으로 가는 길밖에 모르고 살았다. 학교생활에서 뜻이 맞는 친구 몇 명은 모두가 나처럼 '집으로, 학교로' 밖에 모르는 아이들이었다.

그 친구들이 어느 날 수업이 일찍 끝난 오후에 딸기밭으로 가자고 의견을 모았다. 그 희한한 의견을 누가 냈는지 모르지만 나는 그때 생전 처음 딸기밭에서 갓 따온 싱싱한 딸기를 먹었다. 무슨 큰 사건이 일어난 듯 울렁거리는 가슴으로 우리는 묵묵히 딸기만 입으로 가져갔다.

"우리가 여기 오는 거 누구 본 사람 없어?"

"하니, 아무도"

"왜? 보면 어때?"

"보면 좋을 거 없지…"

"뭐가? 뭐가 좋을 게 없는데?"

"책가방 들고 여학생들이 줄줄이 딸기밭 가는 게 뭐가 보기 좋아?"

"뭐가 보기 안 좋아? 우리, 무슨 나쁜 짓을 했어?"

"나쁜 짓을 안 했는데 나쁜 짓을 한 것처럼 보일까봐 그러는 거지 바보야"

"뭐? 바보? 니가 바보지 누가 바보니?"

"그만 해! 그만!"

발끈해서 언성을 높였던 둘이는 주저앉아 엉엉 울었다. 결에서 우리는 모두 금방 먹은 딸기가 내려가기도 전에 울먹울먹해졌다.

어둑어둑한 딸기밭 언덕을 넘어 무심천 다릿목에 이르렀을 때 우리는 모두 패잔병처럼 지쳐 있었다. 평소보다 늦게 귀가한 우리는 모두 큰 잘못을 정말 저지른 것처럼 고분고분해졌다.

나는 그 날 이후, 딸기 물감이 든 손수건을 볼 때마다 진정 고향 냄새를 맡는다. 쓸쓸하고 외롭다고 오래 웅크리던 내 둥지를 풀고 그 여름날의 딸기 향기를 흠뻑 들이마신다.

사막의 추억

▌송원희 宋媛熙

서울 - 소설가

지난 일은 그것이 비록 고난이나 슬픈 일이나 즐거운 것이나 많은 시간을 보내고 난 뒤 그 추억담을 말할 때 눈물이 나도 웃으면서 말할 수 있는 것이 추억이다. 그것은 시간이 주는 성숙이라고나 할까.

지난 해였다. 그 해 여름 나는 중국 북부 신강성의 실크로드를 여행했다. 아득한 옛날 고대 때부터 중국의 비단을 싣고 서역으로 가져갔던 낙타대상들의 길이다. 거기에 얽힌 이야기가 우리가 일생을 다 읽어도 시간이 모자랄 정도로 많다. 그 옛날을 더듬어 간다는 것은 오랜 꿈이었다.

낙타대상들의 길은 천산북로天山北路, 천산남로天山南路 등 네 개의 길이 있는데 우리는 돈황燉煌의 길을 택했다. 돈황에서 신강성 우루무치까지 가는 항공편도 있지만 우리는 되도록이면 대상들이 낙타를 타고 가던 길을 가기로 했다. 그 낙타길이 지금은 사막에 철로를 놓은 것이다.

한여름의 따가운 열사를 피해 해가 서쪽으로 기울어질 무렵에야 야간열차는 떠났다. 끝간데없이 망망한 사막 광야에 한 줄기 열차는 달리고 여름 해는 조금씩 조금씩 저 멀리 지평선을 향해 기울어져 가고 있었다.

나는 침실에 짐을 놓고 복도에 나와 열사熱沙에 지는 해를 관조했다. 석양은 기울수록 크게 나를 압도하고 내 가슴에 가득 차왔다. 대낮에 그토록 작열하던 열기에 비해 얼마나 겸허하고 다소곳한 자태인가. 사막의 낙조는 결코 성급하지도, 그 모습을 숨기지도 않고, 유유하게, 그리고 당당한 자세로 보잘것없는 불모의 사막을 붉게 물들여 장식했다.

그 모습을 무엇으로 비교할 수 있을까. 한마디로 장엄하다고나 할까, 황홀하다고나 할까. 나는 생각했다. 내 인생의 낙조도 저 모습으로 지고 싶다고.

해가 완전히 지평선을 넘어 가자 사막은 돌연히 어둠 속으로 휩싸이고 검은 열차만이 요란하게 차창을 울렸다. 나는 침대칸으로 돌아와 잠을 청했다. 여행의 피로가 서서히 몰려왔다.

잠깐 잠들었을까. 요란한 차량 소리에 눈을 떴다. 커튼을 제치고 밖을 보니 열차는 잠깐 간이역에 멈춘 모양이다. 오래 머물지 않고 차는 떠났다.

나는 더 잠을 잘 것 같지 않아 복도로 나갔다. 잠을 잊은 서너 사람이 그곳에 있었다. 나는 순간 숨이 멈춘 듯 했다. 밤하늘의 별들이 차창을 통해 내게 우수수 쏟아지는 것이 아닌가.

"별들이 살아 움직여요."

"사막의 공기는 오염되지 않아 밤하늘도 맑군요."

일행 중 한 사람이 말했다. 이런 오염 없는 하늘을 언제 보았던가 할 정도로 신비하게 느껴졌다. 손을 뻗치면 별 한 둘은 잡힐 듯이 별들은 내게 가까이, 아주 가까이 다가오고, 열차는 그들 별들 속으로 달리고 있었다.

이제 알았다. 옛날의 낙타 대상들은 낮에는 너무 뜨거워 오아시스 그늘에서 쉬고 밤에만 다녔다고 했다. 밤하늘의 별은 길 안내이고 점술이기도 했다. 돌연 그들 별 속에 한 얼굴이 나를 향해 아련히 웃고 있었다. 너무나 오래된 얼굴이어서 이름도 생각나지 않았다. 곧 나는 그 이름을 찾아냈다. 그의 이름은 미스터 리였다. 당시는 서로의 존칭을 미스터나 미스라고 불렀다.

40여 년 전 그렇다. 그렇게 오래된 얼굴이다. 내가 그를 알게 된 것은 어느 해 여름 출판사에서 아르바이트를 잠깐 했을 때였다. 사전을 만드는데 정식 직원이 아닌 아르바이트생들을 여름 동안 채용했던 것이다. 모두 일곱 명의 학생들이었다. 나는 교정을 보는 일이었고 미스터 리 는 영문을 교정하고 있었다.

그 때는 지금처럼 차가 범람한 것도 아니고, 특수한 사람이나 새나라 같은 차가 있었으며, 대중교통으로는 버스와 전차가 있었다. 출판사 사장이 우리 집과 그리 멀지 않아서 아침 출근 시간에는 나를 태워가지고 출근을 했다. 나는 남산 부근에 살았는데, 차가 지나가는 퇴계로에 나와 있으면 차가 오는데, 언제부터인가 미스터리도 그곳에 나와 같은 장소에서 차를 타게 되었다. 그는 말했다. 임시로 이곳 근처로 이사를 왔다고 했다.

미스터리는 외모가 준수해서 모두들 그를 핸섬보이로 불렀다. 외모뿐 아니라 멋도 있었고 여자들을 대하는데 매너가 좋아 인기가 좋았다. 특히 내게는 유난히 살갑게 대해줘 나 역시 그에게 호감이 갔다.

그는 한 자리에서 차를 함께 탈 뿐 아니라 가끔 캔디 같은 것을 남의 눈에 띄지 않게 내 손에 쥐어준다던지 맛있는 빵을 갖다 주기도 했다. 당시는 모두들 도시락을 싸가지고 다녔는데 그의 도시락 반찬은 유난히 정성이 들어 다양했다. 그것은 그가 결혼한 지 얼마 안 되어 신혼부부라 해서 그랬던 것 같다.

점심시간에는 도시락을 함께 펼치고 먹었는데, 젓가락들이 그의 도시락에 많이 가는 바람에 금방 바닥이 났다. 나는 부인의 정성을 생각해서도 그 반찬을 먹을 수가 없었다. 그래서인지 그는 가끔 반찬을 집어 내 도시락에 갖다 놓곤 했다. 그래서 다른 사람들이 "신혼 초에 바람난 것이 아니야" 하고 놀려대기도 했다.

그러던 어느 날이었다. 그 날은 일이 좀 밀려 모두들 늦게까지 잔업을 해서 사장이 저녁도 사고 퇴근도 늦었다. 퇴근에는 바래다주지는 않았지만 그 날만은 예외였다. 편집장은 "미스터리도 같이 내려드릴까요?"하며 나와 미스터리를 차에 태워주었다. 차가 우리를 내려놓고 떠나자 미스터리는 "집에서 늦었다고 야단맞지 않으면 잠깐 남산을 산책하자."고 했다.

한여름의 남산은 삼림이 무성해 그 향기가 우리들의 몸을 감싸고 휘감고 했다. 공기 또한 싱그러워 나뭇잎 풀잎 향기가 노출된 나의 팔다리의 모공으로 아낌없이 숨어들었고 어디선가 이른 풀벌레가 울어댔다.

"잘 왔는데요. 풀벌레가 우리를 환영하는군요."했다. 어찌 그뿐이랴. 밤하늘의 별이 우리들의 머리 위로 막 떨어지고 있었다. 우리는 북두칠성을 찾았고, 북극성과 카시오페이아의 자리를 찾았다.

"별을 받아 가지고 가야겠어요."

나는 스커트를 폈다. 그러자 미스터리도 "나도"하며 두 손바닥을 폈다.

"자아 보셔요. 내 치마폭에 이렇게 많은 별이."하자

"내 손엔 별이 없는데."했다.

나는 그의 손바닥을 꼭 찌르면서 "여기 있네요."하며 웃었다. 그 때였다. 그는 내 손을 잡으면서 말했다.

"우리 석 달 전에만 알았더라면 난 결혼 안 했을 거예요."했다.

그 말은 얼마나 나를 놀라게 했는지, 나는 아무 말을 못 했다. 다음 이어 그는 "참 좋아요." 하며 크게 숨을 쉬었다. 참 어려운 고백을 한 모양이었다. 그의 말이 내 피부에 와 닿았고, 그의 마음이 내 머리 위에 쏟아지는 별들처럼 내게 쏟아졌다.

"사실은 우리 집은 갈현동인데, 조금 일찍 나와 전차를 신세계 앞에서 내려 이곳까지 걸어왔어요. 조금이라도 더 보고 싶어서요."

그 말은 더욱 더 나를 놀라게 했다. 나는 그저 아무 말도 못 하고 있는데 그는 계속해서 혼자 말을 했다.

"나 이 주일만 나오고 못나올 거예요. 다음 주 미국으로 떠납니다."

그가 미국 간다는 것은 알고 있었지만 그렇게 빨리 가는지는 몰랐다.

"그동안 재미있었고, 함께 일을 해서 행복했어요. 너무 짧지만."

독백처럼 별을 보며 말했다.

"참 줄 것이 있어요. 어제 어머니 집에 들렀더니 예전의 내 방에서 이런 것이 나오더군요. 국민학교 때 생일 날 어머니가 선물한 것인데." 하며 손바닥 크기의 비로우드로 된 작은 상자를 내 앞에 내놓았다. 그가 뚜껑을 열자 베토벤의 소녀의 기도가 맑게 밤공기를 울렸다. 오르골이었다.

"아니, 이거 부인 드려야지요. 왜 내게?"

"우리 집 사람이야 이제 평생을 살 사람인데."하며 말끝을 흐렸다.

우리 집사람이라는 말에 나는 돌연 어떤 시샘이 갔다.

"받아주오. 주고 싶어요. 오래된 나의 추억이 담긴 것인데."

나는 오르골을 받았다. 그의 유년의 모습을 상상하며 이 사람이 정말로 나를 좋아하는구나 하고 느낄 수가 있었다. 나는 더 이상 거절할 수가 없었다. 그것을 받아 다시 뚜껑을 열었다. 맑디맑은 소리가 사랑의 고백처럼 밤 대기를 타고 나의 체내로 살갑게 숨어들었다.

"그동안 정말 즐겁고 행복했어요. 앞으로도 좋은 사람 만나요. 충분히 행복할 거예요. 어떤 사람인지 몰라도 샘이 나는데요."

나중 말은 어쩐지 슬프기까지 했다. 아주 아주 오랜 이야기여서 나는 그 사람과의 짧은 만남을 잊은 지가 오래이다. 오르골과 함께. 한동안은 내 책상에 놓고 그가 생각나변 뚜껑을 열어 소녀의 기도를 듣곤 했었다.

그 후 나도 결혼을 하고 아이를 셋이나 낳고 이사를 여러 번 다니는 동안 그 오르골은 어디론가 사라졌다. 그를 잊듯이 그것도 잊은 것이다. 그런데 왜 이 사막에 와서 그 사람의 생각이 나는지, 잊었다고 생각했지만 어느 구석에선가 그 추억은 고이 잠들고 있었던 것이다. '저 별 때문이었다.'라고 나는 생각했다.

그는 지금 어디 있을까? 그도 별을 보면 언젠가 어디서 짧게 만났던 나를 떠올릴까? 이런 여름의 별 하늘을 수십 번을 보냈을 세월 속에 한두 번쯤은 나를 생각했을 것이다. 추억이란 인생에 있어서 아무에게 나 보일 수 없는 내 마음의 보석이기에.

20년 전 일기장에서

▌엄기원 嚴基元

강원도 명주 - 한국아동문학연구회 회장

한 문예지에서 원고 청탁이 왔는데 고향의 여름철 이야기 한 꼭지를 써 달라는 청이었다. 나는 깊이 생각하지 않고 서재에서 무턱대고 일기장 한 권을 쑥 뽑았다. 뽑아 들고 보니 2002년 나의 일기장이 아닌가!

꼭 20년 전 일기였다. 나는 일기장 한 중간 쯤을 펴 들었다. 그 해 여름에 어떤 일이 있었나 하고 펴 들고 몇 쪽 넘기다 보니, 아동문학 세미나 행사를 했던 기록이 나왔다.

미소를 지으면서 일기를 읽어 보니 참 재미있었다. 물론 고향 이야기가 아니지만-.

'일기라는 게 글감으로 좋은 구실을 하는구나' 생각하면서 그 뒤로 몇 가지 기록을 더 읽어 보니 계속 얼굴에 웃음이 번졌다. 그 일기장에 수록된 많은 문인 얼굴이 내 앞에 나타나면서 인사를 하는 게 반갑고 그리운 얼굴들이었다.

이제 그 날의 일기를 옮기면서 원고를 대신할까 한다.

2002년 7월 27일 (토)

제14회 아동문학 세미나 개최
     - 경기도 가평군 하면 '山이 좋은 사람들'에서 -

오늘은 금년 들어 가장 더운 날이다. 서울의 낮 기온이 섭씨 35도라고 했다. 드디어 우리 회가 연례행사로 주최하는 제14회 아동문학세미나와 제33회 아동문학 신인상 시상식을 하게 되었다.

최수정 간사는 세미나 현장으로 직접 가고, 우리 승용차와 홍성훈 님 승용차에 행사용 기념품과 책들을 나누어 싣고 낮 12시에 사무실에서 출발했다. 한편 청량리역 광장에는 전세버스 2대를 대기, 오후 3시 30분에 80여 명의 회원을 싣고 출발, 경기도 가평군 하면 하판리 〈산이 좋은 사람들〉 세미나에 예정보다 1시간 늦게 도착했다.

참가 신청을 하고 오지 않은 사람이 많았고, 미리 신청하지 않고 세미나 현장에 찾아온 사람은 더 많았다. 그래서 숙소 배정도 엉망이 되고 행사 모두가 차질이 생겼지만 산 좋고 공기 좋은 곳에서 120여 명이 모여 개회식, 시상식 - 저녁식사 - 1부 세미나 - 회원 친교 시간 - 자유 환담 - 취침 등으로 무난히 이어졌다. 비교적 저녁식사, 아침식사도 맛있었다.

7월 28일엔 아침식사 - 2부 세미나 - 세미나 종합토의 - 폐회식 순으로 진행하여 오전 11시에 모두 끝냈다.

서울로 진입되는 찻길이 지체가 될 것을 예상해 일찍 마쳤다.

이번 세미나엔 강휘생 사무국장과 홍성훈 운영위원, 최수정 간사의 노고가 컸다. 좋은 날씨에 세미나를 무사히 마친 일을 하나님께 감사드린다.

금년도 우리 세미나 주제는 「메말라가는 어린이 정서 그 원인과 대책」 발표자는 유창근 님(명지대 교수, 평론가), 송 현 님(시인), 강대택 님(전북 외궁초 교장), 차웅렬 님(색동회 부회장)이 매우 유익하고 좋은 말씀을 해 주어서 참으로 고마웠다.

2002년 7월 31일 (수)

오후 3시. 文協(예총 회의실)에서 8월 9일 중국 하얼빈으로 문학기행 하는 회원들의 오리엔테이션이 열렸다. ㈜반포삼흥여행사에서 정홍 사장과 신동헌 과장이 나와 중국여행에 대한 기본 상식과 준비에 대해 자세히 설명해 주었다.

이번에 중국 가는 문인은

A팀 : 권태문, 이흥종, 노정애, 박명자, 이명재, 송명호, 문무학,
　　 김호영, 구순자, 전연욱, 이은방, 박명용

B팀 : 이화영, 김원태, 이 숙, 심상옥, 장은영, 오사라, 김정숙,
　　 송세희, 정목일, 김명숙, 김 학, 엄기원

C팀 : 신세훈, 장윤우, 이복자, 박정열, 김영진, 홍성훈, 이명호,
　　 박영만, 이호림, 지천웅, 김창완

　　 총 35명이고 여행 단장은 엄기원

　　 ·A팀장 – 이명재 평론가

　　 ·B팀장 – 정목일 수필가

　　 ·C팀장 – 김창완 시인이다.

2002년 8월 5일 (월)

참 좋은 시 한 편을 암송했다.

> 사랑하는 까닭
> 한용운
> 내가 당신을 사랑하는 것은
> 까닭이 없는 것이 아닙니다.
> 다른 사람들은 나의 홍안만을
> 사랑하지마는 당신은
> 나의 백발도 사랑하는
> 까닭입니다.
>
> 내가 당신을 그리워하는 것은
> 까닭이 없는 것이 아닙니다.
> 다른 사람들은 나의 미소만을

사랑하지마는 당신은
나의 눈물도 사랑하는
까닭입니다.

내가 당신을 기다리는 것은
까닭이 없는 것이 아닙니다.
다른 사람들은 나의 건강만을
사랑하지마는 당신은
나의 죽음도 사랑하는
까닭입니다.

이 시는 「님의 침묵」을 쓰신 만해 한용운 선사의 사랑의 시다. 너무도 아름답고 멋진 시여서 암송했다. 나도 어디 가서 폼을 잡으며 시한 편 암송하려고 이 시를 외웠다.

오늘 낮에 어효선 선생님과 김공선 선생님이 오셔서 점심으로 돼지 갈비를 대접했다. 이젠 두 분 모두 술은 입에 대지 않으셨다. 칠십대 후반인데도 모두 건강한 모습이 참 보기 좋았다. 나도 그 나이에 이분들처럼 건강했으면 얼마나 좋을까.

Ⅱ. 도랑에 흘려보낸 고무신 배

모래성을 쌓고 허물고

❙ 김관해 金官楷
강원도 영월 – 선문대 명예교수

  내 고향은 강원도 영월군 수주면水宙面 운학리雲鶴里다. 서강西江 상류
강물에서 헤엄치던 그 여름날의 어린 시절을 잊을 수 없다. 여름이면
친구들과 함께 물에서 살다시피 했다. 강가에서 모래성을 쌓고 허물며
해가 지는 줄도 모르고 놀던 기억은 아직도 잊혀지지 않는다.

  영국 선데이 타임스는, 인생에서 가장 행복했던 것은 어린아이가 모
래성을 쌓고 허물며 놀던 동심의 세계라고 쓰고 있다. 내 고향은 신선
이 내려와 살았다는 곳으로, 산고 수려한 비경이다. 무릉도원이라 할
만한 요산요수의 명산대천이다. 여름밤이면 보석같이 박혀 있는 하늘
의 별이 쏟아져 내린다. 멍석 위에 누운 채 가족들과 이야기를 나누며
별을 헤아리던 시절이 행복했다.

  하늘 높이 우뚝 솟은 산봉우리의 물줄기는 산자락 허리를 휘감고 흐
른다. 물소리 바람소리의 합창과 풀벌레 소리며 멀리서 들려오는 부엉
이 울음소리는 아무리 들어도 질리지 않았다. 물이 휘돌아가고 학이
구름 위를 난다. 동네는 하일夏日이라 부른다. 긴 여름날 삼복더위 햇
볕이 내려 쪼이는 고장이기에 그런 이름을 지은 듯싶다.

  어린 시절 더위를 잊기 위해 물에 뛰어들어 물고기들과 자유자재로
헤엄을 치고 지냈던 여름의 무대였다. 물은 어머니 품속같이 포근했
다. 언제나 부드럽게 감싸 주고 있다. 강폭이 멀어 누구나 쉽게 갈 수
없는 거리를 나는 완주했다.

68   내 고향 여름의 추억

겨울이면 빨리 여름이 오기를 기다렸다. 어릴 때부터 물과 익숙해지고 물장구치며 배운 수영실력은 고등학교 때 동해안 강릉 경포대 해수욕장 앞 십리 바다를 왕복할 수 있었다. 물에서는 언제나 마음이 편하고 즐거웠다. 인간은 어머니 복중에서 자랄 때 물주머니에 있었다. 그러므로 물은 인간 누구나의 생명의 고향임을 부정할 수 없다. 인간은 누구든지 물을 좋아한다. 그리고 물을 떠나 살 수 없다.

지금도 이웃집 할아버지가 들려주시던 이야기를 잊지 못한다. 내가 초등학교 5학년이던 여름날 할아버지 댁에서 잠을 잔 적이 있었다. 할아버지는 유식한 한학자였다. 캄캄한 사랑방에 둘이 나란히 누워 있었다. 그날 밤에 들려준 할아버지의 역사 이야기를 잊을 수 없다. 너무도 진지하고 놀라운 설화였다. 할아버지는 어떻게 그런 역사 이야기를 그토록 자세하게 알고 있었는지 무척 궁금했다. 할아버지는 손자뻘 되는 나에게 그 역사 이야기를 진지하게 들려주셨는지 모른다. 그날 밤 듣게 된 여러 이야기 중에서 조선조 선조 임금 때 유성룡 대감과 그의 형인 경암옹에 대한 이야기를 상기해 보고자 한다.

서애 유성룡 대감은 명성이 높은 인물로서 성웅 이순신 장군과 막역한 친구였다. 그는 일본 조야에서도 경계했던 것을 보면 대단한 분이었다는 것을 짐작할 수 있다. 그런데 그 유성룡 대감보다도 그의 형인 경암옹은 더 높이 평가되고 있는 인물이다. 그는 태어나면서 벙어리였다고 한다. 신통하지 못한 바보 같은 여지인屬之人이라 한다. 문제는 말을 못하는 벙어리가 아니고 말을 할 줄 알면서도 입을 열지 않는 벙어리로 50년 이상을 유구무언하고 지냈다 한다. 이런 사람은 무서운 것이다. 처신도 가관이고 병신노릇을 했다고 전한다. 보기에 딱하고 창피할 노릇이다.

유 대감을 찾아 온 대감들이 바둑을 두면 경암옹은 옆에서 슬며시 바지를 내리고 똥을 쌓아놓고 뭉갠다. 냄새가 진동하니 대감들은 코를 막고 자리를 뜨곤 했다. 할 수 없이 멀리 떨어진 후원에 움막을 짓고 살게 했다.

어느 날 새벽 유성룡 대감이 아직도 잠에서 깨지 않고 있는데, 문밖에서 성룡이 있느냐며 큰 고함소리가 들렸다. 50년 동안 벙어리로 살던 경암옹은 따분한 신세가 되어 있었다. 그러나 경암옹은 천리안을 가진 도인이었다. 왜놈이 도술에 걸려 삼심육계 줄행랑을 치며 엎드려 울고 목숨만은 살려달라고 하며 다시는 조선을 넘보지 않겠다고 빌었다고 한다.

내 고향 어느 여름밤에 할아버지로부터 들었던 이야기를 지금도 잊을 수 없다. 그날 밤은 너무도 짧은 것 같다. 나는 새벽닭이 울 때까지 이야기를 들었다. 너무 어린 탓에 귀한 설화들을 기억하지 못한 것이 못내 아쉬울 뿐이다. 참 박식하고 인자한 할아버지였는데 세상을 떠나셨다는 부음을 듣고 슬퍼했었다.

나는 산과 물이 어울리는 고향산천에서 자랐다. 어릴 때부터 정서적 교훈을 심어준 교사는 산과 물이라 할 수 있다. 산은 아버지 같고 물은 어머니 같다. 지금도 산으로 바다로 가기를 즐겨한다. 요산요수樂山樂水라는 말은 나의 삶에 있어서 소중한 금언이 되었다.

> 유시고고 봉정립 有時高高 峰頂立
> 유시심심 해저행 有時深深 海底行

때로는 높이높이 우뚝 서고 때로는 깊이깊이 바다 밑에 잠기라. 언제나 이 말을 마음에 새기는가 하면, 높은 산을 오르기도 하고 깊은 강을 헤엄치기도 하며 살아가는 것은 내 고향의 정서가 만들어준 덕분이라고 생각한다.

고향산천 그 장엄한 광경들, 황홀한 일몰과 지붕 위의 하얀 박꽃, 나무가지 위에서 지저귀는 새소리, 다양한 색깔로 아름답게 피어나는 이름 모를 들꽃들, 이 모든 기억으로 세상사의 때가 씻겨질 수 있었다고 생각한다. 고향을 떠난 지도 오랜 시간이 흘렀다. 참으로 세월은 빠르게 흐른다. 시간은 가고 기억은 쌓인다. 흘러간 시간속의 기억을 우리는 추억이라 한다. 추억이 쌓이면 역사가 된다. 인간은 역사를 만

들고 역사는 인간을 만든다.

내 고향 산천을 영원히 잊지 못할 것이다. 어릴 때 뛰어놀던 산과 강을 다시 찾고 싶다. 강가에 모래성을 쌓기도 하고 허물기도 하면서 그 순수한 동심을 살리고 싶다. 꽃이 피고 나비가 날며 새가 우는 그 여름날의 고향, 그곳이 차마 꿈엔들 잊힐리야. 정지용의 「향수」라는 시 한 구절을 읊으면서 붓을 놓으려 한다.

> 넓은 벌 동쪽 끝으로
> 옛이야기 지줄대는 실개천이 휘돌아 나가고
> 얼룩백이 황소가
> 해설피 금빛 게으른 울음을 우는 곳
> 그 곳이 차마 꿈엔들 잊힐 리야.

내 고향 여름엔 할아버지가 산다

▌김영희 金英姬
충북 옥천 - 소설가

나는 초등학교 3학년 때 할머니 댁에서 일 년을 살았다. 여름엔 초가지붕 위에서 하얀 박꽃이 소담스레 피어나고 저녁이면 멍석 위에서 햇감자를 까먹으며 도란도란 이야기꽃을 피웠다. 별들은 초롱초롱 은물결을 이루기 시작하고 개구리들은 '가가거겨' 합창을 하며 한여름 밤의 축제를 열었다. 그러면 할아버지는 지난해 말려놓았던 쑥대로 모깃불을 피우시며 우리들 옆에서 긴 담뱃대에 엽초를 꾹꾹 박아대셨다.

겨울엔 마당 한켠 두엄더미 옆에 서있는 오래된 배나무 위에서 부엉이가 부엉 대며 겁을 주어 나는 화장실에도 못 갔다. 끙끙대다 함께 자던 고모에게 사정을 해서 불일을 보고 나면 이튿날은 여지없이 고모에게 세숫물을 바쳐야 했다. 그런 겨울이 지나고 흙담벽에서 이는 찬바람이 사라지면 초봄이 온 거다.

사월이면 초저녁부터 소쩍새가 촉촉촉거리며 울어댔다. '소쩍소쩍' 그 흉내를 내다보면 소쩍새의 넋이 생각나 슬그머니 처연해지곤 했다. 초록물결을 이루던 보리밭이 누런 빛깔을 띠고 먼 산에서 뻐꾸기가 '꾸국 꾸국' 대며 나지막하게 울었다. 골목 어귀에 환하게 피던 살구꽃도 지고 아기 주먹만 한 살구가 연하게 맛이 들면 어른들은 모내기를 하느라 종종걸음을 쳤다. 그러면 어른들은 한숨을 돌리고 우리들도 봄소풍을 다녀오게 된다. 세상은 본격적인 여름에 들어서며 싱싱한 숲속 나라가 되었다.

그 해 여름이었다. 그 날은 아침부터 어른들이 부산스러웠다. 할아버지가 손수 솥단지랑 그릇을 손수레에 싣고 금동아제는 지게 위에 나뭇단을 한 짐 지고 삽짝문을 활짝 열어 제치며 씩씩하게 앞장을 섰다.

"할아버지 오늘 무슨 일 있어요?"

"으응~ 그래 넌 이따 와서 맛있는 것 먹어라. 오늘은 우리 마을 천렵 날이란다."

"천렵요? 그게 뭔데요 할아버지."

"그냥 하루 노는 거지. 모내기도 끝냈고 했으니 모두 모여 물고기도 잡고 노는 거다."

할아버지는 언제나 나한테는 이렇게 다정하셨다. 나는 뭔지도 잘 모르면서 신이 나서 얼른 동구 밖으로 나갔다. 온 동네가 술렁술렁 잔칫집 같았다. 뒷집에 사는 낙분이랑 순식이도 종그랭이를 들고 벌써 나와 있었다.

"야 우리도 따라가자."

"그래 우리끼리 올뱅이 잡고 물고기 잡으면 된다."

"내가 어디 조개 많이 있는지도 안다. 아부지한테 들었다"

낙분이는 큰 소리를 치면서 벌써 할아버지 뒤를 쫄레쫄레 따라갔다. 동네를 벗어나고도 긴 제방을 따라 십여 리는 가야 곽징이보가 나온다. 누가 먼저랄 것도 없이 우리는 합창을 시작했다. '아가야 나오너라 달맞이 가자. 앵두 따다 실에 꿰어 목에다 걸~고' 순식이의 십팔번이 시작됐다. 그렇게 서로 아는 노래를 다 동원하면서 앞서거니 뒷서거니 걷다보니 어느 새 울창한 버드나무 숲이 보였다.

자갈로 둑을 만들어 물을 가둔 보안엔 푸른 강물이 넘실거렸다. 보 아래 냇가는 물깊이가 겨우 종아리까지 올라왔다. 중간 중간엔 야트막한 언덕이 있고, 그 언덕엔 오래된 버드나무 숲이 울창했다. 가운데에 있는 버드나무는 할아버지보다 더 나이가 많다는 고목이었다. 그 숲으로 가기 위해서 우리는 외나무다리를 건너야 했다. 외나무다리 아래로 하얀 물줄기가 흰 비단처럼 펼쳐져 쏴쏴거렸다. 까딱 잘못했다가 헛디디면 그 물줄기 속으로 빨려 들어가는 것이다.

우리는 서로 손을 잡아주며 조심조심 외나무다리를 건넜다. 언제나 행동이 굼뜬 내가 제일 늦게 건너고, 다들 물속으로 뛰어들었다. 낙분이는 벌써 돌멩이를 뒤집어 꿈실거리는 올뱅이를 한움큼 잡아 종그랭이에 담기 시작했다. 언제 왔는지 머슴애들도 피라미를 잡는다고 어항 놓을 자리를 잡아 자갈로 둑을 쌓기 시작했다. 어른들은 보 안으로 들어가 그물을 던지고 아줌마들은 솥을 걸어 물을 끓이기 시작했다.

"야 저기 물고기 잘 잡힌다. 가보자."

사내애들이 소리를 쳤다. 애들이 우 몰려가고 그물 속에서는 싱싱한 물고기가 힘 좋게 꼬리를 쳤다.

"어이 그 놈 좋다."

아저씨가 허허거리며 기분 좋은 듯 '치리', '모래무지' 등을 잡아 망태에다 던졌다. 금동아제는 작살로 빠가사리를 잡았다. 그 아제는 원래 작살 던지는 솜씨가 우리 마을에서 최고였다. 엄마는 늘 작살 던지는 솜씨 하나는 아깝다고 아제를 칭찬하곤 했다. 그런 아저씨가 사십이 넘도록 장가를 못 가고 우리 집에서 머슴살이를 하고 있는 거였다.

그렇게 잡은 생선을 푹 고아 체에 거른 다음 된장과 고추장을 풀어 야채와 함께 국수를 삶으면 생선국수가 되는 것이다. 우리 마을 사람들은 누구나 이 생선국수를 좋아하고 또 남자들도 이 요리를 잘했다. 구수한 국물이 보기에도 먹음직스러웠다. 어른들은 큰 대야만한 대접에 생선국수를 양껏 퍼 담았다. 버드나무 아래엔 후루룩 쩝쩝거리는 합창 소리가 요란했고, 우리는 올뱅이를 훌쩍훌쩍 불어 가며 까먹기 시작했다. 이어서 누구나 다 아는 물귀신 이야기 무대가 펼쳐졌다.

"야 너 저 쪽으론 가지 마라 - 저 바위 밑엔 물귀신이 살아서 해마다 두세 명은 꼭 잡아가야 된다더라 - 아직 올해는 아무도 안 죽어서 우리 엄마가 멱 감으러 가지 말라고 했다.”

복순이가 제법 실감나게 시작을 했다.

“피 – 그런 게 어딨어.”

“증말이다. 지난해도 저기 산 밑 시퍼런 물속에 여섯 명이나 빠져 죽었다더라.”

“그래 그건 맞다. 나도 우리 할머니한테 들었다. 이 곽징이보는 꼭 한 해에 몇 사람은 데려간다고 하던데….”

순식이가 종알종알 응원 사격을 하면 복순이는 신이 났다.

“뭐 어쨌건 저긴 너무 깊어 우리는 못 간다. 봐라 물도 시퍼런 게 을매나 무섭나!”

“맞다! 난 절대로 저 보안으론 안 간다. 너 순이 할아버지가 봇도감인 것 알지? 그래서 함부로 저 안에 들어가면 혼난다.”

“응 그래서 사람들이 여름에 비 안 오면 물 대달라고 오는 거 봤다.”

“그래 순이 할아버지가 우리 동네에서 젤루 어른이다. 그건 원래 어른이 하는 거다. 그리고 우리 할아버지도 보안에 용왕님이 사신다고 했다. 그 용왕님이 화가 나면 홍수도 나고 사람들도 잡아가고 뭐 그런다고 하시더라–.”

화옥이가 조근조근 제법 긴 설명을 했다.

“원한 맺힌 귀신이 아니고 용왕님이 잡아가?”

“뭐 용왕님이 잡아가실 수도 있다는 말이다. 그래서 우리 엄마는 해마다 정월이면 용왕님께 떡을 해다 정성을 드린다고 하시더라.”

그런 이야기꽃을 피우다보면 우리 앞엔 올뱅이 껍질이랑 조개껍질이 수북하게 쌓였다. 어른들도 생선국수에 막걸리를 다 드시고 거나하게 취하셔서 버드나무 숲에서 이야기꽃을 피우고 할아버지도 ‘청산리 벽계수야 수이감을 자랑마라~~’ 하시며 한 가락 뽑으셨다. 흥 좋은 구

시골 아저씨는 '이팔은 청춘에~ 헤에에에~'하는 노랫가락을 구수하게 뽑아댔다.

"야 우리 그만 동네 가서 자치기나 하자, 그래야 어른들도 노신다."

자치기 선수인 한묵이가 소리를 친다.

"그래 그건 니 말이 맞다. 그리고 어째 좀 춥다. 그치? 놀다가 이따 또 오고 싶으면 오자.

늘 분위기를 잡아가는 철식이가 애들을 우 몰아서 앞장을 섰다, 우리는 다시 십리 길을 걸어 동각 앞에 모였다.

머슴애들은 자치기를 시작하고 여자 애들은 사방치기나 고무줄뛰기를 했다. 나는 한쪽 그늘에서 지금은 캐나다로 이민 간 화옥이하고 땅따먹기를 했다. 그날따라 땅따먹기는 내가 계속 이겼다. 그래서 내 땅이 화옥이 땅보다 세 배는 넓었다. 나는 땅부자가 되어 신이 났다.

"야 너 많이 늘었다. 지난번엔 내가 훨씬 많았는데….'

순하디 순한 화옥이는 자기보다 서너 배가 넘는 내 땅을 보며 아쉬운 듯 중얼댔다,

어느새 해가 뉘엿뉘엿 기울고 석양빛이 우리 땅을 선연하게 비쳤다. 지는 햇살의 마지막 모습이었다.

"야들아 집에 갈까? 보를 나갈까?"

고무줄뛰기에 신이 났던 낙분이가 땟국물이 꼬질꼬질 흐르는 목줄기를 쓰다듬으며 소리를 질렀다.

"글쎄- 다 끝난 건 아닐까?"

화옥이가 고개를 갸웃대며 여전히 손뼉을 재고 땅을 그렸다.

그 때 '어디선가 쾌지나칭칭나~네' 하는 소리와 함께 요란한 징소리, 꽹과리 소리가 들려왔다. 우리는 일제히 '와~!' 소리를 치며 언덕 위로 올라갔다. 멀리서 요란한 북소리며 장구소리가 어울려 조용하던 마을이 시끌시끌 요란을 떨었다.

'청천하늘엔 잔별도 많고 우리네 가슴속엔 수심도 많다.'

'쾌지나칭칭나네. 쾌지나칭칭나~네.'

'우리 마을은 인심도 좋고 효자 열녀가 자랑이네.'

'쾌지나칭칭나네. 쾌지나칭칭나~네.'

마을이 떠나가게 매김소리가 들리고 줄 맨 앞에서 쉰 듯한 목소리로 선소리를 하는 자그마한 체구의 노인네가 보였다. 머리엔 수건을 질끈 동여매고 큰 징을 올리며 선창을 하시는 그 노인네는- 아, 바로 우리 할아버지였다.

구수하게 잘도 넘어가는 목소리에 자유자재로 노랫말을 붙여 흥을 돋우시는 할아버지- 그 할아버지가 나는 너무도 자랑스러웠다. 나는 신이 나서 할아버지 옆에서 연신 '쾌지나칭칭나네'를 소리 높여 외치며 팔딱팔딱 뛰었다. 그러면서 할아버지가 다음엔 무슨 소리를 하실 지 귀를 곤두세웠다. 할아버지는 평소 입버릇처럼 말씀하시던 백년도 못 사는 인생을 노래하며 이팔청춘이 어느 새 백발이 다 된 당신을 마음껏 그리고 계셨다. 할아버지는 백년도 못 사는 인간사를 애틋하게 노래할 줄 아는 휴머니스트였다.

그 후 내 마음엔 할아버지가 두 분 사셨다. 6척 자그마한 체구로 세 파를 굽이굽이 잘도 넘으시고 이제는 어엿한 일가를 이루신 할아버지와 로맨티스트요. 휴머니스트인 멋쟁이 할아버지였다.

그 할아버지가 몇 해 전 97세를 일기로 저 세상에 가셨다. 당신 말 대로 백년을 못 살고 이승을 떠나신 것이다. 가시는 날 앞산을 바라보며 '올해도 이놈들이 안 오려나보다'라고 중얼거리셨다는 말을 들었다. 얼음보다 더 서린 물줄기가 내 가슴 깊은 곳을 싸아 하고 지나갔다. 할아버지보다 일찍 가신 어머니에 대한 그리움으로 '할아버지는 복이 많아 장수를 하신다.'며 괜한 마음에 찾아뵙지도 않은 것이 못내 죄송스러워서였다.

'인명은 재천이고 다 제 복대로 사는 것이거늘…'

이제야 그런 생각이 딱딱했던 마음 한 곳에 연기처럼 뭉글거린다. 어쩌면 먼 세상에서 할아버지는 앞서 간 며느리를 만났고, 어느 해 여름처럼 '쾌지나칭칭나네'를 신나게 부르실 지도 모른다는 생각이 든다. 그렇게 인연은 돌고 도는 것이고 나는 다시 이 여름에 할아버지와 또 다른 연을 시작한다. 이제는 외나무다리도 없어지고 버드나무 숲도 사라진 곽정이보에서 그 옛날 흥얼거리시던 할아버지를 그리며.

부평 갈월리

엄한정 嚴漢晶

인천시 – 시인

초등학교에 다닐 때부터 중학교에 다닐 때까지 나는 고향을 입에 담는 사람들이 부러웠다. 그 때는 고향이란 말은 고향을 떠나 객지 생활을 하는 사람들의 전유물로 알았으며, 그들로부터 고향에 대한 이야기를 들으면 저녁 안개 속에 피어나는 연꽃을 보는 듯한 감회에 젖곤 했다. 고향이란 내가 살고 있는 이 멋없이 넓고 헤벌어진 들마을에는 해당하지 않으며, 고향이란 적어도 복숭아꽃 살구꽃 아기진달래가 피는 산골이라야 한다고 생각했다. 그런 곳이라야만 그리운 고향이 되리라고 생각했다.

오랫동안 고향을 등지고 객지 생활을 하다가 고향 땅에 발을 들여놓았을 때, 보랏빛 도라지꽃 같은 여인이 동구 밖까지 나와 아는 체할 때의 반가움은 생각하기에도 황홀하지 않은가. 지금도 꿈결에서 보는 고향은 소년시절에 그려보던 그런 풍경인 것이다.

그리고 50년이 지난 요즈음 나에게도 고향에 대한 그리움이 절실하게 다가오는 것이다. 고향에 대한 기억은 역시 마음의 안식과 위안이 되는 가장 소중한 것이다. 내가 살던 집과 그 마을, 얼마 안 되는 곳에 바다가 있고 산이 있고 그 너머엔 사철 물이 맑고 푸른 호수가 있고, 호반에 내려와 춤추는 수백 마리의 백조와 재두루미 ….

이런 식으로 기억을 더듬어보는 고향은 영원한 모성과 같은 것임을 확인하게 된다. 고향의 추억처럼 아름답고 눈물겨운 것은 다시없다. 현실에 지칠 때 조용히 눈을 감고 고향을 생각하면 꿈길을 더듬는 것처럼 온갖 근심과 외로움이 안개처럼 사라진다. 고향의 추억은 어두운 밤일수록 빛나는 별빛이라 할만하다.

고향 생각이 날 때는 으레 유년시절, 소년시절의 일들이 아름다운 추억담이 되기 마련이다. 아무리 사소한 일이나 부끄러운 일을 저질렀다거나 암울한 시대에 비참한 처지였더라도 고향의 추억담엔 이야기의 꽃이 되는 것이다.

나의 고향은 인천 변두리의 계양산 아래 넓게 펼쳐진 들판 가운데 자리한 갈월리(내가 어릴 때의 마을 이름)라는 들마을이다. 나는 그 곳에 팔남매 중 외아들로 태어났다. 우리 집은 칠 공주 집이었고, 나는 이 집의 작은 공자였다. 농업을 생업으로 하는 아버지 어머니 그리고 네분 누님과 세 누이동생들과 나는 이곳 시골에서 자랐다.

이웃집에서 별식을 하면 으레 한정이 주라고 하며 가져왔다. 고사떡을 가져올 때도 그랬고 산 붕어 한 사발을 가져다주면서도 그랬다. 강열이 할머니는 침담근 감을, 또 완규 어머니는 배추꼬리 국을 가져오기도 했다. 이런 가운데 초등학교에 다니면서부터 나는 공부하고 노는 것 말고 하는 일이 또 있었다. 초등학교 2학년 때, 그러니까 아홉 살 때, 아버지는 장난감 같은 지게를 만들어 주셨다. 그 지게에 까치집만큼의 풀나무를 해 날랐다. 그때 아버지의 연세는 마흔 아홉이셨고, 내가 하는 일이래야 아버지의 힘을 덜어 드리기에는 극히 미미한 것이었지만, 아버지는 내게 어려서부터 일이 몸에 배도록 유념하셨던 것 같다.

어머니께서 멀리 계양산으로 나무를 하러 가시면 십 리 밖에까지 마중하여 예의 그 작은 지게로 어머니의 나뭇짐을 받아 오기도 했다. 또한 아버지는 우리 집이 딸부잣집인지라 산과 들에서 산작약이나 할미꽃, 산나리꽃, 원추리꽃 같은 야생꽃나무나 이웃에서 가지고 온 꽃나무들을 집 뒤란이나 주변 곳곳에 심곤 했다 그런 꽃들 중에서 유난히 내 눈길을 끈 것은 개난초 또는 상사화라는 꽃이었다.

상사화를 심은 곳은 뒷간 모퉁이, 봄여름 긴긴 한낮에도 고작 다섯 시간 정도 햇볕이 드는 터에 3월이면 개난초는 예쁜 싹을 땅 위로 쑥

쑥 추켜올린다. 백합 조개 속살 내밀 듯 싱싱한 싹은 5월의 한창때를 지나면 차츰 시들기 시작하여 마침내 탐스럽던 잎이 흔적 없이 되고 다음부터 8월까지 두 달 가까이 개난초가 났던 자리는 공지가 되고 만다. 언제 무엇이 있었냐는 듯.

그래서 개난초를 잊어버리고 그 자리에 씨만 뿌리면 잘 나서 자라는 과꽃과 맨드라미를 모종한다. 그러니까 개난초의 잎이 종적을 감추고 잠깐 사이에 달포 이상의 밤낮이 바뀌고 또 과꽃 봉오리가 부푸는 8월도 중순이 되면, 그때 나는 뜻밖의 일에 직면하여 당황한다. 다른 꽃나무 밑에서 숨 쉬고 있던 개난초의 둥근 뿌리에서, 까맣게 잊어버렸던 사람과의 해후처럼 꽃대만이 우수수하게 올라와 잎과는 따로 피는 꽃. 가위 상사화相思花란 이름이 제격이다.

> 5월에 불던 바람은 풀냄새
> 8월에 부는 바람은 꽃냄새
> 땅끝에서도 만날수 없는 연인
> 이별 없이 피안에 피는 꽃
> 잎이 진 자리에 꽃 눈물은 썩고
>
> — 자작시 「상사화」 중 일절

상사화, 그래 상사화처럼 까맣게 잊었다가 절실하게 다가서는 고향 생각, 갈월리 갈월리야

내가 고향을 떠난 지는 40년 가까이 된다. 그 동안 내가 살던 고향 마을은 그 변모가 몰라보게 달라졌다. 우리 식솔이 서울로 솔가한 이듬 해, 마을 한편으로 경인고속도로가 뚫리고 마을 복판에 화력발전소가 준공되었으며 얼마 뒤엔 공업단지까지 유치되었다.

덕분에 내기 어릴 때 즐겨 놀던 뒷동산 조그만 솔밭마저 공장부지가 되었다. 하루가 다르게 공장들이 들어서면서 마을 어디에서도 어린이들이 마음껏 뛰놀 수 있는 공간을 찾아볼 수가 없다. 밥상만 물리면 오르던 집 뒤의 언덕마루에 그 좋아하던 목화 꽃과 길가 풀섶에 피던

가을 민들레꽃은 어디로 갔을까. 시멘트로 포장된 마을길은 한결같이 깨끗하기만 하다.

　모처럼 내 고향이 눈부시게 발전한 모습을 보고도 별로 반갑지 않은 것은 어쩐 일일까. 내기 살던 옛 집터마저 찾을 수 없어 변한 고향이라서 마음에 간직한 고향의 옛날 정경이 더욱 간절히 그리운가. 내 가슴 한 구석에는 아직도 십대의 감상이 남아, 개난초와 배추 속처럼 노란 민들레꽃을 그리워하고 있기 때문인가.

> 지금은 아는 얼굴이 없다
> 내가 살던 집터는 막다른 골목
> 회벽이 앞을 막아 발목 잡는데
> 한 줄기 그리움이 길을 내었다.
> 흙냄새 구수한 옛날 그대로
> 뒷동산에 나무 나무 환호하는 꽃방망이다.
> 손발이 따순 계집애와
> 열 살 적 내 얼굴과 목소리도
> 그대로 거울처럼 떠오른다.
>
> 　　　　　　　　- 자작시 「갈월리에 가면」

별밤 새암의 추억

▌오봉옥 吳奉玉

전남 광주 – 시인·서울디지털대 교수

엇그제의 일이다. 사전 편찬을 위해 새 어휘의 뜻풀이를 하다가 어느 단어 앞에서 잠시 걸음을 멈추고 말았다. '시암'이라는 어휘이다. 기존 사전을 보면 그 뜻풀이로 '샘의 전라 충청 방언' 쯤으로 되어 있다. 하지만 나에게 '시암'은 '샘'과는 전혀 다른 울림과 깊이를 지닌 말이다. '샘'은 '물이 땅에서 솟아 나오는 곳'일 뿐이지만 '시암'은 그런 사전적 의미를 넘어 물을 긷는 곳, 동네 아낙네들이 모여 삶의 애환을 나누는 곳, 여름철에 등목을 하던 곳, 겨울에 물 길러갔다가 바닥이 얼어 넘어진 곳 등의 정서적 의미가 가미되어 있다.

개인적으로 '시암'이라는 어휘와 관련해서는 빼놓을 수 없는 경험이 하나 더 있다. 수십 년 전 내가 열한 살 되던 해, 우리 집 아랫방엔 인해라는 두 살 위 누나 네가 세 들어 살고 있었다. 인해 누나는 우리 동네의 아이들에게는 가히 우상과도 같은 존재였다. 오랜 역사를 자랑하는 월산초등학교에서 여자로서는 최초로 어린이 회장에 당선되었고, 공부 역시 전교 일등을 놓치는 법이 없었다. 하지만 그 누나가 우리 동네의 우상으로 자리 잡은 이유는 따로 있었다. 시에서 주최하는 장학퀴즈에서 일등을 하더니 도 대회에서도 일등, 전국 대회에서도 일등을 했으니 유명세를 치르지 않을 수 없었다.

그 시절 우리 동네엔 '시암'이 몇 개 되지 않았다 그러니 우리 집 마당엔 시암에서 물을 퍼가려는 사람들로 붐비기 일쑤였다. 물 길러 온 사람들, 빨래하는 사람들, 손발을 씻는 사람들, 개중엔 인해 누나를 보기 위해 온 아이들도 있었다. 그때면 누나는 땟구정물이 줄줄 흐르는 아이들을 모른 척하기는커녕 일일이 대꾸도 해주고, 간혹 머리를 쓰다듬어 주기도 했다. 난 그런 누나와 한집에 살고 있다는 것이 조금은 조심스럽기도 했지만 한편으론 어깨가 으쓱해지기도 했다. 우리 집이 그만큼 격이 올라간 것처럼 느껴졌기 때문이었다.

인해 누나는 사실 키도 작았을 뿐 아니라 얼굴도 예쁘장하게 생겨서 내 또래의 아이 정도로 밖에는 보이지가 않았다. 그럼에도 그녀의 의젓함이 주는 위압감은 너무도 커서 산처럼 느껴지게 만들었다. 나는 그녀에게 말을 걸기 위하여 시암 가를 뱅뱅 돌곤 했다. 어떤 때는 고추장을 푸러 가는 장독대까지 따라가 뭔가를 묻고는 했다. 그럼에도 그녀는 단 한 번도 싫은 내색을 보이지 않고 친절하게 대답해 주었다.

여름엔 사람들이 마당으로 나오기 마련이었다. 우리 집엔 세 들어 사는 사람들이 많아서인지 마루에도 사람, 평상 위에도 사람, 시암 가에도 사람들로 넘쳐났다. 마루나 평상에 누우면 칠흑 어둠을 들고 밤 별들이 쏟아져 내릴 듯했다, 마루에서 잠을 청하는 이도 있었다. 무더위에 지친 사람들은 줄을 서서 등목을 했고, 밤이 깊어지면 목욕하는 사람들을 위해 슬그머니 자리를 비껴주곤 했다.

어린 나의 유일한 관심사는 인해 누나의 발 씻는 모습을 보는 일이었다. 가느다란 다리를 어찌나 그리 정성스럽게 씻던지 나는 그 모습을 홀린 듯 바라보곤 했다, 그때면 그녀도 나의 시선을 의식했는지 손짓으로 불러 제 옆에 엎드리게 했다. 그녀는 마치 엄마라도 되는 것인 양 스스럼없어 등목을 해주었다. 자신의 가느다란 다리를 정성스럽게도 씻어 내렸듯이 내 등 구석구석을 찾아 비누칠을 하고 물을 끼얹었다. 등목을 해준 뒤엔 아무렇지도 않다는 듯 되도 돌아보지 않고 자신의 방으로 총총 사라졌다.

몇 년이 지나 인해 누나는 고등학생이 되고 난 중학생이 되었다. 누나의 전설은 계속되고 있었다. 중학교에서도 학생회장을 했거니와 고등학교 역시 수석으로 입학해 부러움의 대상이 되었다. 더구나 고등학교를 입학하면서부터는 키도 훌쩍 컸고 얼굴도 갸름해졌을 뿐 아니라 이목구비도 갈수록 뚜렷해져 남학생들의 시선을 한 몸에 받아야 했다.

그런 그녀였기에 남학생들이 자주 찾아왔다. 밤늦도록 공부를 하고 있으면 누가 와서 그녀의 창문을 톡톡 두드려대곤 했다. 그럴 때면 그녀는 거절하는 법이 없이 밖으로 나가 한참을 이야기하다 돌아왔다. 난 그녀의 그러한 행위가 싫어도 싫은 기색을 내보이지 않으려 하는 성격 때문이라고 생각하고 수호천사를 자처했다. 누군가 그녀를 불러내면 멀리서 야구방망이를 돌리는 식으로 위협을 주곤 했던 것이었다. 그뿐 아니라 그 시절의 나는 인해 누나로부터 사내로 인정받기 위해 안간힘을 썼다. 누나 앞에서 가슴을 내밀고 역기를 하기도 하고, 괜히 팔을 구부려 알통을 내보이곤 했다.

그러던 어느 날이었다. 대문 밖에서 우웅, 하는 소리가 들려 내다보니 소독차가 지나가고 있었다. 소독차 뒤로는 동네 아이들이 새까맣게 몰려나와 뒤따르고, 집안에 있는 어른들은 방이란 방, 문이란 문은 모두 열어 소독 연기를 받아들이고자 했다. 소독차가 지나가자 그녀가 시암으로 나와 예의 그 정성스런 자세로 엎드려 미끈한 다리를 씻어내렸다. 제 다리를 마사지라도 하듯이 비누칠한 다리를 거듭해서 쓸어내리고 있었다. 난 멀리서 그저 바라볼 뿐이었다. 그녀는 나의 끈적끈적한 시선이 느껴졌던지 그날따라 더 느리게, 바라보다 스스로 지쳐 나자빠질 때까지 씻을 작정이라도 한 것인 양 느리게 손을 움직이고 있었다. 난 얼굴이 달아올라 대문 밖으로 뛰어나갔다.

동네 아이들 몇을 불러 수박서리를 하러 가자고 꼬드겼다. 수박밭은 동네만 벗어나면 얼마든지 있었지만 그날만큼은 멀리까지 원정을 가서 수박서리를 했다. 모두들 먹을 만큼 먹고 양손에 수박을 치켜들고 돌아왔다. 돌아오면서 난 인해 누나만을 생각했다. 오늘 밤엔 고백이라도 해야겠다고 다짐을 하며 돌아온 것이었다.

난 처음으로 누나의 창문을 두드렸다.

톡톡.

인해 누나는 창문을 빼꼼히 열고 의아한 눈빛으로 바라보았다. 난 가슴에 품고 있는 수박으로 대답을 대신했다. 모두가 잠든 밤에 둘이서 평상 위에 앉아 수박을 먹기 시작했다. 고백할 말이 머릿속에서 뱅뱅 맴돌았지만 수박을 먹기만 했다. 그녀 역시 약간의 어색한 침묵을 의식하면서 말없이 수박을 먹고 있었다. 그렇게 먹기 시작한 수박을 나중엔 버리기가 아까워서 꾸역꾸역 억지로 집어넣었다.

수박 한 통이 없어질 때쯤 인해 누나는 갑자기 평상 위에 드러누웠다. 나도 따라 그 곁에 말없이 누웠다. 하늘의 별들이 금방이라도 쏟아질 듯 반짝거리고 있었다. 누나가 먼저 입을 열었다. 꿈을 물었다. 군인이 되고 싶다고 했다. 그랬더니 자신의 꿈은 시인의 아내가 되어 어느 깊은 산골에서 조용히 사는 것이라고 했다. 둘만이 걸을 수 있는 오솔길, 둘만이 바라볼 수 있는 단풍을 보며 조용조용 사는 것이라고 했다. 남편이 시를 짓는 동안 자신은 부뚜막에 앉아 수제비나 뜨면서 살고 싶다는 것이었다. 쿵, 쿵, 쿵, 의외의 질문과 답변에 가슴이 내려앉았다. 잔다르크 같은 영웅이 되거나 영국의 대처 수상처럼 여성 최초의 대통령이 되어야 할 사람이 고작 가난한 시인의 아내가 되어 산골에 가서나 살고 싶다니 놀랍기만 했다. 누나의 갑작스런 꿈 이야기에 난 결국 고백을 못 하고 말았다.

이제 지천명의 나이가 되었다. 난 아직도 내 고향의 여름을 생각하면 가장 먼저 '시암'이 떠오르고, 거기에서 발을 씻고 있는 한 소녀의 모습이 떠오른다. 치마를 동여매고 미끈한 종아리를 살짝 내밀어 조심조심 씻어 내리는 그 모습에 이끌려 오늘도 난 미인의 첫 번째 기준으로 '예쁜 종아리'를 든다. 그리고 시인의 아내가 되어 살고 싶다는 그녀의 말에 이끌려 오늘 난 시인이 되었다. 하지만 그녀는 내 곁에 없다.

그해 여름 극락조 소리

▌유금호 俞金浩

전남 고흥 – 소설가 · 목포대 명예교수

여행 중 귀국을 미루었던 그 일은 내 여행 이력에 처음이었던 일이었다. 출국 비행기를 예약해 놓고 동료를 찾아 숲속을 이틀간 누빈 일은 내 여행 중 특별한 기억이었다.

방학 때면 매번 엉뚱한 곳에 가 있곤 했던 나는 그해 여름 내게 마지막 기회일지도 모를 그 파푸아 뉴기니 여행일정을 계획했다. 국내에서 바로 가는 비행 편이 없어 호주 쪽 여행사를 알아보는 중에 다행이도 필리핀 마닐라로 연결된 비행편이 생겨 힘들게 파푸아 뉴기니 여행이 가능해졌다.

여행 관문인 포트 모르소비에서 국내 비행기로 마당까지 다시 하겐 지방으로 이동하여 우리는 파푸아 뉴기니의 속살에 파고들었다. 국조인 극락조(pradise bird)는 깊은 산 속에서나 볼 수 있고 울음소리 역시 원주민들만 들을 수 있다는 이야기를 들은 것은 여행 첫날부터였다. 극락조에 관심을 갖는 내게 가이드는 미리 예방책을 준 셈이었다.

3천 미터 고지인 중부 마운트 하겐(MT.Hagen)까지 12인승 경비행기로 옮겨온 후로 25도에서 27.8도, 공기는 청량하고 햇빛은 맑게 비쳐 내렸다.

경비행기로 옮겨온 다운타운에서 유리창이 다 깨진 낡은 지프차로 한 시간, 비포장 길을 덜컹대며 밀림으로 들어와 마을 오두막집에서 묵었다. 코코넛 잎 지붕에 대나무를 쪼개 만든 거친 삿자리로 벽과 바닥을

깐 원주민 집과 같은 오두막집이 숲속에 10여 채가 엎디어 있었다.

30년 전, 영국 남자 하나가 들어왔다가 눌러앉아 원주민 여자에게서 딸 둘을 낳았고, 그 큰 딸이 그 로우지의 주인이라고 했다. 오두막집들 중간에 공동으로 식사를 해결할 수 있는 조금 큰 집이 작은 냇물을 곁에 두고 있었다.

홀 한쪽이 주방, 입구 쪽에 식탁을 놓고 홀 가운데는 아침부터 장작불을 피울 수 있는 노지(爐址) 불을 가운데 두고 빗소리를 들으면서 나는 P회장과 한국에서 가져간 소주를 홀짝였다. P회장은 최근 사업체를 아들에게 물려주고 자유롭게 지내는 노신사였다.

그들은 조상들이 옛날 아프리카의 '기니'에서 건너왔다고 믿고 있었다. 외모에 조금씩 차이가 있지만 원주민들은 다 작은 키의 흑인. 키가 작고 곱슬머리가 머리 피부에 달라붙어 큰 체구의 갈색 피부인 사모아나 피지, 혹은 마오리족들과는 전혀 닮지 않은 걸 보면 아프리카에서 건너간 후손들인지도 모른다. 언어가 800개라면 더 말할 나위가 없다. 언어학적 지식이 없는 나로서는 설명하기 어렵지만 울창한 정글과 계곡이 마을 사이를 오랜 세월 갈라놓아 마을마다 언어를 달라지게 했을지도 모른다.

지금은 19개의 종족 대표가 근대적 국가를 만들었지만 관습은 마을별로, 종족별로 유지되고 있는 것 같았다.

자가발전의 전기가 오두막집들 실내를 밝히는 데 쓰여 밤이면 오두막 주변과 밀림은 그대로 완전한 어둠이었다. 그날 저녁도 잠이 오지 않아 비가 흩뿌리는 오솔길 발밑을 살피면서 식당이 있는 오두막집으로 내려갔다. 홀 가운데 노지(爐址)에 장작불이 잘 타고 있었다.

마른나무 조각을 불 위에 던지고 있던 마리엔느가 화들짝 일어나 불가까운 자리를 비켜주었다. P회장은 평소에 귀가 잘 안 들린다고 했지만 그날 밤에는 소쩍새 소리가 가까이 들린다고 했다.

숙소에는 여주인 말고 여자가 셋이 더 있었다. 그중 나이가 많아 보이는 한 여자는 주방의 요리 담당인 셈이었고, 마리엔느와 베티라는 여자가 웨이트리스 겸 청소 담당이었다. 검정 스커트와 흰 블라우스가 그네들 유니폼이었나 싶다. 줄곧 같은 옷을 입고 있었으니까. 마을에 돌아가서는 보통여자들처럼 풀로 만든 치마로 갈아입는지는 알 수 없다.

그 전날 아침 마리엔느가 청소하러 왔다가 내가 있는 것을 알고 나가려는 것을 내가 괜찮다고 하자 그대로 청소를 했다.

숲길에서 미끄러져 흙투성이가 된 내 바지를 집어 들더니 세탁비 요금이 2기니라고 했다. 1달러 못되는 액수였다. 그런데 나간 뒤에 보니까 한쪽에 밀어둔 속옷들도 몽땅 들고 나갔다. 낡았다 싶은 속옷들을 하루씩 입고 버리는 게 오래된 내 여행 습관이어서 땀이 밴 속옷들은 버리라고 알려주려 했지만 밖에 나왔을 때는 마리엔느가 어디로 갔는지 볼 수 없었다.

그날 밤 꽤 늦은 시간, 마리엔느가 깨끗이 손질한 바지와 속옷들을 가지고 내 숙소에 왔다. 계곡물에서 비누로 빨아 집에 가져가서 다려왔다고 고개를 돌리며 웃었다. 손에 5기니를 주었더니 '땡큐'를 연발하면서 귓 불을 붉혔다. 로우지의 주인아저씨도 옛날 자기 속옷을 냇물에 가져가 세탁해 준 이곳 원주민 여자와 인연이 되었을까, 엉뚱한 상상을 했다.

P회장과 그날 밤 헤어져서 숙소로 돌아가던 좁은 오솔길은 미끄러웠고 길 양쪽, 잎이 큰 열대식물들은 잔뜩 젖어 있다가 팔이며 다리를 적셨다. 마리엔느에게서 독특한 체취가 풍겼다. 들짐승 냄새와 닮은 그녀의 체취가 서늘한 빗속에서 후각을 자극해 왔다.

"내일은 당신 나라로 돌아가나요? …… 당신 부인은 몇인가요? 부인들이 다 젊고 예뻐요? …… P회장은 베티를 아주 예뻐하는데요."

숙소 자물쇠에 키를 꽂으며 마리엔느가 빠르게 여러가지 말을 했다.

"베티는 P회장이 이곳에서 살았으면 좋겠다고 했어요 ……."

출입구가 열리며 방안의 불빛이 그녀의 곱슬곱슬한 앞 머리칼을 적신 물방울들을 거미줄에 걸린 아침 이슬방울들처럼 반짝이게 했다. 맥주 탓이었는지 그 때 흰자위 많은 검은 눈이 일렁거려 보였다. "와이프가 몇이냐고? 하, 그래, 몇일까 ……? 셋, 넷, 열……. 그래, 속옷도 빨아주고, 우산도 씌워주었는데 ……. 나도 마리엔느 곁에 남아서 이곳에서 살까?"

"저 울음소리 …… 극락조가 맞아요."

상당히 가까운 곳에서 새 울음소리가 들려왔다.

"나그네는 극락조 소리를 못 들어요."

꾀꼬리나 밀화부리가 내는 소리 중 고음으로 내는 그런 새 울음소리가 그 열대 정글의 한밤중 빗소리 속에 들려오고 있었다.

이상한 것은 경찰에 실종신고를 하고 필리핀을 거쳐 귀국하는 비행기에 오르고부터. 밀림에 남은 사람이 P회장이 아니고 나라는 엉뚱한 생각이 드는 거였다.

서로 겉모습이 바뀌어 귀국하는 비행기에 P회장이 앉아 있고, 숲속으로 빨려 들어간 것이 나라는 생각이 자꾸 드는 것이다.

귀국한 것은 겉만 내 모습일 뿐, 진짜의 나는 '부아이'를 씹는 원주민들 사이를 극락조 소리를 쫓아 마리엔느와 숲속으로 계속 움직여가고 있는 것 같은 이상한 기분 때문이다.

도랑에 흘려보낸 고무신 배

▌이경철 李京哲
전남 담양 - 시인 · 문학평론가

이름이 하도 좋아 진작부터 한번 가보려 했던 학여울에 가보았습니다. 강남 코엑스 지나 학여울역 바로 뒤에 있는 도심 하천 말입니다. 아, 그런데 바로 거기에 있데요.

휘휘 늘어진 버드나무 장막 푸르게 드리우고 정겨운 개울과 여울이 펼쳐지고 있데요. 엄마오리 아기오리도 둥둥 떠 있고 예의 외다리로 학이 서서 한참을 물속을 꼬누고 있고요. 내 어릴 적 고향도 둥둥 흘러가고 있데요.

정갈하게 보존된 내 유년의 시간, 그 마음자리의 공간이 거기에 있었어요. 둥둥 맴돌다 흐르는 여울, 한참 앉아 물만 들여다보고 왔네요. 들여다보며 울긋불긋 꽃동산이요 산 계곡물 흘러들어 저수지에 모여든 물의 나라 내 고향을 생각했습니다.

아조 할 수 없이 되면 고향을 생각한다.
이제는 다시 돌아올 수 없는 옛날의 모습들.
안개와 같이 스러진 것들의 형상을 불러일으킨다.
귓가에 와서 아스라이 속삭이고는, 스쳐가는 소리들,
머언 유명(幽明)에서처럼 그 소리는 들려오는 것이나,
한마디도 그 뜻을 알 수는 없다.

　(중략)

소녀여. 비가 개인 날은 하늘이 왜 이리도 푸른가.

> 어데서 쉬는 숨소리기에 이리도 똑똑히 들리이는가.
> 무슨 꽃으로 문지르는 가슴이기에 나는 이리도 살고
> 싶은가.

서정주 시인의 시 「무슨 꽃으로 문지르는 가슴이기에 나는 이리도 살고 싶은가」입니다. 시에서 '고향'이며 '소녀'들은 상실의 이 시대 진짜 삶의 원형들을 가리키는 것 아니겠습니까. 그런 원형들을 떠올리면 문득 그리 그립고 따뜻하게 살고픈 순정한 마음이 다시 살아나고요.

그렇습니다. 우리네 기억을 거슬러 올라가면 기억의 기저나 원점에는, 심리학에서 밝힌 무의식이나 집단무의식 그리고 원형이 있듯, 신화시대가 있습니다. 아무리 모습이 변해도, 인간이 강제로 의미를 주입하고 다른 것으로 바꾸려 해도, 그것을 끝끝내 그것이게끔 하는 원형. 플라톤이 말한 이데아로서의 원형이 있습니다.

신(神)과 관념철학이 대신했던 그 선험적 세계를 근대에 들어와 실존철학과 현상학이 인간과 사물 자체에 다시 되돌려줬지요. 원형의 구체적이고 생생한 체험의 세계로요.

우리 개개인한테도 그런 원형의 시대, 생령(生靈)이며 정령(精靈)들과 울긋불긋 꽃대궐에서 서로 한 몸 한마음으로 어우러졌던 고향 유년의 신화시대가 있습니다. 오늘도 우리들 꿈은 그때 각인된 기억을 자꾸자꾸 재연하고 있지 않습니까.

그리고 오늘도 여전히 철없는 어린이들은 그런 시대를 살고 있고요. 이제 너무 멀리 떠나와 다시 돌아갈 수 없어 아플지라도, 다시 합치될 수 없는 묵시적 세계일지라도 우리는 고향을 떠올리며 그런 순정한 신화시대를 살고 있지 않습니까.

기차 타고 해거름 녘의 산마을을 지나다 보면 차창 밖으로 내겐 그 옛날 그 고향이 그대로 재연돼 떠오르곤 합니다. 산 그림자 깔리고 저녁밥 짓는 연기 포르스름 피어오르고 산 덤불 속으로 오종종 깃들며 날아드는 새를 보면 어쩔 수 없는 귀소본능에 빠져들곤 하지요. 그럴 땐 뒤도 안 돌아보고 산새처럼 달아나버린 어린 날 고향이 차창 너머 아득히 달려오곤 합니다.

그렇게 그리던 고향에 돌아가도 바다 같던 저수지 둠벙처럼 작아 보여 옛 고향은 아니더군요. 대처에 나와 살며 그립고 사랑스런 건 다 마음 속 고향에 보냈건만 세월에 흘러 보이지 않고요.

그렇게 마음속으로만 고이 간직해오던 고향을 못 참고 갔다 온 적이 있습니다. 고향 인근 대도시까지 고속버스로 4시간도 채 안 걸리더군요. 10살 때 떠나와 수십 년 마음속에 묻어둔 고향을 단 몇 시간 만에 가는 것이 못내 아쉽더군요.

해서 대도시 터미널에서 시외버스로 안 갈아타고 몇 시간이고 걷고 또 걸었습니다. 고향의 어린 시절 이모저모를 추억하며 걷다 고향 입구 저수지에 도착했습니다.

저수지 앞길만 조금 터주고 고향 마을을 겹겹이 빙 둘러싼 산들에서 흘러 내려온 물들로 꽉 찬 저수지는 바다를 한 번도 못 본 어린 시절에는 바다만큼 커 보였습니다. 그 큰 저수지 둑 위 너른 풀밭에서 노는 것이 참 좋았습니다.

여름 장마철이면 저수지가 인근 논까지 넘쳐 올랐다 물이 빠지면 미처 빠져나가지 못한 물고기들이 논바닥에서 파닥거리고 있었죠. 어른들은 그걸 쓸어 담듯이 담아가 해 먹기도 했고요.

나는 그런 물고기를 조심스레 잡아 저수지로 다시 돌려보내기도 하고 예쁘고 작은 물고기들은 병에 담아 집으로 가져와 어항에 넣어 두고두고 보기도 했습니다.

소낙비가 한바탕 지나고 나면 마당에 물고기들이 널브러져 있기도 했습니다. 소나기 굵은 빗줄기를 타고 저수지에서 하늘로 올라가려다 그만 힘이 부쳐서 떨어진 물고기들이었겠죠.

저수지 둑길을 그런 옛 생각 하며 걷다 마을 동구로 들어섰습니다. 마을 집집을 휘감아 내려온 또랑물이 저수지로 흘러 들어가는 동구.

바람 잘 통하고 시원한 그곳에 너른 정자가 있어 여름이면 정자 마룻바닥에 엎드려 공부도 하고 또랑에서 놀기도 했습니다.

고무신 두 짝으로 배를 만들어 또랑물에 띄우며 놀다 큰물로 흘려보내 끝끝내 못 찾은 그 고무신은 지금은 어디쯤 흘러가고 있을까요. 새 신발을 사서 신을 때 가끔 떠오르곤 하는 내 신발의 원형인 그 신발은 또 어느 세상을 걷고 있는지.

고향에 가서도 마을에는 들어가 보지 못하고 도둑처럼 지나쳐 내겐 세상에서 가장 깊숙한 계곡으로 남은 뒷산 골짜기로 들어갔습니다. 그 계곡 깊숙한 곳 벼랑 위를 위태롭게 기어 올라가 바위 틈새에 내가 가장 아끼는 것을 숨겨두고 돌아왔습니다.

그러곤 다시는 고향에 가보지 않았습니다. 지도상으로는, 행정구역상으로는 분명 실재하는 곳이나 그곳은 이미 나의 옛 고향이 아니었습니다. 내가 너무 커버려 유년의 그곳으로부터 아득히 멀리 떠나와 버린 것이겠지요. 그래 '그댄 다시 고향에 가지 못하리'란 말이 실감으로 다가오더군요.

그 여름의 편편상

┃이명재 李明宰

전남 함평 – 문학평론가 · 전 중앙대 교수

> 내 기억의 창고에는 주제로 주어진 '내 고향 여름의 추억'에
> 관한 자료가 여럿 담겨있다. 다소 퇴색하고 음습한 대로 산재해
> 있는 그것을 찾아내서 복원하면 코로나 환경 속에서도 생생한
> 동영상으로 되살아난다. 오늘은 그 가운데 떠오르는 몇 꼭지를
> 그 연대순으로 간추려 본다.

먼저 여름철에서 생각나는 바는, 1945년 광복이 된 그해 8월, 학교
에 입학한 서너 달 무렵이다. 우리 꼬맹이들은 교실 대신에 가까운 동
회당 같은 임시 공간을 옮겨 다니며 공부했다. 학교는 이미 일본군 부
대가 차지하고 있었다. 교실에는 복도부터 총들이 줄지어 세워져 있고
운동장에선 병사들이 훈련 중이었다.

집에서 가져갈 호미나 밥주발, 은비녀 같은 쇠붙이는 구할 수가 없었
다. 그 대신에 자동차나 전차의 연료로 쓰인다는 송탄유 재료인 관솔을
책보에 불룩하게 싼 나는 서둘러 학교로 향했다. 전날 머슴 아저씨와
선산에서 상처 난 소나무 가지와 삭정이 관솔을 가지고 갔던 길이다.

그러나 등교 전에 학교 뒷산의 큰 소나무 밑에서 기다리던 담임선생
은 나타나지 않았다. 여선생님은 거기서 학생들한테 할당한 쇠붙이나
관솔은 물론 퇴비가 될 꼴망태기를 받아놓고, 함께 열을 지어 이웃의
동회당으로 수업 길을 향했었다. 하지만 그날에는 더위 속에 땀을 훔
치며 기다리는 동안 우리는 일본 병사들의 수상한 모습을 지켜보았다.

학교 뒷산 소나무 언덕에 서너 대 ㄷ자로 홈을 파고 위장을 해서 세워둔 군용 트럭에다가 자기네 스스로 휘발유통으로 기름을 붓고는 불태우던 것이다. 검붉은 불길 속에 뿌연 연기가 피어오르고 트럭의 천이며 타이어 타는 냄새가 진동한 속에 불을 지른 군인 서너 명은 엎드린 채 엉엉, 흐느끼고 있었다.

다음은, 1961년 한여름에 논산 육군훈련소에서 겪은 일이다. 길게 기른 머리칼을 가축인양 5~6분 만에 드르르 깎인 민머리 훈련병 신세가 눈물겹게 낯설었다. 그런데 곧바로 땡볕 연병장에 줄을 세운 채 햇볕에 탄 얼굴의 이상록 하사 일갈에 훈련병들은 코웃음을 쳤다. 사회에선 제군들이 중령 이하 군인 따위 시시하게 여겼겠으나 육군하사의 값이 어떤가를 보여주겠다니 말이다.

지휘봉을 휘두르며 호루라기에다 연단을 종횡으로 돌아가며 선착순 도착 훈련을 계속했다. 처음엔 장난처럼 비실비실 운동장을 돌던 애송이들은 세 바퀴도 못 돈 채 숨이 턱에 차서 넘어지고 가슴을 움켜쥐며 헐떡였다. 그날 이후 땀 냄새와 소금끼에 절은 훈련병 군복을 챙겨 입고 한여름의 불덩이 같은 지열을 삼키며 포복 훈련을 마친 후의 5분 휴식은 가히 5년쯤의 안식이라 여겨졌다.

더구나 나는 기관총과 박격포를 다루는 후반기 교육까지 이수하는데다 무더위마저 뒤집어썼다. 군사구테타 직후라 규율이 잡혔다지만 배고픔보다 목마른 갈증이 급했다. 무더위 속 훈련에 수분이 고갈된 훈련병들은 수통만 보면 재빨리 줄을 섰다. 그리고 자기 앞 동료가 마시기도 전에 수통을 빼앗아 거꾸로 흔들며 마지막 물방울까지 입에다 톡톡 털어 넣으려 기를 썼다. 그걸 기다리며 뒤섰던 훈련병들은 냅다 동료의 허벅지를 걷어차 댔다.

"억세게도 혼자만 다 쳐 마시네, 이 개 같은 아 새끼가!"

그런 과정 후에 전방으로 배치된 동료들과 기차로 경춘선을 달리는 차창 밖 바람이며 싱그러운 칡덩굴은 코끝에 향기롭기 그지없었다. 더욱이 춘천역에선 푸른 소양강 물에다 석 달 동안 시달린 훈련의 찌꺼

기를 말끔히 씻은 상쾌함이여.

끝으로, 2000년 한여름 러시아의 연해주에서 함께 보낸 코제마코 교수와의 추억이다. 그러니까, 회갑을 맞던 이듬해, 나는 학교 보직도 마친 처지에서 러시아 극동대학교의 초빙교수로 한국어 회화를 맡았다. 실은 그곳이 고려인 한글문단의 발원지인지라 자료조사차 갔던 것인데 도서가 구소련의 문서보관소에 특수도서로 통제된 터라 그곳의 이국 문화에 많이 탐닉해 지냈다.

그 대학의 한국 경제역사과 교수인 그는 소련 해군중령 출신으로서 김일성과 소련 국방상의 통역을 맡던 사진을 보여주기도 했다. 내가 도착한 공항에 손수 마중 나와 택시 속에서 자기를 소개할 만큼 겸손하고 자상한 인품을 지녔다. 내가 귀국하기 며칠 전에는 자기 집에 초대해서 만찬까지 베푼 친구다. 부인은 오스트리아 영사관에 근무하고 당시 고등학생이던 아들은 대입 준비생이었다.

러시아를 떠나기 전날에는 내가 그를 청해서 대륙간 횡단 열차의 시발역인 블라디보스톡역 구내의 그릴에서 오찬을 했다. 이곳 겨울철과 달리 이마가 따갑도록 돋은 땀을 구식 선풍기들이 식혀주고 있었다. 그래도 나는 오츠크해협 쪽에서 불어오는 눈보라 속에서 1937년 초겨울에 고려인들 몇 10만 명이 영문도 모른 채 중앙아시아로 강제 이주를 당한 아픔을 뇌었다. 식사 값은 카운터에서 서로 승강이하다가 기어코 러시아 말에 익숙한 그가 계산하고는 승리의 미소를 지었다. 서울에 온 그 교수를 두어 번 만나 나가 대접한 이후 한동안 소식이 끊겼지만. 이미 정년퇴임했을 그도 이제 80나이테쯤은 됐으리라.

한데, 그 역의 그릴에서 나와 해변 길을 걸으며 건넨 그의 말이 내 뇌리에서 맴돈다. 자기는 소련 정부에서 연해주로 발령받아 왔으나 본래 우크라이나 태생이라며 키예프를 아느냐고 묻던 얼굴엔 우수가 어리어 보였다. 혈색 좋은 피부에다 브라운빛 눈동자에 짙은 콧수염과 안경 속에 향수를 담고 있던 코제마코 교수. 그는 요즘 소련군의 키이우를 비롯한 우크라이나 침공을 보고 얼마나 마음조일까. 벌써 한 달이 지나도록 탱크와 대포며 비행기로 아파트와 학교, 병원까지 무차별 폭격하는 중이니. 제발, 만행을 거두고 하루빨리 평화를 되찾길 기원한다.

방학 때 고향에 가서

▌이상보 李相寶

전남 장성·수필가 국민대 명예교수

　초등학교 5학년 때였다. 도회지인 목포에서 공부하고 있던 나는 여름 방학을 맞아 시골의 고향으로 가서 지냈다. 시골 아이들은 낯설은 나를 스스럼없이 받아주고 함께 어울리게 했다. 한낮에는 논두렁 가에 있는 웅덩이에서 개헤엄을 치며 놀다가 남의 참외밭으로 기어들어가서는 참외서리를 했다. 따가운 햇볕에서 물놀이로 목이 마른 우리들은 달디 단 참외를 훔쳐 먹으며 낄낄거렸다.

　어떤 때는 밭 임자에게 들켜 "걸음아 나 살려라"하고 뺑소니를 쳐도 주인은 "이놈들, 남의 참외밭을 망쳐 놓지 마라"하며 큰소리로 꾸짖을 뿐 뒤쫓아 오지는 않았다. 그만큼 시골 인심이 후했던 것을 나중에 내가 커서야 알 수 있었다. 또 수박밭에 있는 원두막에서 친척 아저씨가 갈라주는 시뻘건 수박을 얻어먹고는 졸음에 겨워서 낮잠을 자는 맛이란 꿀맛보다도 더했다.

　어떤 날에는 점심을 먹고 마을 동산에 있는 시정으로 가서 놀았다. 마침 논에서 일하다 쉬러 온 머슴 아저씨들 사이에 끼어 낮잠이라도 자게 되면 어찌나 방귀를 크게 뀌는지 깜짝 놀라서 깰 수밖에 없었다. 그 독한 냄새는 코를 막아도 소용이 없었다. 아마도 보리밥에 된장과 풋고추를 먹어서 그랬을 것이다.

　어둡고 무더운 저녁이면 마당 가운데의 평상에 밥상을 차려놓고 저녁밥을 먹었다. 그럴 때는 어찌나 모기들이 극성인지 모닥불을 피웠다. 말린 쑥이나 삼대를 태우는 냄새가 아주 역겨웠으나 모기에 물리

지 않아서 좋았다

밥상을 치우고 밤이 깊을 때까지 평상에 누워 하늘에 반짝이는 별들을 세며 노래를 부르다가 머슴 아저씨의 옛이야기에 스르르 잠들기도 했다. 또 어떤 때는 사랑방에서 자다가 오줌이 마려운데 한밤중이라 뒷간에 가기가 무서워 마루에서 멀리 오줌을 깔겨버리고는 시침을 떼기도 했다.

그런데 한 번은 이런 일도 있었다. 아마 시제(때를 따라 모시는 제사)를 모시기 위해 온 집안의 어른들이 제각에 모였던 때였을 것이다. 수십 명이나 되는 친척들이 방안과 마루에서 저녁을 먹었다. 나는 마당에 깔아놓은 멍석에 앉아 밥을 먹고 있었다. 그러자 산지기 할아버지가 맛있는 고기반찬과 떡이며 과일들을 자꾸만 내게 가져다주며 먹으라고 권했다.

나는 "할아버지 배가 불러요. 고맙습니다."라고 고개를 꾸벅하고 절을 했다. 그러자 마루 쪽에서 큰 소리로 "상보야, 산지기한테는 말을 낮추어 해라를 해야 한다."고 호령이 떨어졌다. 바로 당숙이었다. 그래서 나도 큰소리로 "아니어요. 어떻게 할아버지한테 해라를 할 수 있어요?"라고 당당하게 대꾸를 했다. "쯧쯧, 도회지에서 살더니 산지기도 볼라보는구나!"하고 혀를 차는 당숙의 말뜻을 알 수가 없었다.

그런 일이 있고 나서 훨씬 뒤에 내가 서른 살이 넘어 서울에서 교사로 있을 적에 웬 젊은이가 우리 집으로 나를 찾아왔었다. 그는 군복차림으로 내게 큰절을 하고는 자기소개를 했다.

"저는 산지기 아무개의 아들입니다. 도련님이 어렸을 적에 아버지가 도련님 집안의 산지기로 있었습니다. 그 때 도련님이 우리 아버지를 감싸주신 은혜를 늘 말씀하셨습니다. 그래서 이번 휴가에는 꼭 도련님을 찾아뵈라는 아버지의 분부를 따라 이렇게 찾아왔습니다."

"여보게, 지금이 어느 때인데 도련님인가? 그저 선생이라고 부르게. 그리고 그 때 내가 자네 아버님을 두둔한 것은 어린이로서 당연한 일이었네. 어찌 양반과 상놈이 따로 있겠는가? 형편이 어려우면 남의 산지기도 할 수 있고, 형편이 좋아지면 남의 상전도 될 수 있는 것이 아닌가? 그래 지금 자네 아버님께선 어디에서 살고 계시는가?"

"예, 지금은 김제에서 잘 지내고 계십니다."

"참 건강하시다니 기쁜 일일세. 자네도 이젠 아버지의 지난 일은 잊어버리고 꼭 성공해서 효도를 하게. 그리고 우리 집에도 자주 놀러 오게."

"예, 꼭 그렇게 하겠습니다."

그런 뒤로는 아직껏 소식이 없다. 그러나 어디에서고 훌륭한 사람으로 잘 지내고 있을 것이다.

어쩌면 내가 그 어린 나이에 낡은 유교의 굴레를 벗어날 수 있었을까? 아마도 내가 어려서부터 교회의 주일학교에서 하나님을 믿는 사람은 누구나 똑같이 형제요 자매가 된다고 배웠기 때문이 아니었을까? 모든 사람은 주님 안에서 평등한 인격자임을 어리지만 일찍이 깨달았기에 당숙을 비롯한 집안의 어른들에게 감히 대들을 수 있었던 것이다.

무서운 마마의 추억

▌이은집 李殷執
충남 청양 - 한국문협 소설분과 회장

이렁저렁 내 인생에 세월을 쌓다보니 어느덧 팔순을 넘어 또 하나의 숫자를 보태게 되었다. 그런데 젊어서는 내일의 희망을 얘기했지만 이젠 지나간 추억을 돌아보는 습관을 갖게 되었다. 그중에도 수구초심首丘初心이란 말이 있듯이 고요한 밤에 잠들지 못하는 불면증에 빠지게 되면 문득 어린 시절 내 고향에서 뛰놀던 추억이 떠오른다.

그리하여 소설가이자 방송작가로도 활동한 나로서는 수필보다는 좀 더 생생하게 방송작가의 특기를 살려 아래와 같은 짧은 드라마 형식으로 「내 고향 여름의 추억」을 펼쳐보고 싶다.

나의 고향은 주병진 가수의 〈칠갑산〉이란 노래로 널리 알려진 충남 청양군 화성면 화암리 공덕부락이라는 그야말로 산골 중에도 오지의 마을에서 태어나 중학교까지 지내다가 서울로 와서 객지살이를 하게 되었다. 아래의 「내 고향 여름의 추억」은 아마도 가장 오래된 것이 되지 않을까 싶다.

내가 어렸을 때 고향에선 봄에는 홍역, 여름에는 하루걸이(학질), 겨울에는 고뿔(감기) 같은 전염병이 나돌았는데, 특히 그 시절만 해도 가장 무서운 전염병은 손님이라 불리우던 마마가 아니었던가 싶다. 그래서 아래의 추억담은 바로 내가 할머니의 인도로 우두를 맞았던 에피소드인 것이다.

자! 그럼 이은집의 「내 고향 여름의 추억」의 드라마 속으로 들어가

보자! 따라서 이 전설 같은 「내 고향 여름의 추억」이란 드라마는 어느 덧 80년 가까이 된 〈전설 따라 삼천리〉 같은 드라마라고나 할까?

『내 고향 여름의 추억 – 고향 흔적! 우두 자국!』

아내 : "여보! 나이 먹응께 왜 이리 옛날 생각만 난디야?"

해설 : 부부가 한 50년 같이 살다보니까 할 얘기가 동이 났는지, 아 침 식사를 마치고 읽다 만 신문을 펼쳐들자 마누라가 건네 오 는 말이었다.

은집 : "앗다! 당신 엔간히 심심한가벼? 그래 뭔 생각이 났는디…?"

해설 : 내 고향 청양을 떠나 서울살이를 시작한지 어언 60여년이 흘 렀건만 아직도 여전히 고향 사투리가 묻어나오는 것이었다.

아내 : "아마 다섯 살 땐가? 친정집 노깡 우물 속을 들여다보다가 거 꾸로 떨어져 죽을 뻔한 끔찍한 추억이 문득 떠오르지 뭐유?"

은집 : "에잉? 근디 워티기 살아났디야? 하마터면 내가 딴 예펜네랑 살뻔 했구먼! 흐흐흐!"

아내 : "흥! 그게 그리두 좋우? 당신 남은 여생 나한테 밥 얻어 먹구 살려면 지금 한 소리 당장 취소허슈! 어엉? 하하하!"

해설 : 여자들이란 늙을수록 기가 쎄져서 말투나 목소리가 반 남자가 다 됐는데, 그때 문득 나도 내 고향 청양에서의 옛날 추억이 생각났던 것이다. 그중에 가장 어릴 적의 여름 추억이라면 아 직도 내 왼쪽 어깨에 선명하게 남은 우두 자국인데, 아마 짐작 에 세네살쯤 때였지 않을까?

M ···

할머니 : 애! 은집아! 이리 온! 할머니랑 존디(좋은데) 가자! 어서!"

해설 : 그때 우리 할머니는 수전증에 쳇머리까지 흔들어 왠지 싫었기 때문에, 나는 밑 터진 바지에 잠뱅이 바람으로 강아지처럼 쪼 르르 도망쳐버렸다 그러자 할머니가 마치 닭 쫓듯 나를 쫓아와 우격다짐으로 땀짝 끌어안고, 지금 생각하면 영전뜰 들판 길을

따라 화암초등학교를 지나 덜명이 동네의 엄청 큰 기와집이니까, 바로 화성면 최고 부자인 임풍호씨네 집이었던 것 같다. 그때 나는 할머니 품에서 앙탈을 부리며 울음을 터뜨렸다.

은집 : "할머니! 워디 가? 싫어! 싫어! 아앙!"

할머니 : "은집아! 니 얼굴에 콩명석 깔구 싶은 겨? 우두 맞으러 가자!"

은집 : "우두? 안 가! 안 가! 아앙!"

해설 : 그 순간 나는 더욱 소리 높여 울어댔는데, 이웃집 또래 애들이 벌써 우두를 맞고 와서 얼마나 아팠던 얘기하며, 고름이 질질 흐르는 어깨를 보였던 것이다. 하지만 할머니는 다른 때와 달리 나의 엉덩이까지 찰싹찰싹 때리며 기어이 온 동네의 어린 애들이 어른들한테 끌려와 줄을 선 대열에 끼어들었던 것이다. 그리고 드디어 내가 우두를 맞을 차례가 되었을 때였다. 나는 너무나 무섭고 겁이 나서 그만 할머니의 치마를 잡아당기며 우두를 맞지 않겠다고 떼를 썼는데, 그러나 평소 온유하시던 할머니께선 이젠 내 뺨까지 때리시며 나의 어깨에 우두약을 묻힌 무서운 바수로 상처를 내어 우두를 맞혔던 것이다.

은집 : "아앙! 할머니! 미워! 할머니! 죽어! 아앙!"

해설 : 암튼 그때 나는 너무나 아프고 서러워서 할머니에게 이렇게 악다구니를 썼던 기억이 아직도 생생히 떠오르는데, 아마도 이것이 내 고향 청양에서의 가장 어릴 적 여름 추억이 아닐까 싶다.

은집 : "할머니! 고마워유! 그때 할머니가 우두를 안 맞혀 주셨으면, 정말루 내 얼굴이 콩명석 됐을지두 몰라유!"

해설 : 그로부터 여러 해가 지나서 초등학교에 들어가자, 이웃 동네에 사는 상급생의 흉하게 얽은 얼굴을 보았을 때, 나는 할머니에게 이런 고마운 말씀을 드리고 싶었지만, 그땐 이미 세상을 뜨셨으니…! 아아! 그래서 나는 할머니한테 불효자! 아니 불효손임을 이 글을 통하여 고백하면서 때늦은 용서를 빈다고나 할까?

이제 위와 같은 「내 고향 여름의 추억」을 떠올리면서 나는 내 인생의 여러 우두 맞던 추억을 상기해 본다. 나는 중학교 시절부터 당시 『학원』이란 잡지에 글을 투고해서 심사 위원이던 김동리 선생님의 칭찬을 받고 문학에 뜻을 두어 대학을 국문학과에 입학했지만 30살이 되도록 계속 신춘문예와 현대문학의 추천을 받지 못했다. 그러나 끝내 창작집을 자비출판 하여 문단에 데뷔한 용기는 바로 여러 번 낙방을 문학적 우두를 맞은 것으로 생각한 덕택이 아닐까?

　오늘날 지구촌을 강타한 코로나 팬데믹을 겪으면서 나는 문득 어린 시절 여름에 내 고향 청양에서 우두를 맞아 마마(천연두)에 걸리지 않은 교훈을 항상 마음에 새기고 있다. 그때 어렸던 내가 무섭고 아프다고 끝내 우두를 맞지 않았다면 어찌 되었을까? 그래서 오늘날 나는 50년의 문학길 문단 길을 걸어오면서 어떤 난관을 만나기 전에 항상 미리 대비책을 강구하고자 노력하고 있다.

어릴 적 꿈이 마음의 고향이다

■ 이중희 李重熙

전북 익산 - 서양화가·원광대 명예교수

엊그제부터 장마가 시작되어 중부지방은 벌써 물난리 소식인데 여기는 비가 개었어도 참 더운 날씨, 어지간한 더위쯤은 끄떡없는 이 산기슭 원두막에 개울물소리는 크지만 바람기운이 없어 유난히 덥다. 늦둥이 일곱 살 아들과 부채질하고 있으려니 문득 옛 친구가 그리워진다.

'수돗물 받던 날 밤 꿈에 뜸부기가 울데… 자운영 우린 물 남실남실 가슴에 드는 하늘…'

찌든 서울 생활에도 고향을 그리며 노래하던 그 황송문 시인은 형뻘 되는 나이의 내 오랜 지기. 전화수첩을 뒤적여 그 목소리를 듣고자 했더니 대뜸 「내 고향 여름의 추억」이란 주제의 수필을 써 보내라 한다.

몇 해 전 교수로 정년하고 무얼 하나 했더니 더 바쁘고 요즘은 책 만드는 재미로 산다고 한다. 마침 수필집을 내려 한단다.

땅마지기가 넘는 이곳을 내 꿈을 이룰 정원으로 가꾸어 보겠노라 여름풀과 씨름하는 농사 아닌 농사에, 그림 그릴 겨를도 없는 나에게 글쓰기란 쉬운 일이 아니다.

「내 고향 여름의 추억」하면 먼저 떠오르는 6·25나던 해 여름, 왜 땡볕에 걸어서 피난 가던 길이 생각날까, 겨우 너댓 살 어린애가 얼마나 걸을 수 있겠는가. 결국 아버지 피난 짐지게에 올려져 타고 갈 때면 멀리서 콩 볶는 총소리와 '쿵'하는 폭탄 터지는 소리. 요란하게 하늘을 가르는 삐이십구가 무서웠지만 말 타는 것 같은 기분은 묘하게 좋았던

106 내 고향 여름의 추억

것으로 기억된다.

피난 집은 지금 따지면 익산역 부근에서 북쪽으로 고작 6km 거리인 조그만 동네, 인민군이 위에서 내려오는데 우리는 북쪽으로 피난하고 있었다. 1번국도 신작로, 먼지 나는 자갈길을 한 시간 가량 땀 흘리며 가노라면 북일교회가 보이고 북일지서를 지나 한참 더 걸으면 오른쪽 언덕 오솔길에 오르게 된다.

지금 W대학 미술교수로 30년 하고 있어도 피난 집이 이 근처라는 것을 알뿐 무심히 지나쳤으나 학생들과 더불어 야외수업을 하던 날, 마침 옛 기억을 더듬어 짚어보니 바로 코앞이 그곳이 아닌가. 감회에 젖어 한 걸음 두 걸음 더듬어 보니 학교 뒤편 학생들 상대로 가게가 몇 개 둘러서 있는 이 동네가 피난해서 한 달 남짓 살았던 동네고, 그 뒤편의 대밭 속집이 바로 피난 집인 것이다.

초가를 벗기고 슬레이트로 올려놓은 것밖에 별로 달라질 게 없는 그 집이, 어릴 때 기억보다 훨씬 작아서 그 높던 토방, 높은 마루가 겨우 궁둥이 붙이고 앉을 정도의 좁은 마루, 그 크던 마루가 겨우 요정도였나…. 어린 아름에 꽉 차던 기둥이 지금은 내 팔뚝 정도밖에 안 되는 것이 신기하기도 했다. 돌멩이 몇 개위에 깡통을 걸고 개구리를 끓이던 그 집 아이들 들에서 신기한 듯 바라보던 모퉁이가 지금은 너무 좁고, 뒷산 솔밭에서 왕개미 잡던 생각이 나서 뒷길을 돌아가니 솔밭은 그대로인데 기억 속에 남아 있던 그 큰 소나무는 50여 년을 지나고도 그대로인 것 같다.

휴전이 되고 자유당 시절을 거쳐 나라가 온통 격동의 소용돌이였던 그때, 이웃이 다 그러했지만 배고픈 시절, 담장 울 밑에 맨드라미, 백일홍이 곱게 피어 있건만 마음이 가지 않던 힘든 어린 시절을 보내고 먼 길을 돌아 이곳에 앉아 있는 지금 왜 그 시절이 그립게 느껴지는 걸까.

돈이 귀했던지 차가 귀해서인지 외삼촌 이모 집을 찾아 갈 때도 몇 십리 길을 다리 아프게 걸어야 했던 시절이건만 그 길에서 만난 정경들이 지금은 아름답고 정겹게 그려진다.

누이가 시집 가버린 후 얼마 동안, 텅 빈 마음에 얼마나 우울했던가. 중학교 1학년 음악시간 새로 배우는 미국민요 향수를 부르며 누이를 그리워하며 나도 모르게 눈물 흘렸던 기억이 새롭다. 방학이 되자마자 시집간 누이를 찾아가던 그 김제 만경평야, 그 들녘 그 논둑길에 솜씨 좋게 베어 널어 논 풀더미 건초 냄새가 향긋한데. 그것은 우리만의 정서는 아닌 듯 헤르만헤세의 크놀프, 그가 방랑자의 길에 누워서 쉬던 건초더미, 그 냄새, 누워서 바라보던 그 구름 또한 내 마음의 고향의 구름과 다를 것이 없다.

방랑자의 외로움과 고달픔을 맛본 사람이 아니고는 저 구름을 이해하지 못한다는 허세처럼 내 고향 여름은 배고픔의 기억 속에서도 여전히 아름답게 느껴진다.

논길을 따라 갈 길은 먼데 속수무책으로 만난 소나기. 옷이 흠뻑 젖은 채 바라본 비갠 하늘은 무지개가 한껏 아름다웠고. 가는 길에 지나치는 남의 참외밭. 주머니에 돈이 있을 리 없는 그 시절에 더욱 간절한 원두막 그늘. 나중에 돈 벌면 참외가 가득한 원두막을 세우리라. 어릴적 꿈이 내 마음의 고향이다.

황순원의 소나기가 만난 소나기요, 그 원두막 처마 밑에서 이루어진 어느 소녀와의 사랑이 내 마음의 고향이며 그리움으로 남아 있는 그 추억들은 내가 그려 놓은 고향이다.”

세상살이에 바쁜 나름의 일정 속에 꿈은 늘 고향에 있다.

‘나는 수풀 우거진 청산에 살으리라, 나의 마음 푸르러….’

‘초가집 삼간을 저 산 밑에 짓고 흐르는 시내처럼 살아 볼까나….’

첫 번째 노래 구절은 김연준 작사 작곡의 ‘청산에 살리라’의 한 구절이요, 두 번째는 양명문 작시, 김동진 작곡의 '신 아리랑'의 뒷 소절이다. 내가 좋아 늘 부르는 그 노래를 기도로 들으셨는지 하늘이 나에게 이런 터를 주셨다.

결국 이곳 미륵산 기슭 물 흐르는 계곡이 내 집터가 되었고, 지금 정년을 한 해 남겨 놓고 있는데 정년 하기 전에 이곳에 집을 지으리라….

이곳에 내 손으로 지은 원두막, 그곳에 앉아 어린 시절의 원두막을 짓겠다는 작은 꿈을 이루었어도 여전히 내 마음의 고향이 더 그리워지는 것은 왜일까.

황형이 책을 만들면 그 책을 들고 이곳으로 달려오겠다고 한다. 넙죽한 얼굴, 송아지같이 순하고 어진 얼굴, 금방 눈물이 그렁그렁 할 것 같은 그 큰 눈에서 고향이 보이고 그 반가운 얼굴, 나를 찾아오는 모습이 그려진다.

'내 그를 맞아 이 포도를 따 먹으면 두 손을 함뿍 적셔도 좋으련. 아해야, 우리 식탁엔 은쟁반에 하얀 모시 수건을 마련해 두렴….'

고향 갯벌의 슬픈 추억

▌ 이춘원 李春元
전남 고흥 – 소설가

　고향에 갈 때마다 성묘를 마치면 나는 바닷가에 선다. 눈을 감으면 사라져버린 갯벌이 아련히 떠오르고 아려오는 가슴을 한숨으로 달랜다.

　초등학교 4학년 때인 초여름이었다. 파란 하늘 아래 거무튀튀한 넓은 진흙땅이 눈앞에 펼쳐있었다. 물이 없는 바다? 그때 나는 뭔가 혼란스러웠다. 동화에서 읽은 지옥의 사막 같은 신비한 공간을 넋을 잃고 바라보았다. 갯벌을 처음 본 것이다.

　도시에서 살던 우리 집이 시골로 이사하게 된 것은 갑자기 이루어진 일이었다. 아버지의 고향인 한반도 남쪽 끝 작은 어촌의 동구 밖 산골짜기에 외따로 엎드려 있는 초가였다. 이삿짐을 옮기기 전에 아버지는 나와 동생을 미리 데려다주었다. 사촌들 간에 무섭기로 소문 난 할아버지가 반겼다.

　모내기가 끝난 초여름의 들판은 연초록색의 수채화 물감을 풀어 놓은 듯 평화로웠다. 그러나 해가 지자 푸른 바다도 있고 감나무, 밤나무도 있다는 바람에 손뼉을 쳤던 기대는 산골짜기의 어둠이 삼켜버렸다. 그을음이 펄펄 나는 희미한 등잔불은 짜증이 났고 뒷산에서 소름 끼치는 부엉이 울음소리 때문에 요강 신세를 졌다.

　이삿짐은 일주일이 지나도 감감 무소식이었다. 빨리 오라는 전보를 치고 싶었다. 할아버지가 외출한 틈을 타, 산 너머 항구의 우체국에 간답시고 동생을 데리고 집을 나섰다. 언덕을 내려갔더니 마을이 있었다. 머리통만한 돌을 삐쭉빼쭉 용케도 잘 쌓아 놓은 돌담 너머로 지붕만 보이는 초가집들이 옹기종기 모여 있었다.

마을 앞을 보고 깜짝 놀랐다. 검게 보이는 것은 온통 넓게 펼쳐진 진흙땅이었다. 검은 사막 같은 벌판이 신기하여 망연히 서 있었다. 멀리 양쪽으로 뻗은 산자락 끝에 햇빛에 반짝이는 바다가 보였다. '물이 없는 바다? 가뭄으로 바닷물이 말라버린 건가?' 눈앞의 검은 진흙땅의 혼란한 생각이 빙빙 돌다 언젠가 귀동냥한 '갯벌?'에서 멈췄다.

안쪽에서 아주머니들이 뭔가를 잡고 있었다. 호기심에 신발을 벗고 갯벌로 들어갔다. 갑자기 갯벌이 움직여서 깜짝 놀랐다. 다시 보니 갯벌이 움직인 것이 아니었다. 기는 놈, 뛰는 놈, 무수히 많은 작은 생명체가 일제히 도망쳐 제각기 작은 구멍 속으로 숨었다. 그리고 다시 조용했다. 갑자기 비명이 났다. 작은 게가 동생 손가락에 매달려 있었다. 그때 뇌성 같은 할아버지의 호통이 귀청을 때렸다. 기겁한 것은 무단가출한 나만이 아니었다. 게도 도망치고 없었다. 할아버지는 우는 동생 손을 잡고 총총히 집으로 갔다. 움츠리고 뒤따라가면서 나는 갯벌이 더 보고 싶어 자꾸 뒤를 돌아봤다.

바로 다음 날 이삿짐이 왔다. 나는 할아버지의 통제를 벗어났다. 그리고 산길을 시오리나 걸어가는 학교로 전학했다. 마을에 나이가 두 살이나 많은 동급생이 두 사람 있었다. 그들은 학교에서 돌아오면 담 그늘에 우두커니 앉아 있기만 했다. 배가 고파서였다. 가뭄으로 흉년이 든 데다 패전에 몰린 일제가 볍씨까지 몽땅 빼앗아 가는 통에 어촌은 비참했다.

그들은 일요일이면 해초를 뜨러 바다에 간다고 했다. 얼씨구나, 나는 바구니를 들고 그들을 따라갔다. 바로 동생과 왔던 갯벌이었다. 친구들은 아직 물이 더 났다며 갯벌의 가장자리를 따라 산자락 끝으로 갔다. 갯바위에 파도가 넘실거리고 있었다. 사리 때라 바닷물이 많이 빠질 것이니 기다렸다가 고동을 잡고 갯벌로 들어가자고 했다. 그들은 옷을 벗고 바닷물로 풍덩 뛰어들었다.

이글이글 타는 태양이 내려다보며 웃고 있었다. 그 사이 멀리까지 바닷물이 빠져나가고 갯바위의 밑바닥이 드러났다. 둥글기도 하고 길쭉한 고동이 붙어있었다. 거칠고 차갑게 보이는 바위에는 울긋불긋한 해초도 자라고 있었다. 친구들은 가사리에다 소나무 속껍질과 고동을 까 넣어 죽을 쑤어먹을 거라고 했다.

생존경쟁은 삶의 의미라고 했던가? 갯벌이 평화롭게 보인다고 해서 태평하기만 한 곳이 아니었다. 먹고 살기 위해서는 잡아야 하고 살기 위해서는 도망을 가는 치열한 생존경쟁 터였다. 나는 빠르게 도망가는 게를 잡을 수가 없었다. 기는 놈 위에 나는 놈이라더니 친구들은 구멍 뒤쪽을 발로 밟아서 쉽게 잡았다.

천적이 나타나면 게는 살짝 구멍에 몸만 가리고 숨었다. 집으로 들어가는 구멍을 막으면 집게손을 들고 나올 수밖에. 나도 그렇게 게를 많이 잡고 바지락도 캤다. 갯벌은 그것들을 오롯이 내주고도 말이 없었다. 한 많은 아낙네가 쏟아 놓은 넋두리를 들으며 어머니 같은 미소를 지었다.

삼원색의 같은 양을 섞었을 때의 뉴트럴한 무채색처럼 어쩌면 갯벌에 사는 갑각류와 연체동물, 미생물 등 다양한 생명체가 빚어내는 시원(始原)의 색인가 싶었다. 어느새 노을이 서쪽 하늘을 붉게 물들자 밀물이 우리를 쫓아냈다. 갯벌에 태양과 나의 눈을 잇는 아름다운 빛줄기가 황홀했다.

밤에는 마당에 모닥불을 피워 놓고 온 가족이 평상에 둘러앉아 고동 잔치를 벌였다. 대사리는 뾰족한 끝을 깨서 쭉 빤 다음 주둥이를 빨면 속살이 입속으로 쏙 들어온다. 둥근 고동은 주둥이의 딱지 틈에다 바늘을 찔러서 껍질을 고동 끝이 감긴 대로 돌리면서 속살을 빼낸다. 군것질이 아쉽던 그때 고동 맛은 지금도 생각나면 군침이 돈다.

나는 갯벌을 좋아하게 되면서 시골 생활의 짜증도 사라졌다. 매월 보름날 저녁이면 마을 앞까지 가득 찬 바닷물에 휘영청 둥근달이 뜬다. 그 사이 갯벌과 바닷물은 서로 양분과 산소의 교환이 이루어진다.

다시 바닷물이 서서히 빠져나가면 갯벌이 드러난다. 새벽에 또 밀물은 어촌의 여명을 밝혔다. 우주를 운행하는 달과 해의 위치에 따라 바다는 사리와 조금이란 간만의 차가 나타나고 하루 두 번, 시간을 달리하여 썰물과 밀물을 거듭하는 신비로운 현상은 나를 매료시켰다.

갯벌을 가꾸는 것도 자연이었다. 낮이면 갯벌은 햇볕의 열기와 빛을 받아 에너지를 축적한다. 소금에 찌들어 목이 타면 구름이 몰려와 비를 뿌린다. 균형 있게 희석된 바닷물과 갯벌은 가족들의 먹이인 플랑크톤이 활발하게 번식한다. 기운이 쇠락해질 즈음에는 바람을 부른다.

태풍이 몰아쳐 탁한 대기를 환기하고 파도를 일으켜 한바탕 펄을 뒤집어 일구면 새로운 기운을 얻는다. 갯벌은 억만년 지구의 나이만큼 대기의 분진이 바닷물에 가라앉아 쌓이고 쌓여서 이루어진 지구의 속살이었다. 생명의 원천이고 무수한 생명체의 보금자리였다.

그해 여름의 끝자락에 해방을 맞이했다. 아버지가 직장을 잃고 낙향한 사실은 그 때 비로소 알았다. 나는 다시 도시의 중학교로 가게 되어 잠시 정든 갯벌을 떠나있었다.

겨울은 춥고 김 양식과 굴 채취에 전념하느라 동내 앞 갯벌은 철새들의 차지였지만 여름방학 때면 나는 바닷물이 빠져나가고 조용히 모습을 드러낸 갯벌과 늘 함께 있었다. 요란하고 사치스러운 색을 모두 잿빛의 무채색으로 감춘, 지구의 여백과 같은 여유로운 갯벌은 도시에서 지친 나를 반겨주었다.

고등학생이 된 해였다. 집에 왔더니 바람 소리에 갯벌의 울음소리가 섞여 있었다. 달려가 본 눈앞의 광경은 무참했다. 보릿자루처럼 잘록한 갯벌의 목에 돌무더기와 뻘건 황토를 쏟아 붓고 있었다.

도시에서 나타난 투기꾼들은 순진한 어민들을 달콤한 말로 꾀었다. 전후의 가난에 찌들어 배가 고픈 농어민들은 게나 조개보다 쌀밥을 먹고 싶었던 게다. 갯벌의 혜택과 환경의 중요성을 주장하는 사람들과 등을 돌리고 도장을 찍었다. 대대로 오순도순 살던 마을은 두 동강이 나고 갯벌은 논으로 둔갑하고 있었다.

너무 뜨거웠던 그해 여름

▌ 장윤우 張潤宇

서울 – 시인, 전 성신여대 교수

하회탈의 본고장인 하회 마을엘 다녀왔다. 예스러움이 그대로 살아 있는 고장, 길이 좋아서인지 중앙고속도로를 따라 바로 안동시내로 접어들고 다시 물도리동인 옛 마을에 접어든 건 햇살이 유난히 따가운 주말께 쯤 된다.

누구나 다 알다시피 하회탈은 저마다 다른 모습으로서 옛날 마을에 살던 하도령이 신의 계시를 받아 제작했다는 전설이 있으며 제작기법 상 고려시대 즉 700여 년 전에 만들어진 것으로 추측된다. 원래 13종 14점이나 3점(총각, 떡벌이, 별채)이 분실되었고 현재 10종 11점이 남아 있다.

10여 년 전과 수년 전 여름에도 두 번씩이나 다녀간 일이 있는 터였으나 이번 방문은 한국문인협회 안동세미나를 겸하여 160여 명이나 되는 문인들의 동행이 있기에 그보다도 전에 비해 말쑥히 단장되고 전문 안내인의 정확한 소개가 우리를 기쁘게 했다. 게다가 별신굿놀이를 많은 내외국인들 앞에서 보여주니 격세지감을 느꼈다.

뜨거운 햇볕 속에서 294동의 가옥과 문화재 18점을 둘러보았다. 조선중기 유학자인 겸암 유운룡 선생과 임진왜란 당시 영의정으로 국난극복에 큰 공을 세운 유성룡 선생 형제분으로 인해 마을이 더 유명해졌는데 지난해 영국 엘리자베스 2세 여왕이 이곳을 방문함으로써 더 알려진 게 아닐까 싶다. 다시 말해 조선조 공조전서를 지낸 유종혜 선생이 이 마을에 터를 잡은 풍산 유씨가 600여 년 간 지켜온 곳이다.

나는 징비록懲毖錄을 남긴 유성룡댁과 기념박물관, 북촌댁, 남촌댁, 원지정사, 반여정사, 하동고택, 유시주가옥, 겸암정사, 옥연정사, 병산서원, 주일제, 화천서원, 양진당, 충효당과 부용대를 둘러보았다. 특히 도산서원을 찾아 퇴계 이황을 그리고 그의 깊은 성리학 학문에 다시 고개를 숙였다. 바쁜 생활 속에서 틈을 내어 이렇듯 남도천리를 돌아본다는 게 얼마나 뜻이 있는가.

지난 해 문협 세미나엔 전남 장성長成땅을 찾았고 가을 단풍에 취한 기억이 새롭다. 백양사의 짙은 단풍과 산세山勢에서 우리나라의 사계절이, 금수강산이 얼마나 아름다운지를 새삼 확인했다. 그렇다. 잡다한 도시의 일상이 매년 공해와 소음과 살벌한 인간상들이 수명을 단축시키고, 그렇기에 내 고향, 어머니의 품속이 포근한 시골집과 안마당, 뒷동산을 얼마나 그리워하게 하는가.

나는 서울에서 태어났다. 서대문 밖 행촌동이었고 초등학교, 중고등, 대학을 거의 서대문과 종로통에서 보내면서 꿈을 키워왔기에 순박한 시골 풍정을 잘 모른다고 하는 게 알맞을 게다. 그렇긴 하지만 당시 서울의 성 밖은 오늘의 시골보다도 더 시골다웠다. 뒷산에 새소리, 다람쥐와 맑은 냇물이 흐르고 어린 동무들과 아카시아꽃잎, 산딸기를 따먹으려고 열심히 산을 오르내렸다.

1940년대 일제日帝 밑에서 우리말을 빼앗기고 남산 위에 지은 조선신궁神宮에 긴 칼을 찬 담임선생을 따라서 참배하러 올라가던 높은 계단 생각은 지금도 지워지질 않는다. 사진으로 보고 있다. 내가 살던 이층 벽돌집이 바로 독립문 옆에 있기에 꼬마대장들의 모임은 늘 독립문이었고, 영천, 관동시장과 양잠소 골목이 무대였다. 몇 년 후에 집을 늘려 현저동 압박골에 한옥을 구해서 그곳에서 남매들이 컸다.

부친은 세관관리로 남도 끝 마산세관에 근무하시고 어머님까지 함께 임지로 가셨으므로 사남매가 늙으신 외할머니 밑에서 컸던 그 세월에는 이화학교 두 동생은 서울대, 고대를 다녔다. 낭만과 푸른 꿈은 뒷산인 안산案山과 앞산 인왕산으로 메아리쳐 갔다. 푸른 밤하늘에 쏟아져 내릴 듯이 무수한 별들을 보면서 "별 하나 나 하나 별 둘 나 둘…" 세면서 내 별은 어디에 있을까 한없이 빠져들었다.

1950년 6월 25일… 초여름의 나른한 일요일의 나들이에 한가로이 취해 있을 무렵, 나는 예외 없이 독립문 근처 집에서 책을 뒤적이는데 벌집을 쑤셔놓은 듯이 한길에 소동이 빚어졌다. 북한군이 삼팔선을 넘어 일제히 남침하여 파죽지세로 사흘 만에 서울이 함락되기에 이르렀다. 아니, 이럴 수가 북진통일을 구호로 외치면서 점심은 평양에서 저녁은 신의주에서 먹겠다던 기세는 어딜 가버리고 이승만 대통령은 어눌한 말씨가 느릿하게 녹음된 방송으로 서울사수死守와 국민 안무에 급급한 것일까.

인민군들은 대부분 십대의 소년병 같았다. 자기 키만한 삼팔식 장총을 끌다시피 메고 탱크를 앞세워 서대문으로 한강변으로 내달았다. 서대문형무소가 열리면서 숱한 정치범들이 쏟아져 나왔다. 핼쑥한 모습의 죄수들은 기고만장했고 어느 결에 준비되었는지 독립문에는 김일성과 스탈린의 대형 초상화와 인민공화국 깃발이 내달렸고 붉은 기와 만세 소리가 거리를 메웠다. 언제 이렇듯이 준비되었는가. 빨갱이가 그렇게나 많았던가. 어린 나이에도 저으기 놀랐다.

우리 가족들은 한강을 건너 시골집(경기도 남양면 장전리 316)으로 떠나려고 서둘렀으나 이미 때는 늦었다. 한강철교가 미리 폭파되어버린 거다. 다시 마포나루로 향했다. 나룻배를 전세 내어 강을 겨우 건넜다. 서울이 함락된 지 이틀쯤 후였기에 인민군대는 이미 천안, 대전쯤 점령했으리라고 들 추정했다.

강 건너 언덕에는 이게 원일인가 국군(당시 국방군)들이 매복해 있었다. 철모 위에 태극기를 질끈 동여매고 도강피난민들을 질문하는 거였다. 혹시 서울에 집결한 인민군대가 위장도강 하는가를 감시하는 것 같았다. 말을 잘못한 도강시민들이 붙잡혀 가는 것도 볼 수가 있었다.

전쟁…. 전쟁이 얼마나 무서운 것인가를 십대 소년은 실감하지 못한다. 어쩌면 처음 보는 신기한 상황을 호기심 어린 눈빛으로 찾아내고 놀랬다, 국도를 따라 남하하는 도중이었다. 시흥쯤 된 듯한데 UN군 쌕쌕이(세이버 제트기를 그렇게들 부른다)가 후퇴하는 국방군 트럭을 내리쳤다. 꽝음과 함께 날아간 트럭과 파편, 국군장병들의 시신이 처참했다. 남북한군의 구별이 여의치 못하여 당한 사례가 수없이 많다는 말을 들었다. 시골길을 따라서 간 곳은 서해바다가 한가로이 떠 있는 부모님들의 고향인 남양면 장전리였다. 초가지붕과 마당에 깔린 멍석… 마당 끝엔 감나무, 대추나무가 동그란 뒷산엔 밤나무가 가득 찬 조용한 마을이었다.

결국 이곳에서 석달 동안…, 9·28서울수복이 될 때까지 눌러 있었고 우리를 피난시키기 위해서 상경하셨던 부친(장진창)께서는 힘든 도피생활이었다. 마을의 빨갱이들이 앞장서 동리 유지와 우익들을 찾아내고 학살하거나 묶어서 이동시키고 있었다. ―철길 야간 이동열차 파괴도 보았다. 어린 나이의 우리들도 밤이면 모여 "장백산 줄기줄기 피어린 자욱…"하고 인민군가를 부른다거나 김일성 장군 만세를 외치지 않을 수 없었다.

9월의 어느 날 서해 수평선 위로 떠 있는 무수한 함정들이 목격되었다. 밤하늘을 벌겋게 물들인 인천함포사격이 며칠 간 계속되었다. 솔 톱재에 올라 어린이들이지만 흥분된 가슴을 짓눌러가며 인천상륙작전의 추이를 바라다보기 며칠 뒤에야 비로소 포성이 멈추고 이제 붉은 치하에서 벗어나게 되는구나 하고 안도하게 되었다.

무더위 속 밭 가운데 세워진 수수깡 더미 속에 몸을 숨긴 부친, 삼촌, 고모부 세 분도 비로소 햇볕을 보게 되었으니 자유대한이 얼마나 고마운 것인가를 실감했다. 나는 쌀짐을 지고서 서울 집에까지 걸어서 왔다. 온종일 걷느라고 발꿈치에 물집이 생겨서 터졌고… 그야말로 견딜 수 없는 행진이었기에 납북 유명인사들의 행렬이 가슴 아팠다. 서울에 온 내 동네는 그야말로 쑥대밭이었다.

생가가 있는 행촌동은 폭격과 시가전으로 완전히 파괴되어 흔적도 없고 거리마다 파괴된 탱크와 차량들, 시신이 흩어져 있는 거리였다.

전쟁의 참화는 시가지를 거의 폐허화했다. 그러나 수복 이후의 참상도 잠시였으니 석 달쯤 뒤 강추위 속에 다시 남행열차에 올라타지 않을 수 없었다.

중공군의 개입으로 1951년 1월 4일 서울이 재함락되었다. 꽹과리 소리와 인해전술에 위압당한 걸까. 화물만 싣는 무개열차에 올라앉아 무려 일주일간의 긴 고행 끝에 항도 부산역에 도달했다. 피난민들로 뒤끓는 부산 시내를 경이로운 눈으로 보기도 잠시- 가족들은 철갑선에 올랐다. 피난보따리도 거의 털려 버리고 누가 보든 거지행상들인데도 다도해를 지나는 뱃전에서 하루 내내 섬과 섬들, 갈매기 소리와 바닷바람을 맞으면서 산자수명한 항도 여수에 도달했으니 부친이 전근된 여수세관 관사에 몸을 던졌다. 중학교 1년생 장윤우의 사춘기는 드디어 외롭고 고생 속에 무연한 바다를 바라보며 3년이 계속되었다.

이후 부산 피난막사에 자릴 잡고 모교를 찾게 되고 휴전반대데모로 거리를 행진하며 구호를 외치며 보내다가 서울로 복귀하게 되었다. 1954년쯤의 겨울은 역시 혹독했다. 어느 세대가 우리처럼 험난하고 굴곡진 역사를 겪었을까 싶지만 일제치하에서 태어나서 1945년 8월 15일 광복을 맞게 되고 5년 뒤인 1950년 6월 25일 이른바 〈6·25사변〉을 거쳐 대학생활 속에서 4·19혁명세대가 되어버렸다. 육군 일등병 장윤우는 강원도 양구 전방에서 제대증을 받고 5·16군사혁명도 서울거리에서 생생히 보았다. 10·26 박정희 대통령 서거, 12·12사태로 전두환, 노태우 대통령 시대를 넘겨야 했다.

서울! 내 고향 서울은 파괴의 잿더미 위에서 전혀 다른 새 모습 - 국제도시로 변모되었다. 이제 선진도시 서울의 중심부에서 - 멀리 외곽지대로 떠밀려 살고 있다. 한강 하반 목동의 뻘밭에 세워진 소위 목동 신시가지시에서 15년째 몸을 의탁하며 노후를 보낸다.

조선집 대청마루에서 청아한 매미소리, 참새 떼들의 재잘거림을 듣고 청계천 맑은 물에서 가재를 잡던 「서울내기 소년」이 아파트의 숲속에서 매연과 차량의 소음으로 하루를 열고 취기 속에 닫는 몸이다.

아마 토박이 서울사람들은 종로 가회동쯤에서나 눈 씻고 찾아볼까. 3분의 2가 넘는 타지 사람들에게 밀려 고향을 잊고, 아니 빼앗긴 채 연명(?)하고 있을 게다. 나룻배 타던 한강은 그래도 유유히 흐른다. 새 우젓 독들이 쌓인 황포돛대의 마포강변은 씻은 듯이 사라지고 냉냉전차가 길 가운데를 누비며 명절 되면 꽃전차 보러 길가에 앉아 기다리던 낭만도 사라졌다. 뜨거운 여름철, 청계천에서 노닐던 그 시절을 되돌릴 수는 없을까.

내 고향 담양의 여름

❚ 전규태 全圭泰
전남 담양 – 시인·국문학자
연세대 등 국내외 대학교수

내 잔뼈 굵어진 곳은 광주에서 그리 멀지 않은 교외의 한촌 담양이다. 정철鄭澈 송강松江이 외로울 때면 즐겨 찾던 식영정이 멀지 않은 곳이다. 송순宋純, 이서 李緖, 유희춘柳希春, 그리고 현대에 이르러서는 박용철, 김현승 등도 이 고장 출신의 시인들이다. 하지만 옛날에는 문화적 변방이요, 유배지이기도 했다. 문화전통이 없는 고장에서 시인이 적잖이 나왔다는 것은 좀 이상할지 모르지만 역으로 문화적 토양과 전통이 없었던 각박한 땅이었기 때문에 기존의 그 무엇인가에 사로잡히기가 도리어 용이했던 것인지도 모른다.

담양은 가사문학의 산실, 대나무의 고장으로 알려져 있다. 동네 야산과 집 뒤뜰마다 죽향을 짙게 풍기며 길게 늘어서 휘청대는 대나무 숲이 펼쳐져 있다. 한창 무더운 여름날, 대나무 숲 그늘에 앉아 있으면 온몸을 적시던 땀방울이 이내 수그러든다.

나는 유복자로 태어났다. 어머니는 너무나도 큰 충격 때문에, 그리고 앞으로의 생존을 위해 일본으로 유학을 떠나셨고 나는 외할머니의 빈 젖을 빨며 외롭게 자랐다. 내가 어머니 생각으로 울먹일 때면 외할머니는 옛날이야기를 들려주셨고 동요와 민요도 구성지게 불러 주셨다. 지금 생각해 보면 그런 것이 무의식중에 내 정서의 세계에 뭔가 커다란 영향을 미친 것 같다. 어렸을 때부터 노래를 좋아하고 동요 등 글을 많이 쓰게 된 것은 외할머니의 정한情恨(혼자 살고 계셨음)이 은 연중에 내 정서 속에 스며들었기 때문이다. 흔히들 '고독과 그리움의 나그네'라 불리어지게 된 것도 이런 연유에서이리라.

나는 어린 시절에 혼자서 연날리기를 좋아했다. 아득하게 먼 하늘을 향하여 연실을 풀면 내 꿈은 푸름 속으로 줄달음질 치고 가장 멀리, 가장 높이 날아가는 꿈이 되기 위하여 마른 침을 삼키면서 나의 꿈을 지켜보았다. 어른이 된 다음에는 이런 꿈이 나로 하여금 이국異國을 찾아 헤매게 했고 자유분방함이 나의 시 세계에 배어들게 했다.

대학 졸업 직후 몇 년 간 신문기자 노릇을 한 것을 빼고는 나는 평생을 대학교단에서 보냈다. 직장 생활이 탐탁스럽지 않았지만 살아가려면 일자리가 있어야 했기에 평생을 월급 생활자로 살 수밖에 없었다. 일은 노동만을 요구하는 것이 아니다. 때로는 구속과 모함을 당하는 등 언짢은 일도 많이 생기게 마련이다. 하지만 한편으로는 자기 자신의 내부세계를 옹글게 만들게 되는 계기가 되기도 했다. 이 같은 상반된 요소들을 자기 속에 하나의 인격으로 통일하는 과정을 평생직장인 교단에서 터득했다.

나이가 들면서 시를 쓰고 그림도 그리면서 결국 문학과 예술의 역사적인, 시대적인, 혹은 인간 생활에 있어서의 의미 등을 곰곰이 생각해 보게 됐다. 어떠한 형태로든 인생이라는 것과 마주치게 되는 그런 예술을 하고 싶어서였다. 문학만이 아니라 미술, 음악, 무용 등 다른 예술 장르에 대해서도 깊이 빠져들곤 했다. 험담가는 그래서 나를 "팔방미인"이라고 빈정대기도 했다. 하지만 문인 겸 미술평론가인 박용숙 교수는 다른 시각에서 나를 관찰해 주었다.

"색채가 자연의 본질이고 동시에 음악이고 리듬이 무용을 낳듯이 그의 시와 풍경화에서도 채색이 음악적으로 나타나며 원초적 무용의 리듬이 있다. 그는 무엇이든 만나는 대상을 있는 그대로가 아니라 색채와 리듬으로 꾸미려 하며, 동시에 그 색조는 음악적인 계조로 나타나기도 한다. 그가 노래를 잘

> 하고, 자연의 본질을 꿰뚫어 보는 시인적인 직관력
> 이 있다는 사실이 무엇보다 그의 예술이 그 같은
> 색조가 결코 우연이 아님을 뒷받침해 준다."

나를 '팔방미인'으로 만든 것은 앞서 말한 바와 같이 어린 시절의 시골생활 특히 외할머니의 영향, 그리고 방랑벽 때문이지 않을까? 방랑벽은 여행으로 이어져 학문과 예술 장르를 넘나들며 동서와 고금을 아우르기도 했다. 그래서 '학제', '예제', '고전과 현대문학의 통시적 연구, '비교문학' 등을 했다. 한국인으로서는 최초로 마야, 잉카, 아스테카 등 고대 유적지를 완전 답파하기도 했다. 지금 생각하면 무모하기도 했고 욕심이 지나치기도 했지만 결코 후회하지는 않는다.

시대정신을 앞서가는 문학은 그 시대나 생활이나 제도 또는 권력 등에 대해 비판적인 눈으로 세계를 담기도 한다. 결국 문학의 원형질은 서정이 질게 깔린 서사적인 노래로 삶의 방식을 말하고 있음을 보게 된다. 이는 내가 연가를 많이 써 왔다는 것을 굳이 변명하려는 게 아니다. 고독, 그리움, 외로움 그리고 영원한 노스탤지어 같은 사랑, 이는 내 삶을 지탱해주는 원동력이기도 하다. 생, 그 쓸쓸함에 대한 나의 연민은 여기에서부터 출발하고 있다.

나는 정년퇴임을 며칠 앞두고 췌장수술을 받았다. 회생 가능성이 매우 희박했다. 하지만 그 후 2여 년 간 건강히 살아가고 있는 중이다. 주치의는 '기적적'이라고 놀라기도 했다. 그의 권고대로 세상사 속된 일들과는 완전히 단절하고 멀리 떠나 심신산중을 떠돌며 살아왔다. 그것이 내가 생명을 연장할 수 있는 유일한 길이라고 그가 권유해 주었기 때문이다. 어느 시인의 말처럼 '운명적인 영원한 낭인浪人'인 것도 같다.

나는 늘 혼자였고 지금도 혼자이고 내일도 혼자일 것이다. 외로운 떠돌이가 바로 '나'이다. 나는 아무것도 바라지 않고 원하지도 않는다. 죽음이 두려운 나이도 아니다. 다만 홀로 와 홀로 져야 하는 영원한 개별자이지 않는가. 생, 아름다웠다고 자유로운 하늘가에 걸린 낮달처럼 하얗게 지는 날이 저 만큼 오고 있는데. 아아! 나는 자유로운 영혼이었다.

파리와의 전쟁

| 정명숙 鄭明淑

함북 길주 – 수필가·전 상명여대 교수

흑백사진 같은 내 고향(함경북도 길주)의 여름은 파리와의 전쟁이었다. 70년 전 시골집을 생각하면 파리 모기소리, 가을이 가까워 오면 극성스럽게 울어대던 매미소리, 한평생 울 걸 다 울어버리듯 너무 시끄럽던 매미소리, 옛날 집엔 덧창이라는 것이 있었는데 가끔 나무로 된 문틈에 와 귀가 따갑도록 울어댔다.

어쩌다 낮잠이라도 잘라치면 파리 모기의 앵앵거리는 소리와 매미의 애달픈 소리의 여운이 메아리처럼 여울져 잠에서 깨어나도 그 소리가 귓가를 맴돌고 있었다. 외할머니는 손에 부채와 파리채를 들고 사셨고, 밤마다 저녁이 되면 모기향을 피워주시고, 모기장 속에 빨리 들어가라 잔소리한 것도 외할머니였다. 어머니는 무남독녀였는데 육남매를 두셔서 우리 형제들은 더 큰 사랑을 받으며 자란 것 같다.

1940년경은 어느 집에서나 백열등 아래 파리가 모여들어 윙윙거리며 돌아다녔다. 그걸 잡으려고 누런 끈끈이 풀을 길게 매달아 파리, 모기, 하루살이, 날파리가 신나게 날아다니다가 붙게 하려 함에서였다. 며칠 지나 보면 꽤나 많이 붙어 있었다.

그밖에 파리 소탕에 한 몫 했던 파리통이라는 유리로 된 것이 있었는데, 마치 러시아 정교회, 크레믈린궁 꼭대기모양 양파, 통마늘같이 생긴 파리를 사냥하는 유리통 같았다. 아래쪽 세 곳에 거북이 발처럼 생긴 받침꼭지가 붙어 있어 넘어지지 않게 되어 있고 밑이 훤히 돌려 있어 주먹이 들어갈 만했고, 운두는 얕지 않아서 물을 담으면 엎질러

지지 않게 되어 있었다.

여기다가 비눗물을 풀어 넣고 구멍 아래 비린내 나는 생선 가시를 놓아 파리를 유혹하게 된 말하자면 파리박멸기였다. 멋모르고 들어갔다가 빠져 나오지 못하고 몸부림치다 비눗물에 빠져죽게 된다. 유리로 되어 있어 환히 들여다볼 수 있는 파리 잡는 여름에 없어서는 안 될 필수품이다.

그런데 어느 날 생선 비린내 때문인지 고양이가 먹이를 노리다가 사고를 치고 만 것이다. 파리통을 밀치다가 깨어버린 것이다. 파리통은 아무 때나 살수가 없었다. 우리 마을에 5일장이 서는 날이라야 살 수 있어서 어머니에게 크게 야단맞았다. 고양이라는 동물이 무엇을 아는지 몰라도 며칠 밥을 주어도 잘 먹지 않고 구석에서 나오지 않아서 오히려 어머니를 속상하게 했던 일이 있다.

어느 여름날 오빠들과 남대천 지나 모호에 있는 외가에 가는 길에 참외 서리를 하다 들킨 일이 있다. 신나게 따고 있는데 원두막에서 지키고 있던 할아버지의 큰 기침소리에 놀라 도망치다 잡히고 만 것이다. 잔뜩 겁먹은 우리를 야단치지 않고 한아름 안겨 주셨던 할아버지의 구부정한 뒷모습, 그 때 우리가 먹었던 참외는 배추색 얼룩무늬를 한 개구리참외였는데 속이 연한 주황색이었다.

1993년 백두산 가는 길에 참으로 오랜만에 옛날 개구리참외를 만난 것이다. 금방 밭에서 따다 놓은 참외가 길가에 수북이 쌓여 있었다. 천리타향에 봉고인이라 옛 친구 만난 듯이 너무 기뻐 눈물이 날 것 같았다. 추억으로 남은 고향 맛은 한평생 가는 모양이다.

고향집 마당에 텃밭이 있어 옥수수, 완두콩, 상추, 무, 배추에 철 따라 나비가 날아왔고, 광 옆엔 어른들이 허리 굽혀 물 푸던 박우물이 있어 여름에는 냉장고가 되어 주었다. 그 우물에 수박, 참외, 오이를 삼베실로 싼 망태에 넣어 띄워 두었다가 식구들이 다 모이는 저녁에 마당에 모깃불 피워 놓고 큰 쟁반에 수박을 썰어 마루에 내 놓으면 언니 오빠들은 모두 눈을 크게 뜨고 어느 것이 더 큰가 하며 싸게 골라 갔다.

언제나 꾸물대는 막내인 나를 챙겨준 것은 큰 언니였다. 형제가 많아서 인지 우리는 먹을 걸 놓고 잘 그랬던 것 같다. 옥수수 한 소쿠리를 쪄 내놓아도 어느 것이 더 큰가를… 그 경쟁심으로 사회를 살아갈 수 있는 힘을 키운 것 같다.

식구가 많은 우리 집은 조용한 날이 없었다. 가끔 손님이 오시면 꿀물에 미숫가루 탄 걸 우리도 얻어 마실 수 있었다. 여름 대발이 바람을 가르는 소리, 창호지마다 침 발라 자기 자국 내던 장난질 등, 눈감으면 안개처럼 피어오르는 그 날 그때가 그림처럼 스쳐 지나간다. 이제 살아서 갈 수 없는 고향이기에 더욱 그리운 것, 그래서 나는 흑백사진 같은 어린 날을 이렇게 기억해 내고 있는지 모른다.

남강의 여름

▎정목일 鄭木日
경남 진주 – 수필가

내 고향은 '은하수의 도시'처럼 생각된다.

고향 진주를 생각하면 남강 모래밭에 누워 여름 하늘을 올려다보면서 은하수를 바라보던 모습이 떠오른다. 가슴속으로 남강이 흐르고, 세월이 흘러도 강물소리가 들려온다. 하얀 모래밭에 금모래가 반짝거린다. 강가의 대숲을 스치는 바람소리가 소곤거린다.

진주의 심장으로 흐르는 남강은 도시를 탄생시킨 어머니며 역사를 낳은 모태이다. 남강은 한반도 남쪽 땅을 적시는 아름다운 서정시일 뿐 아니라, 도도한 기백으로 흐르는 서사시이기도 하다. 강물 유선流線은 여인의 몸매처럼 부드럽고, 물과 모래밭은 맑고 눈부시어 여성적인 아름다움을 보이지만, 늠름하고 준수한 지리산에서 발원하여 진주성에 이르러선 남성적인 미를 보인다.

영남 제일 누각 '촉석루'가 바위 절벽 위에 우뚝 서 있다. 그 모습은 절경 중의 으뜸이지만, 그냥 풍광만으로 바라볼 수 없다. 강가에 휘늘어진 수양버들 아래로 잔잔한 수면에 연인들끼리 오리형 보트를 타는 모습은 평화스러움을 느끼게 하지만, 그냥 지나칠 수 없는 역사의 장면들이 떠오른다.

서기 1593년(선조 26년) 6월 29일은 왜군과 10일간의 결사항전 끝에 진주성이 함락되는 비운의 날이었다. 영원히 잊을 수 없는 민족의 치욕과 비극의 날이었다. 진주성이 함락되자, 7만의 민, 관, 군이 생명을 잃었다. 왜적은 정예부대 12만 3천여 명이었다. 김천일 장군은 촉석루에서 한 잔 술을 마시고 나서, "대장부의 죽음을 어찌 소홀히 할 수 있겠느냐?"며 절벽 아래 푸른 강물에 몸을 날렸다. 이를 본 아들도 말없이 아버지 뒤를 따랐다.

최경희 장군도 "왜적의 손에 죽을 수 있겠는가!" 남강을 굽어본 후 몸을 날렸다. 진주의 어머니들은 치마로 얼굴을 가리고 강으로 뛰어들었다. 한 성의 공방전으로 7만여의 전사자를 낸 것은 세계 전사戰史에도 찾기 어려운 참혹한 일이었다. 푸른 남강은 금세 핏빛으로 변하고 말았다.

진주성 함락으로 7만여 명의 전사戰死로 민족의 마음은 절망, 비탄, 좌절에 빠지고 말았다. 원통함이 뼈에 스미고 슬픔이 넘쳐 말을 잃게 됐으며 눈물도 메말랐다. 마음에 맺힌 한을 풀 수가 없었다. 겨레는 절망에 빠져 삶의 기운조차 잃고 있었다.

열일곱의 논개가 왜장을 얼싸안고 강으로 뛰어들어 숨겼다는 소식이 전해졌다. 우리 겨레는 서러워서 울었다. 처절해서 울고, 용감해서 울고, 아름다워서 울었다. 그 눈물이 7만여 전사자의 원혼을 반쯤이라도 달래고 보상해 주는 듯했다. 논개의 순국은 한 개인의 죽음이 아니라, 민족의 마음을 위무해 주고 원통하고 한스러워 견디기 어려웠던 백성들의 피멍과 상처를 치유해준 손길이었다.

논개의 순국으로 남강은 겨레의 가슴속으로 흐르는 애국혼의 동맥이 되었다. 실의와 절망에서 다시금 민족혼을 소생시키게 한 계기를 마련케 해 주었다. 이것은 거룩하고도 위대한 힘이었다. 꽃송이 하나가 강에 떨어짐으로써, 겨레의 가슴속에 영원히 피어나 고고한 향기를 띄워 주고 있는 것이다.

남강은 진주 한가운데를 흐르고 있다. 내가 어렸을 적에, 남강은 빨래터이기도 했다. 남강 가에서 빨래를 해본 어머니들은 그 때를 쉽게 잊을 수 없을 것이다. 촉석루와 푸렁푸렁한 대밭을 보고 박자를 맞추며 방망이를 두드리던 어머니…. 맑은 강물에 빨래를 헹구어내면서 이

옷을 입은 가족들의 마음이 맑고 깨끗하길 기원했다. 진주의 어머니들은 남강에 와서 빨래하면서 마음도 정갈히 씻어내었다.

소년기에 나는 어머니를 따라 남강에 와선 돌멩이를 던져 물수제비를 떠보곤 했다. 얇은 돌멩이가 수면에 파문을 만들면서 핑그르 굴러가는 것이 재미있었다. 여름이 되면 남강은 멱 감는 곳이 되곤 했는데, 이때만 되면 부모들은 자녀들에게 당부하곤 했다.

"애야, 절대로 남강에 멱 감으러 가선 안 된다. 큰일 난다, 알았니?"

몇 번이나 다짐하고 약속을 받아내고서야 안도하곤 했다. 여름이면 강물이 불어 익사사고가 빈번했다. 이를 두고 논개가 아이들을 물속으로 끌어들인다는 속설이 나돌고 있었다. 그러나 여름이면 남강이 아니면 가볼 곳이 없었다. 강물이 아이들을 불러들이고 있었다. 아이들은 부모의 말을 금세 잊어버리고 남강의 품속으로 뛰어들었다. 즐거울 때나 슬플 때나 발길이 닿는 곳은 남강이었다. 강둑을 걸으며 강물을 바라보아야 가슴이 시원해지는 듯했다.

남강은 진주 아이들에게 더 없는 놀이터였다. 모래성을 쌓고 허물었으며, 멱감고 지치면 모래밭에 나와 뒹굴었다. 눈부신 햇빛을 받으며 알몸을 내놓고 천진스레 깔깔거려보던 때는 남강에서 보낸 소년기뿐이었다. 씨름도 하고 노래를 부르기도 했다. 강에 빠져죽을 뻔한 고비를 넘긴 적도 있었다. 호기를 부려 깊은 곳에 갔다가 강물에 떠내려가는 것을 큰 아이들이 구해주었다. 정신을 차려보니, 어디선가 귀가 따갑게 매미소리가 들려오고 있었다. 너무나 눈부시어 그늘을 찾아 기어갔다. '강에 멱 감으러 가지 말라'던 어머니의 말이 떠올랐다. 패잔병 같았다. 멀리서 남강을 바라보았다. 아름답지만 함부로 할 수 없는 위엄이 서려 있었다.

친구와 바람 쐬러 간다는 것은 남강으로 간다는 의미였다. 둑길을 걸으면서 문학과 우정을 쌓아갔다. 여름이면 촉석루와 북장대, 서장대로 일순하는 산책로를 걷기 좋아했으며, 나이가 들수록 낮보다 밤에 멱 감길 좋아했다. 시원한 강바람을 맞으며 모래밭에 누워서 시간 가는 줄 모르고 별들을 바라보곤 했다. 하늘엔 은하수가 흐르고, 땅엔 남강이 흐르고 있었다.

나는 그 어떤 명승지나 피서지의 여름보다도 남강의 여름을 잊을 수가 없다. 진주인 가슴속에는 죽는 날까지 남강이 흐르고 금모래가 반짝거릴 것이다.

그해 여름의 추억

- 참새와 소녀

┃ 조기호 趙紀浩

전북 전주 - 시인

내가 사는 전주는 시가지 밖으로 높고 낮은 산들이 병풍처럼 둘러쳐져 있다. 그 아래 서북쪽으로 흘러내리는 물이 각시바위 중바위를 돌아 성춘향이 서방 이몽룡 암행어사가 쉬어 간 좁은 목을 지나서 한벽루 돌기둥 밑 꺾어진 바윗돌을 휘돌아 치고 내려 이팝나무 하얗게 꽃 피는 다가산을 감아 돌아 흐른다. 남고사를 비롯한 고찰들이 동서남북 골짜기마다 터를 닦아 들어선 산사의 풍광과 그를 둘러싸고 우거진 소나무와 울창한 편백이 숲을 이루어 운치를 더한다. 아름드리 소나무들이 울울창창 우거져 짙푸르다.

키 큰 자작나무와 자귀나무 상수리나무 같은 활엽수들이 어우러진 산의 풍치는 참으로 아름다운 한 폭의 수채화다. 또한 시가지는 요즘 한참 유명세를 띄고 있는 전주한옥마을의 기와집들이 줄줄이 늘어선 동양화와 고층 건물과 관공서 은행 상가 건물이 줄지은 풍경의 서양화가 알맞게 조화를 이룬, 천년 고도의 풍모를 갖추고 있다. 남에서 북으로 도도히 흐르는 남천 냇가 방천 뚝 아래와 다리 밑에는 동냥아치들과 밤도깨비가 자리 잡고 살았다.

우리 집은 전주의 종산인 건지산 그늘에 과수원을 하고 살았다. 학교 수업이 끝나기가 무섭게 달려와 떨어진 낙과를 한 소쿠리쯤 먹었다. 일요일 아침 아버지께서 누룽지와 단 수수를 싸주시며 머슴들이 새막까지 지어놓았으니 화장터 아래 일곱 마지기 논에 새를 보러 가란다.

너 때문에 일부러 새막을 지었다고 하시는데 안 가겠다고 앙탈을 부릴 수 없었다. 새막은 제법 높고 넓어 시원했다. 내가 그 소녀를 만난 건 그때가 처음이고 마지막이다. 소녀는 우리 논 위 배미 논두렁에 찢어진 종이우산을 꽂아놓고 앉아 새를 쫓고 있었다.

찢어진 우산으로는 따가운 햇볕과 찌는 더위를 피하기 어려웠을 소녀는 맑은 눈과 백설같이 하얀 피부를 가진 단발머리였다. 눈처럼 하얀 보풀인 블라우스에 무릎 아래를 약간 덮은 후 레아 검정 치마를 입었으며 흰 줄이 두 줄 그어진 검정 운동화를 신은 그녀의 옆얼굴이 무척 예뻤다.

약간의 애잔한 마음과 호기심이 돋은 내가 용기를 내어 논두렁으로 다가가서 그녀에게 말을 걸었다. "참새가 많이 오냐?" 고개를 푹 수그린다. 아무 대꾸가 없다.

"이게 너희 집 논이냐?" 다시 물었다. "응" 단발머리를 조금 끄덕이며 모깃소리만 하게 대답한다. "너 덥지야? 우리 새막으로 가서 같이 새를 보자." 소녀는 들은 체도 않고 논두렁만 내려다보며 운동화 앞부리로 논두렁만 콕콕 찧고 있다. 수컷 때때기를 업은 방아깨비가 후르르 날아와 논두렁 쇠무릎 풀 위에 앉는다.

우리 집은 저기 과수원이고 나는 시내 어느 초등학교 6학년 아무개라고 신원까지 밝히며 몇 차례 꼬드겨서야 마지못해 따라왔다. 새막에 올라와 앉은 소녀의 얼굴은 눈이 부시도록 황홀하였다. 마치 명왕성이나 해왕성의 먼별에서 온 소녀 같았다. 너무나도 아름답고 어여쁜 모습에 마음이 들뜬 나는 눈길을 어디에 두어야 할지 몰라 난감하였다.

소녀는 수정처럼 하늘이 비칠 것 같은 맑고 큰 눈을 가졌다. 갸름한 얼굴에 예쁜 보조개와 앙증맞게 작은 입과 도톰한 입술이 꼭 앵두 같은 인형이다. 나는 얼굴이 약간 달아오르고 숨결이 가빠져서 쑥스럽고 염치가 없어 차마 소녀의 얼굴을 제대로 보기가 민망스러웠다. 소녀는 서당뜸이란 마을에 사는데 오늘은 아버지가 출타하셔서 소녀가 새를 보러 온 거라고 설명을 조신하게 가만가만 이야기하듯 말을 했다.

내가 이름을 대면서 소녀의 이름을 물으니 한참을 주저하더니 "강하영이예요"라고 일러준다. 내가 서먹서먹한 긴장을 풀기 위해서 누룽지를 줬더니 조금 떼어먹는다. 누룽지를 깨무는 보조개 핀 볼이 잘 익은 수밀도 색깔처럼 발그스레 곱다. 그녀를 주려고 단 수수 껍질을 벗기다가 손가락을 베었다. 흐르는 피를 본 소녀가 눈이 화등잔만 하게 놀라더니 "저걸, 어떡, 어떡해" 하고는 내 손가락을 잡고 흐르는 피를 입으로 빨아준다. 그리고는 상처를 눌러 지혈시켜놓고 하얀 속치마의 한쪽을 북 - 찢어 싸매준다.

처음 만난 사람의 피를 빨아주며 속치마를 찢어 상처를 싸매주는 그녀의 인정에 나는 감동 이상으로 감격하여 심각하게 빠져버렸다. 나는 고맙다는 인사와 치마를 찢어 어떡하냐고 했더니 소녀는 오히려 자기에게 주려고 하다가 상처를 입어 자기가 더 미안하다고 차근차근 대답을 한다.

별안간 논 위 공동묘지에서 벼락 치듯 총소리가 쏟아졌다. 지리산에서 잡아 온 사람이나 사형수를 죽이는 기관총 소리였을 것인데 놀란 내가 엉겁결에 나도 모르게 몸을 숨긴다는 게 소녀의 치마폭에 머리를 쑤셔 박았다.

총소리 그치고 나서 정신을 차리는데 소녀의 앉았던 자리에 피가 묻었다. 소녀가 총을 맞은 줄 알고 "하영아 너, 총 맞은 것 같다" 하였더니 그녀의 얼굴이 백지장처럼 하얗게 질리는가 했는데 어느새 귓불이 발그스름해졌다.

아무 말 없이 새막을 내려갔다. 총 맞은 것 같지는 않다. 왜 그러냐고 물었으나 고개를 숙인 소녀는 쏜살같이 집으로 가버렸다. 얼마 지난 후에야 그 피가 총 맞은 것도, 단 수수 껍질에 베인 피도 아니고 내 몽정 비슷한 것일 거라고, 어렴풋이 짐작했다. 소녀에게 미안했다. 소녀는 새 보러 다시 오지 않아 나도 새막을 떠났다.

Ⅲ. 월광곡 흐르는 밤

내 고향 여름의 풍경들

❚ 구명숙 具明淑
충남 논산 - 시인·숙명여대 교수

내 고향 충청남도 논산군 벌곡면 신양리의 여름은 늘 무더웠고 시원했다. 몸과 마음을 자연에 푹 담그고 커가던 시절, 내게 처음으로 여름을 알게 한 고향의 여름이 내 여름의 절정인지도 모른다. 어린 시절 마냥 뛰놀며 자라던 여름철의 추억들이 가장 뜨겁게 살아 있다. 작렬하던 태양, 그 땡볕을 가려주던 둥구나무, 뜨겁게 달궈진 몸을 첨벙 담그던 냇물. 불현듯 더위를 식혀 주던 소나기, 시냇가 미루나무에서 목청껏 울어대던 매미소리, 그리고 논에서 쑥쑥 자라는 벼들의 숨소리가 찌는 더위를 한층 북돋는 듯했다. 그토록 뜨겁게 달구며 몸부림치던 고향 들판이 우리들의 신나는 놀이터였기에 내 고향의 여름 풍경들은 아직도 잊혀지지 않고 나를 사로잡고 있다.

마을 앞 실 비단 드리운 냇물은 가뭄에도 물이 너울너울 흘러가고 있었다. 그 물줄기는 오늘도 멈춤 없이 내 몸에서 강물로 흐르고 있는 것 같다. 한낮 텃밭에는 폭발할 듯 익어가는 풋고추며 자주빛 가지가 주렁주렁 줄지어 있고, 울타리를 휘감은 애호박도 치렁치렁 늘어져 있었다. 어머니는 금방 캐 온 포삭포삭한 하지 감자를 쪄서 한 쟁반씩 담아주셨다. 멱을 감고 물에서 갓 나온 아이들이 달려들어 뜨거운 감자를 먹는다. 하얀 강변의 추억이 조약돌처럼 구르고 있는 곳, 세월 따라 물깊이 굽어 에돌아 흘러도 나의 여름 추억은 그곳 고향에 고스란히 담겨 있다.

강낭콩을 넣어 쪄낸 어머니의 노란 찐빵과 찰옥수수, 구수한 된장 보리밥과 열무김치, 가슴속까지 시원한 샘물, 그리고 어머니가 즉석에서 만들어 주시던 신선한 음식들의 깊고 매운 맛이 내 혀끝에 도도하게 남아 있다. 애호박 넣고 끓이신 손칼국수의 구수한 맛은 길고 긴 국수 가락처럼 어머니와 도란도란 이야기 나누던 그리운 사연이 아닐는지?

나는 나이를 먹으며 해마다 여름을 맞고 보내고 있다. 하지만 고향의 여름은 내 마음 속에서 늘 용광로처럼 뜨겁게 살아 움직이고 있다. 느닷없이 먹구름이 밀려오고 우르르 쾅쾅 천둥 번개가 벼락을 치듯 몰아쳐 오면 강변에 벗어놓은 옷들을 미처 챙겨 입지도 못하고 물에 빠진 생쥐처럼 집으로 뛰어 들어오곤 했다.

물이 우리를 즐겁고 시원하게 해주었지만 갑자기 큰물이 되면 두려울 때도 많았다. 장마가 져서 사나흘 비가 주룩주룩 내리면 냇물이 점점 불어난다. 얼마큼 불어났는지 하루에도 몇 번씩 냇물을 바라본다. 마침내 성난 파도가 되어 마을 입구에 쳐들어올 기세로 넘실대면 사람들은 집을 덮칠까 두려워 대피할 준비를 하기도 한다.

맑고 잔잔하게 찰랑대던 친절한 냇물이, 갑자기 붉은 황톳빛 성난 모습으로 넘실대면 동네 사람들이 모두 물 구경을 나온다. 그 틈에도 부지런한 사람들은 우비를 입고 소쿠리로 풀섶을 훑으며 물고기를 건진다. 어디서 휩쓸려왔는지 주먹만 한 새우며 모래무지, 피라미들이 후드득 후드득 뛰어 오른다. 빗줄기 속에서도 생명력이 화악 피어오른다.

물론 어른들은 큰 물 걱정이 많으셨다. 홍수가 나면 둑이 무너져 논이 물에 잠기고 밭도 유실되고 곡식이며 채소들이 둥둥 떠내려가기 때문이다. 우리가 느끼는 호기심과 재미와는 사뭇 다른 근심이다. 동네 어른들은 오직 비 그치기만을 바라며 하늘을 보고 빨리 물이 빠져나가기를 기원한다.

그러나 단단하던 징검다리까지 다 떠내려가 우리는 학교 길을 잃어버리게 되었다. 물살이 너무 세고 깊어져 건너가지 못한다, 웬만하면 어른들이 업어서 물을 건너 주지만 큰물에는 학교를 산길로 돌아서 가야한다. 30분이면 당도할 학교를 산길로 빙 돌아가노라면 한 시간도 넘게 걸린다. 산길은 좁고 비탈졌으며 미끄러웠다. 고무신이 뽀드득거리며 한적한 길동무가 되어준다. 산길 옆에는 도라지꽃, 산나리 꽃들이 곱게 피어 나무들 사이에서 산들산들 우리를 맞아준다. 하도 예뻐서 저 꽃을 꺾어서 담임선생님 책상 위에 놓아드릴까 망설이다가 "산에 사는 꽃을 꺾으면 산신령님이 노하신다."는 할머니 말씀이 떠올라 그만두고 멋쩍어진 마음이 되어 부지런히 걷는다.

학교는 이미 한 시간 수업이 끝났고, 반 친구들과 선생님이 반가이 맞아주신다. 최행삼 선생님은 "못 오는 줄 알았는데…"하시고 여기 저기 물난리가 난 소식을 전해 주시며 다른 날보다 더 재미있게 가르쳐 주셨다. 그날은 공부하는 중에 또 비가 내리기 시작하여 오후까지 그치지를 않았다. 이제 산길로도 집에 돌아갈 수가 없었다. 이미 학교 옆 도랑도 물이 불어나 장정들도 건널 수가 없었기 때문이다.

몇몇 아이들은 학교 근처 친척집으로 가고 나는 학교 사택에 사시는 담임선생님 댁에서 하루를 머물러야 했다. 선생님께서 "집에 가서 자고 낼 학교로 오자"고 하셨을 때 쑥스럽고 난감한 마음이었다. 선생님 어머니께서 아침 밥상을 차려오셨는데 무슨 반찬과 밥을 어떻게 먹었는지 잘 기억하지 못 하지만, 나는 그 여름 장마철의 어렵고 귀한 선생님 밥상을 잊지 못하고 있다.

장마가 걷힌 고향 여름은 또다시 뜨거워진다. 서울에서 대학생들이 농촌봉사를 오기 때문이다. 그들은 높고 푸르고 모두가 멋져 보였다. 낮에는 쨍쨍 내리쬐는 햇볕 속에서 김매기 등 농사일을 거들고 밤이면 동네사람들과 함께 모여서 수수께끼도 풀고 이야기꽃을 피운다. 그리고 밤새도록 노래를 부른다. 초저녁에는 남녀노소가 다 모여 있다가 밤이 깊어지면 청년들과 주로 중고등학생들이 남는다. 세상 이야기로 별빛 쏟아지는 밤은 깊을 줄을 모른다. 칠흑 같은 밤에 반딧불이 여기 저기서 반짝이며 곡조를 맞춘다. 꿈 많던 고향 여름 별밤의 즐거움은 짧기만 하다. 방학이 끝나 갈 무렵이면 슬픈 이별이 기다리고 있었다.

대학생들은 하나, 둘 서울로 떠나가고 여름도 고개를 숙이고 만다.

잠시 왔다가 떠나는 손님들임을 잘 알고 있었지만 섭섭했다. 산골 마을에 새로운 즐거움을 남기고 떠나는 대학생들에게 한바탕 이별의 잔치가 벌어진다. 편지를 써서 손에 쥐어 주기도 하고, 직접 만든 밀 짚모자를 선물하기도 하고, 정성들여 만든 식물채집 노트를 전해주며 다음 여름을 기약하기도 한다. 고이 간직하며 잊지 말고 내년 여름 다시 오라고 정을 듬뿍 담아 준다.

줄곧 도시로 나와 사는 나에게 그 시절 고향의 여름 풍경들은 언제나 변함없이 뜨거운 생명력과 힘을 불어넣어 주고 있다.

여수는 언제나 내게로 온다

▌마경덕 馬敬德

전남 여수 – 시인

서울역에서 밤차를 타고 밤새 달렸다. 호남평야를 가로질러 전주 임실, 남원, 곡성, 구례, 수없이 마을을 스치고 간이역을 지나 들을 건너면 여수가 있었다. 전라선은 늘 북적거렸다. 통로까지 빽빽이 들어찬 승객들, 좁은 통로를 오가던 손수레는 도시락, 호두과자, 삶은 계란, 오징어를 팔았다. 기차가 간이역에 닿을 때마다 투박한 사투리와 짐 보따리, 고무 다라이가 줄줄이 따라 올라왔다. 가난한 전라도 사람들은 밤낮 없이 열심히 살고 있었다.

덜컹덜컹 기분 좋은 흔들림, 차창에 머리를 기대고 몇 번을 깨어 둘러보면 아직 고향은 멀리 있었다. 지치고 지쳐 잠에 빠지다보면 기차는 어느새 구례, 순천을 지나고 있었다. 깜박 잠이 든 사이 많은 사람들이 타고 내렸다. 기차는 하나 둘, 짐을 부리듯 역마다 사람들을 내려놓고 붐비던 객실은 썰렁했다. 듬성듬성 빈자리가 생기고 시끄럽던 기운도 고요히 가라앉았다. 선잠을 깬 승객들이 하품을 하며 선반에 얹어둔 짐을 챙기면 부옇게 창이 밝아오고 비릿한 갯내가 물처럼 스며들었다. 드디어 바다가 보였다.

방금 잠을 깬 여수의 아침바다는 갓 잡아 올린 물고기처럼 싱싱했다. 여수의 초입, 만성리를 거쳐 천릿길을 달려와 기차는 멎었다. 숨차게 달려온 기차는 부르튼 발을 식히려 푸른 바다에 뛰어들 만도 했으나, 한 번도 선로 밖으로 나가지 않았다.

남도의 끝, 여수에 늙은 어머니가 계셨다. 나는 비로소 숨을 내쉬었다. 비린내를 깊이 들이마시면 알 수 없는 희열에 가슴이 콩콩 뛰었다. 내 그리움의 근원은 물비린내 나는 어머니였다.

여수麗水의 투명한 햇살은 잔잔한 바다에 유리알처럼 부서진다. 여수는 사철 푸른 동백처럼 젊다. 여수역에서 몇 분 걸어 닿는 오동도, 자르르 윤이 흐르는 검푸른 동백은 기름을 발라 쪽을 진 여인네처럼 곱다.

오동도 다리를 따라 걸으면 물이 빠진 갯바위에는 따개비와 거북손, 홍합과 파래가 다닥다닥 붙어 있고 방파제로 갯강구가 기어다녔다. 해거름 굴조개를 든 아낙은 손길이 바쁘다. 부산한 여수는 늘 깨어 출렁거린다. 출항을 서두르는 배와 만선의 깃발을 펄럭이며 고깃배가 항구로 돌아온다. 새벽 다섯 시 국동 어항단지 수협 공판장에서 경매가 시작된다. 경매인들의 손끝에서 암호 같은 숫자들이 튀어나오고 싱싱한 바다가 거래된다. 여름 어시장에는 인근 청정해역에서만 잡히는 갯장어가 쏟아진다. 금풍쉥이, 서대, 은빛전어, 노래미(놀래미), 먹갈치, 감성돔도 모두 물 맑은 여수에 산다.

내 기억의 절반은 바다이다. 나를 열면 별 모양의 불가사리와 하얗게 바랜 성게와 노란 새조개껍데기가 먼저 튀어나온다. 가시가 사라진 구멍 뚫린 성게들, 파도에 지워지는 빈 고둥들, 조약돌, 갯벌에 엎드린 아낙, 외다리 황새, 그물을 깁는 어부의 손, 바닷바람에 지친 노인의 흐린 눈빛.

사는 게 쓸쓸해지면 따뜻한 그 기억에 손을 담근다. 가만가만 발을 뻗으면 파도에 발등이 젖고 여덟 살 단발머리 계집아이가 맨발로 달려오고 땡볕에 푹푹 달궈진 모래밭을 벌거숭이 꼬맹이들이 절뚝이며 뛰어간다.

모래는 세상에서 가장 따뜻한 이불, 모래에 젖은 몸을 묻으면 차디찬 몸이 후끈 달아올랐다. 내 오래된 기억도 그 모래이불처럼 따습다. 물이 마르면 온몸에 희끗희끗 소금꽃을 피우는 바다, 내 기억의 창고에는 소금이 쌓여 있다. 모래밭에 던져두었던 옷을 주섬주섬 챙겨 입고 아이들은 해 지는 바다를 걸어 나오고 따라오던 파도가 모래밭의 발자국을 지우고 있다.

지금도 그 바다에 잠을 설치곤 한다. 사창가가 즐비했던 교동엔 연등천이 흘렀고, 비에 불어난 개천엔 낙태된 태아가 떠올랐다. 바닷가 마을엔 아이들이 우글거렸고 바다로 간 남자들은 돌아오지 않았다. 바다가 드나드는 길목엔 작부들의 노랫소리, 뱃사람의 젓가락 장단이 떠다녔다.

한 폭의 바다가 한 눈에 들어오는 뒷산엔 돌로 쌓은 애장이 모여 있었고 그 자리엔 유난히 칡넝쿨이 무성했다. 가끔 허물어진 돌무덤엔 빈 단지가 보이기도 했다. 고개를 넘어 학교에 다녔던 아이들이 무서워했던 건 꽈리를 틀고 혀를 날름대는 뱀이 아니라 보리밭에 숨어 있다는 문둥이였다. 뻐꾸기가 울고 진달래가 흐드러지면 보리가 피기 시작하고 눈썹이 없는 문둥이가 애를 잡아갔다는 소문도 나돌았다. 슬프고 아름다운 봄이 지면 소쩍새가 울고 펄펄 끓는 여름이 오고 삼면이 바다에 둘러싸인 여수는 뭍에서 한쪽 발을 거두어 푸른 바다로 철벅철벅 걸어 들어갔다.

쉬임없이 울리는 징소리에 베개가 젖는다. 밤새 무당이 치던 그 징소리, 죽은 혼을 달랜다는 그 징소리의 떨림으로 며칠 밤을 목이 쉬도록 바다가 울었다. 배를 가른 통돼지도 제물로 바쳐졌다. 돼지는 네 발이 묶여 사고가 난 지점에 던져지고 파도는 쉬임없이 몰려오고 무녀가 바다에 띄운 바가지는 촛불을 켜고 출렁출렁 어둠 속으로 떠밀려갔다.

어느 날, 배를 타러 나간 삼촌도 수영을 하던 친구도 몰래 애를 밴 처녀도 모두 커다란 바다의 입 속으로 들어갔다. 그들은 깊고 캄캄한 물속에서 무엇을 할까. 나 역시 파도에 빠져 두 번이나 허우적거렸다. 지나가던 아저씨가 건져내지 못했다면…, 나를 삼켰다가 다시 토해낸 바다가 두렵고 또 그립다.

해마다 봄은 왔고 삘기와 참꽃으로 허기를 달래던 고향은 늘 그 자리에 있다. 나는 눈빛이 흐려졌고 몸은 자꾸 무거워지는데 수십 년 묵은 바다는 그대로 있다. 기억은 얼마나 질긴 것인가? 내 서럽던 고향은 아직 젊고 푸르다. 멀리서 바라본 바다는 미동도 없이 고요하지만 다가가면 살아서 꿈틀거린다, 내 피의 절반은 바닷물이고 내 피는 소금처럼 짜다. 많은 걸 삼키고도 침묵하는 바다, 여수는 언제나 내게로 온다.

과향果香에 무르익는 내 고향

▌박춘근 朴春根

경북 경산 – 수필가

나의 고향은 경북 경산시 하양읍 금락동 100번지이다. 임산배수臨山背水라 했던가. 뒤에는 팔공산 줄기인 감태봉, 환성산, 무악산, 장군산이 병풍처럼 감싸고 있고 앞에는 우리나라 13대 평야의 하나인 금호평야의 젖줄 금호강이 유유히 흘러간다. 선비의 고장답게, 아니 천년의 내력만큼이나 고향땅에는 유적과 문화재가 곳곳에 있고 문향文鄕의 고장답게 한층 고고함과 의연함을 더해준다.

700년도 더 되어 보이는 은행나무를 좌우에 꼭 수문장처럼 치켜세우고 우뚝 선 향교. 신라 천년의 불국토, 그 찬란한 시대를 일군 최고의 가람이었으며 수도승 수천이 늘 독경, 염불, 참선의 마곡麻谷을 이룬 환성사 김해 허씨, 양천 허씨와 함께 하양 허씨 시조의 얼로서 한층 빛난 선비의 산실 금호서원 등등 이루 다 넉넉하게 조선祖先의 자취가 깃든 유적들은 오늘도 천년의 자존自尊을 지켜주는 내 고향의 대표적 역사이며 문화의 증좌證座이다.

누가 뭐라 해도 내 고향을 대표함은 곧 삼성현三聖賢이거늘… 원효, 설총, 일연. 이 세 분의 겨레 스승이 내 고향 어른이라서 우리는 언제나 '명륜인본明倫人本 천년자존千年自尊을 거리낌없이 내세우고 주저리주저리 자랑삼아 이야기한다.

원효의 탄생지라 할 그곳에는 영남대학이 있고 그 주변에도 대구대학, 대구가톨릭대학 등 대학이 열 곳이나 된다. 그래서 우리는 경산을 '교육의 도시·교원의 도시'라 한다. 세계에서 대학이 가장 많은 곳이 우리는 고향땅 '경산慶山'이라 내세우며 언제나 경상도 문동文童이 문등 文登이를 기쁘게 주고받지 않는가! 통계가 없어서 정확한 것은 아니라 해도 정말 한 고장에 대학이 10여 곳이 더 된다는 것은 과장된 표현인 지는 몰라도 '기네스북'에 오를만한 세계 최고일 것이다.

내 고향은 정말 아름다운 곳이다. 팔공산 자락의 큰 산, 작은 산이 서로 사랑하듯 읍내를 함지박마냥 보담아 있고 골짜기마다 사찰, 암자 가 자리 잡았으며 늘 맑고 푸른 금호강은 굽이굽이 흘러가니… 어디 그뿐인가. 흐르는 강줄기 따라 펼쳐진 13대 평야의 하나인 금호평야의 주축, 와촌들·진량들·경산들은 김제만경들 만큼은 못하다 해도 나도 뒤지지 않는다는 듯 호기를 부리며 길고 넓게 평평하게 수십 리에 융 단처럼 쭉 펼쳐 있다. 언제나 금호평야는 풍년을 기약하는 옥토이거 늘… 한여름 불볕더위에 비단결처럼 출렁이는 나락과 함께 여름은 한 층 더 영글어 간다.

예부터 내 고향은 대구·동존·영천·금호·반야월·경산과 함께 국내 에서 가장 넓은 면적의 사과밭을 가진 고장이며 특히 생산량에서 보면 단연 내 고향 '하양'이 늘 1등을 차지했다. 바다마냥 더 넓게 펼쳐진 저 푸른 사과밭, 아니 그 능금밭의 능금은 어릴 적 우리들 개구쟁이의 장난과 벗하며 그렇게 그렇게 굵고 크고 빨갛고 싱싱하게 탈 없이 익 어갔다. 타향에서 온 손님에게는 능금 익어가는 소리가 들릴 리 없고 사과 속살이 튼실해지면서 내뿜는 그 과향을 어찌 느끼리오.

해마다 우리는 삼삼오오 짝을 지어 숱한 개구쟁이 노릇에서 일찍이 여름을 만들어 갔다. 5월말, 아니 6월 내내 조산천과 초례천이 맞닿아 한물줄기 되어 금호강으로 흐르는 곳, 그 강변 아우라지에 우거진 뽕 밭을 누비면서 '오디'를 배터지게 따먹고서는 누가 먼저랄 것도 없이 아예 팬티를 입은 채 금호강 그 맑은 강물 속으로 연이어 풍덩 풍덩 뛰어든다.

우리는 한동안 송사리·피라미 친구가 되어 제멋대로 개구리헤엄을 치다 지치면 잔디가 곱게 깔린 제방으로 뛰어나와서는 벌렁 드러누워

버린다. 파랗고 맑은 6월의 하늘을 쳐다보면서 곡조마저 뒤엉킨 동요를 고함치듯 부른다. 그리곤 어느새 몇몇 동무는 새근새근 잠을 청한다. 그렇게 그렇게 또 우리는 철이 이른 여름을 누구보다도 먼저 만끽했다.

의기투합된 우리는 길게 쭉 이어진 제방 따라 꼭 마라톤선수마냥 앞서거니 뒤서거니 달리기를 시작한다. 금호강 줄기를 거슬러 올라가면서 우리의 여름은 점점 무르익어간다. 한 1킬로미터쯤 가면 진량들·경산들의 논농사가 잘되라고 금호강물을 막아 수량을 조절하면서 강물을 보내주는 큰 수문과 긴 수로가 있다. 이름을 강정보江亭洑라 하는데 그 길이가 500미터는 더 됨직하다. 강정보에는 늘 강물을 가득 담고 있어 어릴 적 우리들에게는 감히 범접 못할 그 시퍼런 물살이 웬지 두렵기만 했다. 우리 같은 개구쟁이들이 텀벙 뛰어들기에는 물살이 너무 거세고 또 물길이 깊어서 엄두마저 내기 어려웠다.

그러나 우리는 조심조심 동무끼리 손을 맞잡고 용기를 내어서는 강정보의 상단을 여러 차례 미끄러지면서도 오가며 한껏 모험(?)도 즐기고 여름 내내 그렇게 재미있게 노을이 질 때까지 강가에서 살았다.

'강정江亭'은 한자에서 보듯, 강 위에 정자가 있기 때문에 지어진 이름이다. 잘 깎아진 바위 절벽에 덩그러니 팔각八角 정자가 우뚝하다. 인근 청도의 집성촌集姓村인 김씨들의 번창과 영화를 표출表出한 곳으로도 유명하다. 청도 김씨는 우리 고향에도 다수인데 그들은 반성斑姓으로서 역대 명문가답게 우리 역사에 종종 이름을 올리는 집안이다. 강정은 초등학교 1·2학년 때 한 해도 거르지 않고 봄, 가을 소풍길이어서 우리에게는 눈에 익은 곳이기도 하며 늘 정감이 갔다.

고향을 떠난 지도 벌써 50년이 다 되어간다. 어린 시절에 누구에게 떠밀리듯 고향을 떠났다는 생각이 지금도 남아 있으니 더욱 내게 있어서의 고향은 너무나도 그립고 애절하다. 떠난 지 20, 30년은 먹고 살기마저도 외롭고 서러워서 고향을 찾기란 그리 쉬운 일만은 아니었다.

그 이후에는 출향인出鄕人 중에서 나만큼 고향을 자주 찾는 이도 없을 것이다. 그러면서 나는 일찍이 떠난 내 고향을 그리며 못내 향수鄕

愁를 그렇게나마 달래어 왔는지 모른다.

나는 웬지 가슴이 답답하고 울적하면 어디론가 훌쩍 떠나고 싶을 때에는 때와 장소를 가리지 않고 내 고향으로 발길을 휑하니 돌린다.

아! 그러나… 어릴 적의 내 고향은 아니었다. 그때 정답게 뛰어놀던 소꿉동무들도 더러는 타계했고 여름 내내 발가벗고 강가에서 어항 놓아 피라미 잡던 그 금호강마저 정녕 아니어서 지금은 흘러가는 것조차 잊어버린 듯 멈춰 선지도 오래다.

파란 물감을 뿌려놓은 듯 저토록 푸르고 맑은 강물은 어디로 간 곳 없고 여기저기서 몸살의 거품만이 풍풍 내뿜는… 산소 결핍으로 유유한 물줄기는 어느새 썩어갔는지 퀘퀘한 냄새마저 풍기고 있다. 떼를 지어 다니던 송사리·피라미와 내 허벅지보다 더 굵은 잉어 떼도 떠난지 오래이다. 간간히 왜가리가 발을 담구긴 해도 수백 마리 떼를 지어 날아온 기러기·청둥오리는 아예 볼 수 없다. 철새의 제왕으로 불리는 고니·흑고니의 장관은 이제 옛 이야기 속의 주인공으로만 남아 있을 뿐이다. 산업화·도시화에 밀린 내 고향 7월….

그 여름은 검은 연기와 물밀 듯 휩쓸리는 인파 속에 옛날을 감춘 듯, 아니 그렇게 그렇게 모두는 잊은 듯 맥없이 또 덧없이 지나가고 있다. 사과향 그윽한 금호강 푸른 물줄기 따라 거닐던 연인의 다정한 모습일랑 이제는 영영 볼 수 없다. 강을 가로 지르고, 또 좌우로 넓게 만든 신작로에는 밤낮없이 자동차만이 쌩쌩 내달릴 뿐이다.

총각 귀신 이야기들

▌안병국 安炳國
경남 합천 – 선문대 인문·외국어대학장

내 고향은 경상남도 합천陝川이다. 『신증동국여지승람』에 "본래 신라의 대량주大良州 – 양良을 어떤 데는 '야耶'라 하기도 한다. – 인데, (신라)경덕왕이 '강양군江陽郡'이라 고쳤다. 고려 현종이 대량원군大良院君으로서 왕위에 올랐고 또 황비皇妃 효숙왕후孝肅皇后의 고향이라 해 지합주사知陝州事로 승격했다. 조선왕조 태종 때에 지금의 명칭인 '합천'으로 고쳐서 군郡으로 만들었다."고 기록되어 있다. 합천이란 이름 외에도 대량大良·강양江陽·합주陝州·대야大耶 등의 군명을 쓰기도 했다. 합천의 인심은 '검소와 소탈[尙儉率]'이다.

이 합천을 대표할 수 있는 형승形勝이 많지만 본 수필 주제와 관련된 곳은 연호사烟湖寺다. '여름'이 되면 우리 조무래기들은 동네 중앙에 있는 '조산끝'에 모여서 최고의 납량거리인 '귀신이야기'로 더위를 식혔다. 어른들이 들려주는 귀화鬼話의 무대와 주인공은 삼국시대의 고전장인 대야성大耶城 아래에 있는 연호사와 거기에 출몰하는 총각귀신들이다.

신라와 백제가 치열하게 다투다 피아가 구별 없이 전멸당한 전사자의 넋들이 '날이 흐리거나 비가 오는 음침한 날'엔 연호사로 내려와 여승들을 놀라게 한다든지 아니면, 함벽루 난간에 기대 황강물을 시름없이 바라보고 있더라는 등, 어른들이 들려주는 총각귀신 이야기가 조무래기 우리들의 납량 특집인 셈이었다.

이화李華의 글에 "여기는 옛날의 싸움터라, 일찌기 삼군이 전멸했으니, 왕왕 귀신이 곡하여 하늘이 흐리면 소리 들린다[此古戰場也 嘗覆三軍

往往鬼哭 天陰則聞 -〈조고전장문 弔古戰場文〉]"는 구절과 흡사한 곳이 이곳 대야성이다. 삼한시대에는 변한弁韓에 속했다. 백제와의 접경지대인 서부의 군사 요충지로서 7세기에는 신라의 대 백제방어에서 최전선 역할을 하기도 했다.

선덕여왕 11년(서기 642년) 신라는 대야성을 포함한 40여 성城을 백제에 의해 함락당한다. 『삼국사기』 '백제본기 의자왕 2년 조'에 "대야성을 함락하고 남녀 1천여 명을 사로잡았다.", 또 죽죽竹竹 열전'의 "백제 쪽에서 복병伏兵을 일으켜 이들 - 지휘장인 김품석(金品釋 : 金春秋의 사위) 이하 장졸 - 을 모두 죽였다."는 기사의 행간을 통해 군장병과 성안 백성 거의 1만이 전멸한 것으로 본다(- '우리역사문화연구모임' 김용만 연구가).

당시의 인구를 감안할 때, 대야성 전투에서 죽은 1만이라는 숫자는 엄청난 희생이었다고 할 수 있다. 신라 역사에서 내물왕奈勿王 이래로 일개 주州가 함락당하고 수십 성城이 한 번에 적국으로 넘어간 경우, 또한 한 번의 전장에서 1만 이상의 사상자를 낸 이상의 사상자를 낸 경우는 일찍이 없었다.

이러한 역사적 기록에 부회附會하여 대야성의 총각귀신 스토리가 만들어졌는지 모른다. 즉, 대야성 성터 여기저기서 나뒹굴던 고골枯骨들이 새 옷을 갈아입고 연호사로 내려와 잠자는 비구니들을 놀라게 한다고 했다. 여귀女鬼와는 달리 남자는 죽어 조상귀나 호국귀가 되는 것이 우리의 정형화된 남귀男鬼 스토리다. 그러지 않은 경우가 전사한 대량의 희생자로 무더기 귀신이다. 그래서 조선시대에는 '무더기로 죽은 총각 귀신들'을 '봉상시奉常寺'라는 관아官衙를 설치하여 제사하기도 했다. 원통한 죽음을 진무鎭撫하기 위한 의례였다.

김시습(金時習)은, 사람이 죽으면 정신과 기운은 곧 흩어져 영혼은 하늘로 올라가고, 몸뚱이는 땅으로 내려가 근본으로 돌아가 신神이 된다고 했다. 그러나 원통함을 풀지 못한 죽음은 그 원망이 울결된 귀鬼가 되어 산 사람에게 나타나서 그 원한을 변소辯訴한다고 말한다.

원한을 품었거나 원망하는 혼령과 횡사나 요절한 귀신은 정당한 죽음을 얻지 못한 나머지 기운을 펴지 못해, 싸움터인 모래밭에서 시끄럽게 울기도 하고, 생명을 버린 원한 맺힌 집에서 간혹 처량하게 울기도 한다. … ("且寃黷之魂, 橫夭之鬼, 不得其死, 莫宣其氣, 螯螯於戰場黃沙之域, 啾啾於負命唧寃之家者, 間或有之" - 『金鰲新話』, '南炎浮洲志')

여기 연호사 비구니를 놀라게 하는 귀신들이 바로 이 경우라 할 수 있지 않을까 싶다. 연호사는 삼국시대 신라의 변방으로 백제의 대군이 처음으로 노린 '대야성' 성터에 세워진 절이다. 군사 요충지였던 대야성 아래에서 풍광이 가장 아름다운 남쪽 석벽 위에 지어진 사찰로 와우선사臥牛禪師가 대야성 싸움에서 전사한 장병의 영혼을 위로하기 위해 세웠다 한다. 원찰願刹인 셈이다. 그때가 서기 643년, 즉 신라 선덕여왕 11년이다. 대야성 아래에 흐르는 '황강黃江'이란 이름도 패전한 신라 병사들의 붉은 핏물로 인해 이름이 생겼다고 말하는 사람도 있다. 또 이 전투의 치열함을 두고 "전사자의 붉은 피가 절구공이를 뛰웠다(혈지유저血之流杵)"고 말하는 이들도 있다. 『맹자』를 읽었거나, 더 하면 『주서周書』 '무성편武成篇' 정도를 읽은 현학자衒學者들의 호사적好事的 가탁假託일 것이다. 지금 피로 붉었던 황강은 다시 푸름으로 변해 '유유히' 흐르고 있다.

연호사와 지척의 거리에 '푸름을 머금은' 함벽루涵碧樓가 있다. 장가 못가고 죽은 총각 귀신들이 누樓에 의지하여 흘러가는 강물을 하염없이 바라본다는 그 누각 말이다. 우리나라의 수많은 누다락 중, 처마물이 바로 강물에 떨어지는 곳이 이 함벽루 뿐이라 한다.

내 윗대 할아버지(안진安震)께서 평양의 부벽루, 진주의 촉석루를 보고 남북의 뛰어난 경치는 이 두 누보다 나은 것이 없으리라고 했는데, 이곳을 보고는 "두 누보다 못하지 않고, 단청이 기교奇巧한 것이 더 나은 듯 했다."고 극찬하여 마지않았다. 정면 3칸, 측면 3칸 규모에 들보 5량으로 조성된 이층목조기와집의 처마와 기둥이 정말 필자가 보아도 "날아 춤추듯 하고 단청이 현란하여 봉봉鳳이 반공半空에 나는 것"같다. 대야성 기슭에 위치하여 황강 정양호正陽湖를 바라볼 수 있게 지어진 이 건물 기둥에 기대 저녁 석양을 보는 것은 자못 운치가 있다.

"넓고 넓은 모랫벌은 한이 없고, 아득히 사람을 볼 수 없다. 하수河水는 띠를 둘러 감은 듯 군산群山은 얽히어 뒤섞인 곳"에 자리하고 있는 삼국시태의 고전장. 많은 시인·묵객들이 풍류를 즐기는 장소인 이곳, 이황李滉·조식曹植 등과 같은 명유의 글이 누각 안에 걸려 있으며, 뒤 암벽에는 '함벽루'라는 송시열宋時烈의 글씨가 음각되어 있다.

의미 없는 죽음도 '나라 위해 숨진 영령英靈'이니 '국상國殤'이니 하고 이름 짓는다. 사후 귀鬼가 되어 출현한다는 그들을 뭐라 말할까. 연호사에 나타난다는 저 귀鬼들은 무슨 메시지를 전하기 위해 나타난다고 보는가, 공맹孔孟의 후예들인 그들 유학자들은 공자께서도 언급하지 않았던 '괴력난신怪力亂神' 내지는 '황괴지설荒怪之說'이라 하며 일소에 그칠 것인가, 아니면 민중들의 공동으로 소망하는 개연성이 빚어낸 결구라고 의미를 둘까.

"하늘이 화내시고 신이 노하시어, 싸우다 죽으니 들판에 버려졌도다. 나갔다가 들리지 않고 갔다가 돌아오지 않으니, 들판이 아득하고 갈 길이 멀도다.… 몸은 이미 죽었으나 정신은 넋으로 남아있으니, 그대들 혼백이야말로 귀신 중에 으뜸이로다(天時懟兮威靈怒, 嚴殺盡兮棄原野。出不入兮往不反, 平原忽兮路超遠。帶長劍兮挾秦弓, 首身離兮心不懲。誠旣勇兮又以武, 終剛強兮不可凌。身旣死兮神以靈, 魂魄毅兮爲鬼雄。─『楚辭』'國殤')"라는 찬양이야말로 눈먼 시인이 빚은 헛된 레토릭이 아닐까.

죽을 때가 오면 죽기는 죽되 참사慘死가 아닌 죽음─'천명을 다하여 자는 듯이 안락한 운명을 맞는 것이 우리 한국인의 심상에 자리한 가장 소망스러운 죽음이다. 이런 죽음은 조상귀나 호국귀가 되어 다시 우리 곁으로 온다. 보호신 자격으로. 그러나 시집 장가를 못가고 죽거나, 제사 지내줄 자손도 없는 죽음, 비명에 죽거나 요절한 사람, 전쟁

터에서 죽은 사람, 살해당한 자, 사형 당한 자 등은 가장 비정상적 죽음이다. 이들의 죽음은 정상적으로 죽은 사람보다 그 원한은 비교할 수 없이 크며, 그 결과 원귀가 되어 우리 앞에 나타나 그 억울함을 변소한다고 말해진다. 연호사에 출몰하는 총각귀신들이 이 경우다.

지금 합천의 여름 놀이 중 '황강 수중 마라톤 대회'가 있다. 맨발로 황강 백사장과 얕은 강물 속을 달리는 경기다. 합천댐이 만들어지고부터 알맞은 수량의 물을 경기 기간 동안 하류로 흘려보내 그 모래 위를 달리는 것은 퍽 재미있는 놀이다. 밤엔 달빛 받은 강물에 내 모습을 비추면서, 삼국시대 고전장인 이곳의 억울한 원혼들의 골편骨片을 만나고, 명대로 살지 못한 총각귀신들의 원통한 미명성未明性을 청취하는 것도 의미 있는 일이 될 것이다. 내 고향 합천의 여름나기는 삼국시대의 고전장, 대야성과 연호사와 전몰 총각귀신 이야기들을 듣고, 느끼고, 한탄하는 재미가 그 하나다.

합수정合水亭 풍정風情

▌이인숙 李仁淑
전북 임실 – 시인

북쪽 아흔 아홉 구비 마치재 아래 냉천에서 흘러내린 차고 맑은 물과 독수리 날개를 활짝 편 듯한 천황봉 아래 논둑 밭둑을 적시고 온 느리고 밍밍한 물이 복사覆沙를 거느리고 흘러내려 한 바퀴 휘돌고 나면 이 물이 그 물인지 그 물이 이 물인지 알 수가 없다.

이곳의 물은 어찌나 푸른지 동트기 전 하늘빛이다가 쪽빛 이불보다도 더 푸르게 변한다. 가끔씩 당골네 댓잎 흔드는 방울소리, 징소리 아득히 들려오면 아낙네들은 접시 물에도 빠져 죽는다느니 어쩌니 하며 쑤군대기 일쑤였다.

근동 아주머니들이 잿물에 삶은 빨래, 처녀들 혼수로 쓸 광목을 백옥같이 빨아 너럭바위에 널어놓고 해거름이면 샛별을 보려고 엉금엉금 기어 나온 다슬기를 잡으려다 미끄러지기도 했다. 물아래 사람들이 장을 보러 오갈 때 너럭바위에 쉬어 갔고 읍내 젊은이들이 미역을 감을 때 처자들은 고개를 돌리고 지나갔다.

강 건너 과수원에 쌀 튀밥을 뿌려놓은 듯 탱자꽃이 하얗게 필 무렵, 풋복숭아가 단맛이 들고 봇도랑에 물이 불면 머슴이 지게에 태워 건너주기도 했다. 넓은 뽕밭에서 오디가 까맣게 익으면 책보에 한가득 따 너럭바위에 앉아 먹기도 하고 제사製絲 공장에서 번데기를 한 움큼씩 얻어와 야금야금 아껴먹기도 했다.

이 너럭바위 아래 넓은 들이 펼쳐지는데 관뜰이라 했다. 음력설이 지나면 아지랑이가 피어올라 남쪽 노적봉은 호랑이가 고개를 쳐든 듯 까맣게 보이는데 실지로 노적봉에는 호랑이가 살았다는 얘기도 들었다. 할머니는 노적봉 아래에서 시집오셔서 노봉댁이라 했다. 노봉에는 호랑이 보다 무서운 할머니의 전설이 있다.

친정살이 하던 딸이 노봉 뒷산에 정승 판서가 나올 명당이 있다는 풍수쟁이와 친정부모 말을 엿듣고 눈이 내린 한밤중 묘를 쓸 자리에 물을 길어 부었다 한다. 그 자리에 시부모를 모시고 최씨 문중을 일으킨 할머니를 그리는 제사를 해마다 지낸다며 "딸은 소용없느니라."는 어른들 말이 그렇게 섭섭할 수가 없었다.

6·25때 인민군들이 후퇴하면서 아버지의 대학 사각모자 사진을 보고 반동일거라며 어머니에게 총부리를 들이대고 아버지를 찾아오라 했을 때 아버지는 낮에는 합수정 깊은 물속에 숨어 있다 밤이면 너럭바위에서 보냈다 하셨다.

7개 면의 중심지역으로써 의견비가 서 있는 곳, 넓지도 좁지도 않은 돌이 질펀한 그 청정지역이 바로 내 고향이다. 겨울밤에는 부엉이가 울고, 봄이 되면 두견이. 꾀꼬리, 종달새가 울었다. 산비둘기는 구구구 하고 울었다. 눈을 감으면 새소리만으로도 사계절을 떠올릴 수 있는 곳이었다. 어떤 시인은 "이 곳은 나무 한 그루도 서 있을 자리에 서 있군."하고 말했다.

쪽물을 풀어놓은 듯이 푸르고 차가운 뒷 냇물엔 피라미, 빠가사리가 놀았다. 광목을 펼친 듯이 완만하게 흐르는 앞 냇물엔 붕어, 메기가 지천이어서 삼태기만 들이 밀면 민물새우까지 포함해서 한 주발씩 건져 올려 사시장철 천렵꾼들의 풍악소리가 그칠 날이 없었다.

딸이 선보러 가는 아버지에게 "점심은 산 좋고 물 좋은 곳에서 잡수시라."하면 아비지는 '이곳만큼 산 좋고 물 좋은 곳 없드라.'하셨다. 하지만 큰물이 지면 큰 나무가 거꾸로 물구나무서 떠내려 오기도 하고 초가집이 통째로 떠내려가기도 하여 "오매, 저기 돼지가 떠내려 오

네?"하면 물 구경 나온 사람들이 "어디, 어디?" 하얗게 서 있을 뿐 속
수무책으로 온 들이 물바다가 되었다.

얼마 후 노적봉에서 흘러내린 호피석虎皮石이 잠겨 있는 삼계성문三溪
城門까지 둑을 쌓아 너럭바위는 물속에 잠겨버리고, 둑이 시작되는 곳
에 아버지의 공적비만 초라하게 서 있다. 시냇가에 둑을 쌓고 관정을
하고 전기를 끌어들여 밝고 잘 사는 곳으로 만드는 일이 아버지의 꿈
이었다. 아버지는 적덕적선積德積善하면 자식들에게 복이 내리리라는
신념으로 언제나 초지일관한 삶을 보여주려고 일생 동안 지역사회를
위해서 희생적으로 봉사하며 사셨다.

가난한 아버지에게 시집 온 어머니의 가마꾼들이 이 너럭바위에서
쉬어 갔을 것이고, 시래기죽 먹기가 죽기보다 싫다고 고향을 떠난 작
은 아버지도 이 너럭바위를 지나쳤으리라. 6·25전란 후 마을을 휩쓸
고 간 도박에 단봇짐을 싼 아짐과 아제들이 쉬어갔을 너럭바위가 그립
다. 너럭바위는 물속에 잠겼지만 서쪽 냉천의 맑은 물과 동쪽의 미지
근한 탁류가 합류하는 남쪽의 합수정 쪽은 다양한 물고기들의 합중국
이었다.

이 물이 그 물인지 그 물이 이 물인지 모르게 혼연일체가 되어서 흐
르는 그 하천은 꿈길로 가는 파라다이스였다. 맑은 물과 흐린 물이 한
바탕 휘돌게 되면 언제 그랬었냐는 듯이 한 곳으로 도도히 흐르는 합
수정 물결은 마치 사람 사는 세상도 이래야 한다고 말해 주는 것만 같
았다.

한여름의 두메산골

▋ 이종승 李宗承
전북 완주 – 수필가

땡볕이 쏟아지는 한여름이 오면 떠오르는 풍경화가 있다. 서늘한 바람소리와 물소리를 실어오는 산골 마을의 모습이다. 아마 시인 김영기가 노래한 시구가 이런 경지일지 모른다.

> 눈부신 햇살 속에
> 숲은 잎잎 기름지고
> 부드러운 산 호흡에
> 사랑이 살진 나무
> 바람이 오면 목을 뽑고
> 휘파람을 불었다.
>
> 멀지 않은 산밭에는
> 꿩이 울어 퍼득이고
> 후들후들 목을 떨며
> 청노루가 우는 산골
> 산에서 빚은 마음도
> 산빛 되어 푸르다.
>
> – 「산중곡山中曲」

선인들은 현자는 바다를 좋아하고, 인자는 산을 좋아한다고 일렀다. 솔직히 나와 같은 범속한 위인을 이런 반열에 올려놓을 수는 없다. 하지만 유년을 산골에서 자란 인연으로 무조건 산을 선호하는 편이다.

망망무제의 바다가 너울지고, 갈매기가 우짖으며, 백사장이 눈부시다고 하여도 연연하지 않는다. 노송이 청류를 굽어보고 억겹의 침묵이 흐르는 바위와 산새소리가 자지러지는 산이 마냥 가슴을 설레게 한다.

내 고향은 사방이 산으로 둘러싸인 오지다. 산에는 아름드리나무들이 우거지고, 남북으로는 냇물이 질펀하게 흐른다. 동구 앞에는 오백년도 넘었다는 느티나무가 우람하게 서 있다. 멀리 남쪽으로는 경천호가 하늘빛으로 남실거린다. 먼동이 터오면 산의 능선에 흐르던 하얀 구름이 스러진다. 이어서 이 산 저 산에서는 뻐꾸기가 청승스레 울어 댄다. 소쩍새와 산비둘기와 때까치들도 이에 질세라 한바탕 화음을 보탠다. 그러다가 서서히 불볕 같은 햇살이 하늘에서 쏟아진다.

그 무렵이면 어린이들은 잠자리채를 들고 소나무가 있는 숲을 헤맨다. 일꾼들은 잠방이를 입고 논에서 김을 맨다. 아녀자들은 산밭에서 호미질을 한다. 그러다가 정오가 가까워 오면 마을 사람들은 느티나무 아래로 모여들기 시작한다. 이때에는 매미의 울음소리가 귀청이 얼얼하도록 기승을 부린다. 잎담배를 장죽에 담아 피우는 노인들이 부채질을 하며 고담을 나눈다. 아낙들은 둘러앉아 무릎에 삼베 올을 놓고 삼으며 웃음꽃을 피운다. 김을 매던 장정들은 도롱이를 깔고 단잠에 빠진다. 아이들은 오순도순 모여앉아 고니놀이를 즐긴다.

남정네들은 시원한 그늘 아래의 피서도 무료해지면 냇물을 찾아가기도 한다. 서늘한 골짜기의 물이 무릎이나 가슴팍에 차도록 흐른다. 물 속에는 불거지와 쏘가리며 버들치들이 보인다. 그물을 던지거나 족대로 물속을 훑으면 한참 만에 소쿠리에 가득 찬다. 이 고기들을 배를 갈라 씻은 다음 초간장을 발라 막걸리를 단숨에 마신다. 간디스토마라는 병균의 이름을 모르고 살 때다.

어느 때는 시래기에 고추장을 풀어 매운탕을 끓였다. 이 날은 동네 사랑들의 막걸리 잔치가 벌어진다. 나중에는 온 몸이 벌겋게 되어서 덩실덩실 춤을 추며 물속에서 엎어지고 고꾸라지며 웃어댄다.

어른들의 뒤에서 겅중거리던 조무래기들은 자맥질을 거듭하다가 따끈해진 조약돌에 몸을 말린다. 속이 출출해질 무렵이면 가까운 밭에서 감자를 캐다가 굽는다. 조약돌을 주워서 아궁이를 만들고 위를 편편하게 한 다음 모래를 깐다. 그 위에 물을 흠씩 적시고 감자를 놓고 덮는다. 주위에서 가져온 삭정이에 불을 붙여 입으로 불고 윗도리로 부치면 잘도 타서 감자가 익는다. 서로 가져다가 껍질을 벗겨서 먹다 보면 모두 입술이 검은 족제비가 된다. 저희끼리도 재미가 있어서 서로 손가락질을 하며 웃어댄다.

그러다가 강변의 수풀을 헤치며 개똥참외를 찾아 달착지근한 맛을 즐긴다. 건너편에는 원두막이 있어서 군침을 삼키게 되는데, 도둑고양이처럼 숨어들어 참외 서리를 해온다. 가슴을 졸이며 참외를 깨물다 보면 참외 씨가 코끝에 붙기 마련이다. 그 맛이 어찌나 달던지 지금 생각해도 군침이 삼켜진다.

이따금 노룻골 개울로 들어가면 산딸기가 지천으로 널려 있다. 빨갛고 검은 것이 도톰하게 크고 달기가 그만이다. 손바닥에 가득 따서 먹는 맛도 정글의 소년이 부럽지 않다. 실컷 먹고도 남으면 피마자 잎에 싸서 들고 집으로 와서 마루에 앉아 가족들과도 먹는다.

집집마다 우물을 간직하고 살았다. 비록 생활이 가난해도 부끄러움을 모르게 하던 자연의 선물이다. 아마 법 없이도 인정이 곱던 비밀이 여기에 있었나 보다. 한여름 몸에 땀이 흐르면 두레박으로 길어서 등물을 하기도 한다. 그러면 금방 차가워서 즐거운 비명이 나오기 마련이다. 목이 마르면 사발로 벌컥벌컥 마신다. 물맛이 달고 서늘해서 눈조차 밝아지는 느낌이다. 풋고추를 된장에 발라 보리밥 한 그릇을 게눈 감추듯 먹으면 호사가 부러울 게 없다.

마을 앞에는 박우물이 있어서 행인들조차 마음대로 물을 바가지로 마시기에 좋다. 나무꾼들이나 아이들은 산자락을 헤매다가 옹달샘 물을 손바닥으로 마시면 된다. 노루와 산토끼랑 함께 마시는 편이다.

어슬어슬 밤이 내리면 개똥벌레가 날기 시작한다. 초가지붕에는 하얀 박꽃이 피어난다. 집집마다 모깃불을 펴서 매캐한 연기가 고샅까지 흐른다. 마을 사람들은 마당에 멍석을 깔고 앉아 옛 이야기로 밤이 깊어 가는 줄도 모른다. 강냉이를 삶아 서로 권하고 하지감자를 나누어 먹기도 한다. 아이들은 골목길을 달리며 반딧불을 쫓는다. 호박꽃에 넣어서 등불처럼 들고 다닌다.

밤하늘에는 무수한 별들이 물을 먹은 눈빛으로 반짝거린다. 크기가 주먹만 하거나 포도알 만하여 쏟아져 내릴 듯하다. 병풍처럼 둘러선 산에서는 소쩍새가 애잔하게 울어댄다. 그들은 이산저산에서 다투어 밤새껏 피울음을 주고받는다. 달이 휘영청 밝으면 공연히 눈물이 날 만큼 서러운 음조다.

그러나 이런 이야기들은 반세기도 지난 사연들이다. 금년 여름에는 멀고 가까운 곳에 사는 죽마고우를 불러서 고향에 돌아가려고 한다.

수구초심이 나의 옷소매를 고향으로 끌고 가기 때문이다. 정자나무와 원두막이 있는 고향, 거룻배로 한가로운 호수를 오가며 밤이 깊도록 담소를 나눌 것이다. 도시의 에어컨과 선풍기가 무슨 소용이 있으랴. 문명의 도구들이 오히려 불편하기만 할 것이다. 그저 줄부채로 산바람의 맛을 음미하면 그만이리라. 그리고 백발의 노옹으로 변해버린 얼굴을 바라보며 구름 같은 인생을 떠올릴 것이다.

저녁노을이 스러지는 선산의 봉분들을 조심스럽게 살피면서….

압록강 하류의 게와 뱅어 맛

이 전 李銓

평북 용천 - 소설가·수필가

'고향'이란 말만 들어도 곧장 울적해지는 건 어찌된 일인가. 한동안 잊고 있다시피 했던 고향을 떠오르게 한 귀사가 고맙기도 하지만, 여전히 침울해지는 자신을 발견한다.

고향, 흔히들 어머니의 품안과 같다는 그곳을 떠나온 지도 반세기하고 6년째로 접어든다. 그러고 보니 고향이 있는 것 같기도 하고 없는 것과 같은 착각을 일으키기도 한다. 그 원인은 너무나 많은 세월이 흐른 탓에 있다고 하면 약간의 수긍을 하리라.

압록강 하류 연안에 있는 나의 고향은, 여름엔 홍수가 빈번하게 일어나고 식수가 말이 아니어서 하나의 마을로 형성되기까지에는 상당한 세월이 필요했다는 것이다. 그러니까 압록강 하류의 범람을 방지하기 위해 제방을 축조하는 등 간척사업을 전개한 끝에 50호 남짓의 주민들이 모여들었고, 그래도 만일 홍수가 일어났을 때에는 공회당을 높다랗게 지어 홍수를 피할 수 있도록 변모시킨 것이다.

그런데 5년쯤 전, 어느 방송사의 현지 탐사 화면을 보고 있다가 나도 모르게 밥상을 건드린 것이다. 정신을 새롭게 가다듬고 눈을 크게 뜨고서는 텔레비전 가까이로 다가앉았다. 몇 가지 장면이 바뀌는 동안 '저게 바로 내가 살았던 마을이다.'는 생각이 번개 같이 떠오른 것이다.

압록강 하류의 제방이 위편에 있고, 그 아래 내륙 쪽에 움막 두세 개가 보이며, 빨래한 것을 작대기에 매달아 바람에 말리고 있는 게 첫번째 화면이다. 그리고 다른 풍경과 합하여 10여 초에 불과한 화면이지만, 분명히 고향집 부근의 지형과 다름이 없다는 판단을 내리자 이번에는 장탄식과 함께 몸이 부들부들 떨리고 있음을 의식했다. 특히 제방 밑 두 갈래의 좁다란 길이 그렇고, 움막들이 차지한 거리에서 약간 떨어진 왼편의 망가진 수문은 결코 낯선 것이 아님을 단정할 수 있었다.

그 날 밤 이런 화면들은 나를 괴롭히기에 충분하여, 텔레비전 화면보다 더 선명하게 장면과 장면으로 부각되어 떠올라 여름밤의 긴 불면에 빠지게 되었다. 하지만 그러한 참상으로 변한 고향이라 할지라도 길이 열리기만 하면 실향민의 한을 마음껏 풀고 싶다. 50여 년에 걸친 망향의 소원을 풀고자 한달음으로 가고 싶다.

기름이 잘잘 흐르는 쌀밥, 일제하에서는 소위 '국내성'에까지 반입되었다는 그 쌀은 씻기만 해도 밥을 지을 수 있다. 논만 있고 보니 쌀에 돌이 섞이지 않는다. 그 쌀은 남녘에서 말하는 '찹쌀'이상으로 풀기(윤기)가 있어서 한반도 전체적으로 보아도 밥맛이 으뜸이라고 해도 과언이 아닐 거다.

그뿐이 아니다. 내 고향에서는 비가 내리지 않아도 벼농사를 지을 수 있다. 논은 바둑판 모양으로 구분되어 있고, 논물이 필요할 때는 물대기 출입구인 판자를 올리기만 하면 압록강 물이 저절로 흘러든다.

이렇게 물에 대한 걱정을 하지 않으며 벼농사를 짓고 보니 벼 포기는 한 손으로 잡을 수 없을 정도로 크고, 벼가 여물 무렵에는 벼 포기가 축 늘어지기 마련이어서 생산량도 다른 지방의 천수답과 비교하여 2배 이상이라고 한다. 게다가 여름 내내 물대기만 게을리 하지 않고 두 세 번의 김을 매기만 하면 나중에는 벼 베기와 탈곡을 하면 그만이다. 일제하 그렇게 독촉하며 공출이란 이름 아래 수탈해 갔지만, 우리 마을에서는 별로 식량난을 겪지 않은 것으로 알고 있다.

북녘의 여름은 짧은 편이어서 일찍 모심기를 시작한 결과 늦은 여름부터 초가을에 수확한다. 약간은 차가운 강바람을 받으며 양철통을 들고 논바닥을 살피는 재미란 어디에서도 맛볼 수 없는 흥취가 있다. 석양의 잔광이 아직도 남아 있는 시각부터 논바닥 가장자리엔 엉금엉금 나와 있는 게가 수두룩하다. 한낮에는 논바닥에 조용히 엎드려 있다가 더위가 좀 누그러진 다음에 이렇게 기어 나온 거다. 장갑을 낀 손이 아니어도 좋다. 그저 맨손으로 잡아 양철통에 던져 넣기만 하면 된다. 주인이 따로 있는 게 아니어서 아무나 먼저 잡아넣은 사람이 주인이다.

우리 마을의 게장은 군 일원에 걸쳐 유명하다. 처음에는 누렇던 장이 간장으로 게장을 만들면 그 장이 까맣게 된다. 그것을 먹고 밥을 얹어서 다시 먹으면 천하일품임을 알게 된다.

압록강 하류의 강변 풍경은, 반쯤은 어촌의 그것과 같다고 해도 무방하다. 특히 그곳에서 잡히는 뱅어는 주당들이 매일 먹고 싶어 하는 안주감이다.

뱅어는 백어白魚라고도 한다. 바닷물고기인 뱅어의 몸은 10센티 정도이고 몸빛은 백색에다 반투명하다. 봄에 하천의 하류에서 산란하기도 한다. 이 뱅어는 배를 쨀 필요도 없이 맑은 물로 씻은 다음 고추장에 묻혀 입에 넣기만 하면 된다. 술안주 감으로선 상급 중의 상급이다. 가시나 뼈가 있는 것도 아니어서 입 안에서 슬슬 삼켜진다.

소년시절만 여기서 보낸 까닭에 농주를 들이키고 이 뱅어를 먹은 적은 없으나 아버님과 마을 어르신네들이 농주에다 뱅어를 앞에 두고 한여름의 더위와 피곤함을 달래고 있던 정경은 지금도 똑똑히 떠올릴 수 있다.

남녘에서도 뱅어는 볼 수 있다. 뱅어를 볕에 말려서 김처럼 모양을 갖춘 것에 참기름이나 고추장을 발라 구운 것을 먹은 기억이 있다. 하지만 뱅어는 어설픈 소견인지 모르지만, 잡은 현장에서 고추장을 묻혀 먹을 수 없다면 된장에라도 묻혀 먹어도 그 맛은 그만이라는 기억은 아직도 남아있다.

여름날 주당들을 불러 모아 우선은 윤기가 흐르는 고향의 쌀밥을 내놓고 땅거미가 짙어지기 전에 그 강변으로 가서 금방 잡은 뱅어를 먹어보는 날은 언제 찾아올 것인지 상상조차 할 수 없는 현실을 한탄할 뿐이다. 그 동안 뒷 꽁무니를 따라다니며 얻어 마시기 일쑤였던 몇몇 문우들에게 어떤 것으로 보은해야 할 것인지, 그저 답답할 뿐이다.

앞에 밝힌 그대로 나에게도 고향은 있다. 하지만 자의로 언제 돌아 갈 수 있는 것인지, 다만 단장의 한숨만 뿜어대고 있다. 『文學四季』 덕분으로 고향의 쌀과 게장과 뱅어맛을 자랑하며 그리워하는 얼마간의 시간을 안겨준 것만으로도 다행으로 생각한다.

내 인생의 가장 뜨거웠던 여름

▌이혜정 李慧淨
전북 완주 – 시인 · 시예술가

내 고향은 동산촌이다. 내 e-mail 아이디도 동산촌(dongsanchon)
이다. 동산촌은 전북 전주에서 버스를 타고 삼례 방향으로 30분정도
더 들어가야 나오는 깡촌이었다.

전북 완주군 조촌면 반월리 236-2, 참 신기하게도 이 주소는 내가
동산촌을 떠난 지 40년이 넘은 지금도 바로 어제 들은 것처럼 막힘없
이 줄줄줄 나온다.

내가 동산촌을 떠나 대구로 전학을 간 것은 중학교 1학년을 마친 직
후였다. 그 전까지 우리 집은 동산촌을 비롯한 그 일대에서 제일 큰
부잣집이었다. 아버지가 완주군 일대를 다 아우르는 막걸리 양조장 사
업을 크게 하셨기 때문이다.

주조공장과 우리 식구들이 사는 집은 아담한 골목길을 사이에 두고
서로 마주보고 있었기에 아저씨들이 긴 검은 장화를 신고 분주히 왔다
갔다 하면서 막걸리 만드는 모습을 늘 볼 수 있었다.

거기에 덤으로 얻었던 행복은 구수하고 쫀득한 술밥과 설탕을 탄 달
착지근한 술지게미를 원하면 언제든지 간식으로 먹을 수 있었다는 사
실이다. 우리 남매들의 어디 가서도 뒤지지 않는 주력(酒力)은 아마도
이때부터 비롯된 것이리라.

우리 집은 큰 한옥 집으로, 어릴 때 들은 기억으로는 일제 강점기
때 높은 관리가 살았던 집이라고 했다. 큰 기와집을 가운데 두고 앞마

당과 뒤뜰로 나뉘었고 앞마당엔 큰 정원이 있었는데 식물도감이 따로 필요 없을 정도로 사시사철 온갖 꽃과 나무들이 피어 있었다.

대문에서부터 대청마루가 있는 곳까지 가는 길엔 마당을 가로질러 예쁜 징검돌들이 놓여있었는데 징검돌 사이사이엔 채송화가 흐드러져 있었다. 부엌을 끼고 돌아가는 넓은 뒤뜰엔 큰 대추나무와 포도나무가 있었고 뒷마당 제일 구석엔 재래식 화장실이 있었다. 재래식 화장실! 아, 그곳은 공포의 영역이었다.

어린 시절 우리는 밤에 화장실 가는 일이 제일 두려운 일이었다. 손전등을 챙겨들고 언니나 동생을 깨워서 동무삼지 않으면 무서워서 갈 수가 없었다. 당시에는 화장실 도깨비얘기, 달걀귀신얘기 등 각종 귀신얘기가 실제이야기처럼 생생한 때였는데, 화장실 아래를 내려다보면 큰 손이 쑥 올라와서 빨간 보자기 줄까? 파란 보자기 줄까? 하고 물어본다는 얘기, 얼굴 없는 달걀귀신이 나타난다는 얘기 등 무시무시한 귀신얘기들이 많아서 생각만 해도 오금이 저렸었다.

어릴 적 추억을 떠올리면 다 예쁘고 아름다운 색으로 채색되어 보이는데 그 화장실이 있던 자리만 어두운 회색빛으로 떠오르는 걸 보면 그때의 공포감이 생각보다 꽤 컸었나 보다.

대문 밖을 나서면 뒷동산으로 올라가는 길이 나 있었다. 우리 5남매는 대문 앞에 땅 금을 그어 놓고 요이 땅 하면 달음박질을 해서 그 뒷동산 초입까지 누가 먼저 도착하나 내기를 했다. 서로 먼저 도착하려고 옷자락을 붙잡고 늘어지고 뿌리치고 밀치며 깔깔거리던 기억들이 파란 하늘에 불어 올린 비누방울들처럼 올망졸망 사랑스럽게 남아있다.

우린 뒷동산을 '저우에'라고 불렀다. '저 위에'의 사투리였다. 장소를 나타내는 말을 마치 고유명사처럼 만들어 불렀다. 거기엔 토관이라 해서 큰 양어장을 하던 시멘트 시설물들이 많이 남아 있었는데 우린 토관을 펄펄 건너 뛰어다니며 잡기놀이를 하며 놀았다.

그걸 사투리로(어쩌면 일본어 일수도 있다) 야기놀이라 했다. 한 사람이 술래가 되고 나머지 사람들은 그 술래를 피해 달아나는데 그 술래의 손이 스치기만 해도 그 사람이 술래가 되어 다시 잡고 잡히는 것을 이어가는 놀이이다. 내 닉네임 중 하나인 야기(Yagi)는 바로 여기서 나온 이름이고 e-mail 아이디 동산촌에서부터 나팔꽃, 탱자나무, 초록울타리, 목화송이 등 내가 닉네임으로 쓰는 모든 이름들은 바로 동산촌과 연결된 추억의 소품들이다.

성인이 되어 삶에 지칠 때 울컥 동산촌이 그리워 몇 번 내려간 적이 있었다. 대학을 갓 졸업하고 직장생활하면서 두 번. 결혼하고 나서 두 번…

하지만 난 이제 동산촌에 가지 않는다. 갈 때마다 조금씩 달라지더니 마지막 갔을 땐 큰 신작로길이 우리집 안마당을 가로질러 나고 '저 우에'로 가는 길은 찌그러지고 뭉그러져서 입구를 찾기조차 어려웠다. 동산촌이 그리워 추억 한 조각이라도 챙겨 오려고 갔다가 매번 아픔과 실망만 안고 돌아오게 되니 더 이상 동산촌에 가고픈 마음이 들지 않았다.

이제 동산촌은 지도에서 사라졌다. 행정구역개편으로 동네이름도 완전히 바뀌었다니 이젠 세상 어디에도 없고 오직 한 곳, 내 추억 속에만 남아 있다. 내 추억 속의 동산촌은 예나 지금이나 조금도 변하지 않았고 오히려 세월이 흐를수록 더 완벽한 옛 모습을 갖추어간다.

여전히 그곳엔 깡마른 촌가시내가 선머슴아처럼 천방지축 뛰놀고, 뒷동산 큰 묘똥(무덤) 옆 금빛햇살 비추는 곳엔 은숙이, 점순이, 금자가 환하게 웃으며 함께 소꿉놀이를 하고 있다. 탱자나무울타리를 넘어가면 저 멀리 논 가운데 문순네집이 달랑 있고 울타리 양옆엔 작은 목화밭이 있어 어린 목화를 따먹던 달콤함이 입 안 가득 고인다. 동산촌과 함께했던 모든 시간은 내 삶 속에서 가장 강렬한 태양이 이글거리던 시절, 내 인생의 가장 뜨거웠던 여름이었다.

빗물의 상념

▌ 전일환 全壹煥

전북 장수 – 국문학자·전주대 명예교수

> 불휘기픈 남간 바라매 아니 뮐째
> 곶됴코 여름하나니
> (뿌리 깊은 나무는 바람에 불어도 흔들림 없어
> 꽃이 아름답고 열매도 많이 열리는 법이라.)

　이는 조선조 제4대 세종이 조선개국이 하늘의 뜻임을 널리 알리기 위해 지은 용비어천가 12장 가운데 제1장이다. 뿌리가 깊은 나무와 같이 조선 왕조의 근원이 심원深遠할뿐더러 꽃을 아름답게 피워야 많은 열매를 맺듯이 조선왕조가 무궁하게 번창할 것이라는 역사적 사실을 은유한 노래다. 오늘날 우리가 즐겨 사용하고 있는 계절의 이름인 여름이 바로 이 '여름하나니'의 여름으로부터라는 것을 아는 이들이 그리 많지는 않을 것이다.

　봄, 여름, 가을. 겨울이란 사계절의 이름이 우리 선인들이 즐겨 썼던 한자어 춘春, 하夏, 추秋, 동冬에 결코 자리를 넘겨주지 않고 오히려 더 큰 세력을 견지해왔다. 그건 우리말이 뜻글자인 한자말보다 더 아름다울 뿐만 아니라, 한자말처럼 글자에 담겨진 의미를 골똘히 헤아릴 필요가 없기 때문이 아닐까 한다. '봄'이란 말은 '보다'의 어간 '보'를 이름할 때, 'ㅁ'이나 '음'을 붙여서 '봄', 혹은 '보음'이라 한 것이 굳어진 것이다.

'여름'도 용비어천가에서 볼 수 있는 것처럼 꽃이 아름다울수록 벌과 나비가 많이 날아들고 암수의 꽃가루받이가 잘 이루어져서 열매가 많이 열리게 된다는 자연법칙에서 출발되었다. 열매가 '열다'는 어간語幹 '열'에 '음'을 붙이면 '열음', 또는 '여름'이 된다. 중세 우리 국어에서는 '열음'이라 하지 않고, 연철連綴하여 '여름'이라 즐겨 썼다. 그 때의 '여름'이란 오늘날과 같이 '하계夏季'라는 '여름'이 아니라, '열매'라는 의미로 말이다.

언뜻 보면 이 둘은 서로 다른 별개의 낱말인 것처럼 보이지만 가만히 조응해 보면 같은 것에서 출발되었다는데 다다른다. 어느 대중가요의 가사에서 보듯 '봄에는 꽃이 피고 여름에는 열매 맺어 가을에는 풍년이 든다.'는 것처럼, 여름은 풍성한 열매가 주렁주렁 열리는 계절임으로 서로 같은 말씀이라는 것을 누구나 짐작할 수가 있다. 그러기에 독일 시인 라이나 마리아 릴케는 「가을날」이라는 시에서 '지난여름은 참으로 위대했습니다.'라고 노래하지 않았나 싶다.

여름은 열매의 계절이다. 온갖 식물이 '열음'을 하는 때라는 것이다. 이처럼 우리말에는 동질적인 것으로 시작되어 이루어진 말들이 많다. 오늘날 우리가 즐겨 쓰는 말 가운데 '사랑한다'는 말은 애초에는 '생각한다'는 말이었고, 사랑한다는 뜻을 가진 말은 본디 '괴다'였다. 그러나 이 말은 '사랑한다'는 말에 자리를 넘겨준 뒤, 슬그머니 사라지고 말았다. '어여쁘다'는 말도 본시 '불쌍하다'라는 의미를 지니고 있었지만 오늘날에는 그 뜻 대신에 '예쁘다', '아름답다'는 의미로 바뀌어졌다.

여름에는 모든 식물들이 열매를 맺는다. 그러기에 작열灼熱하는 태양이 머리 위에서 쏟아지고 비도 자주 내린다. 열매를 맺는 데는 태양과 물이 필요하기 때문이다. 이것이 자연의 순리요, 섭리다. 물이야말로 온갖 세상만물에게 없어서는 안 될 절대적인 것이다. 농사가 사회를 지탱시켜 주었던 농본사회에서는 물의 관리야말로 지상최대의 과업이었다. 그러므로 절대군주사회에서 임금이 비를 몰아오는 '용龍'으로 상징되는 소이연所以然이 여기에 있지 않았나 싶다.

여름은 태양과 비의 계절이다. 여름비는 본디 내 기억 속에서 아련한 낭만으로 자리하고 있다. 아이들과 동네 앞 시냇가에 나가 미역을 감고 피라미를 잡느라 넋을 잃고 있다가 뭉게구름 속에서 느닷없이 펼쳐지는 뇌성벽력과 쏟아지는 소나기로 인해 물에 빠진 생쥐 꼴이 되었던 아름다운 퍼포먼스로 말이다. 그럴 때면 우리들은 비를 피하기 위해 가까운 원두막으로 줄달음쳤다. 으레 냇가에는 개구리참외와 수박이 나뒹구는 원두막이 우리 하동夏童들을 기다리고 있었다. 우리들에게는 원두막은 사고파는 곳이라기보다 오로지 서리의 대상이었지만.

그러나 요즘 여름에는 이런 낭만적인 여름비를 좀체 만나보기가 어렵다. 비도 비 나름이지, 한 번 내렸다하면 게릴라성 집중호우가 되어 오히려 인간의 삶을 송두리째 앗아가 버려 우리를 허탈에 빠뜨리기 때문이다. 노아의 홍수마냥 아예 지상의 모든 것들을 한꺼번에 휩쓸고가 사람들을 온통 공포의 도가니로 몰아넣는다.

작년 여름 강원도를 휩쓸어버린 여름폭우도 그랬다. 하루에도 몇 달 치에 맞먹는 몇 백 밀리를 물동이로 물 붓듯이 쏟아 부어 세상을 온통 물바다로 만들어 버렸다. 그리하여 봄과 여름에 정성스레 가꾸었던 논밭과 집과 가축들까지 순식간에 휩쓸었다. 가히 자연의 진노震怒가 어떤 것이며, 자연을 거슬리는 일이 얼마나 가공可恐한 일인가를 우리 인간들에게 보여주고도 남음이 있다. 그리고 상대적으로 우리 인간들이라는 게 자연 앞에 얼마나 무기력하고 나약한 존재인가를 깨닫게 했다.

물이란 자연 순리順理의 대명사다. 물은 반드시 위에서 아래로 흐르고, 깊을수록 조용하며, 높은 곳과 낮은 곳을 찾아 어디에 처處하더라도 불만하지 않는다고 노자老子는 말했다. 그리하여 오만불손한 인간들에게 장유長幼의 질서와 겸손謙遜의 아름다움을 알게 하고, 물처럼 깨끗하게 살라는 정결淨潔의 교훈을 주었다.

오늘도 거실 한 켠에서 늘 나를 보고 있는 「隨處樂 : 수처락」이라 새긴 전각篆刻편액을 쳐다본다. 물처럼 '어디에 처處하든 즐거워하라.' 말이야 그래도 그렇게 산다는 게 어디 쉬운 일인가. 이건 10여 년 전 전

각예술인으로 활약하고 있던 제자가 스승의 날에 내게 선물한 아담한 편액이다. 불행히도 해직교수로 가슴앓이를 앓던 때라, 그 때 그 선물의 기쁨은 배가倍加되어 나를 위로했고, 지금도 잔잔한 물의 진리를 말없이 조용하게 나에게 이르고 있다.

비오는 여름날의 자그만 뜰 안, 수많은 크고 작은 빗방울을 만들면서 낮은 곳으로만 흘러가는 빗물의 상념 속에서 물처럼 겸허謙虛하라고.

월광곡 흐르는 밤

▌조영자 趙永子

경북 경주 – 화가·수필가

신라의 고도 경주의 한 산자락에서 태어나 자란 나는 고향의 여름밤 풍경을 가슴에 고이 간직하고 있다. 부모형제나 유년이 그리울 때면 이 풍경화를 펼쳐놓고 맨발로 뛰놀던 옛 동산을 나 홀로 거닌다. 오늘 밤엔 고향의 여름밤에 대해서 수필을 쓰려고 한다. 역사드라마를 보고 있는 남편 옆에 편안히 앉아 고향을 떠올려 본다.

여름밤이면 달과 별을 욕심껏 불러들일 수 있는 넓은 마당, 평상에 오순도순 둘러앉아 무르익은 수박과 수밀도 과즙에 앞섶과 손가락이 흠뻑 젖던 고향집으로 돌아가는 연어가 되어 강물을 거슬러 올라간다. 이내 초라한 옛 집과 가닥가닥 긴 머리채를 풀고 흐느적이는 능수버들이 보인다. 흙담 위로 높이 솟은 감나무와 지붕 위의 하얀 박꽃 덩굴은 멀리서도 나를 알아보는 듯하다.

마당에 들어서면 햇살과 함께 함박웃음을 띤 어머니와 언니는 나를 얼싸안으며 반긴다. 낯익은 이들이 우르르 달려와 나의 손을 덥석 잡고 넓은 안마당 평상으로 데리고 간다. 어디선가 월광곡이 흐르는 것만 같은 교교한 여름밤 담 위로 흐드러진 장미는 달빛에 취했고, 우물가 창포 숲과 봉선화, 꽈리, 백일홍, 달리아 꽃떨기는 다투어 무성하다.

달이 밝아 하얗게 보이는 마당은 순백의 화판 같다. 초등학교 교실 뒷벽에 붙어 있곤 하던 나의 그림처럼 주걱만한 크레용으로 정겨운 우리 마을 풍경을 그리고 싶다. 얇은 어둠이 내리면 멍석 위에 초석을 깔고 빨래 줄과 기둥에 줄을 매어 모기장을 친다. 멍석 양 귀퉁이에 피워 놓은 모깃불은 포르스름한 실연기로 흐른다.

어둠이 짙어오면 멱을 감으려고 엄마의 손을 잡고 냇가로 간다. 약속이라도 한 듯 조무래기를 데리고 나온 옆집 아주머니, 뒷집 할머니, 서너 집이 만난다. 강 언덕엔 개똥불이 명멸하고 휘돌아 흐르는 시냇물, 큰 바위 두어 개와 하얀 찔레꽃나무가 어우러진 곳이 여인들의 둥지다. 맞은편 강변에 쭉쭉 뻗은 미루나무 숲은 검은 실루엣으로 무엇을 모의 謀議하는지 하늘을 향해 수런거리고, 내막을 다 알았다는 듯 끝없이 지절대는 시냇물은 달빛에 은비늘을 쏟아 내린다. 강 언덕 넘어 목화밭, 그 넘어 멀리 무논에는 개구리들의 여름밤 연주가 한창인데 논에 물을 대는 것일까, 아련한 램프불빛이 흔들리며 어디론가 흐른다.

밤 깊어 물소리는 더욱 세차고, 어느새 등골은 말라 이가 시려온다. 물에 들어가기 망설이는 나를 언니는 얼른 보듬고 그 차디찬 물줄기에 풍덩 적신다. 숨넘어가듯 외마디 행복한 비명과 깔깔대는 웃음소리에 구경하던 달님도 방긋 웃는다. 동네 남정네들이 삼삼오오 아랫녘 물쪽으로 멱 감으러 우리 곁을 지날 때면 이웃집 할머님이 한두 번 헛기침을 하셨다.

낮에는 논밭에서 만나고, 하루를 마무리하는 시간에는 함께 멱 감고, 한 손에 부채를 들고, 또 한손에는 나눠 먹음직한 먹거리를 들고 편안한 우리 집으로 찾아온다. 이렇게 한 가족처럼 지내다 보면 어느 집에 아이 백일이 오고 돌이 닥치는지, 심지어 누구네 집 생일까지 다 알게 된다. 백일이고 생일이고 간에 무슨 선물꾸러미가 오간 적 없다. 기껏 밤에 모일 때 풋고추 부추 부침개, 실파 전, 삶은 감자, 포도 몇 송이, 토마토, 오이, 가지, 갓 솎은 어린 배추 같은 것들이었다. 쑥떡이나 백설기 같은 떡 한 덩이를 나누어 먹으려면 고래 등 같은 기와집 주인이 아니고서야 생각하기 어려웠다. 그 시절엔 떨어진 풋감이 긴 담뱃대 꼭지보다 큰 것이면 버리지 않고 소금물이나 된장을 푼 물에 이삼일 익혀 먹었다.

높다란 사다리를 감나무 우듬지에 걸치기만 하면 총총한 별들을 바구니 가득 따 담을 것 같은 밤, 누군가 삶은 올감자를 소쿠리에 담아 오고, 개구리참외라도 몇 개 들고 오는 밤이면 조그만 축제가 벌어진다. 채마밭 위로 반딧불은 여기저기 추상적인 곡선을 그리는데 하필이면 멱 감고 멀리 강변에서 잡은 반딧불을 눈썹에 달고 온 오빠는 두 여동생이 무섭고 징그럽다며 소리치는 것이 재미있는 모양이었다. 으스름 달빛에 파란 불 눈썹이 귀신같은데 오빠는 마루에 걸터앉아 가늘게 떨며 하모니카를 분다.

> 아름다운 꿈 깨어나서 하늘의 별빛을 바라보라
> 한갓 헛되이 해는 지나 이맘에 남모를 허공 있네.

꿈길에서처럼 하모니카 멜로디에 젖으며 별을 따 모으고 싶은 나의 어린 꿈은 밤하늘 별자리를 거의 외우고 있었다. 무르익은 수박이나 수밀도를 목, 가슴팍, 양손을 흠뻑 적시며 마음껏 먹은 밤이면 나는 가끔 요에 실례를 했다. 아침에 노란 세계지도를 발견한 어머니는 웃음 머금은 엄격한 어조로 나의 키만한 채를 머리에 씌워주며 강 건너 마을 삼촌댁에 가서 소금을 얻어오라는 것이었다. 다시는 안 그러겠다고 빌어도 소용없다. 채를 쓰고, 조롱바가지를 들고 작은 엄마 집에 가면 귀한 손님이라도 맞이한 듯 반가운 웃음으로 굵은 소금을 조금 담아주는 것이었다. 한두 번도 아니고, 부끄러워 말없이 돌아오다가 집 앞 시내 징검다리에서 나는 그만 미끄러졌다.

순간 나도 모르게 껄껄 웃으니 옆에 있던 남편이 깜짝 놀란다. 조용하기에 조는 줄 알았더니 웬일이냐는 것이었다.

그 시절에는 요에 오줌을 싸지 않게 하는 비방이었다. 차라리 어른들이 잠자리에 들기 전에 보듬고 한 번 쉬를 시켰으면 될 일을…. 밤 사이에 지도를 그리는 이유가 기실 수박이나 수밀도만은 아니었다. 입담 좋은 이웃 할머니의 시퍼런 도깨비 불 이야기, 언덕이나 고개를 넘을 때마다 기다리는 여우나 호랑이 이야기, 또는 문둥이가 보리밭에서 아이 잡아먹는 이야기를 옹크리고 들은 후면 오금이 지려 측간에 갈수 없었다. 특히 헛간을 돌아갈 때 어디서 '으홍—'하고 나타난 호랑이에 집어 먹힐 것 같았다.

또 내가 어릴 때는 문둥이가 끼니때마다 걸식하는 예가 많았다. 게다가 이웃 할머니는 이야기하며 나를 부채로 살살 부쳐주고, 가끔 머리를 쓰다듬어 주시면 변소 가는 것 참다가 쉬이 잠들어버리게 된다. 그런 밤이면 실례하는 확률이 높았다. 그렇게 부끄러웠던 일도 지금 돌아보면 여름밤 개똥벌레처럼 내 추억의 강가에 명멸한다.

고향의 여름밤은 유년의 정서를 키워준 요람이요, 이웃과 자연을 사랑하게 가르친 수련장이었다. 고향의 여름달밤, 오빠의 흐느끼는 듯한 하모니카 소리가 은빛 선율로 아직도 내 가슴속에 흐른다. 스물세 살, 내가 미국 유학길에 오를 때 고향이 그리울 때면 만져보려고 그 하모니카를 짐 속에 챙겨갔었다. 고희를 바라보는 나이에 어머니 오빠, 언니 다 떠나보내고, 이제 나 홀로 유년의 뜰을 서성이고 있다.

내 고향 여름의 추억

▌최은하 崔銀河

전남 나주 – 시인

도시 공해와 환경오염이 우리에게 끼치는 영향이란 두 말할 것 없이 치명적인 것인데도 도시사람들은 아직 절실한 문제로 삼지 않는 것을 다행이라고 넘겨야 할지, 불행이라고 절감하여 나서야 할 것인지, 참 딱한 일이 아닐 수가 없다. 마침 서구에서는 오염된 강물을 정화하여 물고기를 살리어 거기 낚싯대를 드리운다는 이야기나, 남미南美의 어떤 지방에선가는 장수촌을 지정하여 만든다는 것이 부럽기만 하고 꼭 남의 일 같지만은 않다.

그래서 언제부턴가 현대의 도시인들은 초록색을 그리워하고 그 전원田園에서의 생활을 욕심 하는지도 모른다.

나에게도 마음의 순화와 그 아름다운 층계를 이루게 해준 것은 어린 시절의 내 고향이고 그 향수鄕愁 가운데서 오늘의 내 서울살이를 지탱해 넘기어 살아간다고 해도 무방하겠다. 뉘에게나 고향은, 아름다운 정취와 자연의 요람 속에서 영롱하기 만한 추억으로 엮어져 간직하리라.

내 고향은 남녘 영산강榮山江이 유유히 흐르는 나주 羅州 평야의 한가운데다. 열 두골 물줄기를 내어 강은 나주 영산포榮山浦 밑 회진會律, 사암나루를 지나면 사금평砂金坪에 이르러 층암으로 이별바위에 안겨 흐르는데 그 완만한 산정에 석관정石串亭이란 정자가 치솟아 있다. 그 석관정엔 여름철 불볕이나 복더위 따위는 얼씬도 못 한다. 사방이 막힌 데가 없이 드넓은 평야 한가운데인 데다가 시원한 강물줄기를 발아래 굽어보노라면 강바람은 폐부 깊숙이 스며들고 눈앞엔 몇 척의 고깃

배와 나룻배가 한가로이 강심을 오르내린다. 정자이름 '석관정'이나 '이별바위'는 임진왜란 때로까지 슬픈 전설이 거슬러 내려와 간담이 서늘해오기까지 한다.

정자 멀리로는 얼마만큼의 야산들이 둘러 있는 그 밑에 옹기종기 마을들이 들어섰고 바로 들길 가운데로 강물이 굽이굽이 흐르는 게 정작 한 폭의 동양화폭, 바로 그것이었다. 그 아름다운 고향을 떠나온 지 50년이 훨씬 넘지만 고향은 지금도 내 가슴 갈피갈피마다 고이 아롱져 새겨있다.

어린 시절의 나에게 접해오던 고향은 하나부터 열까지 모두가 자연의 신비였고 떠오르던 무지개로 투영돼 오는 것이다. 그래서 고향에서의 내 소년은 항상 심심치가 않았다. 황혼이면 언덕에서 소를 풀 뜯기며 바라보던 강물의 낙조, 그리고 되비춰 오던 강물 빛은 허트릴 수 없는 평화로움이었으며 지금도 지워지지 않는 정경이다. 그리고 마을을 삥 둘러 대숲이 울창하기만 했는데 집안의 대숲을 울리며 지나가는 바람소리는 많고 깊은 이야기를 상상할 수 있게 해주는 것이었다.

한더위 때면 대숲 속 우물에 담가둔 참외나 수박을 건져내어 뒷 울안 감나무 그늘 밑 평상에서 깎던 일도 잊을 수 없는 추억이다, 대숲과 산을 중심으로 갖가지 새들이 철따라 바뀌어 깃들었고 지금은 그 많던 새들의 이름마저 잊혀가지만 강변과 갈 숲, 그리고 아득한 들길로 찾아오던 새들의 모습도 장관이었다.

특히나 아름다운 새들의 날개깃과 휘날으는 모습, 그리고 오묘한 울음소리는 나에게 그지없는 꿈과 서정으로 채워주기만 했다. 지금도 그 시절로 생각을 기울이면 귀를 의심하게끔 대숲과 뒷산에서 울려오던 새 울음과 온갖 산짐승들의 울음소리가 선하기만 하다. 밤이면 밤대로 그 새와 짐승들의 울음소리는 그대로 특이한 감상을 불러일으켜 내 소년의 구석구석에 무언가 일렁이게 했던 것들이 오늘까지도 내 정서의 밑바닥을 넘쳐나게 한다.

여름철 마을 앞 들판을 가로질러 흐르는 개울은 먼 곳의 깊은 산줄기로부터 해맑게 흘러들었고 그 개울가 모래밭은 꼬마들의 놀이터였다. 조약돌의 갖가지 모양을 찾아내기며 송사리를 비롯한 물고기들을 잡아내는 것 또한 즐겁기만 한 놀이였다. 그리고 이따금 오르는 산길에서의 이름 모를 풀꽃들, 그런가 하면 갖가지 버섯과 나무 열매들, 온갖 푸성귀 나물들이 풍요로운 장원이기만 했다.

나는 거기 고향의 자연이란 품속에서 자라왔고 닦아온 심성心性이었으며 평생을 그 영력한 추억을 활력으로 지녀 살아간다. 이 여름, 갈수록 무서운 더위는 나에게 도시의 중압감만 더해와 짓누른다.

오늘날 혼탁한 서울의 골목이나 아파트 단지 안에 갇혀 와자지껄하게 노는 우리 어린이들을 볼 때면 고향의 초원이 그립기만 하고 도시의 회색 그물망 속에서 자라는 후대들에 대해 어떤 감성을 지니게 될 것인지 적이 우려되기도 한다. 그러면서 또 한 켠으로 자꾸만 고향의 산천도 자못 퇴색해 간다는 소식을 들으며 나는 슬픔에 젖지 않을 수 없다.

바뀌는 철마다 수십 가지 생선이 잡히던 영산강은 하구언으로 막혀 폐수로 가득하고 상류의 오물로 썩어가 고기잡이를 할 수 없다는 것이고 새나 짐승들도 농약의 과대남용과 남획으로 점차 그 자취가 사라져 가고 있다는 것이다. 이제 고향의 아름답던 자연의 모두가 찌들고 삭막한 초토焦土로 변해 가는가 싶어 이 여름철 적막감에 젖지 않을 수가 없다.

이 마당에 그래도 마침 전국적으로 자연보호 녹색운동이 때맞춰 일어나고 있는 것은 천만 다행한 일이 아닐 수 없다. 우리는 처음부터 끝까지 자연으로부터 태어나 자연 속에서 살다가 그 자연으로 돌아가는 것이 아닌가. 아름답고 풍요로운 자연의 요람을 가꾸고 지키는 깃은 서로가 천하에 귀하고 값지기 만한 우리 것의 절대 보호요, 누림이지 않을 수 없다.

그것은 우리가 아끼고 보존해 후대에 물려줘야 할 유산이요, 자산資産이다. 한 마리 새나 한 포기 풀이나 나무, 그리고 돌멩이 하나까지도.

내 고향 나의 문학

▌하유상 河有祥

충남 논산 - 희곡작가

누구에게나 고향은 있다. 저마다 고향이 다르듯 사람 따라 그 추억과 감회가 다르다 할지라도 삶의 가쁜 숨결 속에 반추되는 고뇌의 갈피 속에 고향은 옛 추억의 빛바랜 사진마냥 꽂혀 있게 마련이다.

문인에게 있어 고향은 무엇인가. 일상인의 삶의 궤적 속에도 어쩔 수 없이 그 고향의 흔적이 남아 있듯, 문인의 작품 속에도 고향은 남아 있는 것이 아닐까. 창작 자체가 향수와 무관한 것이라 해도, 저마다 작가의 작품에는 그 작가가 거느렸던 고향의 그림자가 드리워져 있게 마련이다.

나의 고향은 충남 논산시 논산읍이다. 현재의 논산읍은 논산훈련소가 있는 관계로 해서 전국 각지의 상인들이 몰려들어 '돈산' 이라는 빈정거림을 받을 정도로 그 면모가 많이 달라져 마치 상업도시의 느낌을 준다.

그러나 내가 자랄 때만 해도 상인보다도 농민이 훨씬 많은 농촌이었다. 따라서 뜨거운 여름이면 맨 먼저 생각되는 것은 넓은 들판에 물결치는 무성한 벼포기이다. 뜨거운 볕에 줄기차게 자라나는 벼포기의 물결은 푸른 바다와도 같아서 일대 장관이었다.

그 들판에는 때에 따라 물을 골고루 흘려보내어 벼포기로 하여금 그렇듯 무성하게 자라도록 하는 근원지가 있는데 바로 논산 저수지이다. 내가 소년시절에 건설된 저수지인데, 그 넓이가 이만저만이 아니다. 또한 그 저수지는 여느 저수지처럼 정확히 네모꼴로 된 것이 아니라 원래 산과 산 사이를 흐르고 있는 꽤 큰 강을 가로막아 만들고 있는 저수지이기 때문에 그 형태가 매우 다양하다.

산의 형세에 따라 굴곡이 격심한 것이다. 저수지의 물가 산기슭을 돌아가면 거기에 넓은 수면이 전개되고, 또 그곳 물가 산기슭을 돌아가면 넓은 수면이 전개되는 식으로 변화무쌍하다. 논산 읍내에서 약 4킬로미터 떨어져 있다.

이 저수지와 나는 문학적인 인연이 꽤 깊다. 8·15광복 이듬해, 그러니까 1946년 그곳에 철학을 하는 D형이 있었는데, 그와 나는 그 저수지를 바라보며 숱하게 철학을 논하고 종교를 논하고 예술을 논했다. 정말로 다정다감하고 삶에 대해서 의욕이 넘친 때였다.

나는 그때 '동백시회'(지금의 '호서문학회' 전신) 동인으로 시를 썼기 때문에 그곳에서 「젊은 고기잡이의 노래」라는 장편 서사시를 쓴 적이 있었다. 저수지가 이루어지기 전에는 냇물에서 즐거움으로 고기를 잡던 젊은이가 저수지가 이루어져 고기를 잡아 팔아 돈맛을 알게 된 후부터는 고기잡이하는 것이 보통으로 변한다. 그래서 결국 그 고통에 못 이겨 마침내는 자살한다는 내용이었다. 즉 돈과 관련되면 즐거움도 고통으로 탈바꿈되어, 오욕의 인간 비극이 벌어지게 마련이라는 테마를 부각시키고 싶었던 것이다.

그리고 예술가가 단지 예술을 하는 즐거움으로 살다가 돈을 받게 되자 장사꾼의 상행위가 되어 예술 하는 일이 고통이 된다는 뜻을 곁들여 풍자하고 싶었다. 이 작품의 힌트는 마을 사람의 짤막한 얘기에서 얻은 것인데, 이 저수지를 바라보며 시상詩想에 잠겨 장편 서사시를 승화시킨 것이다.

그런데 시를 썼지만 장편이기 때문에 문제였다. 당시 대전에도 『백제』라는 문예지가 있었고, 대전일보와 중선일보라는 일간지가 있어 우리의 단골 발표 기관이었다. 그러나 이런 긴 작품을 발표하기란 쉽지 않았다. 그래서 자비출판하기로 결심하고 용틀임을 한 결과 최초로 나의 장편 서사시집이 나왔다.

그런데 나의 최초의 서사시집이라고 하지만, 초라하기 짝이 없었다. 당시는 종이가 턱없이 모자라 마분지馬糞紙를 썼다. 글자 그대로 말똥으로 만들었는지 몰라도 질이 아주 떨어졌다. 빛깔이 누렇고 거칠었다. 그런데도 '동백시회'의 글벗文友 박용래 형은 격찬하는 것이었다. 그 격찬에 고무되어 제2의 장편 서사시집을 내려고 했으나, 여의치 않아 미루어오다가 그 후 1993년에야 소설 「유마경」으로 내가 제1회 불교문학대상을 받은 기념으로 『거사居士와 아씨』를 내가 주간으로 관계한 한 그루출판사의 황 사장이 출판해 준 것이다.

또한 그곳은 나의 장막극 「학 외다리로 서다」의 배경이기도 하다. 이 저수지가 이 작품에서 주인공 못지않게 큰 역할을 하고 있다. 이 저수지가 모든 인물에게 작용해서 그들의 인생 항로에 끊임없이 영향을 끼치고 있는 것이다. 그리고 그 후 발표하여 호평을 받은 소설 「어느 철학교수의 실종」에서 주인공인 철학교수가 몸이 묶이고 큼직한 돌덩이를 매단 채 N저수지에 잠겨 있었던 것으로 사건의 발단이 되어 있는데, 이 N저수지가 바로 논산 탑정리의 저수지인 것이다.

아니, 내가 왜 이렇게 추억담을 늘어놓고 있을까? 입으로는 "나는 만 년 49세"라고 큰소리치면서도 역시 나이는 어쩔 수 없는 모양이지. 하기야 나는 지금 제4장편 서사시집으로 「늙은 고기잡이의 노래」를 이 논산 저수지를 배경으로 구상하고 있으니까.

고향은 멀리서 생각하는 것

▌함동선 咸東鮮
황해도 연백 – 시인·전 중앙대 교수

고향이란 뜻을 사전에서 찾아보면 '자기가 태어나고 자란 고장'이라 풀이하고 있다. 따라서 고향을 떠나 타향에서 살고 있다는 것은 고향을 고향으로 영원히 의식하고 있다는 말일 것이다. 고향을 떠나본 일이 없는 사람이 어떻게 저 가슴을 저미게 하는 향수를 이해할 수 있을 것인가. 고향이란 말은, 결국 타향과의 대비로 이루어진 것임을 짐작할 수 있다.

그 고향을 떠난 지 50년. 정확히 말하면 휴전 후 오늘에 이르기까지, 나는 고향엘 가지 못하고 타향살이를 하고 있는 셈이다. 고향을 가지 못한다면 으레 38선 이북에서 온 피난민으로 짐작하는 사람이 대부분이지만, 내 고향은 38선 이남이면서 미수복지구인 개성 옹진 등과 함께 연백延白의 기름진 땅이다.

내 시의 한 구절에 '38선 이남이면서도 휴전 때 미수복지구가 된 고향은 지운地運이 다 간 곳이구나. 그렇지 않고서야 이 같은 독난리를 당할 수가 있을까 하는 푸념을 하면서도 이때쯤이 되면 고만고만씩한 애들의 웃음판 같기도 한 예성강禮成江 물에 비친 고향 산 둘레를 건져본다. …'(시 '지난 봄 이야기'에서)할 만큼 6·25를 독난리로 치른, 그래서 지운이 없는 고장, 갈 수 없는 고장이 내 고향인 것이다. 강화도에 가면 내 고향이, 내 살던 마을이, 내 살던 집이 육안으로도 어렴풋이 보이는데, 격강이 천리라고 가지 못하니 이것이 바로 분단의 아픔이 아니고 무엇이겠는가.

마침 제8차 남북적십자 본 회담이 I2년 만에 열렸었다. I천만 이산 가족들의 재결합이 한시도 미를 수 없는 절박한 민족의 과업이라 여겨 지고 있기 때문이다. 하루 빨리 적십자정신으로 내 부모 내 형제, 내 친 척, 내 이웃을 찾게 되는 날이 기다려지는 것은 비단 나뿐만 아니 라 온 겨레의 요망일 것이다.

분단의 가장 원초적인 설움은 무엇보다도 갈라진 혈육에서 비롯되는 것이다. 그 혈육이 만나는 날이 아주 가까운 날에 올 것 같기도 하고 어쩌면 훗날 올 것 같기도 하고, 그도 저도 아닌 현 상태가 그냥 지속 될 것 같기도 하다. 그렇다면 고향은 멀리서 생각하는 고향인지도 모 른다. 이런 고향을 노래한 시가 있다. 그것을 적으면 다음과 같다.

절절절 흐르는 예성장물 소리에
고향사람들 얘기 젖어서
들국화는
체육시간에 쳐들은
아이들의 손들을
그냥 손들게 하고
한 곬으로 모여 피었는데
그 별난 산열매 맛나는
한가위 언덕을
심심치 않게 주전부리며 오는
나비의 날개 짓으로
내 속옷을 꿰매시던
어머니 얼굴의
달이 떠 있는데
귀뚜라미 우는소린
팔고인 베개 밑에서
더욱 큰소리 되어
고향으로 간다며 길 떠난
저어기 언턱엔

수염이 댓치나 자란
세월만이!
가득할 뿐인데
– 「고향은 멀리서 생각하는 것」의 전문

　지척에 두고도 갈 수 없는 휴전선 너머의 고향이 영화의 필름처럼 시인의 눈에 환영으로 지나간다. 그리하여 '절절절 흐르는 예성강물 소리'의 환청을 통해 '고향 사람들 얘기'를 생각하며 눈에 비친 달을 보고는 '내 속옷을 꿰매시던 / 어머니 얼굴'을 연상하고, '고향으로 간다며 길 떠난' 언덕에 '수염이 댓치나 자란 세월'을 연상한다. 정말이지 이 시의 제목처럼 '고향은 멀리서 생각하는 것'일까?

　결코 아니다. 우리의 주변성에 의해, 이러지도 저러지도 못하는 오늘의 현실에서 생각해 본 서글픈 자위요 자구책의 표현이다. 이 자위 속엔 분단된 조국 현실에 대한 진하고 진한 아이러니가 숨어 있다. 이런 망향의식은 점차로 시의 중심사상이 되고, 시적 이미지를 압도하게 된다. 그러면서 이 망향의식에서 싹이 튼 개인의 아픔은 역사의 아픔으로 확산하기 시작한다. 시 「예성강의 민들레」, 「이 겨울에」, 「그리움」, 「눈 감으면 보이는 어머니」, 「깨 이마에는」 등이 그런 시편들이다. 시 「내 이마에는」에서는 이마의 주름살에서 고향의 달구지 길을 유추 연상하여 남북으로 갈라져야 했던 우리의 아픈 역사를 반추한다.

내 이마에는
고향을 떠난 달구지 길이 나 있어
어머님 생각이 날 때마다
쇠바퀴 밑에 빠각빠각 자갈을 깨는
소린
수십 년의 시간이
수백 년의 무게로
우리의 아픈 역사를 베어내지만
세월 따라 그 세월을 동행하듯

> 느리지도 빠르지도 않은 소걸음 그대로
> 스물여섯 해의 여름이 땀에 지워지는
> 내 이마에는
> 고향을 떠나던 달구지 길이 나 있어
>
> — 「내 이마에는」의 전문

이 시의 화자話者, 즉 시인은 고향을 떠난 지 스물여섯 해의 여름 어느 날, 고향을 떠날 때 쇠바퀴가 달린 소달구지를 탔다는 점을 알 수 있다. 이러한 과거의 기억은 이마의 주름살을 통해 현재화되고 있다. 그 길이 어머니와 영원한 생이별의 길임을 생각할 때, 그때 그 쇠바퀴 밑에서 들렸던 자갈 깨는 소리는 너무나 가슴 아픈 기억으로 되살아난다.

그리고 시인의 현재의 가슴 깨질 듯한 슬픈 심상은 기억 속의 쇠바퀴 소리로 간접 표현된다. 그리하여 그때 탄 소걸음 그대로 세월이 어느덧 스물여섯 해가 지나갔으니 삶의 허망함, 그리고 세월의 무상함에 대한 안타까움이 한으로 승화된다.

내 시의 도처에서 나오는 고향과 어머니는 나를 낳아주고 길러준 대상으로서의 고향과 어머니가 아니라, 시인 자신의 아픔이 민족의 아픔이 되는, 민족의 아픔이 역사의 아픔이 되는, 보편성과 개연성이 게재된 고향이며 어머니인 것이다.

타향살이에는 두 가지의 유형이 있다. 고향에 갈 수 있는 경우를 전제하고 끊임없이 변화하는 미지의 환경에 마음을 열고 새로운 고장, 새로운 풍물, 새로운 인류 관계에 관심을 가지고 거기에서 무엇을 구하며 사는 태도, 그것은 유연한 마음에서 가능한 것이다.

이백李白이 사는 방법에서 볼 수 있는 강한 지적 호기심, 작품의 소재의 넓이, 시적 이미지의 전개에서 볼 수 있는 유동성이 그것을 말해준다. 나의 경우는, 고향에 갈 수 없기 때문에 시의 이미지로 정리된 개별성, 특수성, 주관성을 보다 일반화된, 보편화된, 객체화된 표현으로 살을 깎으며 고향은 멀리서 생각하는 것, 통일의 그 날까지 말이다.

지난 세월의 어려웠던 추억들

▌홍석영 洪石影

전북 익산 – 소설가·전 원광대 교수

인간의 마음이란 참으로 간사하기 그지없다. 엊그제 무척 심하게 겪었던 역경도 금시 까맣게 잊어버리고 새로 부닥친 작은 불편에도 견디기 힘들어한다. 여름철의 더위도 그렇다. 지금이야 선풍기에 에어컨까지 켜대며 법석을 떨면서도 모처럼의 혹서에 죽을상을 지으며 한껏 엄살을 떤다. 새삼 옛 시절을 돌이켜볼 때 시래기죽조차 변변히 먹지 못했던 자가 흰쌀밥에 고기반찬을 두고도 입맛이 없다고 투덜대는 격이다.

옛날 선풍기가 없었을 적에 우리 선인들은 그나마 부채를 부치며 나름대로 느긋하게 더위를 견뎠다. 부채조차 없으면 대야에 담긴 찬물에 발을 담그거나 아니면 목물을 하거나 그도 저도 아니면 나무 그늘 밑에서 앞가슴을 열고 건듯건듯 불어오는 바람을 맞는 게 고작이었다. 그러고도 요즘의 냉방병이 아닌 충분히 쇄락하게 더위를 견딜 수가 있었다. 도리어 사계절의 기후변화를 자연의 이법을 쫓아 여유작작 즐긴다는 태도였다.

이 무렵, 나는 밝은 대낮에도 파리 떼의 악다구니를 피해 방안에 모기장을 치고 들어앉아 팔자에 없이 땀을 빨빨 흘리며 글을 썼던 기억이 생생하다. 그 모습이 무척이나 청승맞아 보였을지 모르나 어쩔 수 없었다. 그런데도 요즘 나 자신 조금만 더위도 언제 그랬냐 싶게 짜증이 나는 걸 생각하면 아무래도 경망한 속정이 아닐까 싶다.

그리고 보면 요즘 환경파괴니 어쩌니 하는 우려가 실감나듯 우리 주위에서 목욕탕이나 풀장 말고는 한더위에 돈 안내고 풍덩 뛰어들어 멱을 감을 수 있는 시원한 냇물이나 바닷물이 아무데도 없다. 30, 40년 전만 해도 그런 곳이 없었던 게 아니었다. 하기야 오늘날 먹은커녕 마실 물조차 돈을 주고 사야 하는 판국에 뭔 잠꼬대냐 할 것이다.

나 어릴 적만 해도 우리 고향 마을 앞에는 널따란 내가 있어 마음껏 멱을 감고 놀았다. 야음을 틈타 마을 젊은 아낙들이 목욕했던 것도 그곳이었다. 맑은 물에 고기들도 많아 투망으로 천렵을 즐겼고, 늦가을 밤에는 막을 치고 앉아 냇물 따라 내려오는 살찐 참게들을 주워 담는 재미가 여간 아니었다. 그런데 어느 때부터인지 댐을 쌓고 수리조합이란 게 생기면서 풍성하던 물이 완전히 고갈되어 이제는 흉물스런 흔적만 남았을 뿐이다.

그 때의 아득한 추억 하나. 내 나이 일곱 살 때의 한여름 일이었던가? 사촌형을 따라 읍내를 갔다가 돌아오던 중에 갑작스레 소나기를 맞았다. 그 때 입은 옷은 노란 물을 들인 삼베옷이었다. 그런데 당시만 해도 염색기술이 시원찮아 비를 맞으니까 온몸이 누렇게 물들어졌다. 어쨌든 그런 때문만은 아니지만, 우리는 옷 입은 채로 냇물에 뛰어들어 신나게 멱을 감았다. 그리곤 집에 돌아갔는데, 내심 아비지에게 단단히 꾸중을 들을 각오였는데, 물에 빠진 생쥐 꼴인 내 몰골을 보고도 뜻밖에 아버지는 껄껄 웃으시며 "너 옷 입은 채로 멱 감았구나. 잘 했다. 어차피 비에 젖은 걸, 그게 그거지," 하시는 거였다. 그렇듯 너그럽고 해학적이었던 아버지는 그 이듬해 고작 28세의 나이로 요절하셨다.

오늘날 아이들이 밖에서 비를 맞거나 흙만 묻혀 와도 큰 병이나 날 것처럼 호들갑을 떠는 시속 주부들로서는 도무지 이해할 수 없는 경망한 짓일 것이다. 요즘 자연 친화적인 체험학습이니 하는 게 더러 있는 모양이지만, 제발 우리 어린이들이 방안에 갇혀 컴퓨터 게임에 푹 빠져 있기 보다는 밖에 나가 흙을 주무르고 풀밭에 뒹굴며 산새들과 더불어 지내면서 절로 호연지기를 길러주었으면 싶다.

이에 덧붙여 여름철에 문득 떠오르는 추억 하나가 있다. 아마도 내 나이 30대 초입의 60년대 한여름의 일이다. 하루는 대전에 가서 시인 박용래 씨를 만나 유성 근처의 과수원 주변을 돌아다니다가 해가 설핏 해 돌아오다가 길가에서 막걸리를 마셨다. 그때의 한길은 포장이 안 돼 흙먼지가 풀풀 날렸는데, 주막집 앞 길가에 내놓은 빈지(빈지문)에 앉아 시어터진 김치를 안주 삼아 막걸리 한 사발씩을 마셨다.

이미 고인이 된 지 오래인 박 시인은 그 때도 술이 거나하면 곧잘 훌쩍훌쩍 우는 버릇이 있었고, 멀쩡히 연하인 나를 보고 괜히 형이라 부르곤 했었다. 어쨌든 그 날의 시큼한 막걸리가 그저 꿀맛 같기만 했던 그 기억을 40년이 지난 오늘에도 결코 잊을 수가 없다.

그러고 보면 술맛은 결코 값의 고하에 따르는 게 아닐 것 같다. 그간 몇 곱절 비싼 양주 등 많은 종류의 술을 마셔봤어도 그 때의 술맛처럼 오래도록 기억에 남는 것은 아직껏 없다. 주지육림이 뭐 대수냐? 호강 이란 마음먹기에 달려 있지, 세속의 돈 값어치로 따져지는 게 아닐 것 이다. 그런데도 물질주의에서 헤어나지 못하는 산업사회의 요즘 사람들 은 어쩌면 물질의 진가를 제대로 모르고 있다는 느낌이 든다.

하루 밤에 엄청난 유흥비를 뿌리고도, 폭염에 시달려 갈증이 난 나그 네가 황혼녘에 마시는 막걸리 한 사발보다 결코 행복하지 않을 수도 있 다는 걸 왜 모를까? 요즘 일부 부유층 사이에서 고가의 명품 양주들이 날개 돋친 듯 팔리고 있다는 뉴스를 접할 때마다 안타까움을 느낀다.

더불어 6·25전란 중 굶주림 끝에 먹어본 꽁보리 밥맛을 나는 잊을 수 없다. 그 때의 한여름은 무던히도 지루하고 살벌했었다. 목숨이 경 각에 달린 터에 어디 더위 씻길 염조차 있었겠느냐. 서슬이 퍼런 시국 이라 무더위로 인한 땀은 열기 아닌 소름으로 마냥 으스스했던 것이다.

게다가 뒤늦게 얻어먹는 보리밥에 모처럼의 포만감을 느끼며 나는 더없이 행복했었다. 그런 연유로 우리 아이들이 반찬 투정을 부리며 인스턴트식품을 찾는 데는 참기 어려운 저항감조차 느꼈던 것이다. 하 지만 세대가 달라져 삶의 의식이 급격히 바뀌는 판국에 나의 체험 어린 충언이 무슨 도움이 될 것인가. 그래저래 현실에서 밀려나 있다는 생각을 저버릴 수가 없는 것이다.

바다에서

▌황금찬 黃錦燦

강원도 속초 - 시인

남들은 여름 바다를 사랑하고 좋아한다는데 나는 여름 바다보다 가을 바다나 아니면 겨울 바다를 더 좋아하고 사랑한다.

내 고향은 강원도 속초다. 내가 바닷가에서 자란 것은 아니다. 그렇다고 바다에서 멀리 떨어져 있는 것도 아니다. 내가 어린 날 어머니를 따라 혹은 친구들을 따라 물치 바다이며 대포 바다 그리고 속초 바다를 자주 찾곤 했었다. 그러나 그것은 바다를 사랑한다거나 좋아해서가 아니었다. 그저 친구를 따라 그냥 걸어갔을 뿐이다.

나는 어릴 때 고향을 떠났다. 그리고 찾은 곳이 함경북도 성진이다. 성진은 큰 항구이다. 바다를 사랑하고 여름을 즐길 수 있는 수영장이 여러 군데 있었다. 행정 모래밭 본정수영장 그리고 욱정 모래벌, 여름이면 많은 사람들이 찾아 즐기는 곳들이다. 우리는 그런 곳을 찾기도 했다.

남들과 같이 고성방가도 했으리라. 그렇지만 나는 웬지 수영장엘 가도 남들처럼 옷을 벗고 물에 뛰어드는 일이 별로 없었다. 따지고 보면 내겐 남들과 같이 자랑할 만한 수영복이 없었던 관계가 아닌가. 그게 전부는 아니겠지. 그래도 크게 작용은 했으리라 생각된다.

한번은 성진 행정수영장에서 친구 몇이 갔다가 여름 바다에 들어가게 되었다. 어떤 친구는 수영복을 입고 오고 또 누구는 수영복을 챙겨 들고 왔다. 한데 나는 아무런 준비도 없었다. 그들이 물로 들어가면서 나도 들어오라고 했지만 들어갈 수가 없었다. 그런 조건들이 나를 여름바다와 친하지 못하게 한 동기가 되었으리라 생각된다.

나는 유년기, 소년기, 청년기를 바닷가에서 보내면서도 수영을 할 줄 모른다. 아주 모르는 것이 아니고 조금 흉내를 낼 뿐이다. 나는 소년기에 성진을 떠나 저 명천군 상고면 황진리 그 바닷가에서 몇 년을 지냈다. 그러면서 바다에 들어간 일이 별로 없었다.

봄, 여름, 가을, 갈매기들의 벗이 되어 외로운 섬이 되곤 했다. 바다에 사는 갈매기도 나처럼 외로운 새들이다. 갈매기도 수영복이 없어 옷을 입은 채 바다 속에 뛰어들곤 한다. 나와 다르다면 갈매기엔 부끄러움이 없었다. 나는 옷을 입고도, 옷을 벗고도 바다 속에 뛰어들지 못한다. 나는 무인도의 갈매기처럼 외롭고 슬프게 살았다. 그러나 후회스러운 일이 내겐 전혀 없었다.

오래 전이다. 내가 이태리 쏠레토에 갔을 때의 일이다. 한 곳에 수영장이 두어 개 있었는데, 오른쪽 수영장엔 옷을 다 벗은 사람들만 들어갈 수 있고, 왼쪽엔 수영복을 입은 사람들이 들어갈 수 있었다. 그 때 느낀 것인데, 나체보다는 수영복을 입은 편이 아주 아름답게 보였다.

병인지 습성인지 모르겠지만 동경에서 많이들 가는 수영장이 있다. '에노시마'라는 곳인데, 여름이면 하루 몇 만 명씩 모여들곤 한다. 나도 친구를 따라 그 곳에 두 번이나 갔지만 수영복까지 입고도 바다엔 들어가지 않고 말았다.

왜 바다에 들어가지 않느냐고 하도들 말하기에 나는 괴변 같은 대답을 했다. 내가 바다에 들어가면 바다가 나를 삼키는 것이요 내가 모래언덕에 앉아 있으면 내가 바다를 삼키는 격이다, 나는 바다에 먹히고 싶지 않다. 내가 바다를 먹어야 한다고 했다.

내 말을 듣고 있던 일본 학생이 내게 말했다. "이 바다가 일본 땅에 있기 때문에 하는 말이지"하는 것이었다. 나는 그 때 웃고 말았다. 바다엔 늘 가까이 하면서도 물속에 뛰어드는 일은 참으로 흔하지 않았다.

해변시인학교 교장으로 20여 년 있었지만 한 번도 바다에 뛰어든 일이 없었다. 해변시인학교는 참 멋이 있는 행사였다. 대개 3박4일 일정으로 7월 말일 경에서 8월 초까지 바다에서 수영을 하며 시를 공부했다. 독자들이 약 2백 50명 정도 시인들이 대개 백 명 정도 참석했다. 동해를 위주로 시인 중에는 수영을 참 잘 하는 시인이 많았다. 지금은 고인이 되었지만 홍완기 시인, 윤강로 시인, 이명수 시인, 한기팔 시인, 김광림 시인 이들이 수영을 아주 잘했다. 교실에서 시 특강을 하고 바다에서 수영을 배웠다.

그 교장을 내가 20년 이상을 맡았었다. 시인들이 수영을 가르치는 시간에도 나는 모래 언덕에 앉아 바다만 바라보고 있었다. 지금은 정년이 되었지만 성균관대학교의 강우식 교수가 내가 앉아 있는 데로 찾아와 왜 바다엘 들어가지 않느냐고 물었다. 일본 에노시마에서 하던 말을 되풀이했다.

내가 바다에 들어가면 바다가 나를 삼키는 것 같고, 내가 모래언덕에 앉아 바다를 바라보면 바다가 구름이 되어 내 가슴속으로 들어오는 것 같아 마음이 한없이 커지는 느낌이라고 했다.

강 교수는 웃으면서 "바다가 섭섭하게 생각하겠습니다."라고 했는데, 이런 이야기는 다 바다에서 생기는 축하의 의미가 아니고 추억을 담는 작은 비망록이다.

내가 열 몇 살 때 바닷가에서 생긴 일이 정확하지는 않지만 아마도 열여섯 때쯤의 일인 것 같다. 그 날은 친구 조현석, 김창준, 고동제 강우협 그리고 나 이렇게 사람이 없는 바다를 찾아간다고 외딴 바닷길로 들어섰다. 거기엔 바다를 즐기는 사람들이 보이지 않았다. 우리들은 그 모래 길을 걷고 있었다. 파도가 들고 나는 모래언덕에 무슨 짐짝 같은 것이 한 반쯤 파묻혀 있었다.

이게 뭐냐고 의심하면서도 모래를 밀어내고 그 짐짝을 끌어올렸다.

무겁지는 않았다. 줄을 끊고 열어보았다. 유지 같은 것으로 싸고 싸고 한 그 속에서 오이 같은 것이 나왔다. 그 색깔은 누른색이었다. 그 껍질을 열어보니 먹음직스러운 것이 나왔다. 조현석이 이것을 먹어볼까 하는 것이었다. 먹지 말라. 죽을 것인지도 모를 일이다.

강두협이 죽을 것이라면 여기 이렇게 나와 있겠나. 필연코 먹는 것일 게야 했다. 조현석이 내가 먹어볼 게 하며 먹었다. 그는 먹으면서 "아, 맛이 참 좋다."고 했다. 그 바람에 모두 먹기 시작했다. 그리고 남는 것을 나누어 집으로 가지고 왔다. 그리고 이틀 후에 소문이 났다. 그것은 바나나였다. 청진으로 갔던 짐짝이 실수로 두 덩이가 바다에 빠졌다는 것이다. 바다는 역시 아름다운 추억을 안고 있는 곳인가 보다.

물귀신

▌황의형 黃義炯
전북 정읍 – 시인

물귀신이 있을까? 단정적으로 있다 없다 말할 수는 없지만, 내가 태어난 고향 마을 뒤에는 3천여 평 넘는 방죽이 있었는데, 매년 여름이면 익사 사고가 났었다. 그래서인지 나의 어머니는 내가 그곳에서 미역 감는 일을 철저히 통제하셨다.

그런데 일곱 살 때로 기억된다. 마을 정자에 모여 놀던 친구 대여섯명이 더우니까 방죽으로 미역 감으러 가자고 외치며 내리 달리는데, 나도 얼떨결에 따라 뛰었다. 방죽 윗부분 물이 가슴까지 차는 얕은 곳에서 한참을 신나게 노는데, 나를 부르는 소리가 들려서 둘러보니, 어머니께서 광주리를 옆에 끼고 밭에 가시다 멀리서 빨리 나오라 부르시는 것이었다.

별수 없이 밖으로 몇 발자국 나오자 어머니는 안심이 되시는지 계시고 아이들은 물놀이에 정신이 없었다. 그런데 걸어 나오던 내 양다리가 갑자기 차렷 자세로 되더니, 그대로 앞으로 반듯이 엎어지며 누군가의 힘에 의하여, 앞으로 뒤로 왔다 갔다를 반복하면서 콜록거리며 물도 몇 모금 들어 마셨는데, 또 갑자기 세우는 것이었다. 정신을 차리고 사방을 들러보니 어머니는 보이지 않고 아이들은 내가 이 지경이 된 것을 아는지 모르는지 물놀이만 열중이었다.

밖으로 홀로 나가기도 이제는 무섭고, 친구들 놀고 있는 곳으로 돌아가 물놀이에 슬그머니 끼어들었다. 그래도 누구 하나 눈치를 채지 못하는 것이었다. 그만 가자고 했더니 실컷 놀았던지 모두 따라 나왔다. 어린 마음에도 어떻게 이런 일이 있을 수 있을까? 물귀신은 있는 것인가, 물귀신이 그랬다면 왜 잡아가지 않고 살려 주었을까? 의문스럽고 무섭기도 해, 다시는 그 방죽에 들어가 헤엄치지 않고 구경만 하고 지냈으나, 불가사의한 이 의문은 이순이 넘은 오늘날까지도 풀리지 않고 있다.

그런데 그 일이 있은 후 얼마 안 되어 그 방죽 옆 마을에 사는 아이가 빠져 죽었다. 그 아이의 넋을 건지는 푸닥거리를 한다기에 가보았다. 10미터쯤 되는 흰 무명천 한쪽 끝에 죽은 아이 어머니가 가져온 쌀 몇 사발을 싸매더니 그걸 아이가 빠져 죽은 데로 던져 넣었다. 그걸 이리 저리로 끌고 다니며 장구와 꽹과리를 치며, 타령인지 주문인지를 얼마동안 외우던 끝에, 무명천 주머니를 꺼내어 펴 보이는데 쌀 속에서 눈썹 하나가 나왔다. 넋을 건진 거라며 무당은 그 눈썹을 가족에게 주면서 아이 시체 묻은데 같이 묻어 주라고 일렀다. 무당이 슬쩍 눈썹을 넣은 것인지 무당말처럼 넋을 건진 건지, 그것도 아직껏 풀지 못한 수수께끼다.

여름이면 경춘선을 타고 강변역에 한두 번은 가게 된다. 갈 때마다 다리 밑 똑같은 장소에서 헤엄치다 빠져 죽는 것을 가끔 보게 되는데, 그때마다 내가 어렸을 때 겪은 일이 떠올라, 물귀신은 있다는 생각으로 굳히게 되었다.

물귀신 작전이라는 말이 있다. 궁지에 빠졌을 때 다른 사람까지 끌고 들어가는 사람을 비유로 이르는 말이거니와, 이 말은 간접적으로 귀신이 있다는 것을 시인하는 말이 된다. 유일신 하나님만을 믿는 기독교에서도 귀신은 있다고 인정한다. 귀신이나 물귀신이 있다는 것이 과학적으로 입증된 것은 아니지만, 아무래도 물귀신은 있는 것 같다.

Ⅳ. 여름날의 초상

복사꽃 피는 마을

▌김복희 金福姬
서울시 – 시인

내 고향은 서울시 마포구 도화동이다. 이곳은 조선시대부터 도화내
동이라 부른데서 유래되었다 한다. 도화동桃花洞은 복숭아꽃이 만발하
였으므로 복사골이라 불렸는데, 지금은 삼성아파트 우성아파트가 자리
하고 있다.

산 외곽에 위치한 이곳의 복숭아꽃 군락은 절경이어서 밤섬에서 보
면 쪽빛 한강과 분홍색의 복숭아꽃이 서로 어우러져 마치 무릉도원을
연상하게 하였다.

어릴 적 친구들과 뛰놀던 동산에 개나리 진달래 벚꽃이 피었다 지고
나면 복사꽃이 아름답게 피었다. 그래서 초등학교 교가 첫머리가 '웅장
하다 복사꽃 우리배움터' 였다. 시집갈 언니의 볼처럼 불그스름한 분홍
색 꽃이 필 때면 동네 처녀들이 싱숭생숭 바람을 일으키며 총각들을
몰고 다녔다고 한다.

우리 집에도 복숭아나무가 있었다. 꽃이 필 때에는 정말 아름다웠다.
눈만 뜨면 꽃을 보러 뒷들로 달려가곤 하였다. 그 고운 꽃이 지고 나
면 복숭아 열렸다. 해마다 열매가 열렸다가 더러는 떨어지기도 했
다. 복숭아씨는 약으로도 쓰였다. 봄이 되면 봄꽃들이 만발한 우리 동
네는 참으로 아름다운 고장이었다.

여름이면 동네 또래들이 한강에 물놀이를 갔었다. 그 땐 언니 오빠
들도 함께 가곤 하였다. 나는 물이 무서워 깊은 곳은 들어가지 못하고

얕은 곳에서 놀았다. 옆집 오빠가 수영을 가르쳐 준다며 손을 잡고 가다가 물속에 빠뜨리기도 하였다. 그래서 물이 점점 더 무서워졌고 푸른 물이 출렁이는 정경만 보아도 벌벌 떨었다.

그러던 어느 날 여름 방학 때였다. 내 또래 남자 아이와 중학생 형들이 함께 마포 강에 물놀이를 갔다고 들었다. 그런데 그날은 이상하게도 형들이 옷 벗고 물속에 들어가기도 전에 우리 반 사내아이가 먼저 강물로 들어가더니 나오지 못하고 물속에 잠기고 말았다. 형들은 놀라서 달려가 그 집에 알렸고 가족들이 찾아내어 초상을 치렀다. 그 아이는 누나가 넷이나 있고 막내이면서 외아들이었다. 그러니 그 부모 형제들은 얼마나 애통했을까. 온 동네가 그 일로 인해 함께 슬픔에 잠겨있었다. 그 후 내가 물을 무서워할 수밖에 없었다.

어느덧 세월이 흘러서 결혼을 했다. 그런데 남편이 강나루 서커스 구경을 하자며 뚝섬으로 이끌었다. 서커스 구경을 마치고 집으로 향하다가 갑자기 보트를 태워 준다기에 배에 올랐다.

그이가 노를 저어 가는데 배가 흔들렸다. 순간 강물이 무서워 견딜 수가 없었다. 나의 복중에는 아기가 자라고 있기 때문인지 몹시 두려웠다.

"그만 내려 줘요."

내가 소리치며 울상을 하자 그이가 뱃머리를 강가로 돌렸다. 세월이 많이 흘렀는데도 어릴 적 두려움이 가시지 않은 채 아른아른 떠다니는 것이었다. 만발한 복사꽃 같은 시절이 나에게도 있었다. 아파트가 들어서면서 복숭아밭은 사라졌다. 젊은이는 꿈을 먹고 살고 늙은이는 추억을 먹고 산다 하지 않았는가. 나 역시 꿈을 먹고 사는가 보다.

> 도화 (桃花)는 무슨 일로 홍장(紅粧)을 지어서서
> 동풍세우(東風細雨) 눈물을 머금었노.
> 三春이 쉬운가하여 그를 슬퍼하노라

이토록 청춘이 빨리 가니 어느 시인인들 이런 시를 짓지 않겠는가. 그때의 아름다운 추억은 내 마음속에 자리 잡게 되었고, 살아가면서 꽃을 가꾸는 일이 길들어지게 되었다. 잊을 수 없는 추억 때문인지, 봄이 오면 여기저기 피어나는 꽃들을 바라보면서 향기 나는 마을을 떠올리곤 한다.

여름밤의 페스티벌

▌김상화 金相和
경북 안동 – 시인

진달래가 피기 시작하면 봄이 아니라 여름이 온 듯 한 생각이 든다. 방과 후 친구들과 함께 앞산으로 오른다. 곱게 핀 진달래를 꺾으며 먹기도 하고 마냥 즐거운 한때를 보내기도 했다.

앞산은 우리들의 세상이었다. 무덤들도 많았다. 누구의 무덤인지는 알 수 없어도 유난히 탐스러운 꽃들이 흐드러지게 피어있었다. 어린 나였지만 무덤의 주인은 착한 사람이었을까 하고 궁금해 한 적도 있었다.

하얀 조팝꽃이 피기 시작해서 질 때면 찔레의 순도 많이 자라 머슴애들은 뱀이 나온다고 우거진 찔레나무 사이를 헤치며 통통한 찔레의 순을 꺾어 준적도 있었다.

찔레꽃이 피기 시작하면 꽃향기에 취해 살았다. 나이는 어리지만 무언가에 취한다는 게 뭔지를 알았던 것 같다. 그렇게 꽃의 향기에 취해 들로 산으로 뛰어다니다 보면 완연한 여름이 오기라도 한 것처럼 강으로 뛰어든다.

우리는 찬 기운이 도는 강으로 들어가 몸의 반을 적시며 짓궂은 머슴애들과 물장난 치며 놀았다. 어느덧 복사꽃이 떨어지면 금방 열매를 맺는다. 씨도 생기기 전에 새콤하고 쩝쩝한 열매를 주인 몰래 복숭아 밭으로 들어가 떨리는 마음으로 친구들과 몰래 따 먹으며 낄낄대며 먹던 그 풋풋한 복숭아의 맛을 잊을 수가 없다.

지금도 복숭아를 먹을 때면 그리운 그 친구들의 해 맑은 웃음들이 눈에 선하다. 엊그제 같은데 긴 세월이 흘렀다.

복숭아가 탐스럽게 익어갈 무렵이면 보리밭도 밀밭도 무르익어 어른이나 아이 할 것 없이 바쁜 시절이 되어갔다. 보리나 밀을 벨 때면 보리밭 속의 종달새는 새끼 걱정에 지줄지줄 짹짹 하고 소리 높여 울었다. 그 시절 나는 그 소리를 연신 흉내 내곤 했다.

엄마와 품앗이하던 동네 아줌마들은 점심 광주리를 머리에 이고 가는가 하면 언니는 술주전자와 물 주전자를 양손에 들고, 나는 조금 작은 주전자에 담긴 물을 들고 낑낑대며 따라가곤 했다.

보리타작이 끝날 무렵이면 보리 몇 되를 얻어서 복숭아와 바꾸어 오곤 했다. 복숭아는 벌레가 많아서 불 빛없는 밤중에 먹어야 예뻐진다고 했다. 벌레도 많이 먹었을 것 같다. 그래도 양이 차지 않아서 친구들과 보리 이삭을 주워서 복숭아와 바꾸어서 강으로 갔다. 멱을 감으며 밤이 깊어가는 줄도 몰랐다.

낮 동안 힘들었던 아낙네들은 강에서 멱을 감으며 피로를 풀었고 달빛과 별빛이 여인네들의 하얀 피부에 반사되어 초여름 밤을 아름답게 장식했다. 나이 든 여인네나 철없는 우리들이나 마냥 즐거웠던 것은 마찬가지였을 것 같다.

우리는 집으로 가기가 싫었다. 밤이 깊어가고 호랑이 같이 무서운 아버지께서 우물물이 더 시원한데 강으로 간다고 야단치시고 엄마께 딸들 단속 잘하라고 나무라셨다.

우리는 강이 좋아서 거짓으로 친구네 집에 숙제하러 간다고 둘러대며 강으로 갔는데 머슴애들과 어울리기도 했다. 그래봤자 특별한 이야기도 없는데 왜 그리 재미있었는지 나도 모른다.

어느 날 머슴애들이 수박 서리를 해 왔는데 알고 보니 우리 밭에서 따온 것이었다. 무서운 아버지의 불호령이 떨어질 게 뻔해 얼마나 무서웠는지 모른다. 하지만 아버지께서는 우리가 장난친걸 아시고도 다행히 크게 화를 내지 않으셨다.

엄한 아버지의 눈을 피해 친구들과 어울려 놀던 시절이 그립다. 추억은 아름답다고 한다. 철없던 그 시절을 생각하면 웃음이 절로 나온다.

모내기가 끝나고 나면 한여름이 시작될 때 온 동네를 떠들썩하게 하는 것은 가설극장이었다. 가설극장이 들어오면 온 동네가 잔치 분위기다. 우리들은 어리기 때문에 호기심 뿐 극장엘 간다는 것은 상상도 못할 일이었다. 낮에 극장패들이 신작로에서부터 골짜기까지 길거리 행진을 하면 그것이 우리에겐 큰 구경거리였다.

오빠와 언니는 조금 컸다고 잔머리를 굴렸는데, 아버지가 주무시면 몰래 갈려고 만반의 준비를 하고 기다렸다가 오빠와 언니는 아버지보다 먼저 잠이 들어서 극장에 가지 못하게 되어 억울하다고 지금도 그때를 생각하면 속상해하곤 한다. 아버지가 그 시절엔 왜 그리 엄하셨는지 모른다.

추억의 강은 꿈나라였다. 호롱불 빛과 호야 불빛 때문에 전동기 불빛이 더 신기했는지 강가에 자리 잡은 가설극장에 전동기 불을 밝히면 풀벌레들도 신이 난 것처럼 춤을 추며 정신없이 모여들었다.

강물처럼 반짝이는 별빛도 여름밤의 잔치 분위기를 돕고 있었다.

꿈같은 여고시절

▌김순심 金順心
전남 나주 – 시인

어른이 되어 많은 여행을 다녀봤지만 나에게 가장 설레었던 여행은 고3 소녀시절에 친구들과 함께한 여행이었다. 시간이 많이 흐른 지금 생각해도 그때는 날마다 가슴이 콩닥거리고 즐거웠다. 세상을 살면서 힘든 일이 생기면 그 때의 기억으로 살아갈 힘을 얻는다.

고3 여름방학이 다가오자 우리 친구들은 의미 있게 여고시절을 마감하기 위하여 매일 만나 의견을 나누었다. 우리는 지방에서 서울로 올라온 사춘기 풋내기들이었다. 부모님은 농촌에서 힘들게 농사일을 하면서 딸을 서울 고등학교에 보내느라 고생이 참 많으셨다.

우리들은 서울 친구들에 비해 용돈이 많이 모자라서 학교가 끝나면 버스를 타고 동작동 국립묘지로 향했다. 그곳에 잘 조성된 넓은 정원에 앉아 우리의 미래에 대해 토론을 하기도 하고 진로 문제에 대하여 많은 고민을 하기도 했다.

우리들은 토론 끝에 서로의 고향을 방문하기로 했다. 서울에서 가장 가까운 순자의 집인 연산에서 노숙이 고향 김제, 영이 고향 보성, 순심이 고향 나주, 영순이 고향 해남까지 15일 정도 예상을 하고 계획을 세웠다.

우리는 여행준비에 날마다 설레었고 벅차오르는 감정을 서로가 진정시키며 방학이 오기만을 기다렸다.

우리 다섯은 방학 다음날 서울에서 호남선 기차를 타고 연산으로 향했다. 기차 안에서도 대화는 끊어지지 않았다. 저녁 무렵에 순자집인 연산에 도착했다. 순자는 아버지가 일찍 돌아가셔서 집에는 어머니와 언니가 우리를 반갑게 맞이해주셨다. 저녁을 먹고 냇가로 간 우리들은 발을 담그고 밤하늘의 별을 보며 잠시 생각에 잠겼다.

연산에서 기차를 타고 김제 노숙이집에 도착하니 할아버지 부모님 동생들까지 우리를 반겨 주었다. 가장 기억에 남는 일은 우리가 도착하던 날 전기가 처음으로 들어와 온 가족이 기뻐하고 우리들도 기뻐하며 불을 밝혀 놓아 온 마을이 역사적인 밤을 보냈다.

다음날 어머니와 복숭아밭에서 직접 따 먹은 복숭아는 한 입 베어물면 벌레가 들어 있겠지만 어머니는 밤에 어두운 곳에서 먹으면 약이 된다고 하셨다. 벌레를 피해 골라먹은 복숭아는 달콤하고 맛있었다.

이틀 후 보성 영이네 집으로 출발하는데 노숙이 아버님은 초등학교 교사로 재직하셨는데 단정하고 온화한 모습으로 우리를 배웅해주셨다.

보성에 도착했을 때는 어둑한 밤이었다. 개울을 건너는데 징검다리 돌이 이끼가 끼어 미끄러웠다. 우리들은 넘어지면서 얼마나 웃었는지 모른다. 젖은 옷을 대충 빨면서도 웃었다. 영이 집에 도착하니 할머니와 어머니께서 저녁준비를 하고 반갑게 맞아주셨다. 아버지는 일찍 돌아가시고 남동생은 광주에서 학교에 다니고 집안에는 두 여인만이 농사를 지으며 살림을 하고 계셨다. 여름철 농사일로 바쁘신 데도 서울에서 온 딸 친구들을 정성스럽게 대하셨다.

보성에서 나주까지 버스를 타고 갔다. 나주에 도착해서 나(순심)의 집 봉황면 까지는 택시를 탔다. 아침에 일어나니 첩첩 산중에 하늘이 파랗게 열려있었다. 이런 산중 오지는 처음이라고 했다.

내 동생들은 언니 친구들 온다고 마당의 풀을 뽑고 집안 청소를 하는 등 손님맞이 준비에 분주했다 한다. 같은 동네에 사는 큰집과 사촌들도 서울에서 언니 친구들이 온다고 좋은 농산물로 극진히 대접하려고 애썼다. 누에를 봄가을로 키워 자식들을 공부시킨 부모님은 우리의 거처를 누에 키우는 잠실에 마련해주셨다.

나주에서 해남으로 가는 날 햇감자를 삶아 간식으로 주셨는데, 해남까지 맛있게 먹으며 갔다. 해남 영순이 집에는 부모님과 오빠 부부 어린 조카가 함께 우리를 반겨주었다. 우리가 함께 잔 방은 여름이라 창문을 떼어내고 방충망을 해 놓았는데 노숙이가 자면서 시계를 찬 팔을 창문에 걸치고 자는 바람에 누군가 지나가다 팔에서 시계를 훔쳐갔다.

얼마나 곤하게 잠들었는지 시계를 잃어버린 줄도 모르고 늦잠을 잔 우리들은 나중에 얼마나 놀랐는지 모른다. 다음날 우리는 바닷가를 구경하고 그 다음 날은 대흥사로 향했다. 천년 고찰인 대흥사는 참 아름답고 흐르는 계곡물은 시원함을 선사했다. 집으로 돌아온 우리들은 그날 밤 수박밭으로 가서 수박서리를 하며 마지막 추억을 만들었다.

세월이 흐른 지금에 와서 생각하니 우리들의 할아버지 할머니 부모님 형제들 모두 철없는 우리를 믿어주고 인정해주고 부족한 살림에도 정성껏 대해 주셨으며 우리들의 앞날을 축복해주셨다. 어른들의 지극한 사랑으로 세상을 살아갈 힘을 얻었으며 성실하고 바르게 살아갈 수 있었다.

지금 우리들은 과연 그때 어른들처럼 아이들에게 정성을 다하고 믿어주고 희망을 이야기하고 있는지 참 어른에 대하여 새삼 생각해본다. 그 때 어른들에게 제대로 인사를 드리지도 못했는데 이제야 인사드리고자 한다.

"감사합니다."

열심히 본분을 다하고 있는 친구들에게도 '고맙다'는 말을 전하고자 한다.

목동牧童의 여름

김승동 金升東
경북 안동 - 시인

유년 시절 내 고향 안동은 벽촌僻村이었다. 시내에서도 오십 여리나 떨어진데다 큰물을 세 번씩이나 건너야 닿을 수 있을 정도로 궁벽한 산간 마을이었다. 버스가 하루 세 차례 다녔으나 큰비가 내려 홍수가 지기라도 하면 줄잡아 한 달가량은 뚝 끊어져버린다. 교통이 이만저만 불편한 곳이 아니었다.

오뉴월 농번기 시골은 참으로 바빴다. 집집마다 일은 산더미 같고 손은 턱없이 모자랐다. 따라서 저마다 바빠질 수밖에 없었다. "바쁠 땐 부지깽이도 한 몫 거든다."는 우스갯말도 괜히 생겨난 게 아니었다. 그래서 웬만한 부모님들도 아이들을 그냥 내버려둘 턱이 없었다.

수업이 끝나면 곧장 집으로 돌아오기를 등굣길부터 아주 단단히 일러주었다. 이런저런 핑계를 대며 난색을 표하면 부모님들께선 돌연 무섭게 정색을 하시곤 으름장을 놓기 일쑤였다.

간혹 허튼짓도 하며 놀고픈 게 아이들이었다. 그러다가도 부모님들이 정말 힘들게 애쓰시는 걸 제 눈으로 뻔히 보고 다 아는 처지라 이내 단념할 수밖에 없었다. 더구나 만성적으로 일손 부족에 시달리는 부모들 가운데 심지어 어떤 분들은 애들을 며칠씩이나 학교엘 보내지 않는 경우도 더러 있었다.

돌아보면 참으로 아득한 옛날이다. 고향을 떠나온 지도 반백년의 세월이 흘렀다. 그 동안 성묘를 계속 다니고 그 밖에 이런 저런 집안 애경사가 있어 한 해 두 세 차례씩은 내왕하는 편이었다. 낯익은 이웃들은 하나 둘 다 사라지고 이젠 2~3세의 낯선 이웃들만 점점 늘어나 마주칠 때마다 어색하기 한 두 번이 아니었다.

고향이 고향다운 데는 거기 사람들과 풍광들이 낯익고, 따라서 우러나고 묻어나는 정겨움이 있기 때문인데 낯익은 사람이 별로 없다는 것은 격세지감을 실감나게 했다.

그래서 그런지 요즘은 고향을 찾을 때마다 자꾸 말 수도 적어지고 나도 모르게 깊은 생각에 잠기는 일이 잦아진다. 낯이 익어 서로가 속속들이 잘 아는 이웃 간엔 간만에 만나도 옛날의 정겨움이 불현 듯 살아난다. 서로가 반갑기 그지없고 저 간에 궁금했던 안부도 허심탄회하게 나누게 되는데…… 더 그런 재미를 찾을 수 없다니……

강산이 다섯 번이나 변하는 세월이 흘렀다지만 그나마 다행인 것은 고향의 산하山河와 들녘 풍광은 그다지 눈에 뜨이게 달라진 게 없다는 점이다. 내가 사는 마을에서 늘상 눈에 들어오는 사방 4km 이내의 산이나 하천, 들녘의 풍광 곳곳엔 알 게 모르게 나의 유년기의 추억들이 어리고 서려 있어 정겹던 그 시절을 회상하면 어떨 때는 혼자서 미소를 짓기도 하고 또 어떨 때는 혼자 소리 내어 웃기도 한다.

오뉴월 농번기에 부모님들의 농사를 거들고 돕던 건 솔직히 마지못한 측면이 없지 않았다. 어른들을 따라 하느라 아무 재미도 없었지만 무엇보다도 땀은 너무 힘들어서였다. 잠깐씩이라면 또 몰라도 한번 시작했다면 한 나절씩은 묶여야 했으니 말이다.

다만 소를 치고 꼴 베는 건 꽤 진지하게 임했다. 농번기든 아니든 시골에서 소를 치고 소의 먹이인 꼴(풀)을 베어오는 건 거의 다 아이들 몫이었다. 우리 집도 마찬가지였다. 농번기에 부모님의 일손을 돕느라 아무리 바빠도 짬을 내어 쇠죽거리인 꼴 한 짐을 베어오는 건 무조건 내 몫이었다. 비록 강제성이 있긴 했지만 아이들로선 나름대로 짭짤한 재미도 없지 않았기 때문이다.

농사일이 어느 정도 숙지는 칠팔월로 들어서면 우리 같은 조무래기들은 제일 신났다. 한낮 땡볕을 피해 꼴망태를 멘 채 소를 몰고 하천 가운데 있는 드넓은 섬으로 갈수 있기 때문이었다. 무릎이 잠길 정도의 하천을 건너면 소를 마음대로 풀어놓아도 잃을 염려가 없었다. 소들도 저들 마음대로 실컷 풀을 뜯게 되어 나중엔 배가 절로 빵빵하게 불러져 좋았다.

소를 풀어 놓은 다음 우리 조무래기들은 유리알처럼 맑고 시원한 냇물로 뛰어들어 멱을 감고 물장구치며 노는 게 더 할 수 없이 좋았다. 거기다가 그물을 던지거나 낚시질로 고기잡이까지 할 수 있는 건 덤으로 챙기는 즐거움이었다. 놀 만큼 놀고, 마음만 먹으면 꼴 한 망태도 잠깐이면 손쉽게 벨 수 있으니 우리 조무래기들로선 소를 치고 꼴 베는 게 나름대로 재미가 그렇게 쏠쏠할 수가 없었다.

석양이 뉘엿뉘엿 서산을 넘어가고 짙은 산 그림자가 동산을 스멀스멀 기어오르면 우리 조무래기들은 일제히 소를 찾아 나선다. 키 낮은 풀밭으로 펼쳐진 섬은 그리 넓지는 않았다. 소들이 먹이를 찾아 뿔뿔이 흩어졌어도 누구네 소가 어디에 있는지는 거의 다 한눈에 알아볼 수 있었다.

어쩌다 갈대밭에 가려져 보이지 않을 땐 조금만 돌아다니면 금방 찾게 된다. 일곱 명의 조무래기들은 저마다 소를 찾은 다음 이미 준비해 둔 풀냄새 물씬 풍기는 꼴망태를 한쪽 어깨에 메고 다른 한 손으론 긴 고삐 줄을 잡고 짤랑대는 워낭소리 앞세우며 마을로 돌아간다.

집집마다 밥 짓느라 모락모락 피어오르는 연기가 꿈결처럼 평화로웠다. 아무리 맡아도 싫지 않은 밥 짓는 내음은 서둘러 우리 조무래기들을 수고했다며 구수하게 맞이해준다. 노을에 물든 서녘 하늘이 찬란하도록 눈부셨다.

어찌 보면 소를 치고 꼴 베는 게, 그 시절 우리 같은 조무래기들에겐 누구나 떠맡을 수밖에 없는 일상사여서 '그저 그래야 되는가보다' 하며 살았지 굳이 큰 불평이나 불만을 쏟아낸 적은 없었다. 살아온 삶을 되돌아보게 되는 지금도 그 마음 그 자세엔 아무런 변함이 없다.

모든 게 그걸로 족했다. 흡족해지면 모든 것도 그 이상으로 달리 보여 지는가! 소를 치고 꼴을 베던 것도 그냥 보이지 않았다. 소는 우리 집에서 가장 힘센 일꾼이었다. 그 힘센 일꾼이 좋은 여물을 많이 먹고 일도 더 열심히 잘 하고 못하고는 내 손에 달렸던 것이다. 내가 얼마나 부지런히 잘 관리하느냐에 달렸다.

뿐만 아니라 소는 우리 집의 보배였다. 보배도 그냥 보배가 아니었다. 우리 집의 전 재산이다시피 했다. 그 전 재산을 돌보고 관리하는 건 어디까지나 내 책임이었다. 나는 비록 어린이에 불과했지만 한 살림 제대로 맡은 어엿한 살림꾼이었던 셈이다.

도회지 아이들은 시골을 모르고 산다. 나도 도시로 나와 살지만, 우리 아이들도 시골을 모르기는 마찬가지다. 철 따라 변하는 자연의 혜택을 모른다. 소박하고 정겹고 질박하고 넉넉한 인정미를 모르고 산다. 자연과 더불어 살던 나로서는 아쉬움이 남지만 어쩔 수 없다. 다만 언젠가는 아이들도 내 유년의 여름은 그 어느 해보다 풍성하고 뜨거웠음을 헤아리리라 믿어 의심치 않는다.

반딧불의 추억

▌김연하 金連河
전북 옥구 – 시인

반딧불은 한여름 밤의 흥겨운 볼거리였다. 어린 시절 여름밤이면 풀숲 위로 개똥벌레인 반딧불이 날아다녔다. 잠자리채로 잡아 모기장에 넣어두면 밤새도록 별처럼 아름답게 반짝였다. 나의 할머니는 옛날이야기들을 아주 재미있게 해주셨다. 모기장 안에서 할머니가 이야기를 해주시면 재미있게 듣다가 잠이 들곤 했다.

내가 태어나기 3개월 전에 할아버지가 돌아가셨다고 하는데, 제사 때가 되면 도시에 사는 친족들과 주변의 친지들이 찾아왔다. 그때 도시 아이들은 반딧불을 보고 매우 신기하다고 했다.

어른들이 제사 준비를 하는 사이에 할머니는 아이들을 모기장 속에 모아놓고 재미있는 이야기를 해주셨다. 어린이들은 반딧불과 별똥별의 결혼이야기, 칠월칠석날 은하수 이야기, 그리고 우렁각시 이야기였다.

우렁각시 이야기의 줄거리는, 집에서 약간 떨어진 곳에 한 총각이 혼자 살고 있었는데 이따금 우렁각시가 나타나 아무도 없는 집안에 들어와서 청소를 깨끗이 해놓고 밥도 해놓으며 빨래 등 집안일을 다 해놓고 흔적 없이 사라진다는 이야기였다. 하도 신기해서 그 집 총각이 집 주위에 숨어 있다가 뒤를 따라가 보니 그의 친할머니였다는 것이다. 사람들은 누구나 주위에 우렁각시 하나쯤은 있다는 것이었다.

이날 중국 진나라의 차윤車胤과 손강孫康 두 사람에게 유쾌한 형설지공螢雪之功 고사로 잘 알려진 반딧불이 30~40년 전만 해도 이 땅에서 쉽게 볼 수 있던 곤충이다. 형설지공이란 차윤의 집안이 하도 가난해서 등을 밝힐 기름을 살 돈이 없어 여름밤에 반딧불을 잡아다가 모아놓고 그 빛으로 책을 읽었고, 손강은 겨울에 눈[雪]빛으로 밤을 밝히며 책을 읽었다는 이야기다. 어려운 여건에서 온갖 고생을 하면서도 학업을 성공적으로 마쳤다는 뜻으로 졸업식 축사에서 빠지지 않고 등장하는 말이다.

그러나 산업화로 대부분의 반딧불의 서식지가 소멸되었다. 농약을 살포하는 등 각종 오염으로 인해 멸종위기까지 처하게 되었다. 결국 21세기에 들어서면서 거의 볼 수 없게 되었다. 다행히도 전북 무주군 가림마을과 설천면 수한마을 등에 반딧불 먹이 서식지를 천연기념물(제322호)로 지정해 보호하고 있다.

그 곳에 가면 반딧불의 군무를 어렵지 않게 감상할 수 있다. 어둠속에서 반짝이는 반딧불이 스스로 빛을 내는 야행성 곤충으로 지구상에 북극과 남극을 제외하고 전 세계에 1900여 종의 반딧불이 서식한다고 한다. 그 중 우리나라에서는 북방반딧불, 애반반딧불, 파파리반딧불, 운문반딧불, 꽃반딧불, 늦반딧불 등 6종이 살고 있다 한다.

반딧불의 꽁무니에서 나오는 불은 짝을 부르는 신호란 설이 있다. 일반적으로 암컷의 불은 외불이고, 수컷의 불은 쌍불이다. 암컷이 빛을 내는 위치를 알리면 수컷이 날아가 빛을 밝히며 구애한다고 한다. 수컷이 암컷을 발견하면 더욱 강렬한 빛을 내며 접근하고 암컷이 호응하면 빛을 더욱 강하게 발한다는 것이다.

반딧불의 특징 중 하나는 빛을 내지만 뜨겁지 않다는 데 있다. 보통 전구는 전기의 10% 빛으로 바꾸고 나머지는 열로 발산한다. 이에 비하면 반딧불의 효율은 98%에 이른다는 것이다. 게다가 바람이 불거나 물에 닿아도 꺼지지 않는다. 우리가 추구하려는 이상적인 빛인 것이다. 이러한 반딧불의 성격은 현대과학, 특히 유전자 연구에 기여하는 바가 크다.

반딧불의 발광 전자는 루시퍼라제라는 유전자인데 이 루시퍼라제 유전자를 누에 등 다른 곤충의 세포에 이식하면 유전자를 이식받은 세포가 반딧불처럼 빛을 내는 것이 확인되었다 한다. 또한 광유전체를 바이러스에 집어넣어 각종 유해세균을 검출하는데 쓰인다고 한다. 이와 같이 과학 발전에도 기여하고 있다는 것이다.

이상에서와 같이 반딧불은 나에게 상상의 세계로 이끄는 존재였으며 어른들에게는 어린이들과 한자리에 앉아 동심의 나라로 다시 되돌아가게 했다. 그런데도 어른들은 동심 속에 담아야할 소중한 것들을 잃어가고 있지 않은가. 어린이들에게 반딧불을 벗 삼아 여름밤 꿈과 사랑을 가르쳐 줄 책임이 우리 어른들에게 있다.

뒤늦었지만 다행히도 전북 무주군 구천동 계곡마을 양육 시험장에서처럼 반딧불을 양육하는 곳이 점점 늘어난다 하니 반가운 일이다. 더 많은 곳에 체험장을 만들어 어린이들의 꿈을 키워 상상의 세계로 이끌어 주었으면 한다.

밤이 무서운 여름

김영혜 金暎慧
경남 진주 - 시인

"오빠야 내 좀 살리도 퍼뜩, 퍼뜩 오 봐라."

온 동네 솥뚜껑이 들썩일 정도로 고함을 지르며 엉엉 울었던 초등학교 시절 기억이 있다.

여름 장맛비가 억수로 내리는 날 급하게 용변을 보러 화장실에 가다가 나는 뭔가 물컹한 것을 밟아 미끄러졌다. 순식간에 넘어지면서 땅바닥에 손을 짚는 순간 내 손에 잡히는 뭔가가 있었다.

어머니께서 밤사이에 놓아두었던 쥐약을 쥐가 먹었는지 해롱거리며 고슴도치처럼 털을 곤두세우고 있다. 죽기 일보 직전인 쥐가 내 손에 들어온 것이다. 어머니께서는 "이 작은 쥐새끼가 무서워 이 야단이니 커서 뭐 하나 제대로 견뎌 내겠노, 퍼뜩 치아라." 빗자루와 쓰레받기를 내 앞에 툭 던져 주시는 어머니가 야속했다.

숨을 깔딱거리며 웅크리고 있던 쥐가 나를 째려보고 있는 것만 같았다. 아니 나에게 와락 달려들 것만 같았다. 어머니는 아들 셋에 딸 하나인 내가 강하게 자라길 바라셨지만 쉰을 훨씬 넘은 지금도 쥐를 제일 무서워하고 겁 많고 눈물도 많다.

추적추적 비를 맞고 양철지붕을 씌운 토끼집에서 토끼풀을 주다 말고 뛰어온 오빠는 쥐꼬리를 잡아 빙빙 돌려 변기통에 던졌다. 그 일이 있은 후로는 쥐가 변기통에서 살아 기어 나올 것만 같아서 한동안 화장실을 가지 못하고 신문지를 깔고 화장실 밖에서 볼일을 보았던 적이 있다.

버튼 하나로 볼일을 본 배설물을 한순간에 쏴 씻어 내리는 수세식 화장실에서는 찾아볼 수 없는 일들이다. 더듬어 보면 어린 시절 화장실에 대한 추억이 한 폭의 그림같이 느껴진다.

무너질까 싶을 만큼 아슬아슬한 키 작은 벽돌담 너머엔 옆집 텃밭이 보였다. 닭 벼슬을 오글오글 모아 둔 것처럼 붉게 핀 맨드라미가 밭 울타리를 하고 섰다. 밭 한 가운데는 고추며, 깻잎들이 옹기종기 줄을 지었다.

늙은 대추나무가 햇볕을 엮어 연푸른 대추알이 반짝였다. 문짝이 없는 화장실에 앉아 볼일을 보고 있자면 눈 하나 깜짝하지 않고 대추나무는 짓궂게 나를 빤히 처다본다. 뒤쪽에 선 감나무도 발뒤꿈치를 치켜들고 고개를 빼꼼히 내밀고 서 있었다.

어린 나는 받아쓰기를 다 하고 난 공책 껍데기를 세워 들키기라도 할까 봐 앞을 가리고 볼일을 봤다.

"아버지, 화장실 문은 언제 달아 주는데 예"

새벽같이 정미소에 출근하셨다가 논에 가서 일하고 해가 져서야 돌아오는 아버지는 화장실 문을 달아 줄 여유가 없었던 것인지 아니면 그때는 화장실 문이 굳이 필요하다 여기지 않았던 것인지는 모를 일이다.

"까악 엄마야, 엄마"

전설의 고향에서 "내 다리 내놔라 내 다리"하는 하얀 옷을 입은 텔레비전 속에서의 귀신을 보고 나면 어김없이 화장실에 따라가자는 둘째 오빠 때문에 막내 오빠랑 나는 손전등을 들고 화장실 앞에 보초를 서야 했다. 유난히 화장실에 오래 앉아 있는 오빠를 화장실 밖에서 기다리는 건 참으로 긴 시간이었다.

막내 오빠랑 화장실 앞에 휘영청 뜬 달을 보며 방아 찧는 달나라 토끼를 찾기도 했고, 누가 많은 별을 헤아리는지 내기를 하기도 했다. 밤하늘에 유난히 반짝이는 별들도, 휘영청 밝은 달도 그때처럼 선명하지 않아 그립기만 하다. 길가에서도 쥐를 보기 힘든 요즘 그들은 어디에 숨어들어 마을을 이루며 살고 있는지 옛일들이 기억 한 편에서 반짝인다.

우리는 급변하는 시대에 정신없이 살고 있다. 대자연이나 신의 영역은 아랑곳없이 인간만이 수행할 수 있다고 여겼던 영역들이 급격한 속도로 최첨단 시대에 살며 코로나 괴질에 시달리면서 과거를 돌아보게 된다.

최첨단 과학 속도전 시대에 우리는 행복한가. 화장실에 냉난방이 되기도 하고 화장을 하는 방이라 일컫는 말로 '파우더룸'이란 말을 많이 쓰기도 한다. 맨발로 들어가도 될 만큼 깨끗한 화장실을 사용하고 있다.

하지만 그 어둡고 무섭고 느린 옛날이 때로는 인간답다는 생각이 들 때가 있다. 그때는 지금처럼 이렇게까지 코로나니, 핵폭탄이니, 소련군의 우크라이나 침공이니 하는 불안과 공포에 전율하지는 않았지 않았는가.

우리 식구들이 오순도순 지내던 방안의 불빛만큼의 소박한 행복이 있었다. 그래서 그러는지 원시에의 향수라고나 할까, 그 허술한 시골 뒷간廁間까지도 그리워지는 게 아니겠는가.

허방다리

┃ 김용완 金容垸

전북 임실 – 수필가·화가

유난히도 장난기가 많았던 유년시절의 이야기다. 그저 둘 이상만 모이면 오늘은 무슨 장난으로 누구를 골탕 먹일까 하고 실망스럽게 굴던 개구쟁이 시절이 있었다. 지금은 어디쯤에서 무슨 일을 하고 있을까. 초록의 계절이 오니 그리움이 가슴에 저며 온다.

심술 맞게 길을 가다가도 갑자기 장난기가 발동하면 괜히 돌멩이를 발로 차기도 했다. 호박에 말뚝을 박는가 하면, 담 넘어 배나무에 매달린 채 해롱대는 열매에 돌팔매질을 하다가 장독을 깨고, 들키는 날이면 어머니가 아침마다 조금씩 모아둔 정제(부엌) 부뚜막 위의 좀 도리 쌀을 훔쳐다가 변상해주기도 했다. 쥐뿔도 없는 주제에 주념부리(군것질)에도 일가견이 있다 보니 좀 도리 쌀은 한 몫을 톡톡히 한 게 아니었다.

그런가 하면 뒷간에서 똥 한 덩어리 집어다가 책 종이 찢어 볏짚으로 동여매 신작로 바닥에 던져놓으면, 장보기를 마치고 귀가하던 시골 아낙네들에게 견물생심이라 했던가. 머리에 또아리(받침대)를 대고 무거운 장짐을 이고 가다가 던져진 물건?을 발견하고 누가 볼세라 좌우를 살핀 뒤 슬그머니 집어 들던 호기심 찬 모습, 사람의 왕래가 없는 호젓한 곳에서 혹시나 하고 펴 볼 때의 그 표정? 멀리서 행여 들킬까 봐 살금살금 뒤따라가던 끼 많은 친구들은 제멋에 겨워 웃음을 참지 못하고 폭소를 했을 때 아낙의 심정은 어떠했을까? 생각해 본다.

더 흥미로운 것은 초등학교 시절인가 싶다. 이웃에 사는 친구와 같이 궁리 끝에 평소에 사람의 통행이 빈번한 절목 골을 장소로 택했다. 절목골은 오수 뒷멀(후리) 골목에 위치하고 있는 김해김씨 경파의 효열각이 있는 곳으로 깊은 밤이면 도깨비가 나온다는 괴담이 있는 곳으로 그곳을 지나갈 때면 괜히 머리끝이 쫑긋쫑긋 무섭게 느껴지는 곳으로 장난하기에 적당한 장소였다.

어느 무더운 여름날 친구와 함께 둘레 50센티, 깊이 50센티 정도의 구덩이를 파고 시궁창으로 흘러나오는 생활오수로 더럽혀진 흙탕물을 가득 붓고 위에다가 밟으면 부러질만한 나뭇가지를 걸쳐 흙으로 살짝 덮어 위장을 하여 지나가는 사람이면 어느 사람이든 푹 빠지게 하는 함정을 만들어 놓고 절목골 효열각 내에 숨어서 누가 먼저 걸려드나 초조하게 기다리고 있었다.

어둠 속 땅거미가 질 무렵이던가? 극장쪽 골목에서 허리가 구부정한 남자 한 명이 뚜벅뚜벅 걸어오고 있었다. 약간 어두웠던 탓으로 확실하지는 않았으나 얼핏 보아 극장 뒷집에 사는 집안 아저씨뻘이 되는 분으로 추정됐다. 하지만 파놓은 구덩이가 집안 아저씨인들 알아볼 리 없고 걸어온 방향으로 보아 틀림없이 함정에 빠져들 것이라 예견했다. 아니나 다를까 순간적으로 "아이고 어머니."하는 비명소리가 들려왔다.

그래서 구멍으로 자세히 살펴보니 신고 있던 고무신이 따라 올라오지 않았는지 부러진 나무작대기를 주워들고 함정 속을 휘졌다가 용케도 검정고무신 한 짝이 낚시에 걸린 고기마냥 매달려 나왔다. 그러면서 화가 났던지 사방을 두리번거리면서 "어떤 X들이 이런 장난을 하느냐."고 고함을 질렀으나 숨어 있는 우리를 알 리 없고 그저 웃음이 터져 나오려는 것을 꾹 참고 견디는 재미를 느꼈지만, 그분은 모든 것을 체념한 듯 다시 집으로 되돌아가는 것이었다.

"내가 던진 돌이 연못에 떨어지면 돌을 맞는 개구리는 죽는다."는 속담이 문득 생각났다. 우리야 웃기는 장난이겠지만 허방에 빠진 사람이 왜 하필이면 집안 아저씨였을까. 하루 일진이 나빠서였을까? "나쁜

X들!"하고 중얼거리며 흙탕물에 젖어버린 양말이며 바지, 신발까지 털어내고 씻노라면 오죽이나 속상해 하실까. 지금 그분은 오래 전에 고향을 떠나 경기도 어디에 살고 계신다고 했다. 아마도 그분은 그때의 속상했던 추억을 기억하고 계실까? 아니면 까마득한 옛 이야기처럼 망각의 늪에 침잠해 있을까?

나와 같이 장난을 좋아했던 친구는 불혹의 나이에 그 비밀을 간직한 채 저 세상으로 떠나 가버렸다. 내 인생도 고희가 눈앞이라 인생의 허무함, 서글퍼지는 마음 눈가에 스민다.

거슬러 올라가다 보면 허방다리(함정)는 조선조 500년 홍경래 난이 일어났던 해라고 한다. 소수의 병력으로 관군과 맞서 싸운다는 것은 계란으로 바위치기로 특별한 화기가 없다보니 승패는 불을 보듯 뻔한 일이라. 오직 이겨야만 한다는 일념으로 여러 방안을 모색한 끝에 착안한 게 함정이었다. 1~2미터 넓이에 사람 키만큼 깊이의 구덩이를 여러 곳에 파고, 나무를 걸쳐 나뭇잎과 풀잎으로 위장하여 유리한 싸움으로 이끌어 냈다는 기록이 있다.

그런데 불행하게도 현실에 비추어 볼 때 어떠한 놀이로서가 아니라 사냥을 즐기는 사람들이 함정이나 목로, 극약으로 산짐승들을 포획하고 있어 안타깝다. 아무쪼록 이러한 문화가 밝고 건전한 문화로 발전했으면 하는 마음이다.

여름날의 퉁소 소리

▌김원명 金元明
전남 해남 – 시인·항만청장

사람들은 저마다 태어나서 자란 고향이 있다. 우리가 산업사회에 살면서 자기가 태어나고 자란 곳에서 정착하지 못하고 타향에 살며 때로는 고향에 대한 향수에 젖어 살아가야 하는 것이 인생살이인가보다.

내 고향은 전남 해남군에 있는 산골마을로 나 어릴 당시 약 40가구가 많지 않은 토지에 목을 매달고 농사일이 전업인 가난하고 순박한 촌락이었다. 가난과 무지의 설움을 대물림하는 것은 죽기보다 싫었기 때문에 끼니는 굶어도 자식만은 가르쳐야 한다는 교육열이 높아, 다들 읍내에 있는 학교나 목포 또는 광주로 유학을 보내고, 그들의 삶은 오직 자식 교육을 위한 것이 전부가 아니었던가 싶다.

도시로 갈수 없는 나는 집에서 2킬로 정도 떨어져 있는 시골 중학교에 다닐 수 있었던 것만으로도 행운이었다. 그래서였을까 국민학교(현 초등학교) 졸업 날은 중학교에 진학 못하는 친구들 때문에 온통 울음바다였다.

내가 중학교 3학년이던 1953년 참으로 여름은 역사적인 사건이 있었던 해였다. 1950년 6월 25일 북한군의 남침으로 발발한 6·25전쟁이 양측에 엄청난 피해를 주고 또한 전쟁에 지쳐 휴전협상을 하게 되었다.

6·25전쟁과 휴전협정에 관한 기록물들을 살펴보면, 1951년 시작된 휴전협상은 시간적 여유를 얻어 전투력 열세를 회복하려는 공산 측의

계략에 의해서 무려 2년 이상의 세월을 끌었고 특히 전쟁포로의 송환 문제는 유엔군 측의 자유송환론과 공산 측의 강제송환론이 맞서 합의를 보지 못한 가운데, 송환을 거부하는 포로들을 공산측은 체코슬로바키아·폴란드·스웨덴·인도 등 5국의 중립국송환위원회의 공동관리하에 설득, 송환하려는 제안에 미국 측이 수락하려 하자 우리 정부와 국민들은 이에 크게 분노하고, 당시 이승만 대통령은 반공 포로를 석방할 것을 결심, 1953년 6월 18일 0시를 기하여 부산·대구·영천·마산·광주·논산·부평에 수용됐던 반공포로 26,424명을 석방하여 유엔과 전 세계를 깜짝 놀라게 했다.

미국은 한국정부와 국민의 확고한 주권의식과 자유수호의 결의에 대하여 이해와 공감을 표시하고 미국은 휴전에 대한 한국정부와 국민의 협조를 구하기 위하여 한·미 상호방위조약을 체결하게 되었고, 1953년 7월 23일 휴전협정이 조인되어 조국 분단의 현실이 지금에 이른 것이다. 정부는 일시에 석방된 반공포로를 수용할 수 없어, 석방포로들의 여러 곳 분산 수용책의 일환으로 각 동네마다 몇 사람씩 분산한 바 있었는데 우리 마을에도 3명이 배정되어 일시적으로 숙식을 제공하게 돼 있었다.

그들은 마을 회관에 기거하며 식사문제는 생활에 여유가 있는 집에서 순번을 정하여 제공받았다. 그들은 밤이면 마을 회관 정자나무 밑에 모여 앉아 퉁소를 불곤 했는데 달빛을 타고 흐르는 퉁소소리와 소쩍새 소리가 얼마나 애절했던지 지금도 그 생각만 하면 가슴이 미어지는 듯이 아련한 추억 여행을 하게 된다

우리 집에서 식사를 준비하는 날, 매일같이 꽁보리밥과 수제비만 먹던 처지였는데도 아침식사와 점심은 쌀 3, 보리쌀 7의 비율로 밥을 짓고, 오이냉국에 시어빠진 열무김치와 호박된장국으로 하고, 저녁식사는 수제비 대신에 방망이로 밀어 만든 칼국수에 팥 앙금 내려 팥죽을 쑤어서 주면 두 대접쯤은 게 눈 감추듯 치우고 고마워하던 여린 모습이 지금도 눈에 선하다.

그 날 밤은 신이라도 난 것인지 보답이라도 하는 건지 퉁소소리는 한결 더 구슬프게 산천에 울려 퍼졌고 그들의 부모 형제와 고향 산천에까지 울려 퍼져 가도록 불었던 게 아닌가 싶다. 어쩌면 눈을 지그시 감고 어머니를 만나 그리운 어머니 가슴속으로 파고들었는지도 모를 일이다

우리 동네를 떠난 그들이 지금 어느 하늘밑에 살아 있다면 아마 80세 전후의 나이로 머리가 하얀 인생 황혼기에 접어들었으리라. 반세기가 넘도록 그들은 과연 어느 누구하고나 소식을 주고받으며 분단 조국의 한을 달래면서 뼛속까지 저려오는 그리움을 어찌 삭이었을까?

뒤에 들은 이야기로 더러는 전쟁이 얼마나 몸서리 쳤으면 남쪽 북쪽도 싫다며 전쟁이 없는 영세 중립국을 택하여 이민을 갔다고도 하던데, 낯설고 물설고 말도 안 통하는 수만리 타국 땅에서 얼마나 외롭고 서러운 삶을 꾸렸을까 생각하니 측은한 생각마저 들어 한없이 가슴 아파한 적이 있었다.

아, 조국이여! 하루 속히 평화통일 이룩하여 바람처럼 구름처럼 새들처럼 자유롭게 남북을 서로 오고 가며 웃음 웃고 살게 하소서! 흩어져 그리움으로 외로움으로 울고 있는 부모 형제 얼싸안고 춤추게 하소서! 그 여름날 퉁소소리 다시 들을 수 있게 하여 주소서! 오늘 하루도 좋은 날이 되옵기 바랍니다.

1980년 5월 17일, 그 후

▌김현 金賢
전남 광주 – 금속공예가

　분노의 함성이 봄을 몰아내기에 충분한, 그 해 여름은 정말 뜨거웠다. 봄을 몰아내느라 젊은 혈기는 타올랐고, 타버린 분노의 잔해는 보이질 않는다. 그때의 잔해마저 그리운 것을 보니 추억은 모두가 아름답다는 것을 증명하는 답으로 최고의 점수를 받지 않을까?

　1980년 5월17일 밤, 미스코리아 선발대회를 보다가 계엄령이 선포되었다는 자막을 발견했다. 그 시간 대문 밖 검은 차에는 나의 아버지가 잡혀가시고 계셨지만, 배웅을 마치고 들어오신 엄마께 12시를 기해서 비상계엄이라는 소식을 전하는 것이, 내가 할 수 있는 일의 전부였다. 소스라치게 놀라신 엄마는 "그것을 알고 가셨어야 하는데…"하며 무척 애통해 하셨다.

　그 시각 후로 비상계엄이 뭔지 관심이 있을 리 없었던 내가 온몸으로 아니, 그 이상으로 체감하기 시작했다. 긴장과 서스펜스! 한숨소리만 들리는 정적이 이른 여름을 농익게 했고. 쫓겨가기 싫어 거리를 뒹구는 버드나무 꽃가루처럼 가족들은 침묵으로 해매고 있었다. 아버지는 남산 중앙정보부 지하실 구석진 방에서 자신의 의지가 무참히 꺾여 뭉그러지는 아픔과 함께 뒹구셨으니 차원이 다른 몸부림이 분명하리라.

　"지역구 출신 국회의원이 무엇을 하느냐? 광주시민이 다 죽어 가는데!" 전화기에서는 시민과 학생들의 절규가 빗발쳤지만 나는 작은 우산을 쓰고 있을 뿐 아무런 대책이 없었다. 학교도 휴교령이 내려, 여름태양을 피해 서늘한 집안에서 맴도는 신세였다. 내가 아는 소식과는 정반대의 거짓말뿐인 신문을 뒤적이다가 토끼가 그려진 회사의 여직원 모집이라는 광고를 보았다. 지금 생각해보니 어디론가 튀고 싶은 나의 마음이 토끼그림에 가닿았으리라.

아르바이트생도 괜찮다는 말에 출근을 시작했다. 샘플장을 들고 다니면서 남성들의 와이셔츠를 주문 받는 일이었다. 같은 조의 언니는 인사를 잘했고 나는 마무리를 잘하는 환상의 콤비였던 까닭에 그런대로 성적이 좋았다. 내가 알고 보아온 사람들과는 전혀 다른 별스러운 사람들도 많다는 것을 배우는 시간이었다. 나의 삼촌정도 되어 보이는 분들이 퇴근시간에 오면 옷을 주문하겠다고 재방문을 요청했고, 그때 가서는 장난기 있는 언행으로 사람을 놀라게도 했다.

세상은 넓고 나는 너무나 작다는 것을 느끼는 것이 사회에 첫발을 내딛는 소감이었다고 할까? 발바닥이 뜨거워지도록 뛰었지만 점심시간에는 사람들이 없었다. 그런 나에게 버섯 요리집 아르바이트가 소개되어, 버섯이름의 명찰을 달고 음식을 주문 받았다. 그것은 갈 곳 없었던 점심시간에 영양가 높은 점심과 함께 수입도 되는 일석이조의 일이었다. 지금 생각해보면 내가 원하지 않았던 고통의 시간을 내 몫으로 인정하는 것이 용납될 수 없다는 처절한 몸부림이었던 것 같다.

4선 국회의원을 하셨던 아버지는 꼭 한 번 제대로 임기를 채우셨을 뿐 10월 유신이다 뭐다 해서 바른 정치도 해보지 못하셨다. 군사정권의 탄압만을 받으며 몸으로 때우셨다고 해도 과언이 아니리라. 그 당시 남산의 특별한 지하실에서는 불가능이 없었을 테니, 오죽했으랴.

야당도시, 광주에서 돈 없고 바른말 잘하는 분으로 많은 선민의 존경을 받으시던 분이셨기에 그 해 그 정권은 광주내란음모의 주인공 바로 옆자리 매김을 했다. 하지만 돈과는 거리가 머셨기에 중앙정보부에서 나온 형사에게 "국회의원을 몇 선이나 한 사람이 사는 게 이거냐?"는 칭찬(우리 가족은 이렇게 해석할 수 있는 자부심으로 살아왔다.)을 들었을 정도였으니 털어도 먼지가 날 리 만무했다. 없는 먼지도 만들어내는 재주 있는 사람들은 가택 수색으로 챙긴 명함을 미끼로 죄를 만들어냈다. 그 재주를 입증이라도 하는 듯한 그 때의 서류 보따리가 무척 무거워 보였다. 그리고 아버지와 함께 하셨던 분들이 써내신 "김대중 내란음모의 진실"이란 책에 고통과 분노의 조각이 간간이 쪼개져 있음을 느끼고 있고.

가족들은 아버지의 소식을 궁금해 하며, 광주에서 들려오던 함성도 두절이 되자 미국에 사시는 삼촌들을 통해 광주소식을 들었다. 미국에서 알려오는 소식은 우리 뉴스시간에도 나왔다. 하지만 한국말은 끝가지 들어봐야 하는 법! "이상과 같은 유언비어가 돌고 있으니 국민여러분은 현혹되지 마시기 바랍니다."라는 것으로 마무리되었다. 나는 미국을 좋아하진 않지만 사람들이 왜 미국을 좋아하는지에 대해 이해되고도 남는다. 내 발 사이즈가 조금 더 크고 내 목소리가 조금만 더 컸었다면 그 여름이 조금 더 멋지게 기억될지도 몰랐을 텐데…. 여자의 마음은 갈대라고 말한 유명한 사람에게 박수라도 치고 싶다. 갈대와 같아서 와이셔츠 주문 받는 일과 뜨거운 버섯 찌개를 배달하며 이열치열의 여름을 삭혔지 싶다.

시간의 능력처럼 위대한 것은 없으리라. 대쪽 같으시던 아버지도 고문에 뭉개진 육체를 고봉산에 묻으셨다. 세월은 고문의 흉터를 녹여내게 했고 끈적이던 삶을 버리신 채 유골로 당신 고향의 품에 안기게도 했다. 광주시민을 향하던, 나라의 올바른 민주주의를 열망하시던 그 큰 뜻도 다른 분들께 몫 지워졌고, 없는 법도 만들어 죄인으로 만들어 놓았던 허위와 편견도 진실로 제자리 매김을 하고 있다. 들끓던 침묵도 역사의 흐름 속에서 용서라는 것을 이해하며, 사랑하고 사는 법을 흉내 내게 한다. 지나간 대학 시절을, 진한 그리움으로라도 찾고 싶지만 지난 일기를 꺼내기는 싫다. 분노의 재를 아픔과 눈물의 부지깽이로 다독여야 했던 그런 세월이었기 때문이리라. 그 뜨거움에 데인 상처에 반사되는 추억은 화로의 숨은 불씨가 되어 내 체온을 유지하게 한다. 검은 재를 더 들썩거리면 "애야! 화롯불 꺼질라!"하시던 아버지의 나직한 호통을 들을 수 있을까.

평상에 누워

▎김희준 金熙俊
전북 전주 – 소설가

나는 주말 오후에 평상을 고치려고 망치와 못이 담긴 연장통을 찾았다. 들춰보니 네 다리가 모두 빗물에 조금씩 썩어있었다. 나무판도 온전한 데가 없었다. 생각보다 손 볼 데가 너무 많아 난감했다. 나는 망치를 내려놓고 잠시 평상에 앉았다. 평상에서 삐걱하고 관절이 뒤틀리는 소리가 들렸다.

나는 평상 고치는 일을 포기하고 아예 평상에 드러누웠다. 누워있자니 김찬호 선생님의 얼굴이 떠올랐다. 내가 대학에 다닐 무렵이니까 꽤 오래전 일이다. 선생님은 완주군 이서면 갈산리에 있는 농장에서 소나무를 관리하셨다. 그날은 평상을 고치는데 시간 좀 내달라는 부탁을 받았다. 어쨌거나 겸사겸사 찾아가는 길이었을 것이다.

선생님이 계시는 농장에도 평상이 있었다. 그곳에는 늘 낙엽이 쌓여 있었다. 검은 물때 사이를 송충이들이 기어 다녔다.

갑자기 왜 그것을 고친다는 것인지 떨떠름했다. 내 손재주가 모자란 탓도 있지만, 나이 육십 중반을 넘긴 선생님께서 평상에 앉는 일을 본 적이 없어서였다.

나는 선생님과 필요한 재료를 사러 버스를 타고 시내까지 나가야 했다. 거기서 적당한 크기의 장판을 골랐다. 그리고 장판이 들뜨지 않도록 테두리를 고정하는 물건도 같이 샀다. 논 슬립(non slip)이라는 것인데 손짓과 상황설명을 섞어가면서 여러 철물점을 돌아다닌 끝에 구할 수 있었다.

돌아오는 길에 수박 한 덩이를 골랐다. 반나절을 걷는 동안 왜 평상을 고치는 것인지, 묻고 싶었지만 그렇게 하지 못했다. 양손에 검정 비닐봉지를 들고 휘청휘청 걷는 선생님의 등이 그날따라 굽어 보였다. 와이셔츠 깃에 내려앉은 햇볕도 무척이나 따갑게 보였다.

평상은 여름과 더없이 어울리는 물건이기는 하지만 찬바람이 불면서부터는 처치 곤란한 취급을 받는다. 특히 겨울에는 천덕꾸러기 신세다. 아파트 후미진 귀퉁이에서 비닐에 감긴 평상을 보면 독거노인처럼 쓸쓸해 보였다.

다음 날 나는 땀을 흘리던 선생님 생각에 참외를 사 들고 찾아갔다. 농장 한쪽에 낯선 트럭이 보였다. 인부의 것으로 보이는 삽들이 한쪽에 가지런히 놓여있었다. 여름에 소나무를 옮겨 심는 일은 드물지만 어디선가 소나무를 급히 찾는 모양이었다.

러닝셔츠 차림의 인부들이 평상에 앉아 쉬고 있었다. 자장면을 먹었는지 빈 그릇이 한쪽에 놓여있었다. 피부가 검게 탄 인부 한 명이 자장면 먹던 젓가락으로 등 여기저기를 긁고 있었다. 땀을 닦던 수건을 둘둘 말아 베고 곯아떨어진 인부도 있었다.

나는 평상을 고친 이유를 생각하면서 선생님을 바라보았다. 주름진 얼굴에는 엷은 미소가 흘렀다. 눈이 깊어 보였다. 예초기를 등에 짊어지고 풀을 베려면 여간 고역이 아닐 터였다. 넓은 농장 안에는 커다란 부채를 펼쳐놓은 듯 한 반송 품종이 많았다.

잡풀은 무성하게 자랐다. 한차례 풀을 베어내기가 무섭게 며칠만 지나면 바닥에서부터 죽순처럼 빠르게 올라왔다. 매번 쳇바퀴 돌듯이 반복되는 여름 나기의 어려움이 선생님의 얼굴에도 묻어있었다. 깊어진 눈빛에서 삶의 노곤함이 보였다.

반송을 실은 트럭이 떠날 무렵에는 어둠이 여러 겹으로 밀려오고 있었다. 나는 선생님과 저녁을 먹고 평상에 앉았다. 선생님은 나에게 좋은 구경을 시켜준다면서 누우셨다. 그리고는 따라 누우라는 듯 평상을 손등으로 두어 번 툭툭 치셨다. 좋은 구경이라니? 그게 무슨 말인가 싶었는데, 선생님은 그냥 웃기만 하셨다. 나는 선생님을 따라 옆에 누웠다. 허드렛일을 돕느라 몸이 고단했던 차였다.

그런데 웬일인가. 하늘에 별꽃이 무더기로 피어있었다. 그때서야 나는 선생님의 말뜻을 알아차렸다. 별들이 전구처럼 깜빡거렸다. 나는 눈을 돌릴 수가 없었다.

평상은 우주를 바라보는 천문관측소와 다름없다. 신라 첨성대의 첨성(瞻星)은 '별을 우러러본다.'라는 뜻이었다. 우러러보는 곳이 어디 첨성대뿐일까. 평상만큼 마음 놓고 별을 볼 수 있는 공간도 드물다. 생각을 비워내고 누울 수 있는 공간을 우리는 잊고 살아간다.

가끔 나는 선생님과 같이 누웠던 평상을 떠올린다. 평상에서 맡았던 밤공기가 그리울수록 나는 하늘을 올려다본다. 그날 선생님의 머리카락에 내려앉은 하얀 별들은 세월과 땀으로 꽃피운 나이테 같은 것이었으리라.

평상에 팔베개하고 누워보니 왠지 아늑해진다. 두 평 남짓한 공간에도 사람에 대한 배려가 스며있는 듯하다.

나는 선생님의 강단을 요즘에서야 깨닫는다. 이제는 평상에 누워서도 미세먼지가 깔린 하늘을 원망하지 않는다. 미세먼지 때문에 하늘의 별들은 더 높은 곳으로 떠나버렸지만, 선생님의 포근한 눈길은 가슴에 남아서 일렁거린다.

모래성

▌박은숙 朴銀淑

서울 – 시인·캐나다 거주

어린 시절에 내가 지은 모래성이 있었다. 그 모래성은 공주가 사는 아름다운 성이라고 지었지만, 실제로는 허름한 두꺼비 집 같은 것이었다. 여름날의 햇살이 쨍쨍 내려 쪼이는 개울가에서 우리 또래들은 단조로운 노래를 부르곤 했다.

'두껍아, 두껍아, 헌 집 줄게, 새 집 다오. 두껍아, 두껍아…'

문득, 어린 시절이 떠오르면 가끔씩 나도 모르게 튀어나오는 이 노래에 눈시울에 이슬이 맺히곤 한다. 무더운 여름 날, 시원한 숲 그늘을 찾아 놀다가 지친 친구들은 하나 둘 제 집으로 돌아가고 나면 땅거미가 지도록 모래성을 떠나지 못하던 한 친구가 있었다. 나도 집으로 돌아가지 못한 채 그 친구와 함께 정신없이 놀다가 어머니께 호된 꾸지람을 들은 적이 있다.

세월이 흐르면 그리움이 된다. 세월이 시냇물처럼 흘러간 후 추억에 스며온 그리움은 나의 시가 되고, 나의 시는 「작은 집 하나」라는 노래가 되었다.

> 바닷가 모래밭에 작은 집 하나
> 어릴 때 내가 만든 모래성 하나
> 유년의 보금자리 떠내려갔네.
> 희망도 속절없이 사라져갔네
> 아 아 돌아오지 않는 강물처럼

두꺼비집에는 아주 슬픈 이야기가 담겨 있다. 옛날 옛날 아주 아득한 옛날에 두꺼비가 살고 있었다고 한다. 그런데 그 두꺼비가 알을 갖게 되자 이상한 행동을 하기 시작했다고 한다. 무서워하던 독사를 찾아 길을 나섰고, 독사를 만나게 되면 죽을힘을 다해 싸우는 것이었다. 하지만 두꺼비는 독사를 이길 수 없는 운명을 지니고 태어났다고 한다. 마침내 두꺼비는 독사에 먹히고 만다. 그런데 놀라운 사실은 그어미 두꺼비는 죽는 순간 마지막 지니고 있던 독을 뿜어내 그 독사를 죽게 하고 서서히 죽어간다고 했다. 그리하여 어미 뱃속에 있던 두꺼비 알들은 어미와 독사의 자양으로 아주 건강한 아기 두꺼비로 자란다는 것이었다. 그러니 결국 헌집과 새집은 어머니의 헌신적인 사랑으로새 생명을 얻게 되는 우리 자신을 일깨우는 교훈이 된다.

나의 어머니는 무척 엄격했다. 그 엄격함이 싫어서 나는 늘 어머니의 그늘로부터 도망치고 싶어 했다. 그 억척스러움이 나를 숨 막히게했고, 그 기대치에 부응하지 못한 나는 항상 겉도는 반항아로 어린 시절을 보냈다. 어머니가 돌아가신지 수십 년이 지나도록 두꺼비집을 벗어나지 못한 채 50의 나이를 넘겼다.

나는 이제야 어린 시절 내가 만든 그 여름날의 모래성을 떠올렸다. 그 모래성은 무너지고 무너지기를 거듭하다가 이제야 헌 두꺼비집으로새로운 옷을 갈아입고 있었다. 그 집은 새집을 짓기 위한 헌집이라는사실을 아들의 성장을 바라보면서 비로소 깨닫게 되었다.

아들아이가 지난 학기에 무척이나 힘겨운 시간을 보냈다. 외국에서8년 동안 별 탈 없이 커준 것만으로도 가슴 뿌듯하게 해주던 녀석이었다. 엄마에게 말대꾸 한 번 하지도 않던 아들아이였다. 늘 다정다감하던 녀석에게 어느 날 여자 친구가 생겼다.

공부는 물론 나의 충고조차 잔소리로 듣더니 슬금슬금 엄마의 눈을 피해 거짓말을 하기 시작했다. 도서관에 간다던 녀석이 엉뚱한 곳에 가 있는 게 다반사였다. 심지어 한 학기가 지나도록 아들과 함께 식사한 기억조차 희미해졌다.

대학 입시를 앞둔 아들아이에게는 커다란 걸림돌일 수밖에 없었다. 아들의 여자 친구는 이민자라 생계에 쫓기는 부모로부터 관심을 받지 못하는 것 같았다. 그래서 나의 아들아이에게 매달리는 것 같았다. 아들 녀석은 여자 아이에게 정신을 온통 빼앗겨 학교 성적은 거의 바닥을 쓸고 있었다.

아들의 성적이 바닥을 보일 무렵, 나도 학교를 다니고 있었다. 과락만 면해도 좋을 만큼 어려웠다. 계속되는 프레젠테이션과 퀴즈, 시험 준비로 거의 탈진상태로 학교와 집을 왕래했다. 겨우 과락을 면하고 학기를 무사히 마쳤다.

그 날 저녁, 아들 녀석에게 한 장의 메일을 받았다. 한글과 영어로 간신히 적어 내린 그 녀석의 글귀에서 사랑과 존경의 찬사를 받았다 그 사랑과 찬사는 입에서가 아니라 마음에서 터져 나오는 울음이라는 것을 나는 알고 있다. 녀석은 자기가 허비한 시간에 대하여 후회와 반성을 하고 새로운 결심으로 다시 공부를 시작했다. 그 시작은 눈이 부시도록 변화시켰다. 아이에서 소년으로, 소년에서 청소년으로 탈바꿈하는 계기가 되었다.

나의 유년시절, 여름날의 햇살이 쟁쟁 내려쪼이던 때의 초상, 그 보금자리는 모래성이었지만, 지금 나의 보금자리는 가정이라는 헌 두꺼비집이다. 아들아이에게 더 이상 필요한 것은 기름진 음식과 좋은 옷이 아니었다. 나는 love, like, want라는 단어보다 need라는 말을 더 좋아한다. 가장 아름다운 은어이므로. 그 금빛 반짝이는 사금 아래 놀던 어떤 소녀가 이제 헌집을 내줄 차례가 되어 어머니의 회상에 잠긴다. 이제 아들아이에게 헌집 주고 새집을 주어야 할 시간이 되었으므로….

별 하나 나 하나

▌신용일 愼勇一
전북 진안 – 수필가

"별 하나에 추억과 별 하나에 사랑과 별 하나에 쓸
쓸함과 별 하나에 시와 별 하나에 어머니, 어머
니…"

소년시절 별을 헤이며 꿈을 키우던 애송시다. 오매와 둘이 살던 오
두막 뜰 안에 밤마다 별빛이 쏟아져 내렸다. 맷방석에 누워 하늘을 보
면 그 영롱한 빛에 취하고 만다. 낙원이 어디 따로 있으랴, 별빛에 취
하던 그 숱한 밤들이 동화의 세계로 아른거린다. 측간 지붕에 하얀 박
꽃, 채마밭 울타리에 퍼런 개똥불, 매캐한 모깃불에 자지러드는 개구
리 소리 삭신이 쑤신다던 오매는 혼곤히 잠이 드는데, 한밤을 지새우
는 두견이를 벗 삼아 초롱한 눈망울은 별나라에 박힌다.

어느 게 내 별이고 어느 게 네 별인가, 잘근잘근 씹고 싶은 사탕별,
주렁주렁 달고 싶은 보석별, 소녀의 눈빛같이 고은별, 밤마다 소년은
별사탕 먹고 별 보석 달고 별 희망 별 꿈을 다 키웠다.

그런데 이 어인 일인가. 십 년이면 강산도 변한다 했는데 반백년 세
월에 하늘도 변했단 말인가. 벌써 며칠째 그 꿈 많던 별들을 볼 수가
없다. 내 부실한 시력 탓인가 싶어, 눈을 씻고 다시 봐도 마찬가지다.

은가루를 뿌린 듯한 은하수는 흔적도 없고 칠석날 오작교에서 정한
情恨의 눈물을 흘린다는 견우와 직녀도 행방이 묘연하다. 삼태성, 북두
칠성, 북극 곰자리, 어디에 숨었는지 알 길이 없고 물간 생선 눈 같은

맥없는 별 겨우 일곱을 세고 눈을 감았다. 괴이한 일이다 하늘에 무슨 이변이라도 일어났다는 말인가. 별 없는 하늘, 상상도 못 한 사건이 목전에 벌어지고 있다. 그게 무슨 대수냐며 비웃는 사람들이 적지 않다. 별 볼일 없는 하늘을 왜 보느냐며 놀리는 친구, 그럴 시간 있으면 고스톱이나 치자는 패거리, 주변머리 없는 이유를 알겠다며 이죽거리는 막역莫逆, 아마도 내가 더위를 먹긴 먹은 모양이다.

덥다. 뜰 앞에 나뭇잎이 까딱도 않는다. 가만히 있어도 금세 등줄기가 후즐근하다. 쪽빛 하늘은 빛이 되었고 산도 들도 희뿌연 매연에 몸살을 앓는다. 지척咫尺의 앞산이 십 리만큼 보이고 인왕에서 관악이 백 리보다 멀어 보인다. 설상에 가상으로 오존주의보까지 내려진 도시는 금방이라도 숨이 막힐 지경이다. 사천칠백여 만이 북적대는 이 좁은 땅위에 자동차 천만여 대가 굴러다닌다. 산이고 바다고 어디 한 곳 성한 데가 없다. 땅이 이토록 중병을 앓는데, 어찌 하늘인들 온전할 수 있으랴. 자연은 질서의 세계다. 계절의 변화도, 약육강식弱肉强食도, 엄존하는 자연의 이법理法이다. 이 법칙이 무너지면 어찌되겠는가.

오수부동五獸不動이라는 말이 있다. 쥐, 고양이, 호랑이, 사자, 코끼리가 한 울안에 있으면 서로 움직이지 못한다는 뜻이다. 자연의 질서를 풍자諷刺한 흥미로운 얘기다. 고양이 앞에 쥐, 호랑이 앞에 고양이는 천적天敵의 관계다. 호랑이는 사자 앞에 운신運身이 어렵고, 사자는 코끼리의 눈치만 살핀다. 그렇다면 코끼리가 백수百獸의 제왕이라는 말인가. 생쥐는 코끼리를 두려워하지 않는다. 오히려 코끼리가 제일 경계하는 동물이 생쥐라는 데야, 깨를 볶는 재미다. 코끼리를 무등 타고 희롱하는 생쥐, 오묘한 자연의 질서에 감탄이 절로 난다.

개구리가 뱀을 먹는다고 난리가 났다. 개가 호랑이를 문 것만큼이나 놀라운 일이다, 그 크기가 한 자쯤 된다는 황소개구리다. 소처럼 운대서 붙여진 이름인데 이전에 못 보던 괴물이 분명하다. 뱀은 물론이요 개구리가 개구리를 먹고 그도 모자라 붕어, 메기, 미꾸라지, 닥치는 대로 씨를 말리고 있다는 것이다. 이대로 가다가는 생태계가 파괴되어 예기치 못한 일들이 일어날 것은, 명약관화明若觀火 아니겠는가.

환경단체들이 나서서 그 괴물과 한판 승부를 벌이고 있다. 예사로운 일이 아니다. 이심전심으로 터져 나오는 말세의 징조가 이렇게 나타나고 있는지도 모른다. 황소만한 돼지, 코끼리만한 황소를 만든다는 유전공학은, 사람까지 복제하기에 이르렀다. 사람의 교만이 어디까지 갈 것인가. 소 같은 돼지, 코끼리만한 황소, 생각만 해도 소름이 끼친다.

별 없는 밤, 쳐다볼 하늘마저 잃어버린 민초民草는, 답답한 가슴앓이에 밭은 기침만 콜록이고 있다. 아이들이 아이들 같지 않다, 개탄하는 소리가 높다. 학원폭력은 공권력이 동원될 정도로 뿌리가 깊다. 바캉스 비용을 마련하기 위해 술시중을 드는 여학생, 명함까지 돌리며 여학생을 유흥가에 알선하는 남학생, 입에 담기조차 민망스러운 해괴한 비디오 촬영, 어른들도 상상하기 어려운 일들을 서슴지 않는다.

어찌해야 되는가, 어쩌다 이 사회가 이 지경이 되었는가. 때리고 가둔다고 될 일이 아니다. 법이 발달할수록 범죄가 기승을 부리는 게 오늘의 현실이 아니던가. 밤하늘의 별, 뛰다 못해 달려도 살기 어려운 각박한 세상에 무슨 잠꼬대냐고 항변할는지도 모른다. 문제는 여기에 있는 것이 아닐까. 어머니 젖가슴 같은 자연의 정서를 하찮게 여기는 그 잘난 문명인들의 자업자득이라는 생각이 지워지지 않는다.

덥다. 오존주의보가 지방도시까지 내려졌다는 뉴스에 현기증이 도진다. 임진강 물고기가 떼죽음으로 항변을 하고, 뱀을 먹는 개구리가 왕방울 눈을 부라리고 있다. 우리는 지금 어디로 가고 있는가. 유토피안이 아니면 멸망의 나락인가.

윗마당에 돗자리 깔고 밤이 깊도록 별을 헨다, 오매와 둘이 살던 오두막 정경이 언뜻언뜻 명멸한다. 별 하나 나 하나 별 둘 나 둘.

오늘은 어제와 달리 내 나이만큼 셀 수 있어서 흐뭇한 마음이다. 별 하나에 추억과 별 하나에 시와 별 하나에 어머니. 어머니….

잊지 못할 고향

▌홍덕기 洪德基
전북 임실 – 시인·사진작가

나의 고향은 전북 임실군 지사면 계산리 안터安基마을이다. 마을 뒤 편에는 나지막한 야산이 북풍을 막아주고, 앞에는 신작로가 있으며 개 양들과 냇물이 있다. 냇물 건너편에는 뽕나무밭이 있었다. 냇물은 장 수 팔공산에서 흘러내린 오수천으로 섬진강 상류다.

신작로는 오수에서 지사면을 거처 장수 비행기재를 넘어가는 13번 국도다. 버스나 트럭이 지나가면 코가 맵도록 흙먼지가 자욱한 자갈길 이었다. 오수 장날(5일, 10일)에는 지사면과 장수군 산서면에 거주하는 사람들이 곡식이나 계란 꾸러미를 들고 장에 가느라 하얀 줄을 이었다.

돌아올 때는 가지고 간 농산물을 팔아서 일용품이나 생선 등 반찬거 리를 사서 집으로 가는 길이 바빴다. 교통의 발달로 요즘에는 볼 수 없는 정경이었다.

냇물은 자갈이 없는 모래밭이었다. 여름에 비가 오지 않으면 물이 잦아져 둑을 따라 좁게 흐르고, 물이 없는 곳은 하얀 모래밭이었다. 냇물이 휘어 들어온 부분에는 둑 유실 방지용으로 오리나무가 심겨 있 었다. 물에 잠긴 오리나무 뿌리 사이나 풀숲에는 피라미 붕어 메기 장 어 등 물고기가 살고 있었다. 물총새는 오리나무를 옮겨 다니며 물고 기를 노렸다.

냇물이 얕아지면 운동장이 되어 우리들의 놀이터가 되었다. 모래밭에 서 공을 차기도 하고 달리기도 하며 자랐다. 발바닥이 따끈따끈하도록 햇볕에 달구어진 모래밭에 개미귀신의 집이 있었는데 신기하여 파 보기도 했다. 개미귀신은 절구 모양의 구멍을 파고 밑에 숨어 있다가 개미나 벌레가 미끄러져 들어오면 잡아먹곤 했다. 개미귀신이나, 수풀 사이에 그물 같은 끈적끈적한 줄을 쳐놓고 나비 등 날아다니는 벌레가 걸리기를 기다리는 거미나 곤충들의 다양한 생존방식에 경외감이 든다.

물에 들어가 피라미를 잡으러 쫓아다니기도 했다. 맨손으로 잡기가 쉽지 않았다. 피라미 떼 속에는 가리라고 불리는 붉은색의 얼룩덜룩한 게 피라미 사이에 한 마리 끼어 있었다. 그것을 잡기 위하여 집중적으로 쫓아가면 무리에서 분리되고 지치면 달아나는 속도가 느려지며 숨을 곳을 찾는다. 피라미 붕어 등 물고기를 잡으면 강아지풀 꿰미에 꿰어서 들고 와 배를 따고 고추장 양념에 찍어 먹으면 그 맛이 일품이었다. 그 당시에는 디스토마라는 말도 없었고 마음 놓고 먹을 수 있는 청정지역이었다.

마을 오른쪽으로 뻗은 야산이 냇물에 맞닿은 마지막 부분에는 일제강점기에 송진을 채취하기 위하여 칼질한 상흔이 있는 커다란 소나무들의 동산이 있었다. 소나무 동산에서 바라보면 푸른 벼가 물결치는 개양들과 휘어져 들어온 냇물 건너편 파란 뽕나무밭은 아름다운 한 폭의 풍경화였다. 냇물이 흘러가는 서남쪽은 전라선 오수 철교가 보였다.

소나무 동산에는 무덤이 있었는데 주위가 넓어서 우리들의 놀이터가 되었다. 자치기도 하고 그늘에 쉬기도 하며 땀이 나면 냇물에 내려가서 미역을 감기도 했다. 냇물에 은비늘이 깔린 듯 눈부시게 빛나는 달 밝은 밤에는 남자들은 오리나무 그늘에서 목욕을 하고 여자들은 아래쪽 바위가 있는 빨래터에서 목욕하며 하루의 피로를 풀었다.

여름 장마철에 비가 많이 오면 냇물이 범람하여 개양들과 뽕나무밭을 덮어 벙벙한 물바다를 이루었다. 황토물이 유유히 흘러가고 오리나무만 섬같이 보였다. 황톳물에 잡풀이나 나무토막 등이 떠내려가는 모습에 겁이 나기도 하고 장엄하기도 했다. 자연의 힘이 얼마나 강하고 무서운지 깨닫게 되고 인간의 왜소함을 느끼게 되었다.

무더운 여름밤, 소나무 동산에 모여서 이야기하며 더위를 식혔다. 친구들과 나란히 누워서 하늘을 바라보며 별자리를 찾아보면 금방 쏟아질 것 같은 무수한 별들이 초롱초롱한 아이 눈같이 빛났다. 은하수에서 별똥별이 흰 줄을 그으며 떨어지면 '별똥별이다'하고 외치기도 하며 별나라를 상상하기도 했다.

초여름 뜸부기가 논두렁에서 울고 백로가 어슬렁거리는 논에 모내기한 후 한 달쯤 되어 벼 뿌리가 제자리를 잡으면 호미로 벼포기 사이흙을 뒤집어주는 김을 매고 이십 여일 후에 두 번째 풀을 뽑아주는 김을 매게 되는데 이 무렵 안터 바위 거리 현계 독적골 서원뜸 등 계산리 80여호 전체 두레가 난다.

두레가 나면 계산리 중앙 높은 언덕에 정자나무 두 그루가 있었는데 중간에 큰 대나무 기둥에 농자천하지대본(農者天下之大本) 기를 달아세우고 나팔을 뚜우~ 하고 불었다. 나팔은 길어서 아무나 불지 못하고 장정이 불면 소리가 멀리 마을까지 들렸다. 집집마다 한 사람씩 나와서 한 줄로 서서 농부가를 부르며 김을 매고 농악대는 꽹과리, 장구, 북과 징을 치며 흥을 돋운다. 보릿고개로 어려운 시기에도 공동체를 이루어 모두 즐겁게 김을 매고 마을의 화합을 다지는 아름다운 풍습이었는데 지금은 사라져 아쉽다.

농악대는 김매기가 끝나면 집집마다 다니며 지신밟기를 했다. 농악대가 마당을 돌면서 사물놀이를 하면 구경하는 사람들도 신명 나게 어깨춤을 추며 함께 어울렸다. 집주인이 술과 안주 등 먹을거리를 내놓으면 동네잔치가 벌어졌다.

여름이 한창 무르익으면 삼(대마) 삶는 작업이 시작된다. 드럼통을 쪼개 용접하여 만든 커다란 가마를 신작로 옆 밭에 걸어 삼굿을 만든다. 삼나무는 지게에 지고 오거나 이웃 마을에서도 소달구지에 싣고 왔다. 가마에 수십 다발을 눕혀 쟁여 놓고 찐다. 가마에서 김이 모락모락 나오고 삼이 익으면 동네 사람들이 한 다발씩 끌고 그늘에 가서 겨릅 대를 벗긴다. 벗긴 삼은 주인에게 주고 겨릅대는 벗긴 사람이 가지고 가서 텃밭 울타리 등에 사용한다. 그 당시에는 삼이 대마초 마약인 줄도 몰랐고 규제도 하지 않아 집집마다 심어서 삼베길쌈을 했다.

어느 날에는 친구들과 신발주머니를 들고 뒷동네 산골짜기로 가재를 잡으러 갔다. 맑은 물이 흐르고 이름 모를 새들이 노래하는 계곡에서 물에 잠긴 돌을 뒤집으면 가재가 놀라서 튀어나온다. 가재를 잡으면서 올라가다가 물이 없는 곳에서 되돌아왔다. 올라갈 때는 계곡을 따라 쉽게 내려올 줄 알았는데 막상 내려올 때는 계곡이 두 갈래로 나누어진 곳에서 헷갈려 당황하기도 했다.

불볕더위가 기승을 부린 날 강렬한 햇볕을 피해 신작로 포플러 가로수 그늘에서 더위를 식히기도 했다. 포플러에서 매미가 귀가 따갑도록 큰 소리로 울어댈 때 위를 쳐다보면 높은 가지에 붙어 있는 말매미가 보였다. 포플러는 어른 키보다 높은 기둥 위에서 가지가 뻗었기 때문에 밑기둥을 안고 올라가 살며시 매미를 잡기도 했다.

밖에서 놀다 집에 들어와 배가 출출하면 마당의 텃밭에서 가지나 오이를 따 먹기도 하고 삶아 놓은 감자로 허기를 달래기도 했다.

벼가 노랗게 익어갈 무렵, 한 달간은 논에 새를 보러 갔다. 나락에 뜨물이 들 때 참새 떼가 잠깐 앉아서 빨아먹어도 농사를 망치게 된다. 논을 지키고 있다가 새 떼가 오면 논두렁을 뛰어다니면서 쫓아야 했다. 좁은 논두렁에 콩을 심어 놓아서 뛰어다니기도 쉽지 않았다. 새 떼가 날아오면 '워~이' 하고 외치는 소리, 깡통 두드리는 소리, 뙈기 치는 소리로 온 들녘이 요란했다. 참새들이 낮에는 들녘에서 살고 날이 저물어 서쪽 하늘에 노을이 물들면 마을 뒤 대밭으로 몰려들어 대나무가 휘어질 정도로 많이 앉아서 잠을 잤다.

6·25전쟁 후 친구들이 많이 모인 날에는 두 편으로 나누어 계급장 놀이를 했다. 계급장을 가지고 상대편을 만나면 계급장을 서로 보여주고 계급이 높은 사람이 낮은 사람의 계급장을 따먹게 된다, 제일 높은 별 4개 대장은 모두에게 이기지만 제일 낮은 일등병에게는 지게 되어 있다. 일등병이 살아있으면 누가 일등병인 줄 모르니까 별 네 개 대장

도 조심해야 한다. 일등병도 모두에게 지지만 대장을 이길 수 있으니까 누가 대장인가를 눈치껏 살펴야 한다. 계급이 높은 사람이 낮아 보이는 사람을 쫓아가고 낮은 사람은 도망가게 된다. 계급장을 모두 따먹은 팀이 이기게 되었다. 그 외에도 탄피 치기 구슬치기 딱지치기 땅따먹기 등 잊을 수 없는 추억거리가 많았다.

내가 자란 안터 마을은 지금도 크게 변한 것은 없다. 신작로가 포장되었고 그 맑았던 냇물은 상류에 커다란 농업용 저수지를 만들어 잡초만 우거진 개울이 되었다. 구불구불했던 논두렁은 경지정리로 곧게 뻗었고 농촌인구 감소로 인한 인력 부족을 이앙기나 콤바인 등 농기계가 대신하고 있다.

스물네 살 직장을 얻어 객지로 나갈 때까지 따뜻한 정이 넘쳐나는 시골에서 냇물과 산으로 들로 뛰어다니며 꿈을 키웠다. 몸에 밴 정직하고 순박한 농촌의 정서는 고향을 떠나온 후 새로운 삶의 바탕이 되지 않았을까. 잊지 못할 고향. 고향 생각을 하면 그림같이 선명하게 떠오르는 아름다웠던 정경이 그립고, 어깨동무하며 놀던 친구들이 보고 싶어진다.

여름날의 초상
- 유년시절 -

▌황동기 黃東棋

전북 김제 - 시인

70년 가까이 아득히 흘러간 옛날이야기가 전설처럼 아스라한 추억들로 눈시울도 뜨겁게 떠오른다. 노령산맥 끝자락 드넓은 호남평야의 언저리에 자리 잡은 고향 마을 김제군 황산면 덕조동. 뒷동산에 오르면 흙냄새 훈훈하게 풍기는 지평선 넘어, 멀리 서해바다가 푸른 하늘을 포옹하고 들녘 굽이굽이 출렁이는 동진강이 발아래 보이는 아름다운 고을이었다.

여름이면 앞 뒷산 푸른 소나무, 상수리, 도토리나무, 온갖 초목 우거지고, 그 사이사이 주렁주렁 매달린 산딸기, 머루 열매도 풍성했다. 논두렁 밭이랑엔 짝지은 개구리들 정겹고, 창공을 쌍쌍이 나는 종달새 노랫소리 평화로운 마을이었다.

나는 이곳에서 나서 유년기와 소년의 초기를 보냈다. 우리 집은 농촌에서 부유한 편은 아니었다, 그러나 십여 군데에 산재해 있는 50여 마지기 논밭이 있었기에 홀로 되신 어머니는 이것으로 생활을 하고 우리 육형제를 공부시켰다. 시골 살림으로서는 큰 어려움 없이 유복한 셈이었다.

이 재산은 아버지께서 생전에 만들어 놓으신 것이었다. 아버지는 그 고을에서 유명한 한문학자였으며 내 나이 일곱 살 때 56세로 세상을 떠나셨다. 그동안 건강하게 지내셨는데 어느 날 아침 이웃에 산책 나가셨다가 갑자기 쓰러지셨다, 이웃 아저씨에게 업혀 온 후 불과 두서 너 시간 만에 임종하셨다. 70년 전의 옛날이라 가까이 병원도 없었으 니 병명도 모른다. 평상시 술을 좋아하셨다는 걸로 미루어 뇌일혈 정 도로 추정하고 있다.

나는 아버지와의 생애가 너무도 짧았다. 만으로는 다섯 살 정도의 나이었으니 죽음이란 무엇인지 실감을 하지 못하는 철부지 시절이었 다. 그러나 자라면서 뜻있게 한번 불러보지 못한 슬픔은 내 일평생 가 슴속에 젖어 있다. 지금 얼굴 모습도 분명치 않다. 그러나 그 어린 나 이었어도 몇 가지 기억에 생생이 남아 있는 것이 있다. 바로 윗 형과 둘이서 긴 담뱃대를 문 아버지 앞에 무릎을 끌고 앉아 하늘 천 따지 하고 천자문을 외우던 일. 입관을 하려고 염을 하던 사람이 하얀 솜뭉 치로 입과 귀를 막으며 저승길에 가다가 왜 말도 못하고 듣지도 못하 느냐고 묻거든 입도 귀도 다 막아서 그렇소 하고 대답하시라는 그 말 이 아직도 내 귀에 생생하다.

초상 중 마당에서 옆집 친구들과 팽이치기를 하고 놀기도 했다. 방 에서 식구들의 울음소리가 들리면 재빨리 달려가 상주들의 옆에 앉아 같이 눈물을 흘리며 슬프게 울었다. 성황당고개 마루 공동묘지 가는 길 바람에 날려 멀어진 상여꽃을 주워 귀에 걸고 상주용 지팡이로 잔 소나무 가지를 턱턱 치며 따라가던 기억들….

개구쟁이 시절 농촌의 여름철은 잊지 못할 추억들이 강변의 모래알 처럼 많이도 남아있다. 논밭은 용수시설 없이 한 해 동안 하늘만 바라 보는 천수답이다. 들 가운데 이곳저곳 농수를 위하여 십여 평씩 파 놓 은 연못에는 항시 맑은 물이 가득 차 있었다, 이는 개구쟁이들의 수영 장이었고, 집집마다 목욕시설 하나 없는지라 때로는 나이 구별 없이 뜨거운 여름 한철 즐길 수 있는 대자연의 목욕탕이었다.

늦여름자락 선선한 바람 불어와 벼 이삭들이 노란 옷으로 갈아입으 면 그 해의 농수는 필요 없게 되어 고기잡이철로 들어선다. 지난해 늦 가을부터 다음해 늦여름까지 물길 따라 오르내리며 자란 민물고기떼들. 수많은 연못과 방죽은 황금어장이고 어른 아이 할 것 없이 온 동리 사람들이 총동원된다. 뙤약볕이 내려 쬐이는 여름철 비지땀을 흘린 세월이 지나고 추수 전 일손이 좀 놓인 사이에 고기잡이는 농촌의 즐거운 연중행사의 하나였다.

고기를 잡는 데는 담겨 있는 물을 모두 품어내야 하니 함지 물자새 등이 몇 대씩 총동원된다. 넓은 방죽 같은 경우는 아마 이삼 일은 걸렸을 것이다. 탐스러운 잉어, 붕어, 메기, 가물치, 참게 등을 집집마다 소쿠리 가득가득 잡아다 때로는 며칠간씩 고추장, 된장에 새 시래기를 넣고 지진다. 온 동네에 풍기는 구수한 냄새는 옛 고향 농촌에서만 맛볼 수 있는 정겨운 이웃 간의 향취였으리.

더러는 노부부만이 사는 집이나, 사정이 있어 고기잡이에 참여하지 못한 가정에는 많이 잡은 사람들이 조금씩 모아서 나누어 주었다. 온 식구처럼 아름다운 미덕 속에 오순도순 살았던 것이다.

여름철 한 동안 참외서리는 시골 개구쟁이들의 유행된 관행이었다. 이것은 훈훈했던 옛 농촌의 인심 속에서만이 있을 수 있는 일이었다. 저녁을 먹고 나서 대여섯 명이 모정茅亭에 모인다. 동리 어른들의 옛 이야기에 매달려 있다가 자정이 지나 하루 동안 피로에 지친 어른들의 코고는 소리를 신호로 해서 행동개시에 들어간다. 더러는 자기 동리 참외밭에 가기도 하지만 거의 옆 동리가 목표다. 삼베 잠방이에 맨발로 논도랑, 밭이랑을 이삼십 분 지나 참외밭 가까이 가면 원두막 주인이 잠이 들었는지를 확인한다. 아직도 기침소리 들리고 담배 불빛이 꺼지지 않았으면 잠들 때까지 기다려야 한다.

밤 도둑떼들, 밭이랑에 웅크리거나 엎드려 있으면 새벽 한기가 엄습한다. 삼베옷에 한기가 스며들어 여름철이래도 온몸이 쪼그라든다. 도둑떼들이라도 의리와 규칙은 있다. 잘 익은 참외만 골라서 따되 새순이나 넝쿨은 상하지 않도록 한다는 것이다. 그러나 더러는 작전 중에 주인의 기침소리가 들리면 행여나 들킬까봐 번개 불에 콩 구워 먹듯 행동하니 이 규칙을 지켜내기 만무했다.

지금도 더러 고향을 찾을 때가 있다. 문명에 밀려 달라져 가는 아쉬운 옛 정경! 논도랑 물길 따라 오르내리던 민물고기떼들은 금비金肥에 사라지고 보이지 않는다. 동산에 앉아 마을 하늘 바라보면 이미 저 세상으로 떠나버린 참외서리 옛 친구들의 모습이 아른거린다. 여름철 뙤약볕 황토길, 달구지 따라 맨발로 걸었지만, 지금 고급 아파트에 자가용 몰고 다녀도 눈만 뜨면 어수선한 이 세상…. 추억은 아름답다 했던가. 그럴 수야 없지만, 차라리 평화롭고 인정어린 그 시절로 되돌아가고 싶은 마음 간절하다.

상수리나무 숲 속의 '초딩 연애담'

▌황종택 黃鍾澤

전북 임실 – 세계일보 논설위원

세월이 흐를수록 추억은 아름답게 채색된다. 웃음과 눈물이 범벅돼 있는 삶의 족적이 묻어나기에 그런가보다. 내 고향엔 풍광이 빼어나 근래 휴양림으로 각광받고 있는 성수산이 있다. 그 산자락을 끼고 맑은 물빛을 입안에 청포도처럼 머금고 있는 개울이 하나 있다.

지난해 여름이다. 그 개울가 상수리나무 사이에 친 여러 채의 천막 아래서 초등학교 동창회 뒤풀이가 있었다. 푸짐한 음식에 막걸리며 복분자, 뽕주 등 술 종류도 많았다. 다들 얼근해졌다. 자연 오고가는 말의 톤도 높아져갔다. 소나무 숲에서 한여름 시원스레 울어대는 매미소리마저 와자지껄한 대화에 묻혀 작게 들릴 정도였다.

고향의 민선 군수와 군·도의원에서부터 중앙 정계 평가 등 정치 이야기에선 패가 갈린다. 한 다혈질 친구는 곧 상을 뒤엎을 것 같은 위압적인 몸짓과 고성을 지르기도 한다. 여럿이 모인데서 정치와 종교 이야기는 해답이 없으니 되도록 화제에 올리지 말라는 '격언'이 있더니, 시골 동창회에서도 예외가 아니었다. 그런데 잇대 놓은 옆 평상에서는 너스레가 넘쳐나는 객적은 대화가 친구들의 시선을 하나로 모으고 있었다. 이른바 '초딩 연애담'이다. 그것도 시리즈로.

"그때, 나 좋아한다고 말하지 그랬어."

"좋아, 내가 고백하면 지금 함께 살고 있으면 어떨까?"

어릴 때부터 활달했던 아줌마 여자 동창생 순이가 남자 동창 철호를 향해 '좋아한다고 왜 일찍 고백하지 않았느냐'고 다그치듯 말한 것이다. 그러자 소주 몇 잔에 온몸이 벌개진 한 남자 동창생 녀석 한다는 소리가 걸작이다.

"보나마나 뻔하지. 야, 철호야. 너 고백 안 하길 잘했다. 쟤 순이 성격에 넌 완전히 마님 모시는 상머슴 신세밖에 더 됐겠냐?"

그런데 입심 좋은 순이는 단 한 마디로써 분위기 반전을 시도했다. 결과는 성공이다.

"그래도 오늘 철호가 맨 먼저 나하고 악수한 걸 보면 옛 짝사랑을 아직도 품고 있다는 증거 아니겠냐?"

그 말이 떨어지자마자 친구들은 "정말! 철호 너 그랬어?"라며 기정사실화하려는 듯 농 섞인 질문을 이구동성으로 던졌다. 철호 대답도 "응, 맞아."였다.

다들 "일 났다. 일 났어."라며 박장대소했다. 그렇게 가식 없는 농담과 걸쭉한 입담들로 웃음이 연신 이어졌다. 그때다. 이번엔 누군가가 "30. 40년 맘에만 품고 아직도 고백 못한 동창들 더 이상 없나…."라고 말했다.

즉답이 나왔다. "왜 없긴, 비련의 주인공이 있잖아."라고 한 친구가 외치듯 큰 목소리로 말했다. 동창들의 시선은 한 곳으로 쏠렸다. 단아하고 지적인 모습의 중년 여성인 여자 동창생 J에게로. 그러니까 고교 1학년 여름방학 때였다. 초등학교 졸업 후 처음 만나는 동창회가 이곳 성수산 초입 냇가에서 열렸다. 한여름 뙤약볕이 내려쬐는 냇가에서의 동창회는 참기 힘들었다. 마침 개울 건너편 언덕 위에는 팔각형 재각이 있었다.

당시 동창회장인 내 제안으로 50여 명의 남녀 동창생들은 무릎 정도 되는 얕은 냇물을 건너 그 재각으로 모였다. 언덕 위 느티나무와 재각 지붕은 시원한 그늘을 예비하고 있었다. 친구들은 살판난 듯 좋아했다.

고교생 신분이지만 남자 동창생들은 어른들 못지않은 주량을 과시했다. 가져온 대두 한 말들이 막걸리 통은 금세 동이 났다. 거기에다 대병 소주까지. 콜라와 사이다도 있었지만 여학생들에게 조금 인기가 있을 뿐이었다. 재각 문짝이 떨어질 정도로 짓궂게들 놀았다.

그런데 이게 어인 일인가. 오후 3시쯤 소나기가 세차게 내렸다. 두어 시간 쏟아졌을까. 개울물이 금세 황톳물로 변하더니 콸콸 소리까지 내는 게 아닌가. 개울가 자갈밭도 물에 잠겼다. 집으로 돌아가야 하는데 개울물을 건널 수 없었다.

재각에서 우리가 처음 모였던 건너편 마을 입구로 가려면 시오리 길을 돌아가야 했다. 할 수 없었다. 모두들 젊은 혈기에 삼삼오오 손에 손을 잡고 냇물, 아니 강물 건너기에 나섰다. 먼저 건너간 남자동창 몇 놈은 뒤늦게 건너오는 친구들을 바라보면서 자기들끼리 낄낄대며 웃곤 했다. 그때였다. "어어, 어어!"하는 다급한 소리가 들렸다. 평소 세라복 교복이 잘 어울리는 여고생 동창 J가 센 물살을 못 이겨 그만 손을 놓쳐 떠내려가는 게 아닌가. 그 순간. 하류로 밀려 내려가는 J를 향해 쏜살같이 헤엄쳐간 한 남자 동창이 있었다. R이었다. 그는 구출에 성공했다. 그 뒤 소문이 퍼졌다. '둘이 사귀고 있다.'는 등.

세월이 흘렀다. 다들 학교 졸업과 결혼을 하고 사회생활로 바삐 지냈다. 그런데 꼭 10년 전이다. R이 세상을 떠났다. '황톳물 구출 사건' 이후 30년쯤 돼서다. 폭음이 부른 병사다. 그런데 R의 잊혀진 여인 J가 지난여름 동창회에 나타난 것이다. 서울 부잣집에 시집갔으면서도 잠적하다시피 살고 있던 J가 어떤 영문인지 친하게 지냈던 여자동창과 연락이 돼 참석했다고 한다. 모두 그녀가 물에 떠내려가는 자신을 건져 준 '생명의 은인'인 R의 사망소식을 알고 있는지 궁금해 했다. 하지만 R의 죽음을 먼저 꺼내려는 동창은 없었다.

내가 조심스럽게 운을 뗐다. "세상 뜬 거 알고 있지? R 말이야."

"……"

잠시 침묵이 흘렀다. 더운 날씨 탓도 있지만 더욱 땀이 샘솟는다. '괜히 말을 꺼냈나'라는 후회도 됐다. 그런 뉘우침도 잠시, J가 의외로 반응했다. "응, 알아. 믿기지 않아."

동창들은 그녀의 입을 응시했다. '그럼 어떻게 할건데'라고 묻듯. J는 담담한 표정으로 말을 이어갔다. "오늘 동창회에 오기 전 어제 R의 산소에 가보았어. 여기 인애와 함께."

말인즉 이러했다. 여고 1학년 때 자신을 물속에서 구해준 '생명의 은인과 2년여 간 풋풋한 사랑을 가꿨으나 자신이 서울로 대학진학을 하면서 시들해졌다고 한다. J는 눈에서 멀어지면 마음도 멀어진다.'는 옛말이 맞다고 증명하듯, 다소 덤덤하게 그렇게 말을 끝냈다.

한데 R의 속사정은 좀 더 복잡했다는 게 고향에서 그를 가깝게 지켜 본 친구들의 증언이다. J가 서울생활에 적응하면서 새로운 세계를 꿈꾸었을 때 생활형편과 학력 등 처지가 거기에 미치지 못하는 R은 10년 방황을 했다고 한다. 나이 들어 결혼은 했지만 여의치 않았다. 결혼 몇 년 만에 아내가 떠나고 홀로 지내다 급기야 오랜 투병 생활을 해야 했다. 삶을 정리할 무렵 R은 "J가 보고 싶다."는 말을 남기고 이 세상을 떠났다고 한다.

맺지 못한 순애보다. 저간의 사정을 얼추 알고 있는 동창생들이기에 J가 R의 묘소에 다녀왔다는 그 말 한마디의 상징성에 다들 이해한다는 표시로 고개를 끄덕였다. 숙연한 표정으로.

무거운 침묵도 잠시, 동창회는 다시 떠들썩한 본래의 풍경으로 돌아갔다. 초등학교 동창회는 편한 마음으로 서로 다양한 이야기를 할 수 있기 때문에 좋다. 언제 만나도 단박에 야자가 트고, 어릴 적 추억에 젖어들며 허물이 없다. 그러나 속까지 터놓기는 어렵다. 잘 살아왔겠거니, 반가운 마음으로 먹고 마시고 놀기에 바쁘다. 그렇게 동창회 뒤풀이는 무르익어 갔다.

여름날 야외 동창회가 열린 개울가 가장자리엔 미루나무가 듬성듬성 큰 키를 뽐내고 서 있고, 그 옆엔 고목나무도 있다. 개울 상류엔 물레 방아도 서 있는 그런 개울가다. 애잔한 시골 마을 풍경이다. 유년과 청소년 시절의 아롱진 꿈이 김처럼 듬뿍 서린 그곳, 고향에 가고 싶다. 가서, 초로初老의 동창생들과 밤새워 흘러가는 세상 이야기를 나누고 싶다.

그리스의 작가 카잔차키스는 "뜻 모를 심연에서 태어나 뜻 모를 심연으로 사라져 가는 우리들, 그 사이의 빛나는 시간이 인생"이라고 말했다. 그렇다. 세월은 가도 옛날은 남는다고 했다. 함께 했던, 그 순애의 추억과 우정은 영원하리라.

V. 고향 언덕에 묻어둔 추억

부르는 소리

▌신중숙 申重淑
경북 안동 – 시인

고향이라는 말만 들어도 가슴이 설렌다. 해질녘 신작로에서 부르시는 어머니의 목소리가 들리는 것만 같다. 낯익은 풍경들이 눈앞에 펼쳐지면 나도 모르게 먼 하늘을 바라보곤 했었다.

내 고향은 경북 안동이다. 중앙선을 타고 원주, 제천을 지나고 영주 지나면 조그만 도시가 나온다. 사람들이 말하기 좋아하는 양반의 도시, 선비의 고장이다. 내 고향 안동은 좀 고풍스런 냄새가 난다.

해묵은 간장같이 곰삭은 동네는 유서 깊은 고장이기도 하다. 우선 부모를 향한 효심과 동기간의 우애, 그리고 화목을 다짐하는 부모님의 말씀이 뇌리에서 사라지지 않는다.

우리 집 뜰은 아버지가 좋아하시는 화초와 과실수가 정원에 빽빽하게 가득 차 있었다. 장미꽃을 접목하여 희귀종을 탄생시켜서 중앙엔 온갖 색색의 장미꽃이 만발하여 한 여름을 장식했는가 하면, 가장자리엔 감나무, 자두나무, 배나무, 사과나무, 앵두나무 등 온갖 유실수로 우리 집 풍경을 돕고 있었다.

길게 뻗은 담장엔 넝쿨 장미가 넝쿨을 만들어 온 울타리를 수 놓았다. 특히 오두막 지붕처럼 반원으로 둥글게 가지를 친 포도나무에는 한여름 포도 알이 탱글탱글하게 영글었다. 포도나무 아래 평상에 앉아 저녁밥을 먹기도 하고 밤하늘별들 속에 빠져들기도 했다.

한여름 밤에는 촛불을 켜서 저녁밥을 먹었다. 수돗물이 나오지 않는

날엔 펌프 물을 올려 넓은 정원에 물을 뿌리는 일은 성가시기도 하지만 때로는 무척 신나는 일 중의 하나였다.

어머니께서 힘을 다해 물을 올리면 나와 동생은 양동이에 물을 받아온 정원에 뿌리곤 했다. 차츰 힘은 빠지지만 촉촉이 젖게 되는 정원을 보면 그지없이 기쁘고 흐뭇했다. 물을 머금은 화초들은 석양과 함께 빛나고 잎사귀들은 춤을 추는 듯 한들거렸다. 펌프 우물이 없는 이웃집에서는 곧잘 우리 집으로 물을 받으러 오곤 했다.

어느 날 우리 동네 잘생긴 소년이 양동이를 들고 형들과 함께 물을 받으러 왔다. 또래 애들보다 큰 키에 늘 수줍음을 잘 타는 아이는 내 방 앞을 지나며 "누나 뭐해?" 하며 반갑게 인사를 했다. 나는 그 애가 무척 귀여워 가끔 길거리에서 만나면 머리를 쓰다듬어 주면서 내가 지니고 있던 과자를 주머니에 넣어주곤 했다.

가끔 그 애가 궁금해지고 생각나는 건 고향 집을 생각하면 늘 연상되기 때문일 게다. 다시 가고픈 나의 집. 그곳에 가게 되면 그 소년은 "누나 뭐해?" 하고 옛날처럼 그렇게 나를 반가워할까. 터무니없는 생각이다. 그녀가 망부석처럼 그곳에 못 박혀있을 리 만무하다.

힘들 때마다 올려보는 하늘엔 늘 어머니의 목소리가 울려온다. 초등학교 때 배가 아파 조퇴하고 귀가한 나에게 어머니께선 근심어린 표정으로 내 책가방을 받으셨다. 아버지께서 약을 지어오시고 어머니께서 내 배를 쓰다듬으며 "이 약 먹고 한숨 푹 자면 나을 거야. 엄마 손은 약손이니 안심하고 자거라" 하셨다.

"자장자장 우리 딸애. 자장자장 우리 딸애. 앞집 개야 짖지 마라. 뒷집 닭아 울지 마라. 나랏님껜 충성동이. 부모님껜 효지동이. 동기간엔 우애동이. 자장자장 자장자장 우리 딸애 자장자장 우리 딸애 잘도 잔다 자장자장 자장자장……"

어머니의 목소리를 들으며 나도 모르게 잠이 들었다. 한참을 자다 깨면 어머니는 그때까지도 내 배를 쓰다듬며 자장가를 부르고 계셨다. 꿈속 같은 고향. 어머니의 자장가 소리가 지금도 들리는 것만 같다. 언제나 다정하게 스며드는 어머니의 목소리에 뜨거워지는 눈앞이 흐려진다.

잊을 수 없는 사연들

▌오남희 吳南姬

전북 임실 – 시인

삼백여 가구가 모여 사는 고향은 언제나 푸근하고 인심이 좋았다. 먼 곳에서 보면 잘 보이지 않을 정도로 소쿠리처럼 둘러싸인 아늑한 마을이었다. 앞 방천길 밑에는 유난스레 큰 우물이 있었는데 삼백여 가구가 다 먹고도 남을 물이 언제나 펑펑 솟아올랐다. 유서 깊은 마을이라 했다. 동네 이름도 큰 대大자 우물 정井자 해서 대정리大井里였다.

앞동산에는 두 아름드리나무가 동네의 위용을 자랑하고 있었다. 오씨, 이씨 두 성을 가진 사람들이 살고 있었다. 우리 집은 동네 어구에 있었고 마을이 남향이어서 앞 방천길은 달이 뜨고 질 때까지 적적하고 은은해서 뭔가 모를 주체할 수 없는 감정이 솟아나는 밤이 되기도 했다.

뭔가 끊임없는 사연을 안겨 주는 밝은 달밤이 되면 한 사람 두 사람 모여들기 시작하고 약속이나 한 것처럼 하얀 옥양목 한복 입은 남자들이 방천길을 가득 메운다. 끼리끼리 앉아 얘기도 나눈다. 밤이 이슥할 때까지 두런두런 소리가 나다가도 어느새 싸움으로 변질되기도 한다. 하긴 이런 양념 같은 싸움도 없으면 일상이 지루할지도 모른다. 그러다가 서로 화해하고 다음날은 언제 그랬냐는 듯 평온한 일상으로 돌아오는 그날이 그날인 시골의 정겨운 마을 사람들이다.

오씨 중에서도 우리 집안 여섯 가구는 비교적 잘사는 편에 속했다. 남자들은 거의 탄탄한 직장 생활들을 하고 있었다. 농사를 직접 짓는 분은 거의 없었다. 우리 아버지도 초등학교 교사생활을 하시다가 교장으로 퇴임을 하셨다. 아마 우리 집이 동네 거의 중심이 아니었나 싶다. 사랑방에서는 외지에서 온 손님들로, 영감님들 시조가락이 자주 울렸고 머슴방에서는 저녁마다 유행가 합창이 올려 나왔다. 종가 집 장손의 장녀로 태어난 나는 비교적 집안에서도 동네에서도 사랑을 많이 받고 자랐다.

유교 가정인 우리 집안의 아들은 공부를 해야 되고 딸들은 살림을 배워야 했다. 논도 많았고 밭도 많았지만 나는 호미를 한 번도 잡아 본 적이 없다. 다 큰 처녀가 밭에 나와서 그런 일을 하는 게 아니었다. 그런 일들은 이웃들의 몫이었다. 아버지도 장손이라 거의 외지로 나가시지 못했다.

작은집 삼촌들과 친척집 오빠들과 어쩌다 한 방에 조심스레 모일 때가 있다. 그러면 어떻게 아셨는지 작은집 호랑이 할아버지가 오셔서 긴대나무로 방안을 인정사정없이 휘저으셨다. 남녀칠세부동석인데 다 큰 말만한 것들이 한 방에서 노닥거린다고. 우리는 잘못도 없이 도망가는 게 상책이었다. 타성 처녀래도 머리를 따지 않고 묶고 다니면 사정없이 머리를 잡아채고 무안을 주시던 할아버지, 동네 호랑이 할아버지로 불리시던 작은집 할아버지는 3·1운동 때는 만세를 부르시다 잡혀 가셔서 모진 고문을 받으셨다 한다. 살아계시는 동안에는 삼월이 오면 해마다 푸짐한 선물이 나오곤 했던 기억이 난다.

15명이 넘은 대가족, 증조모님과 우리까지 4대 어린 사촌들, 시집간 고모네 아이들이 늘 살다시피 했고, 일할 줄 모르는 어머니는 그래도 대가족을 건사하시느라 애를 제일 많이 쓰신 분이었다. 농사일을 하는 두 머슴과 집안일을 도와주는 언니, 오가는 장사치들, 걸인들, 가난한 이웃들, 두 할머님들은 그들을 절대 빈 입으로 보내지 않았다.

그 속에서 우리는 맛이 없는 게 없었다. 닭을 한 마리 잡으면 국물만 얻어먹는 것도 다행이었다. 제사 한번 지내려면 하루 종일 잔치를 벌인다. 떡을 명절처럼 해야 된다. 이렇게 부산스럽고 조용할 날이 없는 우리 집은 마치 많은 사람들이 드나드는 어떤 집합 장소 같았다. 식구끼리 오순도순 모여 단조롭게 사는 집이 너무도 부러웠다.

우리는 자랄 때 집안에 어른들이 하도 많으셔서 많은 제약을 받았다. 아무리 친삼촌이래도 단둘이 방에 있는 건 절대 불가였다. 소설을 좋아해서 밤샘을 하고 읽을 때가 많았는데 결혼을 할 때까지 『여원女苑』이라는 여성잡지를 구독했다. 시골에서 꾸준히 책을 볼 수 있었던 것은 서로 빌려보는 교환도 있었지만 아버지가 주일 단위로 책을 한 보따리씩 빌려다 주셨기 때문이다. 책 속에서, 또 자라면서, 엄격한 할아버지 할머니의 감시로 인해 남자에게 손목만 잡혀도 큰일 나는 것으로 생각하면서 자랐다. 그래도 우리는 몰래몰래 당숙 오빠들과 어울렸는데 장난끼 많은 당숙이 한 분 계셨다.

어느 날은 분장을 곱게 한 새색씨로 나타나기도 하고, 어느 날은 머리를 치렁치렁 하얗게 따고 나타나기도 하는가 하면, 또 어떤 날은 삐에르처럼 이상한 분장을 하고 나타나서 단장한 모양대로 행동을 하면 우리는 너무 우습고 재미있어서 발을 동동 구르기도 했다. "얘들아 모여."하면 우리는 온갖 기대를 하면서 모였다. 그때는 과일도 귀한 때인데 감이나 밤, 배를 싸가지고 오시기도 했다.

그 당숙은 우리에게는 아주 우상이었다. 세월은 알 수 없는 것인지 지금은 많이 연로하시다 한다. 지금도 가끔 연락을 주신다. 내 마음 속에는 아직도 그 시절이 남아 있는 것인가. 나이를 먹지 않고 자라지도 않은 철부지로 남아 있는 기분을 느낄 때가 있다.

보름달이 환희 밝은 날은 으레 앞동산에 모여서 술래잡기를 했다. 큰 소나무에 넓은 잔디로 되어있는 산이 우리들의 놀이터로는 그만이었다. 어느 날은 놀이에 한참 열중하고 있는데 누군가가 "아, 저기 귀신불이다. 공중에 꼬리 달고 떠가는 건 귀신불이래."하고 외쳤다. 너무나 놀란 나머지 겨우 집으로 왔던 생각이 난다. 귀신불을 보면 누군가가 죽는다고 했다.

어느 고샅(골목)엘 가면 가끔 도깨비가 나와서 사람을 홀려 밤새도록 끌고 다닌다고 했다. 어느 골목 감나무 밑에는 달걀귀신이 있어서 가다가 만나면 정신을 빼간다는 애기도 들었다. 무서움을 많이 탄 나는 낮에도 그 감나무 밑 고샅길을 갈려면 머리가 쭈뼛해지곤 했다. 또 어느 날은 참외 서리를 하자는 말에 꼬여 가기도 했고, 어느 날은 산 넘어 고구마서리를 갔는데 옆에 묘지가 너무 무서워서 벌벌 떨다가 왔던 기억도 있다.

먼 친척집 할아버지 댁에 복숭아 서리를 갔다가 들켜서 어떻게 집을 찾아 왔는지 그 때를 생각하면 지금도 가슴이 떨린다. 아무것도 모르면서 삼촌, 오빠들이 하자는 대로 같이 행동했던 그 때 그 시절, 세월이 가고 지금은 몇 분이나 살아 계시는지 가슴이 쌔하다. 그야말로 유수같이 흘러가버린 세월이 돌아올 리 없는 그 시간들이 너무도 그립다.

마당 대나무 평상에 누워 반짝이는 하늘의 수많은 별들을 바라보면서 백마 타는 왕자가 별빛을 타고 내려오길 꿈꿨다. 40, 50년 후에는 어떤 모습이 되어 있을까 점쳐 보기도 했다. 나는 남편의 사랑과 자식들의 극진한 사랑을 받은 노후의 평안한 모습을 상상하곤 했었다. 그런데 나는 지금 시인이란 소리를 들으면서 뜻 아니한 인생길 오후를 행복하게 보내게 되어 그이와 하나님께 감사한다.

운명이란 지워진 걸까, 만들어 가는 걸까, 개척해 가는 걸까, 개개인의 수많은 길목에서 웃고 울고 하면서 가는 인생이지만 나는 감사할 일이 너무나 많다는 생각이다. 증조할머니는 나에게 늘 말씀하셨다. 도회로 가든 시골서 살든 좋은 가정주부가 되어 남편 잘 받들고 잘살 거라고. 나는 어린 나이에도 우리 증조할머니 같은 사람이 되고 싶었다.

할머니와 다정한 모녀로 만났다면 나는 좀 더 똘똘한 사람으로 성장했을 것이다. 아드님이 되신 우리 할아버지와는 여섯 살 차이로 계모가 되어 오신 분이지만 할머니는 당당했고 그리고 우리 집 대장이셨다. 아니 온 동네 사람들이 예예 하면서 설설 기었다. 덕을 겸비한 인자한 할머니 모습은 보는 사람들로 하여금 저절로 고개가 숙여지게 하지 않았나 싶다.

논에서 새를 보는 데서부터 피를 뽑기까지 증조할머니는 열심히 일했다. 머슴들이 있었지만 덩어리로 되어 있는 열닷 마지기 논에서만은 증조할머니께서 손수 새를 보시고 피를 뽑으셨다. 거기에서 나온 소출로 가용으로도 쓰시고 인심도 쓰시고 하신 부지런하시고 영리하신 할머니셨다.

새참 갖다 드리고 넓은 강가에서 옷이 젖는 줄도 모르고 놀다가도 강가에 심은 많은 포플러나무·은사시나무가 바람에 사그락거리는 소리가 너무 좋아서 넋 놓고 바라보던 기억이 새롭다. 뭉게구름이 너무나 한가하게 북청색 하늘을 수놓던 기억도 생생하다, 할머니가 데리러 오실 때까지 기다리다가 야생 들꽃들이 언덕에서 자그마한 키로 바람에 살살 흔들리던 모습은 꼭 어린애 같다는 생각을 한 적도 있다. 증조할머니가 보고 싶다. 자식들 다 앞세우고 우리한테 온갖 정성을 다 쏟으셨어도 결국 아빠 엄마에게 돌아가기 마련이다.

개똥밭에 떨어진 감은 할머니 몸이라 하지 않은가. 나이가 들어 손자를 겪어보니 손자는 아무리 정을 주어도 내리사랑을 넘지 못한다. 외롭고 한이 많으셨을 할머니 생각은 언제나 가슴이 아프다. 조금만 철이 들었어도 할머니를 그렇게 외롭게 하지는 않았을 텐데, 부모는 세월을 기다려 주지 않는다는 말이 너무 실감난다. 지금은 없어져 버린 열닷 마지기 논과 할머니는 언제나 내 가슴속에 생생히 살아 있다. 다음 세상은 좋은 곳에 가서 행복하실 거라고 믿고 싶다.

어느새 인생 오후를 맞이하게 되고, 인생의 갈림길에서 나이만큼 세월도 내 것으로 받아 들여야만 할 때가 왔다. 지금 내 어린 시절 고향 대정리는 얼마나 번했을까. 달 밝은 밤이면 싸움이 벌어지던 앞 큰길은 지금 버스가 다닌다고 하니 상전벽해는 이를 두고 하는 말인가 싶다.

최초의 노숙露宿

┃ 옥효정 玉孝瀞

경북 대구 – 시인·전 신문기자

중년 남자들의 단골 화제는 군대 이야기라고 한다, 여자들 역시 출산이라는 공통화제가 있다. 그렇다면 중년 남녀 모두의 단골 이야기는 무엇일까. 고향에 대한 추억이 그 첫 손가락에 꼽히지 않을까 생각한다. 대다수의 사람들은 어린 시절을 한 곳에서 보내게 되고 그렇게 쌓인 나날들은 추억과 그리움이라는 이름으로 가슴 한 곳에 훈훈하게 살아있다.

하지만 어린 시절 대부분을 도시에서 자랐고 또 아버지의 사업으로 이사가 잦았던 내겐 고향에 대한 향수가 많지 않다. 나는 대구에서 태어나 열 살 때까지 그곳에서 자랐다. 어렴풋한 기억을 되살려보면 열 살 때까지 줄곧 대구에 살았던 것도 아니었다. 그래서 누군가가 고향을 물으면 대구라고 대답하지만 '태어나기만 했을 뿐 기억이 별로 없다.'라는 사족을 꼭 달게 된다.

그렇다면 나의 고향은 어디인가. 고향이라면 이 시골에 대한 추억이 있어야 할 것 같고 생각만으로도 마음이 설레거나 즐거운 곳이어야 할 것 같은데… 나에게도 이런 고향이 있다. 겨우 두 해를 산 곳이지만 나는 이곳을 무의식적으로 나의 고향으로 생각하고 있다, 이곳만 떠올리면 입가에 미소가 절로 지어지는 추억과 그리움이 방울방울 떠오른다.

초등학교 6학년 때 처음으로 시골로 이사를 갔다. 그곳은 '씨 없는 감'과 천년 고찰 '운문사'로 유명한 청도였다. 이곳에서 문화적 충격을 많이 받았다. 난생 처음 검정고무신을 보게 되었고 일명 책보라는 것도 알게 되었다. 아이들 몇몇은 운동화 대신 검정고무신을 신었으며 책을 보자기에 싸서 허리에 맨 모습으로 학교에 다녔다. 또 자갈이 많은 비포장도로와 한 시간에 한 대 다니는 버스, 마을에 하나 있는 구판장이라는 간판을 단 가게. 모든 게 낯설기만 했다.

시골에서는 이웃집의 숟가락이 몇 개며 젓가락이 몇 개인지 서로 다 안다고 했다. 그 만큼 친밀감이 두텁다. 반대로 얘기하면 외지에서 온 사람에 대한 경계가 심하다는 말도 된다. 당시만 해도 농사를 짓지 않고 시골에서 사는 것은 남의 말을 듣기 딱 쉬웠다. 이 때문인지 부모님은 고심 끝에 다시 대구로 가셨고 동생들과 나는 뜻하지 않게 부모님과 떨어져 살게 되었다.

주말 부부가 아니라 주말 가족이 된 셈이었다. 이때가 여름이었다. 시골의 여름은 도시의 여름과는 사뭇 달랐다. 대부분 농사일을 하는 친구의 부모님들은 논과 밭으로 일하러 나가셨고 아이들은 자연스레 같이 모여 놀았다. 이런 시골문화에 우리 삼남매는 빠르게 적응해 갔다.

감으로 유명한 곳답게 집집마다 감나무 한두 그루는 있었고 이맘때쯤이면 아기주먹만한 초록감이 바닥에 많이 떨어졌다. 아이들은 이것을 주워 항아리에 넣고 거기에 소금물을 넣어 삭혔다. 이렇게 며칠이 지나면 떫은맛은 감쪽같이 사라지고 맛있는 감으로 변해 있었다. 우리 삼남매도 마당에 떨어진 감을 주워 아이들이 하는 방식으로 감을 삭혔다. 하루에도 몇 차례 항아리 뚜껑을 열어보고 감을 먹어보곤 했다. 삭힌 감을 먹은 대가는 남동생이 톡톡히 치렀다.

심한 변비가 생겨 관장을 하기에 이르렀던 것이다. 한낮이면 너나 할 것 없이 모두 마을 앞 개울가로 모여 들었다. 아이들은 개헤엄을 치며 놀다가 물속에서 누가 오래 버티는지 시합도 벌였다. 개헤엄마저 할 줄 모르는 아이들은 미리 가져온 플라스틱 통 등을 튜브삼아 수영 연습을 했다. 수영을 할 줄 몰랐던 나도 항아리 모양의 플라스틱 통에 의지해 물놀이를 즐겼다. 그러다가 어느 날부터는 여느 아이들처럼 개헤엄이 가능해졌고 급기야 잠수시합에서 1등을 하기에 이르렀다.

한여름의 따가운 햇살이 어느 정도 누그러질 때쯤이면 아이들은 소를 몰고 뒷산 언덕으로 올라갔다. 소들이 풀을 뜯어 먹는 동안에도 아이들은 가만히 있지 않았다. 숨바꼭질을 하고 말 타기 놀이를 하고 술래잡기 놀이를 했다. 아이들은 마치 정해진 프로그램이 있는 것처럼 자연스럽게 놀이에서 놀이로 이어갔다. 나는 술래에게 잡히지 않으려고 언덕을 세차게 뛰어 내려가다가 밭에 쳐놓은 철조망 앞에서도 멈출 수가 없었다. 그 바람에 무릎은 철사에 사정없이 긁혀 피투성이가 되었고 그 때의 흉터는 지금까지 남아 있어 그 시절을 생생하게 증언해 주고 있다.

우리들의 놀이는 지칠 줄 몰랐다. 빈 세제통을 야구공 삼고 나무 막대를 야구방망이 삼아 야구를 하기도 하고 지푸라기를 뭉쳐 축구를 했다. 자치기라는 놀이도 생전 처음 해 보았는데 힘이 세지 않아도 요령만 있으면 할 수 있어서 나는 무엇보다 이 놀이를 좋아했다.

집집마다 저녁연기가 피어오르는 시간이면 아이들을 부르는 엄마들의 목소리가 하나둘 들려오기 시작했다. 아이들이 모두 집으로 돌아가면 우리 삼남매도 빈 집으로 돌아왔다. 나는 서둘러 밥을 지었고 우리들은 말 그대로 시장을 반찬삼아 저녁을 먹었다.

마을이 완전히 어둠에 잠기면 다시 활기가 돌았다. 더위와 농사일에 지친 어른들이 하나둘 마을 앞 정자나무 아래나 다리 위로 모여들기 시작하고 아이들도 그 뒤를 따랐다. 모깃불 연기가 하늘을 뒤덮은 가운데 어른들은 어른들끼리, 아이들은 아이들끼리 저마다의 이야기꽃을 피웠다. 남자아이 중에 노래를 잘 부르는 아이가 있었는데 특히 가수 조용필의 노래를 잘 불렀다. 노랫소리와 박수소리가 오고 가다 보면 하늘은 어느새 별밭이 되어 있었다.

마을 사람들은 하나둘 미리 펼쳐 둔 돗자리에 누웠고, 잠시 후 여기저기서 코고는 소리가 들려왔다. 아이들은 어른들이 잠들고서도 한참 후에야 잘 준비를 했다. 집이 아닌 곳에서는 잠을 자 본 경험이 없는 우리 삼남매도 차츰 이런 문화에 익숙해져 어느 날 우리도 다른 아이들과 함께 다리 위에서 잠을 자게 되었다. 최초의 노숙인 셈이었다. 지금 생각해 보면 무척 위험한(?) 행동이었지만 그 때는 너무나 자연스러운 일이었으니 새삼 변화된 세상을 실감하게 된다.

우리 삼남매는 뽀얀 얼굴 때문에 여름 전까지만 해도 '도시에서 이사 온 아이들'이었다. 하지만 그 해 여름이 지나고 우리는 '마을 아이들'이 되어 있었다. 도시에서는 보지 못하고 경험하지 못한 것을 실컷 만끽하느라 얼굴이 새까맣게 타는 줄도 몰랐다. 일주일에 한 번 만나는 부모님이 몰라 볼 정도였으니….

우리 가족은 한 번의 여름을 더 보내고 그곳을 떠났다. 하지만 그 때의 신선하고 정감어린 기억은 해를 더할수록 되살아나 향수鄕愁가 되었다. 10년이 지난 어느 여름 우리 가족이 다시 그곳을 찾았을 때는 많은 것이 변해 있었다. 함께 뛰어놀던 친구들은 모두 도시로 떠나고 없었으며 아스팔트와 즐비한 상점들이 낯선 풍경처럼 그려져 있었다. 하지만 감나무들만은 변함없이 그 자리를 지키고 있었고 우리를 반겨 주었다.

다시 20년이 흘렀다. 아름다운 고향을 두고 하늘나라로 간 친구들의 소식이 드문드문 찾아든다. 내게 소중한 추억을 만들어 주셨던 아버지도, 함께 먼 훗날의 추억을 엮어가던 남동생도 하늘나라로 가고 나는 다시 도시의 찌푸린 하늘 아래 서 있다. 올 여름에는 남편과 아이와 함께 그곳에 가 보리라. 아이에게 초록꿈이 영글어가던 이야기를 들려주어야지.

빨갛게 타는 해를 건져

- 여름휴가 -

▌위상진 韋尙鎭

경북 대구 - 시인

  사실 휴가철의 번잡함을 싫어하는 사람이 어디 나뿐이겠는가. 번잡함으로 하여 오히려 가지 않음만 못한 때도 있었다. 어디로 꼭 떠나야만이 휴가라고 생각지는 않는다. 가까운 교외나 하루거리 다녀오는 일로 그럭저럭 휴가를 대신한 해도 있었다. 남편이 업무상 쉽게 휴가 내기가 수월찮아 눈치만 은근히 살펴야 했다. 그러다 생각지도 않던 중에 보너스 같은 휴가 일정이 잡혔다, 어떻게 할까 궁리 중에 마침 남편의 고향 시골 초등학교 동창회와 산소 가는 일과 못 찾아 뵌 친척 어른들께 가는 일로 일정을 잡았다. 시댁 형제들과도 조정을 하려니 이제는 일가—家들을 이루어 살다보니 쉽지 않았다.

  도시에서만 살아온 나로선 자연스레 고향이 생겼다고나 할까. 일상의 톱니바퀴에서 빠져나갈 홀가분함에 가기 전부터 몸이 가벼워지는 것 같았다. 설레는 여행길을 떠나게 되었다. 강원도 길은 산이 깊어지면서 오밀조밀한 풍광이 아름답다. 장마 끝이어선지 계곡 물도 유난히 맑고 눈이 부셨다. 햇빛에 반짝이는 나무 잎사귀와 살랑이는 바람과 공기는 세포를 소생시키는 것 같았다, 마을에 들어서면서 껑충한 옥수수들이 어서 오라고 손짓하고 있었다.

> 장마통에 훤칠해진
> 속 좋은 새신랑 같은 옥수수

꽃 이삭 연신 흔들며
금쪽 햇살 사이로
지나는 순한 바람
한 줌씩
서리해다
차조 수수가 볼세라
알갱이에 꼭 심는
매미 소리
깊은 한낮

- 「낮잠」

고향의 푸른 녹음과 시원한 바람이 포근히 안아주었다. 어릴 적 학교를 오가던 길에 책가방을 던져놓고 벌거숭이로 물장난을 했음직한 개울가에다 큰 솥을 걸어 놓고 음식 장만을 하며 고향 친구들이 동창 맞을 채비를 하고 있었다. 하나 둘 사람들이 도착했다.

요란한 인사 나눔과 시끌벅적함이 정겹다. 머리가 희끗한 데도 여전히 이름을 불러대며 육담도 서슴지 않는 동창들에게서 느끼는 부러움과 묘한 소외감(?)까지도 달콤했다. 개울가에서 먹는 밥맛도 별미였다.

밤이 되자 남정네들은 물고기를 잡는다며 부산을 떨며 나갔다. 여자들은 어부의 아내(?)가 되어 도란도란 얘기꽃을 피웠다. 풀벌레 소리 들려오고 모깃불 피운 자리 옆에 누워 반딧불이의 꼬리 부분을 잘라 아이들의 손등에 코에 붙이고 오랜만에 까마득하게 높은 하늘에 별을 보며 심호흡을 했다. 그리고 조그만 일에도 뽀쪽해지는 속 좁은 일들이 저만치 은하수를 건너고 있었다.

한참 만에 떼로 돌아온 남정네들이 잡아온 물고기를 손질하고 수제비도 떠서 매운탕을 끓였다. 소주 한 잔 곁들인 매운탕으로 코흘리개 적 이야기에 밤이 익어가고 풀벌레도 개구리도 숨죽이며 귀 기울이고 있었다.

다음 날 도련님 삼형제 가족들이 도착했다. 쳐다만 봐도 든든했다. 훌쩍 조카들이 '큰엄마'하며 안겨왔다. 고랭지채소 농사하는 시고모님 댁으로 가는 일정으로 우리는 동창들과의 아쉬움을 그곳에 남긴 채 먼저 자리를 떠야 했다. 시고모님은 우리들을 반가이 맞으셨다. 사형제 가족들로 집이 금세 그득 찼다.

먼 길 오느라 배고프겠다며 서둘러 가마솥에 밥을 지으셨다. 동서들이랑 부엌에 앉아 군불을 때며 불 속에 감자 몇 알도 묻었다. 밤에는 기온이 내려가서 여름에도 군불을 때야 잘 수 있다고 하셨다. 그동안 아이들은 저희들끼리 개울에서 물장난을 하며 물고기도 잡았다.

옛날엔 아이들의 놀이도 무척 소박했으리라. 놀이 기구에 빠지지 않고 사람과 자연으로 스며드는 아이들을 보며 도시의 속진이 씻기는 것 같았다. 어느덧 해가 저물며 깔리는 노을, 어느 그림의 노을이, 어느 화가의 붓질이 이만이나 할까?

> 강원도 산골에서
> 고랭지 채소 심는 시고모님
> 서울 사는 조카들 왔다고
> 청솔가지 후후 불며 옥수수 찌고 감자밥 짓고
> 미역감고 물고기 잡아
> 아슬하게 건너던 외나무다리
> 빨갛게 타는 해 그물로 건져
> 줄줄이 초가에 들던
> 그런 날이 있었지요.
>
> ─「전설」

오랜만에 먹어보는 찰옥수수와 감자밥, 겉절이, 배추 속대국도 어쩜 그렇게도 맛이 있는지 식탐을 하게 했다. 다음 날 아침, 마침 출하하러 온 차에 배추 실어 나르는 일을 오전 내내 했다. 오랜만에 해보는 단순노동의 즐거움도 각별해, 점심 끝에 단잠을 잤다. 집 떠나니 왜 그렇게 시간은 쥐었다 놓은 고무줄처럼 줄달음질을 하는지!

이제 마지막 일정, 산소에 갈 차례. 꿈같이 달콤한 나날이었다. 무거운 머릿속을 깨끗이 빨아 가지런하게 나를 빗질하는 것 같았다. 남편이 살던 동네에 들러(세상 떠난 분들도 계시지만) 몇몇 어른들과 이웃들께도 인사를 드리고 조상님들 산소에 가서 술도 부어드리고 담뱃불도 댕겨 드렸다. 그토록 남편을 사랑하셨던 시어머님께도 절을 올렸다. 산에서 내려오는 길목에는 먼 친척뻘 되는 집에 들렀다. 이제는 이름도 얼굴도 가물하신지 한참 설명 끝에야 알아보셨다.

'자식들 다 나가고 이젠 혼잔데 그 옆에 가서 살고 싶은데…' 혼잣말하듯 하셨다. 틀니가 입 안에서 자꾸만 덜거덕거렸다.

"이 틀니도 애들이 해줬는데"

한숨 뱉듯이 말하며 유일한 피붙이 같은 복슬이 머리만 쓰다듬었다.

> 땡볕 바지랑대 아래
> 봉초 한 대 태우면
> 복슬이가 빈 하늘 짖는다.
> 수해로 쓸려 나간 논밭 같은
> 헐렁한 가죽 주머니에 남은 양도소득세 영수증
> 나무껍질 같은 손에
> 밭고랑 깊어
> 허물 벗겨지던 날들이
> 죽은 듯 산 듯
> 뇌신* 한 봉지
> 아편처럼 털어 넣고
> 오늘도
> 헛걸음에 돌아서는
> 시외버스 차부
> 자식 여덟이 틀니로 남아 있다.
>
> ※ 뇌신 : 두통약

이제 각자 보금자리로 돌아갈 길목에 서서 헤어짐의 시간이 왔다. 워낙에 멀리들 떨어져 살다 보니, 며칠간의 정을 가슴에 담은 채 다음의 만남을 기약하며 아쉬움을 달래야 했다. 각자 차를 돌리는 까무룩한 길이 아득했다. 상념에 젖은 채 서울로 들어서니 삼복을 넘기느라 도시가 후끈했다. 또 다시 보듬고 살아야 할 도시가 새로이 보였다. 떠나봐야 두고 간 정의 소중함을 안다던가. 돌아와 현관문을 여니 갇혀 있던 여름이 공처럼 튀며 달려들었다.

젊은 날의 초상

│윤재학 尹在學

경기도 수원 – 시인

나의 고향을 생각하면 우선 효행孝行의 도시로 잘 알려진 고색창연한 도시, 경기도 수원水原의 여기저기에 산재한 보석처럼 빛나는 역사적 유물들이 떠오르게 된다. 그 도심 성곽을 벗어나 북쪽으로 드넓게 펼쳐진 논으로 된 들녘을 지나 십여 리 길, 그 서북쪽 끄트머리 산자락에 위치한 밤밭(지금은 장안구 율전동이라 칭함)이란 이름의 마을이 바로 내가 태어나고 자란 고장이다.

사방이 야트막한 산으로 둘러싸인 분지盆地모양의 그 마을 한 가운데로 이 나라의 대동맥이라 할 수 있는 경부선 철길이 지나고 이곳엔 나의 많은 일가친족들이 오순도순 한 마을을 이루며 살아갔다. 두견새 울음소리에 허기진 봄이 지나고 따오기 애잔한 소리에 한여름이 오면 모내기를 마친 들녘엔 온통 푸르름이 더해 가고 동산에는 마을 이름 그대로 밤나무마다 늦은 봄까지 향긋한 향기를 뿜어내던 밤꽃이 지고 가지마다 여린 밤송이가 알알이 매달려 풍성한 가을을 예상케 하곤 했다.

나의 어릴 적 행동반경은 공무원 생활을 하신 아버지 때문에 경기도 이천과 양평 등 객지를 떠돌아다니던 초등학교 4학년까지의 아주 어린 시절을 제외하고는 거의 대부분을 모두 이곳 고향에서 이루어진 셈이다. 경기도 양평에서 끔찍한 6·25 동족상잔의 뼈아픈 상흔을 치르고 난 후 우리 가족은 역시 전쟁으로 피폐해진 고향으로 돌아와 이곳에서 아버지는 공무원생활을 계속 이어가시고 나는 초등학교를 거쳐 중학교에 진학, 친구들과 어울려 아직 여기저기에 6·25의 상흔이 채 가시지 않은 고향의 산과 들을 마음껏 쏘다니며 놀곤 했다.

한여름이 되면 나날이 푸르러가는 서문 뜰 들판을 가로질러 시내에 있는 허물어진 성곽에 오르거나 후에 작곡가 홍난파 선생의 「고향의 봄」 노래비가 세워진 팔달산에 올라 일대 전경을 내려다보며 멀리 아득히 외줄기 철길을 따라 기다란 한 마리의 벌레처럼 달리는 열차를 바라보는 것으로 미지의 세계에 대한 어린 날의 꿈을 키우곤 했다.

우리 고장은 1776년 조선왕조의 개혁군주라 할 수 있는 정조正祖임금이 왕위에 오르면서 그의 할아버지 영조英祖임금에 의해 뒤주에 갇혀 억울하게 죽음을 당한 아버지 장헌세자(일명 사도세자)와 세자의 부인이고 그의 어머니인 경의왕후敬懿王后(혜경궁 홍씨)의 능을 경기도 양주에서 26만평에 이르는 이곳 화산으로 옮긴 후 능 이름을 융릉隆陵이라 칭하고 근처에 병자호란 때 소실된 절을 다시 지어 용주사龍珠寺라 칭한 후 그곳에 아버지 장헌세자(후에 莊祖로 추존)의 위폐를 모신 후 수시로 행차하여 그 아버지의 외로운 넋을 위로하던 고장으로 그 후 그 자신도 그의 부인인 효의왕후孝懿王后 김씨와 함께 아버지 묘역 근처에 묻혀 이를 건릉健陵이라 이르니 아직도 그 때의 정조임금의 부모님에 대한 효행의 혼적이 여러 곳에 남아 있어 우리 후세들의 마음을 숙연케 하곤 한다.

우리가 살고 있는 마을에서 그리 멀지않은 곳에는 정조임금께서 융릉 행차 시에 한양에서 수원 화성으로 들어오는 첫 관문인 지지대고개라는 완만하고 긴 고갯길이 있다. 이 길은 용주사 근처에 모신 아버지 사도세자의 융릉참배를 위해 정조임금이 행차할 때마다 쉬었다 넘던 고갯길로 그 길을 따라 국도변에는 아직도 그 때에 심은 소나무들이 세월 따라 비록 많이 훼손되고 없어지긴 했으나 남아 있는 노송들이 그림 같은 노송지대를 이루어 아직도 사시장철 그 푸르른 기품을 뽐내고 있다.

그리고 그 당시 임금님과 함께 개혁의지를 불태웠던 목민심서牧民心書의 저자이기도 한 다산茶山, 정약용丁若鏞 선생의 기획과 참여아래 그가 새롭게 발명한 거중기擧重機를 사용하여 육중한 돌과 단단하게 구워 낸 벽돌로 축조된 수원 화성華城의 아름다운 조화는 청소년기 시절 마음속에 많은 꿈과 의미를 부여하기에 부족함이 없었다.

사실 수원 화성華城은 어느 의미에선 나의 자부심이기도 했다. 화성의 4대 문門인 팔달문八達門, 장안문長安門, 창룡문蒼龍門, 화서문華西門 등을 비롯하여 행궁行宮, 화홍문華虹門, 방화수류정訪花隨柳亭 등 헤아릴 수 없을 만큼 많은 유적들은 나의 여름 방학 동안에 빼놓을 수 없는 놀이터였으며 순례지라 할 수 있었다.

이렇듯 한여름의 내 고향 볼거리 순례를 즐기다 보면 어느새 여름은 삼복 무더위로 치닫고 은하수 물결소리가 정수리 위로 쏟아질 듯한 밤이 오면 우리 가족들은 마당 한가운데 멍석을 깔고는 쑥으로 연기를 피워 모기를 쫓으며 감자나 옥수수 혹은 수박 참외로 더위를 식히며 한여름 밤을 즐기곤 했다.

그런가 하면 여름장마가 그친 맑은 날에는 녹음이 질어가는 산 속에서 동네 처녀들은 버섯을 따거나 젊은 남정네들은 불어난 시냇물에서 그물로 펄떡펄떡 튀어 오르는 물고기를 잡아 싱싱한 푸성귀를 넣어 맛있는 어죽을 쑤거나 찌개를 끓여 온 동네사람들이 즐겁게 나누어 먹던 맛이란 지금도 잊을 수 없는 고향의 멋이요 맛이었다.

지루한 장마가 물러가고 찌는 듯한 더위가 계속되면 마을사람들은 마을의 상징이라 할 수 있는 수령이 400년 가까이 된 커다란 은행나무 그늘 아래서 귀청이 떠나갈 듯한 한여름 매미소리를 들으며 삼삼오오 모여 앉아 시간가는 줄 모르게 한담으로 더위를 식히거나 장기나 바둑을 두는 일로 무더위를 식히곤 했다.

그런가 하면 한밤중 반딧불이 꼬리에 꼬리를 무는 방죽이나 시냇물에 뛰어 들어 무더위를 식히곤 했다. 그 때 은은한 달빛 아래 젊은 아낙네들의 알몸 실루엣을 몰래 훔쳐보는 것도 스릴을 느낄 수 있는 여름밤의 묘미였다.

그리고 음력으로 7월 초하루가 되면 마을에선 추렴으로 황소 한 마리를 도축토록 해 각자 자기네들이 사용하는 우물마다 힘깨나 쓰는 젊은이들이 깊은 바닥까지 도르래를 타고 내려가 지난 일 년 동안에 쌓인 각종 쓰레기를 깨끗이 치우게 하고는 다시 샘솟는 맑은 우물물을 소반에 올려 우물에 제사를 지내는 정제사井祭祀를 지내던 모습도 잊을 수 없는 추억으로 아직도 뇌리에 선연하게 떠오르곤 한다.

나의 젊은 날의 그런 낭만을 안겨주던 고향마을도 이제는 상전벽해桑田碧海로 변해버려 예전에 고향마을의 모습은 전연 찾을 길이 없다.

그 옛날 나의 어린 시절 밤마다 칙칙폭폭 애달픈 기적소리를 울리며 나의 미지의 세계에 대한 애절한 그리움을 불러일으키던 증기기관차가 지나가던 철길 옆엔 우리나라 제1의 재벌인 삼성재단의 성균관대학교 자연계열 제2캠퍼스가 들어서면서 현대식으로 지은 전철역사가 들어서고 1974년 8월 15일부터 1호선 전철이 개통되면서 모든 것은 점차 변화에 변화를 거듭하며 한 세대가 지나며 오늘에 이르렀다.

그로 말미암아 그 옛날 봄이면 제비들이 날아들고, 장마철이면 개구리소리가 낭자하고 가을이면 하늘 높이 풍년가가 울려 퍼지던 고향마을은 급속도로 도시화의 길을 걷게 되어 너무나 시끄럽고 혼탁한 고장으로 변모해 갔고 그로 인해 예전의 마을 사람들이 그 짙게 드리운 그늘 속에서 매미소리를 들으며 시원한 여름을 즐길 수 있게 해주던 그 커다란 은행나무도 공해를 이기지 못하고 고사해 버리고 마을 이름의 근거가 되었던 그 많던 밤나무도 거의 다 베어지는 등 그 옛날의 자취는 전연 찾을 길이 없게 되어 안타까울 뿐이다.

이제는 새로운 사람들과 새로운 지형으로 변모해 예전의 농경사회에서 있었던 이웃 간의 그 애틋한 인정과 느림의 지혜와 푸르른 자연에 대한 낭만을 찾아 볼 수 없게 되어 내 가슴은 한없이 아프기만 하다. 이렇듯 세상의 일이란 하나를 얻으면 그에 상응하는 그 무엇인가를 잃게 된다는 사실을 나의 고향은 실중으로 보여주는 듯하다.

그렇지만 비록 객지에 떠도는 몸이지만 나는 지금 인구 100만의 활기찬 도시, 1997년에 유네스코 세계문화유산으로 등재된 문화도시 내 고향 수원에 대한 자긍심은 누구 못지않게 가슴에 품고 살아가고 있다. 그게 어찌할 수 없는 나를 이 세상에 있게 한 고향에 대한 인간 본연의 심리가 아닐까 싶다.

보헤미안의 가슴속에

▌이승복 李昇馥

서울 - 시인, 홍익대 교수

떠나야만 고향이다. 고향은 고향을 떠나면서부터 비로소 고향다워지게 마련이다. 그런 까닭에 떠나지 않은 자에겐 여간해서 고향이란 게 있을 수 없지만, 떠난 자들에겐 한결같이 지울 수 없는 저마다의 고향이 가슴속에서 자라나게 마련이다.

그렇기에 고향은 떠나는 바로 그 순간까지의 장면만으로 남아 있으며, 그렇게 남은 고향은 더 이상 사실적인 공간이 아니다. 멈춘 채 각인되고 만 것이다. 그런 탓에 고향은 오로지 기억이며 이미지이고 개념이다. 반추될 뿐 결코 움직이지 못하는 허상일 뿐이다. 하지만 그런 이유에서 고향은 언제나 끄집어 낼 수 있고 수시로 접어 둘 수 있는 편하기 이를 데 없는 정보이고 기록이며, 필요에 따라서는 오늘을 살아갈 수 있는 양식이기도 하고 내일을 준비하는 자양분이기도 하다.

그런가하면 지우려 해야 지울 수 없는 짐이기도 하고 가리려 해도 가릴 수 없는 내 가슴 안의 상처가 되기도 한다. 덕택에 고향은 치명적인 아픔이 되기도 하고 비켜갈 수 없는 흔적이 되기도 한다. 아무튼 고향은 한번 생겨나면 사라지지 않고 눈감아도 지울 수 없는 엄연한 그리움인 셈이다.

내게도 고향은 있다. 서울서 나서 서울서 자라고 서울서 머물고 있는 나이지만 내게도 고향은 있다. 떠난 적도 없으며 돌아갈 곳도 없는 나에게도 고향은 정말 있다. 내게 있는 이 고향도 여간해서는 변치 않은 채 멈추어 있으며 지우려 해도 지워지지 않고 손사래를 쳐 봐도 사라지지 않은 걸 보면 고향이 맞긴 맞다. 내 눈에, 그리고 내 가슴에 오롯이 자리한 채 때론 살아갈 계기가 되기도 하고 지워지지 않는 상처가 되기도 한 결 보면 분명 고향은 고향이다. 물론 나의 고향도 고향인지라 지금은 갈 수 없는 곳이며 기억이고 그리움이다.

하지만 내 고향은 이미 지나버린 어느 시절의 잔흔이나 지금은 사라진 이곳에서의 잔흔이 내게는 소중한 고향인 셈이다. 날마다 쉬지 않고 변해 온 지난 시절의 흐름 속에서 이미 지워져 버린 어느 시점 속의 이곳이 내게는 고향이 되어 있으며 마냥 그립고 소중한 것으로 자리해 있다. 내 고향은 그래서 공간이 아니라 시간의 자리에서 만난 셈이다.

아마도 서른 초반의 어느 즈음인 듯하다. 그 시절 내 눈에 들어 왔던 많은 것들. 그 날을 함께했던 이런저런 사람들. 그리고 그것들이 만들어 놓은 사연들. 자취들. 다락 속에서나 찾을 법한 온갖 자질구레한 것들에서부터 지금도 내 주머니에 남아 있는 속 깊은 친구의 말 한마디 등등. 그런 그 시절의 장면들이 내게는 고향이다.

내 고향, 그 시절의 서울은 어지간히도 분주했다. 아직도 내 눈에 삼삼히 남아 있는 80년대 중반의 이 땅 서울은 참으로 할 일도 많았고 하고 싶은 일도 많았다. 문득문득 가난과 극복의 얼룩이 사유와 감성과 물질의 경계를 넘어 여기저기 묻어나고 있었다. 누군가는 완성되지 못한 민주며 아직도 부족한 경제, 그리고 여전히 어설픈 교육 등등을 지적해 내기도 했다.

그런가 하면 이만하면 참 좋아졌다며 그동안 다들 고생도 많았다는 말을 하기도 했다. 그렇지만 그 때만 해도 분명 일상 보다는 희망의 비중이 컸던 시절이었다. 참아 내는 것이 익숙했던 탓이기도 했고 불을 보듯 이런저런 부족함이 눈에 번연히 뜨였기 때문이기도 했겠지만 일상 보다 꿈의 비중이 컸던 정작의 이유는 많은 사람들이 꿈에 기대어 지내는 것을 사람의 본연으로 여기고 있었던 터였으리라.

하지만 꿈을 말하는 이들 중에 몇몇은 때로 처연한 감상에 머물기도 했고 그악스런 외침으로 이어가기도 했고 그런가 하면 설부른 현학의 가면을 덮어 쓰기도 했더랬다.

까닭은 이러했다. 꿈과 명분이라고 하는 것들이 대부분 길 위에 나와 있었던 시절. 문밖으로 나온 꿈들은 부당한 왜곡에 대항해야 했고 행동해야 했다. 과격해야 했다. 그들의 현장에선 어디에서도 그 힘겨움의 끝이라고 하는 것을 찾아볼 수 없었다. 그래서 그 길 위를 채우고 있던 이들의 꿈은 피 흘린 자의 절규로 한데 모아졌다. 덕분에 시린 상처만큼이나 그들의 꿈은 격앙된 목소리가 될 수밖에 없었다.

때론 그 상처의 아픔을 말하는 것이야 말로 꿈꾸는 자들의 미라고도 했다. 그런가하면 더 이상 아플 수 없다며 아픔의 단절을 위해 다시 길 위에 나서기를 외치기도 했다. 다른 한 편에서는 그들의 상처에 관하여 그리고 치유에 관하여 화려한 수사와 변론만을 덧칠하며 꿈을 팔아넘기는 이들도 있었다.

하지만 정작 내가 꿈꾸고자 했던 것은 절규와 극복과 수사만으로는 충분하지 않았다. 나에게 정작 필요했던 것은 내 안에 있었으나 아직도 만나지 못했던 실재에 대한 그리움이어야 했다. 익숙하기 이를 데 없는 거죽의 어떤 것도 아닌 그 안에 오롯이 살아 숨 쉬고 있는 본디의 나 자신을 꼭 한 번 만나보고 싶었던 것이다.

바로 그것이야말로 그 시절 나의 고향이었고 꿈이었으며 간절한 그리움이었다. 비록 외치고 있는 자들의 목소리로 뒤덮여 들리지 않는다 해도 좋았다. 심지어는 시대를 감당하지 않았다며 누군가 질타를 할지라도 내게 정작 절실했던 것은 바로 본디의 나 자신이라는 또는 실재하는 나와의 만남이라는 그것이 무엇보다 절실했었다. 설령 그러한 실재를 만나지 못한다 할지라도 최소한 그리로 향하기라도 해야 했었다. 적어도 누군가는 이 간절한 자아의 목소리라는 끈을 잡고 있어야 한다는 책무로도 여겨졌다. 비록 시절을 외면한 비겁자라 폄하 받을지라도 말이다.

그 무렵이었다. 마침 우리들의 눈에 들어온 반가운 모범이 있었다. 내게 고향인 그 시절의 서울에서 머물고 있던 나와 내 주변의 몇몇은 나름대로 절실했던 차에 우리들의 모범을 맞닥뜨리고는 행복해 했더랬다. 어지간히도 기뻤던 순간이라고 지금도 기억하고 있다. 그 자리에 그들이 있었다. 비교적 흥분도 없이 그렇다고 냉철해야 한다는 다짐도 없이 그저 생래적으로 어딘가를 향해 막연히 길을 나서는 보헤미안들이 있었다. 일상 속에 갇혀 있던 본디의 자아에 충실한 채 발길을 옮기고 있던 두 사람. 바로 시인 김종삼과 김영태였다. 물론 그들의 시를 깃발로 삼자는 것은 아니었다. 그들이 걸어온 길이 있어 우리도 그 길을 따라 발길을 옮길 수 있다는 것에 감사할 뿐이었다.

고향, 누군가 내게 고향을 물으면 나는 지금도 대답한다. 그들을 접할 수 있었던 그 시절이야말로 무엇보다 그리운 나의 고향이라고. 지워지지 않는 나의 자양분이며 살아갈 양식이라고 말이다. 고향이 그리워 고향을 떠났고 고향을 떠났기에 고향을 향해 하염없이 발걸음을 옮겨야 했던 그들. 가도 가도 고향으로는 돌아갈 수 없기에 언제나 가슴속 깊은 곳을 고향으로 가득 채우고 살았던 그들. 그들이야말로 보헤미안들이었고, 그 날 이후 걷고 걷기를 거듭해야 하는 그 길은 어느새 나에게도 고향이 되어 있다. 시작도 없고 끝도 없지만 그렇기에 앞설 것도 없고 뒤따를 것도 없는 길. 고향이 그리워 고향을 찾아가는 보헤미안의 가슴속이야말로 내겐 진정 고향인 셈이다.

내 고향 여름 이야기

▌이양우 李洋雨

충남 보령 - 시인·한국육필문예보존회 이사장

내 고향 어릴 적 생각들은 꿈결 같기만 합니다. 내 고향은 뒷자락 높은 '명덕봉'을 안고 있습니다. '명덕봉'을 중심으로 내려앉은 마을은 40여 가구가 살고 있었지요. 그 마을 뒷자락 끝으로는 범선처럼 떠있는 유선遊仙 바위가 있고, 건너 맞은 편 산자락으로는 살쾡이(늑대) 바위가 있답니다. 늑대, 여우같은 짐승들이 대낮에도 오르내리며 짖어댄다고 해서 붙여진 이름이랍니다.

이 두 바위를 끼고 마을 굽은 길 따라 내려가면 마을 앞 어구에 수백 년 된 정자나무 하나는 마을을 지키는 수호신인 동시에 동네 사람들의 쉼터이기도 했지요. 한여름에 들일을 하다가도 잠시 더위를 식히던 곳으로 온 동네 사람들이 좋아했던 정자나무였습니다.

그 정자나무가 언젠가부터 속이 비어가기 시작하더니 제 모습을 잃고 신음신음 삭아지다가 드디어는 폭풍에 쓰러지고 말았습니다. 이 정자나무가 없어지자 사람들은 개미들이 집을 잃은 듯이 설 곳을 잃은 채로 많이들 아쉬워했었지요. 정자나무가 없는 여름은 한결 더 더웠습니다. 삼촌은 들일을 하다가도 이 정자나무에서 한숨 낮잠을 자고 일어나면 몸이 가볍다고 하셨던 소중한 곳이기도 했습니다. 삼복이 치닫던 폭염아래 쓰르라미 소리가 이 정자나무 끝에서 울어대면 얼마나 애처로웠던지요.

마을 앞을 지나서 서쪽 산 밑으로 화산내라는 내가 흘렀습니다. 이 냇물은 이웃 고장 '도화담桃花淡'과 '여흥'이라는 깊은 산골짜기에서 흘러 내려오는 물인데, 얼마나 맑고 깨끗했던지 수정같이 맑은 내로서 미역을 감고 놀던 곳입니다. 이 냇가에서 낚시를 하거나 한여름 밤에 화래질을 하던 생각이 나는군요.

미역을 감고 마을길로 되돌아서 오려면 논두렁에 심은 콩대들이 허벅지를 긁을 적마다 풋풋한 풀포기가 내뿜는 향기는 그 어느 향기보다도 싱그러웠습니다. 메뚜기. 풀벌레가 툭툭 튀는 길은 그야말로 개구쟁이들이 좋아하는 길이었지요. 메뚜기를 잡아서 불에 구워 먹으면 구수한 맛이 있었습니다.

이러한 마을이 이제는 달라졌습니다. 인근에 일개 면을 수몰한 보령 댐이 생겨나고부터는 물길이 제대로 흐르지 않고 물고기의 종류도 대부분 사라졌습니다. 수정같이 맑던 물줄기는 볼 수가 없고, 간간히 흘려보내는 댐의 물길은 전부 다 송수관을 통해 다른 곳으로 이어가고, 농수로로 흩어져 목욕물로는 부적합해졌습니다. 이끼가 서려서 불결해졌습니다. 물이 바닥에 잠겨 있기 때문이지요. 이러한 정서가 마음을 아프게 합니다.

나이가 들면서 객지에 떠돌던 날들이 줄어들고 고향으로 발길을 자주 들이면서 나는 역시 시골 생활에 이골이 잡혔던 과거가 아직도 잠재해 있어서 오늘에도 잘 적용된다고 느끼고 있기에 자주 내려옵니다. 시골에 오면 마음이 편안해집니다. 공기도 맑고 산에서 내려오는 식수도 여간 물맛이 좋은 게 아닙니다. 역시 내 고향 여름은 정답습니다.

한여름의 오솔길에 접어들면 풀벌레 울음소리, 배고픈 듯 울어대는 뜸부기 울음소리, 높은 미루나무 끝에서 울어대는 매미들의 매암매암 거리는 풍월, 이런 풍경들이 아직도 좋습니다. 그리고 찌는 듯한 폭염, 염천에 일렁이는 구름송이는 손사래를 치며 달려오다가 소낙비를 던지는 산마루 아래 고향마을 그 빗줄기는 내 가슴속에 뜨거운 연민을 한꺼번에 식힐 듯한 시원함이 있습니다.

또 다른 얘기지만 남사당 패거리가 마을 위로 지나가던 어느 날 고향 마을은 들떠 있었지요. 마을 뒷길로 남사당 패거리를 따라 아이들도 건성으로 신나게 춤을 추고 따라가는 거였습니다. 기우제를 지내겠다며 뒷산으로 올라갔습니다.

이것은 아버지의 일행이었습니다. 한때는 아버지도 남사당 패거리였습니다. 꼬꼬론 나팔을 불면서 하늘로 올라간 듯한 그들이 줄을 이어 기어 올라가서는 산등성이로 진을 쳤습니다. 징, 꽹과리, 장구, 북 사물을 치며 술과 떡을 놓고 기우제를 올리는 거였습니다.

나도 신나게 아버지를 따라서 춤을 덩실덩실 추었습니다. 내 고향 여름은 이렇게 푸짐한 추억거리를 갖고 있던 곳입니다. 조금씩 조금씩 시대 조류에 따라 살아가는 방법이 달라지긴 했어도 아직은 내 마음 향토색 정경은 낯설지가 않습니다. 고향은 그래서 정이 든 곳인가 봅니다.

매캐한 모깃불에 땀띠를 조아리는 것조차도 기분이 좋습니다. 허름한 떠죽대기 깔고 놀던 고향, 어머니가 아버지가 곰방대를 무시곤 재미있는 군소리를 부르시면서 부채를 부쳐주시던 어느 날의 자장가, 그 솔깃한 가락에 잠들어 버리던 내 고향 여름 한철의 그리움은 오늘도 추억답게만 솔깃한 것입니다.

시골에도 이젠 전깃불이 들어오고 문명의 도시생활과 다름없을 정도로 생활환경이 좋아졌지만 나에게는 지금보다 과거의 내 고향 여름이 더 좋았습니다. 어수룩하지만 소박한 인심이 더 좋았던 것 같습니다. 내가 이젠 나이가 들어서 할아버지가 된 것이지만 아직도 어린 시절의 동심은 뇌리에 가시지가 않았습니다.

고향에 가면 조상님 산소가 있고, 부모님의 산소가 있습니다. 나는 그 산소들을 받드는 작업을 몇 년 전부터 시작했습니다. 윗대 할아버지의 시비에서부터 혈통이 같은 역대 시인, 작가 분들의 문학비를 세워 드리고 있습니다. 이른바 가족공원인 셈입니다. 순차적으로 거명하면 맨 윗대 중시조 익재 이재현, 고려 말에 대학자이시며 우리나라 수필문학의 원조로도 꼽히는 분이십니다.

따라서 근대 민족문학사의 거목으로 민족시인 이상화 나와는 사종간인 소설가 고 이문희, 파는 다르지만 종친 시조시인 이근배, 애정시의 주인공 고 이영도 누나, 그리고 이설주 시인의 시비. 이설주 시인의 딸 이일향 시조시인의 시비와 나의 시비 등이 세워져 있습니다.

그리고 동산 맨 위에는 요즈음 출산장려의 '절실성'을 부각시킨 '수태 受胎의 돌'탑을 세웠습니다. 이것은 우선 우리 가문의 번창을 구하는 의미로 정리됩니다. 그러나 인구증가를 원하는 것은 한 가족의 문제가 아니려니와 대한민국 국민에게 보내는 메시지로 풀이하면 될 것입니다.

한 가지 건의 사항으로 해외여행도 좋지만 나는 이러한 작은 산촌의 공원을 찾아 효의 정체성을 되살리고 자라나는 아이들에게도 좋은 교훈이 되는 자연과 더불어 함께하는 문학기행은 어떨까, 여름도 시원한 고향에서 조상님들이 묻힌 언덕배기 단출한 집에서 지난해와 같은 여름을 올해 여름도 손주 녀석들과 지내고자 합니다.

여름날 동구 밖에서 어머님이 수건을 이마에 두르시고 서성이던 모습이 눈에 선연히 보입니다. 옛 어머님은 고향서정을 불러주는 계기가 되고 있습니다. 그리움 중에서 어머님에 대한 그리움 이상의 그리움이 있을까요? 이 세상에 계시지 않은 어머님이시지만 밀개떡을 빚어 한 대접 들고 마당귀로 내려오시던 그 자상하신 어머님의 모습이 지금도 선연히 그려지고 있습니다.

그때 그 경험

▌이연배 李然培

전남 해남 – 수필가

눈부신 아침 햇살을 안고 강변도로를 따라 출근한다. 강바람이 잠시 쉬고 있는 것일까. 오른쪽으로 잔잔한 한강이 평화스럽고 물 위로 강 건너 빌딩 숲이 아련하게 비친다. 감미로운 클래식을 들으면서 철 따라 변화하는 강변의 자연 정취를 음미하며 운전하니 밀리는 교통이 오히려 여유롭게 느껴진다.

조용한 음악이 끝나자 차 안에는 베토벤 교향곡 5번 〈운명〉이 웅장하게 울려 퍼진다. 갑자기 한강은 30년 전 대홍수의 환영으로 바뀌면서 맑고 잔잔한 강물은 황톳빛 급물결로 변하고 발밑까지 차오른다. 그때의 대홍수는 기록적이었고 생에 겪기 어려운 귀한 경험이었다.

1984년 8월 마지막 날. 차분해야 할 한밤중에 서울 지역에는 엄청난 폭우가 쏟아졌다. 하늘은 여름 내내 머금었던 빗물을 한꺼번에 토해내는 듯 3백여 밀리의 비를 다음 날 정오까지 들이퍼부었다. 대재앙의 신호탄이었다.

한강 상류 지역에도 폭우가 퍼부어 서울과 가까운 팔당댐도 더 이상 강물을 잡아두지 못하고 초당 3만 톤이 넘는 기록적인 방류를 하였다. 한강 하류에 위치한 잠수교가 잠기고 평시 2~3m인 한강 인도교 수위는 위험수위 10.5m를 훌쩍 넘어 11.03m까지 올라갔다. 그 당시 우리나라 기록상 세 번째로 높은 수위였다.

한강은 성난 황톳물로 변하고 교량 난간 가까이 올라온 강물은 금방 무어라도 집어삼킬 태세로 휘몰아치고 있었다. 가축과 바지선이 떠내려가도 붙잡을 수 없었고 강물은 금방이라도 한강 둑을 넘을 것 같아 일촉즉발의 긴장감이 감돌고 있었다. 거대한 자연의 기세 앞에 인간은 미약하게만 여겨졌다.

서울시 재해 대책 상황실은 자기 동네가 침수되고 강둑이 무너지려 한다는 전화가 빗발치며 북새통을 이루었다. 수해는 훈련이 아닌 실제 상황이었고 자연의 대재앙 속에서 인간이 생존해야 하는 전쟁이었다. 당시 나는 서울시 수방水防 업무를 담당하는 계장으로 상황을 총괄하느라 정신이 없었다. 촌각을 다투는 긴박한 상황에서 고달프고 힘듦을 느낄 틈도 없었다.

한강 수위가 높아지니 지천인 성내천에서는 낮은 둑으로 강물이 넘쳐 들어와 주택가는 사람 키 이상으로 침수되었다. 구조 요원들이 고무보트를 타고 물바다가 된 주택가로 사람들을 구조하러 다녔다. 마포 지역은 한강과 연결된 수문 틈이 수압에 못 이겨 육지 쪽으로 넘어져 강물이 주택가로 들어가 지붕까지 침수되었다.

얼마 후 침수지역에서 물이 빠지니 삶의 보금자리가 온통 흙탕물로 뒤범벅이 되어 말할 수 없이 처참하였고 매캐하게 썩은 냄새가 진동하였다. 주민들은 하늘을 원망하면서도 복구에 진땀을 쏟았다.

그러나 마포 주민들만은 침수는 인재라고 분노하며 피해 보상을 요구하는 집단 소송을 냈다. 그 후 6년간의 소송 끝에 대법원의 최종 판결로 시에서 보상을 하였으나 그동안 주민들의 아픔과 고통을 치유하기엔 턱없이 부족하였을 것이다. 나는 일 년 남짓 소송 업무를 수행하면서 주민들의 아픔보다는 시의 입장을 대변할 수밖에 없어 지금도 마음 한편이 씁쓸하다.

공직자의 자세는 시민들의 행복과 아픔에 많은 영향을 미친다는 것을 공직을 떠나고 나니 더욱 절실하게 다가온다. 내가 공직에 있을 때는 속칭 갑의 입장에서 을의 입장을 많이 생각지 못한 면이 많았던 것 같다. 공정하고 형평성 있는 업무 처리가 최선이라고 여겼으나 상대의 입장과 아픔을 더 고려했더라면 좋았을 거라는 아쉬움이 남는다.

국가나 기관도 뼈아픈 역사를 통하여 발전하듯이, 나의 초창기 공직 생활에 기록적인 대홍수를 직접 겪고 처리한 경험이 직장 생활 내내 소중한 자산이 되었다. 서울시는 그때 이후로 하천 제방을 높였고 수해 방지 시설물도 크게 보강하여 이후 한 번의 더 큰 홍수를 만났지만 침수 피해는 줄일 수 있었다. 미흡한 수방 시설물은 잠시 덮어질 수 있을지라도 언젠가는 큰 재앙을 불러온다는 교훈도 얻었다.

나는 한 달 동안 상황실에서 밤낮없이 근무하면서 말할 수 없이 고달팠지만 그때의 대홍수를 겪지 않았더라면 서울의 지하철, 도로와 교량 등을 다수 건설하면서 그토록 높은 수준의 수방 대비를 해야 한다는 것을 생각지 못했을 것이다.

차는 어느덧 한강 변을 벗어나 사무실 앞마당에 도착하였다. 가끔 집 전화번호는 잊을 때가 있으나 30년이 지난 지금도 당시 기록적인 팔당댐 방류량 초당 30,134톤, 한강 인도교 수위 11.03m의 숫자는 잊히지 않는다.

그때의 대홍수를 겪지 않았더라면 한강이 지금 이렇게 평온하게 흐를 수 있을까. 그때의 그 경험이 없었더라면 내가 현재 이만큼 성숙할 수 있을까. 비 온 뒤에 땅이 굳는다는 말을 다시 한 번 되새겨 본다.

어느 여름날의 이야기

▌ 이창년 李昌年
경남 합천 – 시인

여름은 자연과 가장 친숙하게 가까이서 함께 생동하는 계절이다. 겨울이 정적이라면 여름은 동적이다. 그리고 그 여름의 지난날들은 나에게 많은 추억을 남겨놓았다. 그 가운데 지금도 가벼운 흥분을 일으키게 하는 그리움이 있다. 어릴 때 고향의 추억도 그리움이지만 일흔이 넘은 인생의 황혼기에 돌아보는 추억이 한두 가지 뿐이랴.

이십 수년 전 여름에 나는 배낭을 메고 강원도 지방으로 여행을 떠났다. 꼭 어디라고 정하지 못하고 그냥 막연히 떠났던 것이다. 먼저 강원도로 가기 위해 청량리역으로 가서 동해로 가는 승차권을 구입했다.

내가 처음으로 중앙선 열차를 탄 것이다. 당시 나의 처지는 실의와 혼란의 와중에서 방황할 때여서 구름 흘러가듯 그렇게 지향이 없었다. 그러나 여행은 가벼운 흥분을 수반하기 마련이라서 청량리 역사에 들어서자 잡다한 생각을 떨쳐버리고 많은 사람들 속에 밀려가듯 떠밀려가는 마치 타의에 의해 수동적인 느낌으로 열차를 탔다.

차창 밖으로 싱그러운 녹색의 산야를 바라보기도 했다. 레일의 간헐적인 금속성 소리를 들으며 말로만 들었던 구비 도는 산 속으로 느린 열차에 몸을 맡겼다. 그러고는 산골의 아름다운 풍광에 매료되었다. 내심 잘 생각했다고 여기자 마음이 차분하게 진정되었다. 사북 탄광촌을 지나면서 광부들의 아픈 상처도 생각했고, 시커먼 강물에 어울리지 않는 병풍처럼 둘러싼 태백산맥의 자연경관은 왠지 비감을 느끼게 했다.

내가 삼척에 도착한 것은 긴 여름 해도 저물녘이었다. 꼭 삼척에 가겠다고 정하지는 않았지만 결국 오면서 생각한 것이 친구가 있는 곳으로 이끌렸던 것이다. 전에 열차편이 아닌 다른 교통편으로는 동해안에 낚시와 온천 또는 해수욕 등으로 나들이를 여러 번 했었다. 그래서 그다지 낯설지 않았다.

삼척 시장에 이르자 전에 친구와 함께 왔던 곳이 생각났다. 수더분한 아주머니의 인상이 좋아 그 집을 찾았다. 그녀는 나를 알아보고 반겨주었다. 나는 순댓국 안주에 소주를 몇 잔 들이켰다. 땟국이 흐르는 선풍기 바람에 더위를 식히고 객수를 달래었는데, 점점 취기가 돌기 시작했다.

해수욕철의 끝자락이지만 타지 사람들이 시장 안을 기웃거리는 모습들이 보였다. 그 날 나는 한껏 취해 낯선 방에서 잠이 들었다. 이튿날 느지막이 잠을 깨어 정라진에 나가서 해장국으로 속을 풀고 바다구경을 했다. 동해 바다는 한결같이 맑고 푸르러 가슴을 시원하게 해주었다.

바다가 보이는 찻집에 앉아 어디로 갈까 생각하다가 결국 친구를 찾아가기로 정하고 전화를 했다. 친구는 한 시간 남짓 지나서 작업복 차림으로 달려왔고, 검게 탄 얼굴에 미소 듬뿍 담은 채 나를 반겨주었다.

우리는 그간 일상을 이야기하다가 그가 혼자 거처한다는 용화 초막으로 향했다. 30여분 쯤 달렸을까 그의 집에 도착하니 초입에는 길이 험하고 잡초가 무성하게 우거져서 운전하기에 힘들었다. 코란도 지프는 뒤뚱거리며 산길을 올랐다. 마루에 배낭을 벗어놓고 계곡으로 향했다. 시원하고 맑은 계곡물에 몸을 담그니 땀이 말끔히 가시고 기분이 상쾌했다.

이 골짜기에 약 백여 미터 거리를 두고 세 가구가 있는데 두 집이 늙은 내외만 사는 조용하고 인적이 드문 곳이라 은거하기는 심상이었다. 우리는 버너에 물을 끓여 커피를 마시고 밀렸던 이야기를 계속했다. 그가 이곳에 칩거하게 된 사유란 내 짐작으로는 사업실패와 부부갈등, 그리고 자연 친화적인 그의 성정 때문이 아닌가 한다.

어쩌면 예견된 결과인지도 모른다. 왜냐하면 이 외진 골짜기에 자리를 잡은 것은 이미 여러 번 이런 여타의 사건 이전에 답사를 했던 것이었다. 또 하나 그가 농대에 다녔었다는 것도 우연한 일치가 아니라는 것을 나는 뒤늦게 짐작할 수 있었다.

내가 조그마한 사업을 할 때 그도 튼실하게 사업체를 운영하고 있었다. 그때는 가끔 만나 사십대의 의기양양한 포부를 털어놓고 무모하리만치 의기투합하여 술도 마시며 청춘을, 인생을 구가했었다. 이곳에 승용차가 있는 집은 친구 집뿐이었다.

"조 사장님"

이웃의 장씨 노부부가 찾아왔다. 아주머니는 김이 나는 옥수수를 한 바구니, 장씨는 손수 담은 약주를 한 주전자 들고 와서 "조 사장님 차 소리가 나서 어디 갔다가 오시는 것 같아서 왔습니다."한다. 친구는 나를 인사시켰다. 나는 두 분이 순박한 산골의 전형적인 어른이라고 여겨져 정이 갔다.

친구는 "장노인 이 친구는 약주를 좋아하는데 참으로 고맙습니다."하며 먼저 술을 권하고 건강하시라 한다.

"아주머니는 오늘 용화에 안 가셨네요."

"예, 해수욕장도 끝 무렵이라 내일쯤 가려고 합니다."

나중에 안 일이지만 응화해수욕장이 가까운 십리길인데, 옥수수를 삶아 팔았던 것이다. 그들은 돌아간 다음 옹달샘에 가서 쌀을 씻어 버너에 밥을 지었다. 산새 소리가 들리고, 매미 우는 소리는 한적한 산촌의 정취를 더해 주었다. 우리는 서로 아픈 곳을 건드리지 않았다. 누가 그러지 말자고 한 것도 아니지만 그만큼 서로는 상처 입은 사람이기에 자연스럽게 배려하게 된 것이다. 점심을 먹고 나서 나더러 한숨 자란다. 나는 괜찮다고 했지만 피곤했는지 한잔의 약주 탓인지 스르르 잠이 들고 말았다.

그날 밤 나는 내 일생에 단 한 번의 희귀한 경험을 했다. 장 노인이 가져온 약주를 기분 좋게 마시고 누가 제의를 했는지 분명하지 않지만 우리 두 사람은 이상한 짓을 했다.

여름밤의 보름달은 가을이나 겨울의 달과는 그 멋이 덜하지만 사방이 푸른 산으로 둘러싸인 산골짜기에 달빛이 쫙 퍼져 고요한데 멀리서 소쩍새 울음이 소쩍소쩍 애잔하게 돌려오고- 우리는 동시에 옷을 홀랑 벗어버렸다. 그리고는 맨발로 개울로 내려갔다.

우리는 서로 바라보며 한 바탕 웃고 또 웃으며 물속으로 텀벙 뛰어들었다. 나이 오십 줄에 두 사나이의 짓거리가 아무래도 우스꽝스러울 수밖에 없었다. 어슬렁어슬렁 달빛 아래 골짜기를 오르내리며 하늘을 쳐다보고 별도 헤이면서 멀리 동해 바닷가의 불빛도 내려다보며 킬킬거렸다, 얼마를 헤매다가 초막에 돌아와 발가벗은 채로 마주앉아 차를 마시며 아무렇지도 않은 듯이 태연히 지난 이야기를 했다.

우리는 너무 좋았다. 실오라기 하나 안 걸치고 이렇게 생활할 수 있으면 얼마나 좋을까를 생각하며 자연 속에서 인간 세상의 번거로운 의식을 팽개치고 자유로움을 잠시나마 절실하게 경험했던 것이다.

그 후 그런 재미있었던 시간은 없었다. 나는 가끔 그때를 생각하면 가슴이 따뜻해지고 어린아이 같이 즐거웠다고 미소 짓는다. 기회가 된다면 다시 한 번쯤 벌거숭이로 달빛아래 몽유병자가 되어도 좋을까 생각해 본다.

구름처럼 세월이 흘러도

▌이철호 李喆浩

충남 예산 – 시인

얼마 전에 어머님 묘를 찾았다. 매번 다니던 길이 아닌 길로 방죽 모퉁이를 돌아가다 보니 고향의 동네를 가로지르는 시냇물이 보였다. 웬지 모르게 적막감이 안개처럼 피어오른다. 그때 부르던 노래가 '해는 져서 어두운데…'로만 알고 불렀는데 크면서 이 노래가 「고향생각」이라는 것을 알게 되었다. 가끔은 친구 정 군이 콧노래로 부르던 노래다. 지금은 우리나라에서 제일 큰 예당저수지가 생기면서 수리안전답이 되어 방죽은 논과 과수원으로 변했지만 소년시절에는 해마다 친구들과 물놀이하던 곳이다.

여름방학이면 온종일 자맥질, 다이빙 등 각종 놀이를 즐기며 꿈을 키웠고 수영에는 자신 있게 달인이 되어 있었다. 우리 동네는 구만포와 신평 들이 창파를 이루는 넓은 평야 지대로 품질 좋은 황금 쌀이 생산되는 곡창지대다. 일제의 수탈을 겪었고 지주들의 횡포를 견디며 지켜온 농토였다.

해방 후 토지개혁이 되면서 아버지가 상환금을 주고 불하 받은 소중한 농토다. 가뭄이 몇 년씩 지속되면 논에 모를 심지 못하고 넓은 들에 독사 풀만 무성하게 자라고 자운영 꽃이 곱게 피어 벌 나비들이 잉잉거렸다. 농사를 짓는 사람이면 누구든 가슴으로 울며 비가 오기를 간절히 빌던 배고픈 춘궁기를 겪어야 했다.

나는 우리 집만 못 살고 가난한 줄 알았다. 고요한 동네를 가로 지르는 앞 냇가 맑게 흐르는 청류를 가두어서 농사를 짓는 방죽에는 물

안개가 피고, 무지개가 쌍으로 떴다. 영전포에서 갖가지 물고기들이 물길 따라 올라오면 방죽은 물 반, 고기 반이 되었다. 손더듬이로 잡은 물고기를 솔방울과 삭정이로 구워 먹던 고소한 맛을 잊을 수 없다.

어머니가 뚝배기에 끓여주시던 물고기 매운탕 생각에 아내에게 매운탕을 끓여 달라 하지만 영 제 맛이 나질 않는다, 아내가 늘 하는 소리는 배고픈 시절의 입맛과 지금의 입맛이 어떻게 같겠느냐는 것이다. 세월의 탓도 있고 또 쭈그렁 방탱이 몸에 혓바닥은 일 년 삼백 예순 닷새를 술독에서 삼겹살을 타고 사는 늙은이가 입맛인들 제대로 나겠느냐고 핀잔을 주지만 그때를 생각하면 지금도 고기들이 살아서 오는 것처럼 내 속에는 군침이 돈다.

내가 초등학교 4학년 때는 여름 무더위가 기승을 부렸다. 아침만 먹으면 누구도 먼저라 할 것 없이 베잠방이에 검정고무신 또는 미루나무로 만든 게다(왜의 나막신)를 신고 아이들은 방죽으로 몰려들곤 했다. 방죽은 동구 밖 시장 통 아이들, 동네 아이들뿐만 아니라 멀리 사는 아이들까지도 모여 멱을 감고 물속에서 고기를 잡는 어장이면서 여름 풀장인 셈이다. 골목대장이었던 나는 언제나 앞장을 서서 동리 아이들을 이끌고 말썽을 피우는 개구쟁이였다.

엿이 먹고 싶어 엿장수에게 교과서를 팔아먹고 어머니에게 쫓겨나 으스름달밤까지 동리를 몇 바퀴 돌기도 하고, 같은 반 친구가 담임선생님께 고자질하여 짝사랑하던 선생님께 종아리를 맞고 반성문을 쓰느라 고생을 하기도 했다.

말썽만 피우던 개구쟁이가 좋은 일을 한 적도 있다. 지금도 여름이면 문득 추억이 떠올라 그 아이를 생각하게 된다. 초등학교 같은 학년이며 친구였던 정 군은 친구가 없었다. 같은 반 친구는 물론 동네 아이들과도 어울리지 않는 그저 수줍고 조용했던 아이였다.

우리는 늘 정 군에게 돌부처라고 놀려대곤 했다. 돌부처라 부르는 까닭은 뜬소문이지만 동네 사람들은 정 군의 집이 절이 있던 절터로 집을 지을 때 금불상을 땅 속에서 발굴하여 아무도 모르게 숨겨 놓았기

때문에 정 군이 돌부처 닮았다고 수군대곤 했다

우리 마을에는 또 하나의 명물이 있다. 병풍 같은 가야산을 등지고 넓은 구만평야를 바라보며 서있는 미륵불상과 3층 석탑이 있는데 그 미륵불상이 바라보는 부락이 부자가 된다는 전설이 있다.

아랫마을 윗마을 주민이 회관에 모이면 미륵불상을 내 부락을 향하여 바라보게 하려고 티격태격했다. 3층 석탑과 미륵불상 사이에는 보물이 숨겨져 있다는 말에 우리들은 파보기로 했다. 불상 주변 땅을 파기 전에 부처 닮은 정 군을 참석시켜야 한다는 의견에 따라 그 친구와 함께 파 보았으나 보물은 없었다. 수호신처럼 받드는 미륵불상을 괴롭혔으니 동네는 회오리바람이 불었고 지금까지 우리만이 아는 비밀이 되었다.

그해 여름, 해가 서산에 내 키만큼 남은 시간에 방죽 물웅덩이에 빠진 정 군을 발견하고 친구와 함께 겁도 없이 물에 뛰어들어 구해내었다. 동네 사람들은 어린놈들이 훌륭한 일을 했다고 칭찬했지만, 우리 어머니는 노발대발하면서 자손이 귀한 집안에서 아버지도 일찍 돌아가시고 3대 독자가 만약 한 치라도 잘못될 경우 이씨 가문은 문을 닫아야 한다고 하시던 말씀이 아려온다.

우리가 그 아이를 물에서 구할 수 있었던 것은 방죽에서 배운 수영 덕분이리라. 그 후 정 군은 더욱 말이 없어지고 먼 산에 걸려 있는 뜬구름을 따뜻 하늘만 바라보는 아이가 되었다. 그 친구는 콧노래로 「고향 생각」만 부르는 아이가 되었다. 무슨 숙명인지 그것이 원인이 되어 시름시름 앓다가 2년 후에 죽고 말았다. 정 군의 집 식구들은 어디로 이사를 했는지 알 길이 없이 그렇게 뜬구름처럼 동네를 떠나고 말았다.

인생은 뜬구름 같다지만 여름이면 어린아이의 물놀이 사고 소식을 들을 때마다 안타까움이 저려온다. 착하고 부처 같던 그 친구의 짧은 생명이 낙엽처럼 멀어진 것은 가엾은 중생을 사랑하고 기쁨과 괴로움을 없애어 주는 부처로 환생했을지도 모른다.

가난했던 유년시절의 잊어버렸던 추억들이 오늘따라 되살아나는 까닭은 무엇일까? 뜬구름처럼 세월이 흘렀어도 아름다운 고향은 자연의 속삭임과 함께 내 가슴에 영원히 남아 있기 때문이리라.

시냇물 빨래

┃ 임미옥 林美玉
전남 광주 – 시인

나의 고향은 진도이다. 누가 고향을 물으면 나는 그렇게 답한다. 그러나 사실 그곳은 내가 태어난 태고향일 뿐 자란 곳은 아니다. 그럼에도 불구하고 내가 고향을 진도라고 고집하여 말하는 까닭은 뭘까. 어릴 적 즐겨 듣던 엄마의 이야기가 서리서리 묻혀 있고, 나지막한 산과 들마다에 외가식구들의 나직하고 구수한 말씨가 배어 있으며, 그들의 전설을 따라 행복했을 내 유아기가 떠오르기 때문이리라. '백구 워리!'를 외치며 너른 마당을 뛰놀았다던 세 살배기 적 이야기는 언제 들어도 평온하고 즐거운 기분을 안겨주는 까닭이리라.

뭍으로 떠나오신 뒤에도 한사코 섬으로만 향하시던 엄마의 마음이 그대로 유전되어 지금도 나를 끌어당기는 원형의 섬 진도는 나의 태고향이며 영원한 내 마음의 고향이다. 하지만 다섯 살 이후부터 청년시절까지 나를 키우고 보다 선명한 기억을 형성케 한 곳은 광주이다. 그렇다면 아무래도 나의 고향은 광주라고 할 수밖에 없을 것 같다. 내가 아무리 진도를 고향이라고 우기고 싶어도 내 기억 속에 자리한 유소년의 골목길과 큰길들과 산천들이 모두 광주의 그것들이기 때문이다.

광주는 내가 자라고 학창시절을 모두 보낸 곳이다. 그 중에서도 양림동은 가장 오래 살았고 유년의 기억이 고스란히 남아 있는 곳으로 내가 다닌 학강초등학교 앞으로 "아침햇살 눈부신 무등산 아래 노래하는 맑은 시내"가 흐르고 있었다. 또 그곳엔 교회가 유난히 많았고, 제중병원이 있었으며 언덕 위에 그림 같은 선교사의 집이 있었다. 수풀 우거진 그 집 뒤뜰에 매어져 있던 그네와 그것을 타던 금발의 소녀들을 부러워했던 날들도 있었다.

하지만 나는 곧 나의 놀이에 정신을 뺏겨 그들을 까맣게 잊을 수 있었다. 그 놀이들이란 대개 또래친구들과 어울려 하는 것으로 고무줄놀이, 소꿉놀이 같은 것들을 해가 저물도록 하곤 했었다. 그때 같이 놀던 영희, 숙희, 진주, 말봉이 같은 친구들은 모두 어디에서 무엇을 하고 있을까. 초등학교 시절 같이 놀던 친구들을 떠올리니 문득 가슴 시린 그리움의 물굽이가 인다.

여름방학이 되면 우리 가족은 무등산에 오르곤 했다. 그것은 등산이라고 할 수 없는 소풍으로 먹을 것을 조금 싸들고 가서 한나절 더위를 식히다 오는 것이었다. 철철 넘치던 무등산 계곡물은 무릎이 시리도록 차가웠다. 거기에 커다란 수박을 담가놓고 신발짝으로 송사리를 잡다 보면 온몸에 소름이 돋아 입술이 새파래졌다. 그러면 하얀 계곡의 바위에 앉아 몸을 말리면서 서릿발 서린 수박을 베어 먹곤 했었다.

방학이 끝날 때쯤이면 손톱에 봉숭아물을 들이는 게 연례행사였다. 화단가에 무성한 봉선화 이파리를 따서 짓이긴 다음 손톱 위에 얹어놓고 고장 난 비닐우산에서 취한 비닐을 잘라 덮고 꼼꼼하게 묶어 놓는다. 그때 백반가루를 섞으면 물이 더 잘 든다 하여 아버지가 무좀약으로 쓰던 그것을 몰래 가져다 섞곤 했었다. 누구 것이 가장 예쁘게 물들지 경쟁하면서 아침을 기대하며 잠들던 그 시절의 두근거림이 너무도 그리워진다. 쪼글쪼글해진 손가락 끝의 비릿하고 아릿하던 그 감각도….

고향의 여름에 대한 이런저런 생각을 하다가 빨래를 하려고 하니 세탁기가 또 말썽이다. 꿈의 세탁기라고 해서 큰돈을 들여 산 것인데 반년 사이에 벌써 두 번째 고장이었다. 한여름이라서 빨랫감은 산더미인데 수리기사는 내일이나 모레쯤 오겠다고 한다. 장마철엔 유난히 세탁기 고장 신고가 많이 들어오기 때문이라고 했다

땟물로 뒤범벅된 세탁물들을 끄집어내어 손빨래를 하다가 무심코 밖을 내다본다. 거대한 에메랄드 물결이 반짝이며 출렁거린다. 엊그제까지 내린 장맛비에 무성하고 깨끗해진 녹음이 금빛 찬란한 햇살을 끌어당겨 더러는 흡수하고 더러는 반사하면서 녹색 물결을 이룬다. 그 물결을 따라가다 보니 나도 모르게 갯버들 늘어지고 온갖 수초들의 녹음이 자욱한 광주천 한가운데 서게 된다.

엄마는 커다란 빨랫대야 가득히 빨랫감을 담아 들고 빨래방망이를 찔러 넣은 채 냇가로 향한다. 우리들 네 자매는 자그마한 빨래바구니를 들고서 조잘대며 엄마 뒤를 따른다. 신나는 빨래놀이와 물놀이의 기대에 부풀어서 입에선 노래가 저절로 흘러나온다.

> 시냇물은 졸졸졸졸 고기들은 왔다갔다
> 버들가지 한들한들 꾀꼬리는 꾀꼴꾀꼴.
>
> 금빛 옷을 차려입고 여름아씨 마중왔다
> 곱게곱게 차려입고 시냇가에 빨래왔다.

수량이 늘어난 냇물이 청기와 물무늬를 그리며 빠르게 흐르고 있다. 냇가 둑 위에까지 차서 넘실거리던 황톳물은 어느새 다 빠지고 눈부신 햇빛을 반사하는 물이 수정처럼 맑게 흐르고 있다.

엄마는 징검돌을 몇 개 건너서 평평한 곳에 자리 잡고 앉는다. 물에 참방 담근 뒤 비누칠을 하여 문질러 비비기도 하고 방망이로 두들기기도 하던 빨래를 흐르는 물에 휘휘 헹군다. 일순간 탁해졌던 물이 금세 맑아진다. 엄마의 얼굴엔 밝고 투명한 물그림자가 어른거린다.

엄마를 유난히 좋아하던 나는 가만히 엄마 곁에 앉아서 한동안 그 움직임을 지켜보곤 한다. 잠깐 사이에 깨끗이 빨아지는 빨래며 탁해졌다가 금방 맑아지는 물결이 그저 신기하기만 하다. 빨래에 열중하던 엄마가 그런 나를 돌아보며 활짝 웃으신다. 자애로운 그 모습이 마치 선녀 같다고 생각했을까.

엄마는 냇물이 아니라 하늘에 빨래를 헹구는 것 같았다. 비가 그친 뒤의 냇물은 무척 맑아서 하늘이 그대로 내려와 있었으니까. 뭉게구름처럼 간간이 흐르는 비누거품을 헤치고 하늘을 따라 내려온 햇살들도 신나게 물장구를 쳐댔다.

빨래를 마칠 때쯤이면 햇볕도 점점 따가워진다. 우리는 시냇가 가운데로 뛰어 들어가 물장구를 치고 세수를 한다. 그리고 여울목 위에 줄줄이 서서 누가 오래 견디나 견디기 시합을 한다. 하천이라고는 하지만 시골의 자그만 개울이 아니라 오히려 강에 가까울 만큼 넓은 시내였기 때문에 수력도 그만큼 셌다. 게다가 비온 뒤 한꺼번에 휩쓸려 밀려오는 여울의 물살은 우리 같은 어린아이들에겐 상당한 급류였다.

치마를 추켜올리고 여울목의 징검돌 위에 서서 흐르는 물결을 바라보노라면 나를 잊게 된다. 가느다란 발목을 휘감으며 흘러가는 세찬 물살에 처음엔 약간 어지럽다가도 이내 한없이 평온해진다. 차츰 물결 외엔 아무것도 보이지 않게 되고 졸졸졸졸 흐르던 물소리도 들리지 않게 된다.

도가道家의 남화진인南華眞人 장주莊周는 자유무애한 절대자의 경지로 물아일체物我一體를 들었다. 물아일체란 천지만물이 나와 더불어 하나가 되는 상태로써 시비분별이 없는 자연 그대로의 삶이 아닌가. 시냇가 여울목에 서서 흐르는 물결을 바라보던 그때의 나는 혹시 물아일체의 무아경無我境에서 절대자유를 맛보았던 게 아닐까.

물과 하나 된 나는 두려움을 잊은 채 아주 오래도록 물결 위에 서 있곤 했다. 이윽고 감관에서 물결마저 사라지면 막연한 흐름을 따라 둥둥 떠서 끝없는 물의 나라로 먼 여행을 했다.

"냇물아, 흘러 흘러 어디로 가니?
강물 따라 가고 싶어 강으로 간다.
강물아, 흘러 흘러 어디로 가니?
넓은 세상 보고 싶어 바다로 간다."

나는 지금 어디 만큼 흘러와 있을까? 어린 시절 그 맑고 풍부하던 냇물은 오염된 채 메말라 버렸고, 시냇물에 빨래하던 엄마도 떠난 지 오래다. 덧없이 흐르는 물처럼 세월은 흘러 시냇가 여울목에서 동요를 읊조리던 그 계집아이가 어느덧 지천명의 유역을 서성이고 있다. 인생의 깊은 강 언저리에서 물비늘처럼 반짝이는 여름날의 추억을 더듬으며 잃어버린 나를 찾고 있다.

나는 물질문명이 가져다준 편리함만 쫓으면서 진정으로 소중한 것들을 까마득히 잊은 채 살고 있지는 않은가. 자연과 하나 되던 동심의 그 순수한 기쁨을 아직 기억하고 있는가. 차가운 시냇물에 맨손으로 일곱이나 되는 식구들의 옷가지를 빨면서도 웃으시던 엄마의 사랑을 가지고 있는가.

세상을 살아가야 하는 우리들 인생이 오염되기 쉬운 빨랫감이라면, 그 때를 씻는 빨래는 탈속의 시일 것이다. 그리고 오늘날 세탁기로 하는 빨래가 문명의 유행가라면, 시냇물 빨래는 영원한 자연의 서정시일지도 모른다.

하늘빛 물무늬를 일렁이면서 엄마가 시냇물에 빨래를 행구고 있다. 아, 물처럼 흘러 흘러 그 옛날 시냇가로 되돌아갈 수 있다면, 나는 온갖 문명의 폐단에 찌들대로 찌든 이 마음을 깨끗이 빨래해서 시내기슭 햇볕에 펴 말리는 한 장의 빛나는 무명 홑청이 되고 싶다.

매화, 섬진강 그리고 신작로

▎전유정 全由丁
경남 하동 – 드라마 작가

　내 마음 속에는 이 세상 그 무엇보다 아름답고 소중한 보물이 하나 있다. 어린 시절 내게 한없는 꿈과 이상을 심어 주었던 내 고향 하동이 바로 그것이다. 나는 '하동'이란 말만 들어도 가슴이 설레고 어찌할 줄 모르는 감정에 휩싸인다. 마구 복받쳐 오르는 서러움처럼 어떤 가슴 뭉클한 것 때문에 내 고향인데… 라는 말밖에 달리 표현할 수가 없다.

　너무나 그립고 또 그리운 마음에 늘 꿈속에서까지 찾아간다. 그래선지 언제라도 손만 내밀면 바로 닿을 듯 좌악 펼쳐지는 광경들이다. 잿빛 겨울 끝에서 봄을 알리며 화사하면서도 신령스럽게 피는 매화, 맑고 푸른 섬진강과 은빛 모래사장, 누렇게 익어가는 벼와 하늘거리는 코스모스로 가득 찬 황금빛 들판, 그리고 화롯불에 고구마 익어가듯 무르익어 가던 우리들의 이야기….

　매화나무가 많아선지 하동엔 유난히 봄이 빨리 온다. 맵싸한 바람이 포장되지 않은 도로의 흙먼지를 이리저리 몰고 다니며 겨울의 끝자락을 붙들고 있는 데도 그 속을 뚫고 애기 볼보다 더 보드라운 매화꽃이 앞을 다투어 핀다. 꽃샘추위로 그 위에 눈까지 내릴 때면 내 옆에는 여우가 서 있고 나는 서서히 하늘로 날아오르는 듯한 몽환적인 느낌마저 들었다. 내 눈 속에, 내 가슴속에 찍어 놓은 이런 장면은 30년이 훨씬 더 지났는데도 전혀 퇴색되지 않는다.

　하얗고 진한 분홍색에 어린아이들 눈망울처럼 탱글탱글한 꽃잎 위로 하늘에서 천사처럼 날아온 눈송이가 내려앉던 그 순간은 시간이 갈수록 더욱 선명해진다. 꽃이 지면서 연두빛 새순이 살며시 고개를 내밀 즈음이면 섬진강을 따라 꽃이 끝도 없이 피어 온 세상을 하얗게 뒤덮었다. 나는 십리를 걸어 학교에 다녔다. 그 무렵이면 길 양쪽으로 늘어선 꽃나무들이 벚꽃터널을 만들었고 꽃이 함박눈처럼 내리는 그 속을 걷는 우리는 꽃향기에 취해 십리 길이 오히려 짧다고 아쉬워했다.

내가 다녔던 학교(흑룡초등학교에서 분교로 되었다가 몇 년 전 폐교되고 지금은 어느 작가의 작업실로 쓰이고 있다고 들었음)는 섬진강에 바로 접해 있었다. 우리는 틈만 나면 강둑을 넘어가 헤엄을 쳤다. 선생님들이 위험하다며 아무리 혼을 내어도 쉬는 시간에까지 나갔다 수업에 늦는 애들이 종종 있었다.

그런데 헤엄치는 것 못지않게 재미있는 게 또 하나 있는데, 바로 재첩 캐는 것이다. 끝없이 이어지는 은빛 모래밭… 모래 안에 제 몸은 감췄지만 숨 쉬는 것까지는 감추지 못해 동그랗게 숨구멍을 내고 있다가 우리에게 발각되어 잡히고 마는 재첩 재첩들… 우리가 캐 온 재첩으로 끓인 재첩국 덕분에 푸짐해진 저녁상 앞에서 집집마다 웃음꽃이 피어났다.

물고기 내장까지 다 보일만큼 맑고 깨끗한 강물에 하루에도 몇 번씩 세수한 모래사장. 그 위에 우리는 온갖 정성을 다해 모래성을 쌓으며 우리의 미래를 같이 쌓았다. 강물이 한 번 왔다 가면 흔적도 없이 사라져 갔지만 우리는 도회지로 가고 싶은 꿈을 담아 모래성을 쌓고 또 쌓았다. 그런데 희한한 건 우리가 꿈꾸었던 대로 비슷한 인생을 살고 있는 친구들이 두세 명 있다는 것이다.

대부분의 다른 시골처럼 하동도 5일장이 선다. 장이 서는 날이면 우리 아이들이 더 들뜨고 신이 나는 건 당연하다. 장에 나간 엄마들이 뭐라도 먹을 걸 사오기 때문이다. 모든 게 부족하고 모두가 가난했기에 늘 먹을 게 궁했던 시절, 먹을 걸 가진 친구는 꼭 그걸 들고 나왔고 우리는 그 애를 비잉 에워쌌다. 실컷 자랑이 끝나고 주인이 두 입쯤 먹으면 그 애와 친한 순서로 한 입씩 돌아갔다. 중간에 누군가 꼭 확 베어 먹어 항상 다툼으로 끝이 나곤 했다.

장날 우리는 동구 밖 당산에서 엄마를 기다리며 놀았다. 장에서 뭔가 사오는 엄마의 손을 기다리긴 했지만 나는 그곳에서 신작로 바라보는 걸 즐겨했다. 육영수 여사가 돌아가셨을 때 누군가 속보를 알리듯 외쳐 댔고, 동네 언니 오빠들은 우리를 데리고 신작로를 향해 뛰었다. 우리 동네엔 텔레비전이 없어 옆 동네로 보러 간 것이다. 장날보다 더 많은 어른들이 이미 마당을 가득 채우고 있었지만 결국은 나도 그 죽음을 보게 되었다.

나는 신작로를 생각할 때마다 가고 오는 '길' 이상의 의미를 생각하게 된다. 열두 살 어린아이였지만 신작로 하면 상여 나가는 장면이 떠올랐다. '이제 가변 언제 오나'하는 요령 소리와 함께. 엄마 아빠 친척도 아닌 누구라도 산모퉁이를 돌아 내 시야에서 사라지면 영원히 돌아오지 않을지도 모른다는 생각에 뜨거워지는 눈시울을 친구들 몰래 감추곤 했다. 그만큼 내게 있어 신작로는 삶과 죽음이 교차하는 곳이었다.

내가 드라마 작가로 활동하던 시절, 그 때도 나는 '신작로', '죽음'과 같은 화두에 늘 사로잡혀 있다가 결국 〈꽃상여〉라는 꽤 괜찮은 작품을 낳게 되었다. 하동을 배경으로 쓰고 촬영을 앞두고 있는 데도 나는 감독에게 하동이 좋다 어떻다 말을 할 수가 없었다. 센스가 있었던 감독은 내 얘기에 묘한 여운을 눈치 채고 촬영감독과 그곳으로 가 내게 전화를 했다. '하동이 너무 아름답고 운치 있어서 말할 수 없는 감동의 물결'이라고 했다.

들판에 벼가 누렇게 익어가고 지천으로 흐드러지게 핀 코스모스 길은 벚꽃이 피는 봄과는 또 다른 장관을 이룬다. 박경리 선생님의 『토지』에서 보듯이 하동은 농토가 비옥해서 벼농사도 좋거니와 여름·가을엔 맛있는 갖가지 과일이 넘쳐난다. 그래도 그 중에서 제일 맛있는 건 뭐니 뭐니 해도 학교 오가는 길에 새참으로 내오는 들밥이었다. 어른들은 우리가 어느 동네 뉘집 아이인지 묻지 않고 지나가는 아이들은 누구나 새참을 나누어 주셨다. 새참에 곁들여 한 잔씩 들이킨 막걸리

때문에 얼근해진 목소리로 어른들이 육자배기를 불러 제낄 때면 우리의 발걸음도 흥겨웠다,

그러한 가운데 우리들은 우정을 다짐했다. 정말 의리 **빼면** 죽는 줄 알았다. 겨울엔 매일 누군가의 집에 모여 화롯불에 고구마 구워 먹으며 밤늦도록 이야기꽃을 피웠다. 이야기 내용은 주로 방학 전 학교에서 봤던 학생 월간 잡지(당시 우리 학교에는 한 학년에 한권씩 잡지가 나왔다) 속의 연재소설에 관한 것이었다.

다음 편 내용이 궁금해 죽을 지경이었지만 그 잡지를 구해 볼 방법이 없으니 우리가 직접 만들어 볼 수밖에 없었다. 돌아가면서 작가가 되어 발표했는데 새로운 이야기가 나올 때마다 엄청 웃었던 기억이 새롭다. 내 친구들이 나를 제일 많이 시켰기 때문에 나는 날이면 날마다 연속극 쓰듯 새로운 작품(?)을 써야 했다.

언제부터인가 나보다 남들이 더 잘 알 정도로 유명해진 내 고향 하동은 내 소중한 보물이다. 지리산, 쌍계사, 섬진강, 송림, 매화, 벚꽃, 재첩, 은어, 만지배, 박경리 선생님의 『토지』… 한때는 나만의 은밀한 보물이었는데 이제는 많은 사람들과 공유하게 됐다. 부디 내 보물이 손상되지 않고 잘 지켜져서 다른 이들에게도 내 안에서처럼 곱고 아름답게 살아 숨쉬길 간절히 바란다.

알싸한 고추장 맛의 순창

▌전재승 全宰承
전북 순창 - 시인

고향의 여름에는 알싸한 고추장 내음이 물씬 풍긴다. 6·25 동란 때 빨치산 근거지로 유명한 회문산과 강천사 계곡에서 불어오는 시원한 바람과 눈부신 여름 햇볕 아래 집집마다 장독을 열어젖히고 정성껏 담근 빨간 고추장을 두고두고 먹을 수 있도록 숙성시키고 갈무리하는 여인들의 모습을 여기저기서 볼 수 있었다.

몇 해 전 건설교통부가 선정한 '한국의 아름다운 길 10선'에서 최우수상을 수상한 메타세과이아 가로수 길을 따라 담양에서 순창으로 가다 보면 울창한 가로수 터널에 저절로 탄성이 나오는데 순창에 들어서자마자 오른쪽으로 보이는 첫 마을이 내가 어린 시절 자라난 고향이다.

어린 시절 나는 금과 들판 건너 언제나 우뚝한 모습으로 그 자리에 선 채 하늘을 이고 서 있는 명산인 아미산을 바라보며 자랐다. 바위로 이루어진 아미산 정상부의 웅장한 모습은 한눈에 보아도 여느 산과는 다른 기품을 간직하고 있는 것처럼 여겨졌다.

나는 여름이면 마을 앞 냇가에서 또래 친구들과 물놀이를 하다 지치면 느티나무와 참나무 그늘이 드리워져 서늘한 느낌을 주는 바위 위에 자리 잡은 삼외당三畏堂을 찾아 더위를 식히곤 했다. 여름이면 마을 어른들이 모여서 이야기를 나누거나 바둑 장기를 두며 더위를 식히던 이 정자는 조선 숙종 때 세워져서 오랜 세월을 마을 사람들과 함께 하다가 일제 때 중건되었다고 했다.

더운 여름날 내 또래 조무래기들은 삐비를 뽑아 속살을 씹어 먹거나 뙤약볕 아래서 면사무소 주변이나 동네 어귀를 돌아다니면서 고급 담배꽁초에 붙은 필터를 줍던 기억이 난다. 어떤 날은 필터를 주우려고 시냇가 둑길을 따라 무작정 걷다보면 동네에서 너무 멀어졌다는 생각에 덜컥 겁이 나서 돌아온 적도 있었다. 그걸 한 움큼씩 주워서 수집하는 집에 가지고 가면 과자나 아이스께끼(아이스케이크)를 살 정도의 돈을 손에 쥘 수 있었기 때문에 우리는 눈에 띄는 대로 줍곤 했다.

그 무렵 시골은 경제적 사정이 어려울 때라서 대부분 봉초를 한 봉지씩 사서 담뱃대에 넣어 피우거나 종이를 작게 잘라서 직접 궐련을 말아 피울 때다. 요즘처럼 필터가 달린 담배는 값이 비싸서 시골에서는 내로라하는 사람들이 아니면 쉽사리 사서 피울 수가 없었다. 그런데 당시 고급 축에 속하는 필터담배의 꽁초에 붙은 필터는 냄새를 제거하여 베개 속을 채우는 데에 사용되었는데, 어른들은 담배필터를 재활용하여 만든 베개를 값진 물건으로 여겼다.

요즘 아이들처럼 부모로부터 군것질할 돈을 마음대로 탈 수 있는 시절이 아니었기 때문에 우리는 틈만 나면 마을을 헤치고 어른들이 피우다 버린 필터담배 꽁초를 찾아다니곤 했다. 대부분의 사람들이 경제적으로 넉넉하지 못했던 시절이었지만 꾸밈없이 맑고 건강했던 어린 시절의 추억이 서려 있는 고향이었다.

그런데 나는 고향을 너무 일찍 떠났다. 시골학교 교사였던 아버지가 도회지인 군산으로 전근을 가게 되자, 나의 의지와는 관계없이 가족들과 함께 고향을 떠나는 처지가 되었다. 그때가 언제였나 하면 만 네 살 나던 해 가을이었으니 대부분 사람들은 철부지 시절 떠난 고향에 대해 뭐라고 얘기할 만한 기억이 남아 있지 않을 것이라고 할 것이다. 그러나 심리학자들은 유년시절에 겪은 현저한 환경의 변화는 평생 동안 그 사람의 기억 속에서 지워지지 않고 남아 있다고 한다.

유치원은 구경도 할 수 없던 시절, 초등학교에 입학하기엔 나이가 모자랐으나 집에서 그냥 노느니 차라리 학교에나 다니라는 부모의 뜻에 의해 나는 청강생으로 초등학교 I학년을 가을 무렵까지 다녔다. 청강생 신분이라고 집에서는 책가방도 사주지 않았지만 어깨에 책보를 둘러메고 종이로 된 수저갑을 필통 삼아 초등학교를 다니면서 여름 장마철이면 운동장에 생긴 물웅덩이를 건너뛰다가 연필을 빠뜨리고 손을 넣어 애타게 찾던 일, 받아쓰기 시험에서 낮은 점수를 맞고 집에 들어갈 일이 걱정돼 집 뒤편의 옥수수 밭에 숨어서 소나기를 맞으며 떨던 일, 그리고 키우던 닭이 마루 아래 깊숙한 곳에 낳아 놓은 달걀을 작은 몸으로 기어들어가 꺼내서 어머니께 칭찬받았던 일 등 지금은 가물거리지만 기억에 남아 있는 추억들이 적잖다.

철이 들기도 전에 어린 몸으로 고향을 떠난 나는 도회지로 이사한 뒤 몇 년 동안은 가끔씩 꿈속에서 고향 꿈을 꾸었다. 나는 초등학교 앞 가겟집의 현수라는 아이와 함께 고향 마을의 장다리밭에서 나비를 잡으며 즐겁게 뛰어놀다가 고함치며 쫓아오는 주인에게 한없이 쫓겨 도망치다가 집으로 돌아가는 길을 잃고 헤매다가 놀라서 깨거나, 길가에 들국화 코스모스 등 가을꽃들이 피어 있는 속에 지프차를 개조한 시발택시를 타고 고향을 떠나 이사하던 날의 꿈을 꾸다가 깨어나곤 했다. 잠에서 깨어나 보면 머리맡에 눈물을 적시고 있는 때도 꽤 되었다. 사내자식답지 못하게 시리…!

그렇게 꿈속에서만 그리워하던 고향을 떠난 지 정확히 20년이 되던 해 여름에 찾아가게 되었다. 당시 나는 군복무 중으로 24번국도 담양댐 부근 삼거리에서 땀에 젖은 피곤한 몸을 끌고 인적 끊긴 밤길을 행군하다가 자동차 불빛에 반사된 이정표에서 문득 '순창'이란 그리운 지명을 확인할 수가 있었다. 어린 시절 꿈속에서나 그리워하던 고향을 성인으로 자라서 조국을 지키는 군인의 신분이 되어 다들 잠든 밤에 뚜벅뚜벅 걸어서 고향 근처까지 오다니, 가슴 속에서는 고향에 대한 벅찬 감동과 설레는 느낌이 끝없이 일렁거렸다.

한편으론 이런 생각도 들었다. 북쪽에 두고 온 고향도 아닌데, 누가 가로 막아서는 고향도 아닌데 왜 마음속으로만 그리워했는가 하는 후

회도 들었다. 부대의 행군은 이정표가 있는 삼거리에서 내 마음이 향해 있는 고향의 반대편으로 향했지만, 나는 다음 번 외출 때는 꼭 고향을 찾으리라 속으로 다짐했다.

그로부터 며칠 뒤 휴일이 되었다. 내 아버지에게는 젊은 시절 갑갑하게 객지살이를 했던 곳이 자식에겐 두고두고 못 잊을 고향이 된 곳을 휴일을 맞아 나의 발길은 향하고 있었다. 때마침 6월초 여름이라서 마을 논엔 모포기가 시원한 초여름 바람을 맞으며 잘 자라고 있었다. 가까운 논에서 뒤늦게 모내기를 하는 사람들은 먼발치로 나를 보면서 누구네 자식인지 궁금해서 고개를 기웃거리며 주위 사람들에게 물어보는 말소리까지도 바람결에 실려 귓전에 들려왔다.

그렇지만 20년 만에 일가친척 하나 없는 태생지를 고향이랍시고 찾아온 나를 알아볼 리가 있나? 나는 멧새와 까치가 반기는 고향, 꿈속에서도 그리워했던 고향 땅을 밟고 있다는 기쁨과 나를 말아보는 사람이 없는 서글픔을 반반씩 느끼면서 고향의 마을을 이곳저곳 걸어보았다.

다리목에 있는 가겟집을 거쳐 면사무소 앞을 지나 이사하기 전까지 살았던 집터와 고개 너머 뒷마을도 가보고 내가 일 년 가까이 청강생으로 다녔던 초등학교 교정에서 쓸쓸한 옛 자취를 더듬어보기도 했다. 그리고는 다시 면사무소 앞에서 공중전화로 어머니에게 전화를 걸어 내가 찾아온 곳을 얘기했더니 어머니는 우리가 처음 살았던 집이 있는 마을을 알려주면서 한번 찾아가 보라고 했다.

초여름 한낮 아는 사람 하나 없는 고향을 한나절 동안 싸돌아다녔다고 생각하니 내가 이방인 같다는 생각도 들었다. 그렇지만 예상치 못한 일은 아니었기에 서운한 생각을 참으면서 발걸음을 어머니가 가르쳐 준 마을로 옮겼다. 마을 어귀에 접어들면서 보니 야트막한 산 아래 한적한 마을은 돌담을 둘러친 집들만 줄지어 있고 사람 구경하기가 힘들 정도였는데 방금 어떤 아주머니 한 분이 마을 한가운데쯤에 있는 집으로 들어가는 모습이 보였다. 나는 그 집에 가서 어머니가 알려준 집을 묻기로 마음먹었다.

그 집에 들어서서 방금 들어간 아주머니에게 ○○네 집을 찾는데 제가 20년 전 이곳에 살았던 전 선생의 아들이라고 말했더니 손뼉을 치며 깜짝 놀라면서 "오매 오매! 돌아가신 시아버지가 살아오신 것보다 더 반가운 일이 생겼네 – 잉!" 하시면서 좋아하시는데, 순간 일가친척 하나 없는 고향을 찾아와서 알아보는 사람 없다고 가졌던 서운한 감정은 초여름 햇살에 씻은 듯이 녹아버렸다.

그 뒤로 강산이 두 번이나 바뀌었지만 꿈속에 그렸던 고향과 소중한 인연을 지닌 사람들을 찾은 기쁨에 여름휴가는 물론 휴일을 맞아 망설임 없이 나서고 싶은 곳이 있었다면 바로 고향이었다.

내 고향 순창에는 기쁜 일만 있었던 것은 아니다, 우리 근·현대사의 아픈 상처를 고스란히 지닌 고장이기도 하다. 동학농민혁명의 깃발을 높이 들고 죽창을 쥔 채 일본군과 관군에 맞서 싸웠던 전봉준 장군이 부하의 밀고로 체포되어 백성이 잘 사는 세상을 이루고자 했던 민중의 꿈이 좌절된 곳이 바로 이곳 순창이며, 6·25전쟁 때 인천상륙작전으로 퇴로를 차단당한 인민군이 회문산으로 집결하여 국군 토벌대와 벌인 전투로 가슴을 졸이며 이념이 빚은 겨레의 비극을 몸소 겪어야 했던 곳이기도 하다. 또한 여름 장마철 굵은 빗줄기를 맞으면서도 십리 가까이 되는 냇가 둑길을 걸어 학교에 등교하다가 그만 발을 헛디뎌서 다음 날 물에 빠져 죽은 채 발견된 초등학생의 슬픈 사연이 깃들여 있는 곳도 바로 내 고향이다.

원터 아저씨

▎정군수 鄭群洙
전북 김제 - 시인

나의 고향은 동래 정씨 백여 호가 모여 사는 시골마을이다. 뒷산에는 이 마을 내력을 말해주듯 김제시에서 보호수로 지정한 수백 년 묵은 팽나무와 느티나무들이 마을을 굽어보고 있다. 밋밋한 산자락에는 이곳에 터를 잡고 살았던 조상들의 큼직큼직한 묘가 에둘러 자리 잡고 있다. 몇 집이 일자리와 자식을 따라서 아주 고향을 떠나기도 했지만 대부분 그 집터에서 옛 집을 고쳐가며 살고 있다. 지금도 고샅에서 서로 만나면 자기 촌수의 격에 맞게 스스로 알아서 인사말을 건넨다.

나는 명절이 아니더라도 고향에 자주 간다. 고향은 내가 사는 곳에서 한 시간이면 갈 수 있는 곳이다. 그곳에는 팔순 가까운 형수님이 덩그마니 큰 집을 혼자 건사하고 계신다. 장형님은 10여 년 전에 돌아가셨고 조카들도 이미 출가하여 객지로 나가서 생활을 하고 있기 때문이다.

고향에 가면 큰 형수님은 구원병이나 만난 것처럼 그렇게 반가워할 수가 없다. 감꽃이 필 때인데도 냉장고에서 꽁꽁 언 홍시를 내오시고 어느 잔칫집에서 가져다 놓았는지 누룩냄새가 풀풀 나는 동동주도 가져오신다. 그리고 마을에서 일어난 애경사를 비롯한 사소한 일까지, 대낮에 뒤란 대밭에서 부엉이가 울었다는 이야기까지 들려주신다.

금년에도 추석을 달포쯤 남겨두고 고향에 들렀을 때 형수님은 원터 아저씨 이야기를 들려주셨다. 얼마 전에 원터 아저씨의 묘를 이장했다는 것이다. 그것도 둘째 아들 영광이가 광주에서 돈을 벌어 가지고 와서 양지바른 좋은 땅에다가 둘레석을 입힌 덩그런 묘를 썼다는 것이다. 그리고 동네 큰 잔치를 벌이고.

나는 그 말을 듣고 전깃불이 들어오기 전 50년도 더 된 희미한 등잔불 같은 먼 기억을 더듬었다. 원터 아저씨는 우리 집과 시제를 함께 모시는 아버지와 항렬이 같으신 집안 어른이시다. 원터 아저씨라고 부르는 것은 그 아주머니가 원터라는 마을에서 시집을 와서 붙여진 택호이다. 아저씨는 문중의 제사의식은 말할 것도 없고 마을의 대소사, 이를테면 결혼 날, 이삿날을 잡는다든지, 사주, 궁합, 토정비결에서 역병을 쫓아내는 비방에 이르기까지 궂은 일 좋은 일을 도맡다시피 하는 마을 감초와 같은 일을 하시는 분이셨다. 그 중에서도 특히 내 기억에 남은 것은 땅을 잡는 일이었다.

마을에서 누가 죽으면 그 집에서 맨 먼저 부르는 것이 아저씨였고, 언제나 허리춤에 차고 다니는 누런 주머니에서 쇠를 꺼내어 산이건 밭이건 주인이 원하는 대로 묘 자리를 잡아주셨다. 아저씨는 마을 근동에서 알아주는 풍수쟁이였다. 그리고 사람들은 그가 잡아주는 땅이면 좋다하고 의심 없이 그 자리에 묘를 썼다. 아저씨는 우리 마을 일대의 산야를 훤히 손바닥 보듯이 꿰뚫고 계셨다.

원터 아저씨가 돌아가시고 나서 일이 생겼다. 아저씨는 생전에 자기 묘자리를 잡아놓으셨는데, 유언에 따라 그곳에 묻으려고 땅을 팠더니 물이 들었다는 것이다. 사람들은 어찌 이런 재변이 있냐며 혀를 찾지만 한 번 판 곳이라 어쩔 수 없이 그 곳에 묘를 쓸 수밖에 없었다는 것이다. 이런 소문이 퍼지자 사람들은 "중이 제 머리 못 까느니, 풍수쟁이가 제 묘자리를 못 잡느니."하며 빈정거리기도 했지만, 실은 모두 안타까운 마음에서 나오는 위로의 말이었다.

아저씨의 묘는 우리 뒷밭에 가는 언덕에 있었다. 나는 가끔 밭에서 일하시는 어머니의 물을 떠가지고 갈 때마다 아저씨의 묘를 보았다. 그래서 그런지 노을을 바라보고 있는 아저씨의 묘는 언제나 습습한 땅 기운에 젖어 있는 것 같았다. 그렇게 그 묘는 몇 십 년을 막사발처럼 엎디어 있었다.

추석이 왔다. 제사를 마치고 성묘 길에 나섰다. 내 위로는 칠순이 되신 사촌형님 한 분과 육순의 집안 형님 두 분만이 계신다. 성묘 길은 예나 지금이나 같건만 이 길을 걷던 많은 어른들은 저 세상으로 가시고 이제 그 분들이 걷던 길을 걸어서 그 분들의 묘에도 절을 하러 가는 것이다. 조상의 묘가 대부분 마을 주변에 있어 한나절이면 성묘가 끝난다. 산길을 돌아 조카들과 집에 들어섰을 때 의외의 사람이 기다리고 있었다.

그는 원터 아저씨의 둘째 아들 영광이었다. 그 아내도 함께 와 있었다. 그는 나보다 네 살 아래의 집안 동생이므로 언제나 예의를 갖추어 나를 대했다. 술상이 들어오고 몇 순배가 돌아간 뒤에 나는 원터 아저씨 이야기를 꺼냈다. 나는 칭찬부터 했다. 이번 이장은 정말 잘한 일이라며, 큰아들도 아닌 그가 어려운 일을 치러낸 것을 진심으로 치하했다. 우리는 그 분 생전의 일들을 이야기하며 정말 추석다운 기분에 들떠서 얼굴이 붉어져도 아무렇지 않게 낮술을 마셨다. 그러다 나는 30여 년 전의 희미했던 의문이 떠올랐다. 우리 마을 근동의 땅이라면 손바닥 보듯이 훤히 들여다보는 양반이 어찌하여 물이 든 곳에 자기 묘 자리를 잡았단 말인가?

나는 술잔을 권하며 조심스럽게 물었다.

"동생, 이번 이장할 때 아버님의 유골이 어떠하던가?"

"뭐라고 말할 수 없을 만큼 안 좋지요."

그는 당연하다는 듯 이렇게 말했다.

"땅을 그렇게 잘 하시는 양반이 그런 곳에 자기 묘 자리를 잡다니."

나는 위로하듯 말했다. 그러자 그는 너무도 쉽게 이런 대답을 했다.

"왜 아버지가 몰라서 거기다 잡았간디요. 우리 집 밭이 거기서 맞바로 보이는 산비탈에 있지 않아요? 그래서 그 양반이 어머니 밭 매는 것 보려고 거기다 땅을 잡아 놓고 묘를 써달라고 유언을 했어요."

나는 들고 있던 술잔을 놓았다. 그랬었구나! 찜한 심장의 울림이 몸을 돌아 얼굴로 올라와 술기운이 도는 얼굴을 더 붉게 만들었다.

"어이 동생, 성묘 가더라고, 이장한 장소를 몰라서 아저씨 산소에 못 갔으니 같이 한번 다녀오더라고."

나는 그의 손을 잡고 일어섰다.

원터 아저씨의 묘는 형수님이 말씀하신 것처럼 둘레석으로 치장이 되어 남향받이에 모셔져 있었다. 흡사 떠오르는 보름달처럼.

나는 절을 하며 그 분을 향하여 이렇게 말했다.

"사랑하는 사람의 모습을 보려고 30년 동안 어둡고 응달진 곳에서 그렇게 계셨던가요? 당신은 사랑을 아는 아름다운 분입니다, 그리고 이 곳까지 오리라는 것도 알고 계신 풍수를 아는 훌륭한 지관이십니다."

산을 내려오는 길에 구절초 한 무더기가 저쪽 산마루에 있는 구절초를 향하여 온몸을 흔들고 있었다.

삼막골 옹달샘

┃ 지창영 池昌盈

충남 청양 - 시인

남모르게 지니고 있는 보물은 쉽게 내 보이지 않는다. 나에게 그런 보물이 있다면 어린 시절을 함께 한 옹달샘이다. 산 속에서 흘러나온 물이 맑게 고여 있다가 조금씩 넘쳐서 다시 흘러가는 그런 샘이었다. 초등학교를 마칠 때까지 나는 그 우물을 마시면서 자랐다. 돌이켜보면 그 때 마음은 옹달샘만큼이나 맑고 순수하고 작았다.

우리 집은 충남 청양군 대치면 주정리 삼막골이라고 하는 외진 곳에 있었다. 뒤로는 산이 버티고 있었고 좌우로는 그 산자락이 두 팔처럼 신작로 가까이 뻗어 있었다. 야산이 우리 집과 논 몇 마지기 그리고 밭 몇 뙈기를 넉넉히 감싸 안고 있는 형국이었다. 팔을 뻗어 감싸고 있는 산을 순박한 아낙이라고 한다면 그 아낙의 오른쪽 가슴께가 우리 집이었고 왼쪽 가슴께에 옹달샘이 있었다. 그 샘에서 넘쳐흐른 물은 작은 도랑을 이루어 완만한 비탈을 흘러 내렸고 오른편으로는 논, 왼편으로는 비탈진 밭이 있었다. 거기에 묻혀 살 때는 몰랐지만 지금 생각해 보면 너무도 평화로운 정경이었다.

그 시절 나에게 남아 있는 여름 풍경은 아무에게나 보이지 못할 나만의 보배다. 부모님과 형에게는 농사일에 고단한 삶이었으리라 짐작된다. 그러나 세월이 지나 이렇게 돌이켜 보니 그 시절만의 정서와 경험이 너무도 소중하고 아름답게 그려진다. 나는 형을 따라 들로 산으로 많이도 다녔다. 함께 소를 끌고 나가서 산비탈에 매어 두고 형은 풀을 베고 나는 나뭇가지를 잘라 돌리면서 경운기 흉내를 내며 놀았다. 어린 남동생이 그 삼막골에서 함께 자라 초등학생이 되기도 했고, 막내 동생은 거기에서 태어나 예닐곱 살이 되도록 그 샘물을 먹고 자랐다.

여름에는 온 식구가 담배 농사에 매달렸다. 키를 훨씬 넘는 담배 나무 사이에 들어서면 찌는 듯한 여름에도 제법 시원했다. 아버지와 어머니 그리고 형이 제각기 한 고랑씩 맡아 잎을 따 들어가기 시작하면 곧 모습은 담배 나무숲에 가려 보이지 않게 되고 여기저기서 뚝 뚝 하며 잎 따는 소리만 들릴 뿐이었다. 나는 동생들과 더불어 일손을 돕는다며 몇 장씩 따는 시늉을 하기도 했다.

새파란 잎은 그냥 두고 누런빛이 들기 시작한 잎만 골라서 따야 했다. 얼굴 크기의 두세 배가 되는 담뱃잎을 몇 장 따서 왼팔에 안고 있자면 소매는 물론 어깨와 목까지 시커멓게 담뱃진이 덕지덕지 묻어 끈적이게 마련이었다. 말이 좋아 일손을 돕는 것이지 나와 동생들은 곧 꾀가 나서 장난에 열중하곤 했다. 담배 이랑 사이를 이리저리 내달리다가 가끔 어머니의 주의를 받기도 했다.

담배 밭 속이 시원하기는 했지만 여름은 여름인지라 움직이다 보면 땀으로 범벅이 되지 않을 수 없었다. 일하다가 설 때면 온 가족이 개울가에 둘러앉았다, 완만한 오르막길로 삼사백 미터쯤 멀리 보이는 우리 집 마당 가 그 옹달샘에서 이어져 내려오는 개울이었다. 개울물은 내려오면서 산에서 스며 나오는 약수와 합쳐져 제법 졸졸 소리를 내면서 흘렀다. 쉴 때면 으레 허리를 굽혀 개울물을 마셨다. 유리처럼 맑은 물에 모래바닥이 그대로 비쳐 보였다. 이따금 가재가 가랑잎을 젖히고 두 팔을 벌려 환영하듯 집게발을 벌려 보이기도 했다. 개울 건너편 논바닥에서 기어 넘어온 우렁이들도 자주 보였다. 햇볕이 잘 드는 논두렁 가에는 우렁이들이 까맣게 몰려 있었다.

담배 농사는 끊임없이 손이 가는 일이었다. 밭가에 수북이 쌓아놓은 담배 잎들은 해가 질 무렵 아버지와 형이 지게로 져 나르고 어머니는 머리에 이고 날랐다. 나는 동생들과 함께 산비탈에 매어 두었던 소를 풀어 몰고 뒤따랐다. 밤이면 마당에 멍석을 펴고 온 가족이 둘러앉아

담배를 엮었다. 미리 꼬아둔 새끼줄에 담배 잎을 두세 개씩 끼워 나가는 일이었다. 외딴 집이라서 전기가 들어오지 않았던 탓에 등불을 켜서 대청마루 기둥에 걸어 두었던 정경이 아직도 눈에 선하다. 나와 동생들은 모깃불을 담당했다. 우리는 재미가 있어서 하는 일이었지만 어른들에게는 우리의 역할도 도움이 되었다. 모깃불은 불보다는 연기가 많이 나도록 해야 했다. 불이 활활 타오르지 않도록 마르지 않은 풀을 겹겹이 올려놓으면 연기가 나서 모기가 접근하지 못했다.

때로는 연기를 따라가다 보면 안마당 대문을 벗어나 바깥마당으로 나가기도 했다. 거기서 조금만 더 가면 옹달샘이었다. 춤추는 개똥벌레들을 바라보며 옹달샘 가에 앉아 있으면 낮에는 들리지 않던 물소리가 들린다. 지금도 생생한 그 소리를 말로 표현한다면, 차분한 마음으로 찻잔에 물을 따르는 소리가 끊이지 않고 이어지는 바로 그 소리였다.

밤이 깊도록 작업은 계속됐지만 나와 동생들은 피가 나면 방안으로 들어가곤 했다. 지금 생각하면 뭐가 그리 재미있었던가 싶다. 텔레비전도 없으니 보고 앉아 있을 수도 없었고 기껏해야 등잔 하나 있는 방에서…. 한 번은 동생들과 베개 싸움을 신나게 했다. 서로 집어던지고 맞고 피하고 하는 짓이 그 때는 그렇게도 재미있었다. 그러나 베개 싸움은 그 때 한 번으로 끝이었다. 한참 하다 보니 여기저기가 껄끄럽고 가려웠다. 우리는 정신없이 긁어댔지만 긁으면 긁을수록 더 껄끄럽고 가려워지는 것이었다. 막내 여동생은 끝내 울음을 터뜨렸다. 왕겨를 넣어 만든 베개였던 것이다.

때로는 실수로 등잔을 쓰러뜨려 석유 범벅이 되기도 했다. 그것은 아이나 어른이나 마찬가지였다. 무심코 팔을 뻗거나 몸을 돌리는 도중 등잔이 넘어지는 일은 예사로 일어났다. 한 번은 국어 공책에 석유가 엎어져 숙제를 못 하는 줄 알았는데 형이 일러주는 대로 마루에 한동안 두었더니 깨끗이 말라 있었다. 그 때는 그것이 신기했다. 등잔은 재미난 놀이도구도 되어 주었다. 할머니가 '색경'이라고 부르시는 작은 거울을 벽에 비추면 등잔 그림자가 비춰졌다. 우리는 종이로 자동차며 돼지 같은 형상을 만들어 거울에 대고 벽에 비추며 시간 가는 줄도 모르고 히히덕거리곤 했다.

한 번은 등잔 때문에 온 가족을 놀라게 한 적도 있었다. 그 날도 역시 밖에서는 담배 엮는 일이 한창이었다. 우리는 성냥개비를 가지고 불장난을 했다. 제각기 불을 붙여 누구 것이 오래 타는가 내기도 했고 나중에는 종이를 작게 찢어서 등잔 밑받침에 놓고 불을 붙이기도 했다. 밑받침은 사각으로 사방이 막혀 있어 재떨이 구실도 했다. 불이 커질 것 같으면 죽이면서 딴에는 조심스럽게 놀았다. 그러나 급기야 나무로 된 등잔 받침에 불이 붙어 버렸다. 어떻게든 끄려고 했지만 불은 점점 켜져서 우리는 겁이 덜컥 났다. 급한 김에 방문을 열고 소리쳤다.

"엄마, 등잔 타!"

눈이 휘둥그레진 온 식구가 한꺼번에 토방을 딛고 마루를 건너 방으로 뛰어들었다. 가장 빠른 분이 어머니였다. 지금도 그 순간을 생각하면 어머니가 어쩌면 그렇게 빠를 수 있었을까 하는 생각이 든다. 그것도 마루에 놓여 있던 물걸레를 번개같이 집어 들고 들어와 한순간에 진화하시는 모습에 나는 속으로 감탄했다.

그 샘가에는 작은 딸기 밭도 있었고 포도나무도 몇 그루 있었다. 내가 처음 딸기 맛을 본 것은 네 살 정도 되었을 때가 아닌가 싶다. 그만큼 어린 나이였지만 그 때 처음 본 딸기의 모양과 색상 그리고 그 맛은 똑똑히 기억된다. 그 샘 옆에 있던 파란 풀잎 속에 딸기가 있다는 것을 몰랐는데 형이 어머니하고 뭐라고 몇 마디 주고받더니 무슨 종잇조각을 가지고 왔다. 넓은 잎사귀를 젖히자 거기에 빨간 딸기가 숨어 있는 것이 아닌가. 몇 개를 따서 대청마루로 가지고 와 온 식구가 하나씩 나누어 먹었는데, 밑에 받쳐 두었던 종이에는 불그레하게 물이 들어 있었다. 약간 시큼하면서도 달콤한 그 맛은 지금 다시 보기 어렵다. 요즘 딸기는 품종이 바뀌어서 그런지 아니면 하우스 재배 딸기라서 그런지 어딘가 모르게 싱겁기만 하다.

포도나무 몇 그루는 말뚝에 의지한 채 무성한 이파리로 포도송이들을 감추고 있었다. 좁쌀만 하게 열매가 열리기 시작할 때부터 날마다 포도 잎사귀를 젖혀 보는 게 일이었다. 빨리 알이 굵어져 익었으면 좋겠는데 어쩐 일인지 매일 고만하기만 한 것이 언제 익을까 싶었다. 정작 익은 포도를 발견하는 것은 아예 기다림을 잊었을 때였다. 날마다 하던 포도알 검사를 깜빡 잊고 며칠을 보냈다 싶어 문득 달려가 보면 벌써 몇 개가 익어가고 있었다. 그 때의 감동이라니!

강산이 세 번도 더 변할 만큼 세월이 흐르면서 나는 그 옹달샘을 떠나 개울을 흐르고 강을 흘러 흘러 어느덧 넓은 바다에 이르렀다. 예전에 형과 함께 찍었던 빛바랜 사진 속에는 눈이 순박한 소년이 해맑게 웃고 있건만, 다시 거울을 들여다보면 세파에 시달려 눈매 날카로운 사내얼굴만이 무표정하게 나를 쳐다보고 있다. 바닷물이 강을 거슬러 올라가 예의 그 옹달샘에 이를 수 없듯이 그 시절로 돌아갈 수 없다는 것을 잘 안다. 그러나 그 시절의 추억마저 사라진 것은 아니다. 그 때의 정겹던 모습들이며 가족 간의 유대감은 무엇과도 바꿀 수 없는 소중한 보배다.

지금도 가끔 사는 일과 사회에 답답한 느낌이 들 때면 어린 시절을 함께했던 그 샘을 떠올리며 삶의 갈증을 달랜다. 나 자신에게 조금 더 욕심을 부린다면 그런 옹달샘 같은 사람이 되고 싶다는 것이다. 목마름을 달래 줄 수 있는 샘과 같은 사람이 되어 마음의 샘물을 나눠 주고 싶다.

내 고향 여름

| 진의하 晉宜夏
전북 남원 – 시인

나는 16세 어린 시절 고향을 떠나 지금까지 떠돌이로 살아왔다. 그러나 내 인생 80%는 객지의 사람들과 인연을 맺고 살아온 셈이다. 그러한 내가 「내 고향 여름의 추억」이란 제재를 놓고 글을 쓰려니 참으로 아득하고 외로운 들길 같은 내 여로가 주마등처럼 갈래갈래 너덜거린다.

오늘날의 복잡한 현실 문명 속에서 정신없이 자기 정진에 심혈을 기울이다 보면, 더러는 고향에 대한 정서를 망각하고 살아가기 십상이다. 그러나 형편에 따라 정든 고향 땅을 버리고 이리저리 낯선 타향으로 전전하는 자도 있고, 더러는 언어가 다른 먼 이국땅으로까지 떠돌며 살아가는 것이 오늘의 현실이다.

나도 그와 다를 바 없는 길을 걸어왔다. 그러므로 나의 동심이 곳곳에 묻어나는 꿈에도 그리운 고향, 그 고향을 소재로 글을 쓴다는 것은 참으로 깊은 감흥을 불러일으키는 인간적인 여백이 새롭게 펼쳐지게 하는 일이다. 생각하면 지금까지 홀로 걸어온 나의 길이란 어디에 기댈 기둥 하나 없이 고아처럼 외롭게 살아오던 속에서 일상적인 밥줄에 얽매여 그 누구에겐가 쫓기듯 후미진 소로 길, 비포장도로로만 처절하게 걸어 온 셈이다.

그토록 처절한 나의 인생길이 어찌어찌 황혼녘에 들어선 지금, 아득히 잃어버린 동심으로 돌아가 내 고향 여름철을 더듬어본다는 것은 참으로 가슴 설레는 일이 아닐 수 없다. 더구나 고향을 떠나 걸어 온 나의 나그네 길이 평탄치 못하고 외로운 길이었기에 더더욱 지금 이 시간 지나온 족적의 굴레를 벗어나는 기분이다.

고향 마을 어귀에는 수천 년 그림자를 드리운 정자나무 위에서 깍깍거리는 까마귀 소리가 내 귓속을 간질이는 것만 같다. 그 그늘 아래 멍석을 깔아놓고 모여 앉아 부채질을 하는 어른들이 보이는 듯하다. 내가 태어나 자란 곳은 장엄하게 솟아오른 지리산의 싱그러운 정기가 바람을 타고 솔솔 내리는 곳, 섬진강에 휘어 감긴 들녘 대강면帶江面이라는 곳으로, 남원에서도 오십 리나 떨어진 곳, 기적소리마저 들을 수 없던 오지 마을이었다.

나는 그 심심산골, 때가 묻지 않은 순수한 고향을 생각하면 나 자신이 떠오른다. 고향을 떠나 외로운 그림자를 이끌고 아득한 지평선을 뚜벅뚜벅 걸어가는 나, 칼날 위를 걷는 듯한 타향살이가 떠올라 어렴풋이 인생이란 무엇인지 알 것 같기도 하다.

광활한 하늘을 떠도는 구름을 연상하기도 한다. 순박하게 뛰어 놀던 동심의 내 고향 그 고향은 어느 골짜기 할 것 없이 어머니 치마저고리의 땀 냄새가 물씬 나는 곳이다. 어둠을 밀어내는 새벽닭 우는 소리로 하루를 열어 가는 농촌, 청솔가지 태우는 연기가 어둠 속으로 사라질 무렵, 초가집엔 호롱불이 가물거린다.

사랑방에서는 도란도란 얘기하며 새끼를 꼬는 소리, 규방에서는 물레소리로 밤이 깊어 가는 정겨운 고향. 그 고향은 언제나 초가지붕 빈 마을에 고요한 정적이 무겁게 감도는 여름날에 어른들은 논밭으로 나가고, 초등학교에 다니는 우리 또래들이 정답게 출랑거리며 모여 놀던 곳이 섬진강이었다. 물새들이 팔랑팔랑 날며 조잘대는 섬진강이었다.

우리들은 조약돌 위에 책보와 옷을 던져놓고 차고 시원한 강물에 첨벙 첨벙 뛰어 들어가 물장난을 하기도 하고, 미역을 감으면서 모래무지를 잡기도 했다. 때로는 돌에 붙은 고동을 건져 올리면서 시간 가는 줄도 모르고 놀았다. 철없던 그 시절엔 뭐든지 신기하게 보였다. 새파랗게 널려진 무밭, 초록빛 꽃대궁에 앉았다가도 한가롭게 날아드는 나비들 너울거리는 감자밭, 콩밭, 담배밭 등이 수만 평 드넓은 들이 원두막에서 주인이 낮잠을 자는 사이 참외 서리를 하여 히히덕거리며 먹고 놀던 그 때의 그곳이 어찌 그립지 않겠는가.

내 인생의 길고도 외로운 나그네 길에선 그때 그 시절이 싱그럽게만 떠오르는 칠색 무지갯빛이라 해야 하지 않겠는가. 그때 같이 놀던 동무들은 지금 어디서 어떻게 늙어가고 있을까. 생각하면 할수록 내 가슴 한쪽에 허허로운 나그네 길의 우수憂愁가 애절하게 스민다. 그 누군들 고향을 떠나 고향을 그리워하지 않을 자 있을까? 그러나 지금은 그토록 그리워하던 고향을 찾아가노라면, 그립던 얼굴들은 어디로 갔는지 볼 수가 없고, 먼 하늘에 정처 없이 흘러가는 구름만 보게 된다.

내 고향의 동산에는 양친의 묘소가 고즈넉이 자리하고 있다. 거기에서 섬진강 물줄기를 따라 굽이굽이 돌아들어서면, 대강면 '참사랑동산'에 '고향발전위원회'에서 세워놓은 나의 졸시 '대강면 소고'가 있다.

> 두류산頭流山 맑은 정기精氣
> 고리봉 문덕봉 등살에 뻗어
> 뜨렁마다 달빛으로 흐르는 맥脈
> 백의白衣의 春香골 두루마기 옷자락엔
> 仁 義 禮 보듬어 안고
> 세월은 새벽 닭 우는 소리로 열어
> 개 짖는 소리에 저물고
> 사랑방 새끼줄 꼬는 소리
> 품앗이방 물레소리로 잠이 들었네.
> 이 산하 억조창생 대강면민 참사랑
> 스물 넷 동네마다
> 오곡백과 황금파도로 일렁이면
> 꽹과리 징 소리 지신 밟는 소리
> 논뚝길 밭뚝길 실개천을 돌아돌아
> 섬진강도 허리춤에 춤을 추는 맑은 물빛
> 흥겨운 메아리는 향수의 깃발.

이 비碑가 나의 존재를 대변이나 하듯 말없이 고향을 지키고 서 있
다. 나는 내 인생을 새롭게 반추하는 계기가 고향을 그리는 시간이고,
다시는 되돌릴 수 없는 그 어린 시절을 새겨보는 시간만이 황홀한 행
복감을 안겨주는 것이라는 생각이 든다.

고향 언덕에 묻어둔 추억

▌최재환 崔才煥
전남 신안 - 시인

고향 없는 사람이 있을까만 몸은 떠나 있어도 언제라도 마음만 먹으면 달려갈 수 있음을 항상 감사한다. 우리 민족의 과거사가 소란하여 자의 반 타의 반으로 정든 고향을 떠나 타향의 하늘 아래 뿌리를 내린 사람들이 많지만, 터를 지키며 버텨 봐야 끼니 해결도 어려워 낯선 곳에 가 막노동으로라도 해서 굶주린 배를 채워야 했던 시절이 있었다.

세월이 흘러 고향 언덕을 향해 머리를 돌릴 여유라도 생겼을 땐 이미 황혼 길에 방황하는 자신의 모습이 슬퍼진다. 고향은 추억이다. 씹을수록 살맛나는 구수한 향기다. 언제 누구에게 들어도 새롭게 다가와 삶의 응기를 북돋아 주는 자양이다

요즈음 산업사회의 발달로 생활양식이 다양해지면서 농촌에서 도시로의 이동 인구 또한 많아 '고향'하면 번잡한 도시보다는 자연이 살아 숨 쉬는 농촌을 떠올리는 게 훨씬 격에 맞을 듯싶다.

고향은 언제나 따스한 어머니의 품속 같다. 집 나간 자식도 용서와 사랑으로 안아주는 너그러운 손길이다, 듬성듬성 이 빠진 강냉이 몇 개 여물 솥에 삶아 놓고 마실 나간 새끼들 기다리는 어머니의 마음이다. 으스름 골목을 돌아서는 아이들이 입술 위에 눌어붙은 콧물을 옷소매로 훔칠 무렵, 나이 찬 누님들의 설레는 다듬이 소리다.

고향을 떠나 타향살이에 길들인지 어언 60년! 사람으로 치면 환갑의 세월이다. 이웃들의 따뜻한 손길이 그리울 나이에 정신없이 동분서주,

예까지 헤매다 보니 세월 가는 것도 잊었을까. 내가 청탁을 받고 '고향'이라는 단어를 오랜만에 떠올렸을 때, 멀게만 느껴지는 고향은 어느새 가까이 다가와 나를 유혹하고 있었다. 탕아가 집을 떠나 타향살이의 매운맛을 경험한 다음에야 비로소 부모의 사랑을 느끼듯 고향의 안방에 앉아서는 고향의 참맛을 느끼지 못하나 보다.

지인知人 중에 미국으로 이민 갔다가 가족 일부가 다시 귀국해버린 분이 있다. 국내에서는 국가기관의 지방 책임자로 있었고, 또 집에서는 요지에 상가를 운영하고 있어 경제문제에 신경을 쓸 처지도 아니었다.

국제결혼을 해 미국 어딘가에 살고 있다는 딸의 요청으로 오랜 시간 심사숙고하여 내린 결단이었는지 모르지만, 갑자기 이민을 떠나버린 것이었다,

떠난 지 일 년쯤이 지났을까. 그의 모습이 기억 속에 가물가물해질 무렵 느닷없이 그가 다시 고향에 나타난 것이다. 까닭인즉 모든 게 선데다 언어마저 통하지 않아 우울증을 앓는 아내의 치료를 위해 잠시 귀국했다는 것이다. 다행히 집을 팔지 않고 전세를 주고 떠났었기에 다시 가게를 열면 된다는 것이었다.

그 후 한 달여 집안이 정리되는 듯 미안하다는 한 마디 남기고 지인은 다시 떠났다, 잘 살아보자고 직장도 지위도 버리고 남의 나라에 파고들어 겨우 택시기사가 되었는데, 이젠 부부가 생이별을 한 셈이 되었다. 문화에 적응하지 못하면 그도 병이 되는 것일까. 신토불이란 말이 새삼 떠오르는 순간이었다.

결국 견우직녀처럼 일 년에 한 번씩 만나기로 약속하고 고향과 타향에 따로 둥지를 트는 신세가 되었던 것이다. 이 약속은 꾸준히 지켜졌으나 남편을 그리던 아내는 고향집을 지키다가 얼마전 먼저 세상을 떠났다는 것이다.

나의 고향은 반도의 남단 신안新安의 북부에 자리 잡은 섬이다. 혹처럼 반도의 끝에 붙어 갑자기 육지로 바뀌어버린 신안 유일의 섬 아닌

섬이다. 옛날에는 만 호를 두고 다도해의 뭇 섬들을 호령했다지만 농사를 천직으로 삼고 사는 작은 섬 마을이다.

아버지께서 사업차 일본에 계셨던 까닭에 모든 농사일은 어머니 몫이었고, 나는 어려서부터 지게와 꼴망태를 메고 어머니의 힘든 농사일을 도와야 했다. 제때 학교는 못 갔지만 이웃에 사는 친구의 할아버지 덕분에 일찌감치 한글과 천자문을 익혔었다. 친구의 할아버지께서는 일제 때 구장을 지낸 분이었다.

자식들이 모두 상급 학교를 나왔고 친구의 아버지와 삼촌도 도시에서 금융조합과 회사에 근무했다. 지금 생각하니 경제적으로나 문화적으로 우리 집과는 비교가 안 되었지만 나와 친구의 외가가 이웃 마을이라 어머니들 사이가 거멀못이 되었던 모양이다. 그래서인지 온 가족들이 나를 무척 사랑해 주셨다. 할아버지께서는 종손인 친구를 가르칠 때마다 꼭 나를 부르셨고, 가능하면 둘 사이를 매어두려 하셨다.

그러던 어느 날이었다. 그날은 찌는 듯한 더위가 한창 기승을 부리던 때였다. 친구가 읍내에 간다고 하면서 함께 가자고 했다. 읍내는 마을에서 5리 정도 떨어져 있었지만 한 번도 마을 밖을 떠나 본 적이 없던 터라 나는 기꺼이 친구를 따라 나섰다. 친구는 자기 할아버지와 함께였다. 때 묻은 홑잠방이에 맨발인 데도 나는 부끄러운 줄을 몰랐다.

학교에 도착하자마자 학교와 이미 약속이 된 듯 손자를 데리고 안으로 들어가셨고, 안경 쓴 사람만 봐도 벌벌 떨던 나는 겁에 질린 듯 우두커니 현관 계단에 앉아 눈앞에 펼쳐진 커다란 기와집들과 직원실 벽에 걸려 있는 시계를 신기한 듯 번갈아 바라보고 있었다.

그때 손에 막대기를 든 여선생님 한 분이 내 곁으로 오셨다. 여선생님은 말똥말똥 쳐다보고 있는 나의 이마를 막대기 끝으로 톡톡 두드리며, "왜 왔어?"하는 것이었다.

너무도 아팠다. 나는 대답 대신 머리를 긁적거리며 눈물을 보이고 말았다. 여선생은 미안하다는 듯 "학교 다니고 싶어? 하고 묻는 것이었다. 나는 얼른 눈물을 닦고 대답 대신 머리를 끄덕였다.

영문을 모르지만 그 후 책보자기를 허리에 두르고 학교에 다니게 되었다. 할아버지께선 손자에게 글벗이 필요했는지도 모른다. 친구와는 형제처럼 붙어 다니며 숙제도 하고 같이 뒹굴었다. 1950년 여름, 그 참혹한 전쟁만 아니었다면 지금쯤 목로 앞에 마주 앉아 옛 정을 되새길 우리들의 추억이 그립기만 하다.

요즈음은 연륙이 되어 자동차로 한 시간이면 옛 고향집에 닿지만, 옛날엔 목포를 출발한 발동선이 스키선수 거문 후리듯 네 시간여 섬 사이를 비집고 달려야 하는 거리었다. 나는 일이 있을 때마다 부지런히 고향을 찾았다. 그러나 점점 옛 얼굴들은 보이지 않고 아름답던 산천마저 차츰 문화의 그늘에 가리어 오히려 타향보다 낯설어졌다.

그런 나에게 고향의 정을 만끽할 수 있는 기회가 왔다. 도회에서만 뒹굴던 나는 도서 벽지 근무 명령을 받고 고향에 돌아온 것이다. 떠난 지 20년 만이다. 고향은 언제나 따스하고 너그러웠다. 더벅머리로 떠났다 다시 돌아온 나를 결코 외면하지 않았다.

그 해 초여름 처음 가정방문을 나갔다. 그날은 학교에서 가장 멀리 떨어진 어렸을 때 아직 가보지 못했던 마을이었다. 내 반에는 해당 학생이 없었지만 안내역을 핑계 삼아 나선 것이다. 선생님들께서는 바쁘게 움직였고, 전갈이 오면 잠시 들러 막힌 대화의 물꼬를 터주는 역할이었다.

"선생님! 오시래요."

그 선생님은 조그마한 술상을 앞에 놓고 학부형과 앉아 있었다. 조촐했지만 정성이 엿보이는 술상이었다.

"오랜만에 막걸리 한잔 얻어 마시게 되었구나!"

농사일이 한가한 철엔 바다에서 생활한다고 했다. 그러니 자식들 교육엔 무관심할 밖에 잘 부탁한다고 했다. 그러나 학부형과 선생님 사이를 부지런히 넘나들던 나의 말문이 갑자기 멎어버리고 말았다.

담임 앞에 머리를 들지 못하고 앉아 있는 사람은 어렴풋이 떠오르는 내 고모님의 아들이었던 것이다. 나와는 고종 사촌간이다.

'이럴 수가, 형제도 제대로 구별 못하는 주제에 누굴 가르친다고?'

고향을 떠나 타향살이에 길들여진 사람이 어찌 나쁘이랴. 그 후 나는 부지런히 고향을 드나들었다. 아무리 먼 거리라도 형제들의 얼굴을 익히는 데도 게을리 하지 않았다. 먼 친척이 가까운 이웃만 못하더라는 얘기를 털어버리기라도 하려는 듯….

부모님을 고향 언덕에 모시고서야 나는 안도의 한숨을 쉬었다. 비로소 잃었던 고향을 다시 찾은 느낌이다, 수구지심首丘之心이라 했던가. 사연이야 다르겠지만 타향에서 바라보는 고향 하늘은 더욱 더 아름다웠다.

원두막 풍정風情

▌황송문 黃松文

전북 임실 – 시인 · 선문대 명예교수

우리 집에서는 해마다 참외와 수박 등속의 원두농사를 지었다. 그래서 나는 여름 방학만 되면 할머니와 함께 원두막에서 살다시피 했다. 여름날의 긴긴 해가 서산마루에 걸리게 되면, 그렇게도 작열하던 원두막 주변도 서늘한 기운이 감돌기 시작하고, 원두막 주변에는 모깃불 쑥 연기가 희뿌옇게 피어 흐르게 마련이다.

그 무렵 마을에서는 저녁 짓는 연기가 피어오르는가 하면 개 짖는 소리도 간간이 들리고, 집나간 아이를 불러들이는 어머니들의 목소리도 동구 밖 풍경을 돕는다.

할머니는 나에게 반야심경般若心經이라든지, 천수경千手經에 나오는 진언을 묻고, 나는 불경의 한자를 살펴서 염불을 알려드리곤 했다. 손자인 내가 먼저 관자재보살觀自在菩薩 행심반야行深般若 바라밀다波羅密多 하고 선창을 하면, 할머니는 그 뒤를 따라서 복창을 하시게 된다. 그런데 내가 불생불멸不生不滅 불구부정不垢不淨 하고 선창했을 때나 고심무과애故心無罣碍 무과애無罣碍 하고 선창했을 때에는 할머니의 발음이란 말이 아니다.

할머니는 이가 빠져서 발음이 새기 때문에 연신 바람이 나고, 혀가 제대로 돌아가지 않아 얄궂은 발음을 힘들여 내기 때문에 같은 말을 몇 번씩 되풀이하지 않을 수 없게 되었다. 그 어려운 염불을 선창하는 것은 손자요 따라 하는 이는 할머니지만, 오히려 선창하는 손자가 복창하는 할머니의 신심을 배우고, 손자를 통해서 염불을 익히는 할머니가 그 신심을 손자에게 전승한다고 해야 마땅할 것이다.

할머니는 그 원두막에서 익히신 반야바라밀다심경이나 천수경을 얼마나 유용하게 외우시며 사셨는지 모른다. 지금도 그 원두막을 떠올리면 모깃불 연기가 피어오르는 가운데, 간간이 들리는 모기소리, 그리고 그 염불소리 사이사이로 폭음이 들리기도 한다.

폭음소리, 그것은 6·25라는 전쟁의 비정한 소리였다. 우리 가족은 외갓집으로 피난을 갔었다. 하루는 할머니와 함께 하천부지 밭으로 가기 위해서 냇가를 걷고 있었는데, 난데없는 폭격기 네 대가 날아와서 우리들 머리위로 감돌더니 폭격을 시작하는 것이었다.

그 폭격기가 시뻘건 불을 뿜을 때마다 오수 시내 여기저기서 검은 연기와 함께 불길이 치솟는 것이었다. 그 때는 내가 3학년까지 다니던 오수초등학교도 불타고 있었다. 인민군이 오수초등학교에다 온갖 무기들을 산처럼 쌓아놓았기 때문에 그것을 없애려는 모양이었다.

이 때였다. 할머니는 "송문아, 물로 들어가자!"고 하시면서, 나를 포탄이 떨어져 파인 물웅덩이로 끌어당기는 것이었다. 할머니의 갑작스런 손길에 나는 어쩔 수 없이 끌려 들어가 물속에 잠기는 몸이 되었다. 나는 그 물 속에서 와들와들 떨면서도 목을 물 밖으로 내놓은 채 비잉비잉 돌면서 불을 뿜어대는 네 대의 폭격기를 바라보고 있었다.

그 폭격기들을 좀 더 자세히 본다거나 오수 시장 어디가 불타는지 알고 싶어서 몸을 일으키고 목을 뺄 때마다 할머니는 연신 나를 끌어 들이면서 진언을 더욱 크게, 그리고 빠르게 외우시는 것이었다.

일쇄동방결도량	一灑東方潔道場
이쇄남방득청량	二灑南方得靑凉
삼쇄서방구정토	三灑西方俱淨土
사쇄북방영안강	四灑北方永安康
도량청정무하세	道場淸淨無瑕穢
삼보천룡강차지	三寶天龍降此地

아금지송묘진언	我今持誦妙眞言
원사자비밀가호	願賜慈悲密加護
아석소조제악업	我昔所造諸惡業
개유무시탐진치	皆有無始貪瞋癡
종신구의지소생	從身口意之所生
일체아금개참회	一切我今皆懺悔

　내 고향 개울에서는 이처럼 끔찍한 일만 전개되는 것은 아니었다. 여름 방학이면 동무들과 냇가에 나가 물고기를 몰아 잡아 가지고 서늘한 미루나무 숲 그늘에서 천렵川獵을 즐기는 게 일이었다. 마른 나무 삭정이를 주워 모아 불을 지피고 물고기의 배를 따서 찌개를 끓인다, 밥을 짓는다 하고 야단들이었다.

　금모래가 깔려 있는 앞 냇물엔 법수(어항)에 피라미가 잘 들었다. 투명한 물에 피라미들이 오락가락 노니는 것을 보고 접근해 들어 올리면, 어항 속의 피라미들이 굴절하는 햇살에 찬란하게 반짝이는 것이었다.

　그 곳을 지나가던 농부들 중에는 우리들이 기특하게 보였던지, '어디 보자'하고 고기가 담긴 다래끼를 열어보더니 그 중 큰 것으로 서너 마리 골라잡아 배를 뚝 따서는 개울물에 헤적헤적 헹구어 가지고 한 마리씩 대가리부터 입에 물고 우적우적 씹어 먹는데, 그럴 때마다 그 피라미는 꼬리를 바르르 떠는 것이었다.

　밀짚모자를 쓴 그 농부는 빙그레 웃으면서 '그 참 들큰허다!' 어쩌고 하면서 멀어져 가고 나면 우리들도 그 미루나무 숲 그늘에서 피라미의 배를 뚝뚝 따서 고추장에 찍어 먹으면서 어른들 흉내를 내곤 했는데, 정말 꿈같은 시절의 꿈같은 이야기다.

　원두막에서 푸른 바탕에 흰 줄무늬가 있는 개구리참외를 깎아서 통째로 먹게 되면 벌건 속에 붙어 있던 외씨가 코끝에 붙기 마련이었다. 들녘의 바람이 사통팔달로 드나드는 원두막에서 세계문학전집과 한국문학전집, 그리고 쇼펜하우어의 『죽음의 철학』이나 『사명대사』나 『서산대사』 등의 불교서적과 아버지가 읽으시던 『능라도』 등의 신소설을 읽어 제낀게 밑거름이 되어 이렇게 글을 쓰고 사는 것을 생각하면 그 어린 날의 농촌 환경에 감사하지 않을 수 없다.

"송문이 너는 나의 진언의 영험으로 살았다."

폭격기가 철길을 따라 남원 쪽으로 사라진 뒤에 개울물에서 밖으로 나오시며 말씀하시던 할머니는 지금도 저승에서 염불을 하고 계실까? 나도 저승이란 데를 가게 되면 할머니랑 원두막이 있는 농촌에서 살고 싶다. 개구리참외나 깎아먹으면서 이승에서 못 다 읽은 책들을 원 없이 읽었으면 좋겠다.

대담 - 고향과 여름날의 이미지

▌ 김종원 · 황송문

이 글은 황송문 교수와 김종원 교수의 대담 내용이다. 계간종합문예지 『문학사계』의 특별기획으로 2002년 여름부터 5회(2호, 2002 여름 / 6호 2003 여름 / 22호 2007 여름 / 30호. 2009 여름 / 82호 2022 여름)에 걸쳐 연재한 이 원고를 「내 고향 여름의 추억」이라는 제호로 단행본을 펴내게 되었다.

- 김종원 교수님, 오랜만에 뵙겠습니다. 제가 변변치 못해서 적조했습니다. 올 여름에도 게재하게 될 여름날의 추억담은 2002년 여름과 2003년 여름, 그리고 좀 쉬었다가 2007년 여름에 이어서 2022년 여름(82호)을 끝으로 마지막을 장식하고자 합니다. 요즘 세상은 마치 호박꽃 속에 감긴 호박벌처럼 온갖 발광을 다 떠는데, 세태가 그렇거나 말거나 여름은 어김없이 찾아올 것입니다. 여름이 아닌 데도 벌써 여름 이야기를 하기에는 실감이 덜 하시겠지만, 독자를 위해 어쩔 수가 없습니다.

'여름' 하면 대개 긍정적인 면과 부정적으로 면으로 가름할 수도 있겠습니다. 가령, 바슐라르가 쓴 「유년시절을 향한 몽상」이라는 글에는 "여름은 하나의 꽃다발, 시들 줄 모르는 영원한 꽃다발이다."라고 썼습니다. 왜냐하면 그것은 언제나 자기 상징의 청춘을 취하기 때문이라고 합니다. 아주 새롭고도 신선한 이미지지요. 작열하는 태양 아래서 활동적으로 땀 흘리는 사람이 있는가 하면, 집안에서나 집 밖에서 피서를 즐기는 사람도 있습니다. 이 양면성과 관련해서 말씀해 주시겠습니까?

○ 김종원 – 이 세상에는 많은 여성들이 있지만, 다 외모가 뛰어나는 것은 아니지요. 외모가 좀 모자란다고 하더라도 마음이 선량하고 비단결 같은 경우가 많습니다. 그런 여성들은 외모에 못지않은 장점을 갖고 있다고 할 수 있습니다. 그래서 세상은 공평하지요. 그러니까 미추美醜가 동시에 공존하는 인간 사회처럼 여름에도 양면성이 있다고 생각합니다.

같은 바다라도 비바람이 몰아쳐, 방파제를 위협하는 파도의 여름이 있는가 하면, 물결이 잔잔한 평화스러운 수평선의 바다도 있습니다. 그런 의미에서 여름이 갖는 그 변화무쌍한 모습을 통해 우리는 인간 사회의 한 단면을 보게 됩니다. 그런 점에서 『문학사계』가 기획하고 있는 「내 고향 여름의 추억」 이야기는 중요한 의미를 갖는다고 봅니다.

바다는 저같이 제주도가 태생인 사람들에게는 늘 마음속에서 출렁이는 향수이면서 가슴을 뭉클하게 하는 어머니의 품과 같은 것입니다. 저에게 여름 바다는 함부로 대할 수 없는 위협적이면서도 잠자리와 같이 아늑한 존재지요. 그런 의미에서 여름날의 의미는 매우 다채롭다고 생각됩니다. 이런 양면적인 모습이야말로 『문학사계』가 추구하고 있는 사계절의 변화와 상통하는 대목이 아닌가 합니다.

더욱이 『문학사계』에서 여러 차례에 걸쳐 장기 기획물로서 이어지고 있는 「내 고향 여름의 추억」 이야기는 특히 분단으로 인해 고향에 돌아갈 수 없는 실향민들에게는 새삼 가족의 소중함을, 고향이 있는 사람에게는 돌이킬 수 없는 유년시절의 기억들을 불러들임으로써 오늘의 자신을 더듬어보게 하는 가교의 역할을 해주리라고 생각합니다. 그런 의미에서 『문학사계』의 기획은 매우 적절하다고 봅니다.

– 春城이라는 호로 영탄조의 글을 발표한 수필가로 알려진 노자영盧子泳 시인께서는 「여름날 편지」에서 봄을 여성의 계절이라면 여름은 남성의 계절이라고 표현했는데, 봄에는 꽃이 웃고 여름에는 파도가 힘을 과시

하는 것으로 봐서 그런 느낌을 가질 만도 하겠지요?

➲ 김종원 – 춘성 노자영의 감상적인 연정 시 등 대중적 성향의 작품
들을 청소년시절에 읽었던 기어이 납니다 여름을 남성적
인 계절로 표현한 것은 매우 적절한 비유라는 생각이 듭
니다. 여름이야말로 격정적이며 풀어헤치는 계절이니까
요. 여자는 맘대로 벗을 수가 없었지요. 특히 한국과 같
은 유교적인 인습 사회에서 여성의 미는 자연히 가리는
데에 있었다고 봅니다.

마치 구름에 가려진 달처럼 말입니다. 그런 점에서 박
두진 시인이 "해야 솟아라. 해야 솟아라. 말갛게 씻은 얼
굴 고운 해야 솟아라. 산 넘어 산 넘어서 어둠을 살라먹
고…"이렇게 「해」라는 시에서 노래했듯이, 여름은 눈부신
모습으로 다가와서 남성들을 훌훌 벗어던지게 했어요. 그
런 점에서 아직 꽃샘이 남아 있는 봄은 수줍은 처녀와 같
아서 여성적인 계절이라고 할 수 있을 것입니다.

그런데 지금은 그 여름의 이미지도 많이 퇴색되어가고
있습니다. 여성들의 주권이 향상되고 사물에 대한 발상
자체가 달라진 세태에 이르면서 모든 가치관이 전도되고
해체되는 현상까지 나타나고 있습니다. 감상이 미덕일 수
있던 아날로그 시대에서 이성적인 디지털시대로 전환한
오늘날에는 그 거리만큼 계절에 대한 인식도 달라졌다고
보기 때문이지요. 이러한 점에서 고향의 여름을 생각한다
는 것은 과거 지향적인 회고의 성격을 뛰어 넘는 뭔가 다
른 의미가 있지 않나 여겨집니다.

– 겨울이 닫혀진 창이라면, 여름은 열려진 창, 개방적인 느낌을 갖게 하
는데, 특히 영화평론가로서 영화계에서 오랫동안 종사해 오셨을 뿐 아
니라 대학에서도 그쪽 후진양성에 진력해 오신 것으로 알고 있습니다.
영화에서 인상에 남는 여름 풍경은 어떤 것이 있겠습니까?

○ 김종원 – 해마다 여름이 되면 떠오르는 영화를 꼽으라면, 우선 196
0년대의 대표적인 청춘스타 산드라 디와 트로이 도나휴가
주연한 '피서지에서 생긴 일'을 들 수 있습니다. 첫사랑의
설레임과 아픔을 그린 영화지요. 미국 북서부의 지방색이
물씬한 해안을 배경으로 '서머 플레이스'라는 주제음악이
아름답게 깔려요. 그리고 프랑스의 유명한 르네 끌레망
감독이 1959년에 만든 '태양은 가득히'입니다.

　지중해와 나폴리 근교의 수려한 풍광이, 〈길〉로 유명한
니누 로타의 주제음악과 함께 전편을 압도합니다. 이 영
화에서 미남스타 알랑 들롱이 야망을 채우기 위해 완전범
죄를 시도하는 가난한 미국 청년으로 등장해요. 이 청년
이 친구인 부자 청년과 요트여행에 나서는 동안 친구의
애인을 가로채고 예금한 돈까지 위조한 사인으로 차지한
다는 내용입니다. 비록 정서적인 내용은 아니지만, 강렬
한 햇볕이 쏟아지는 여름 바다를 무대로 전개된다는 점에
서 그 주제음악과 함께 잊을 수가 없습니다.

　그밖에도 70밀리 대형 화면이 '배리하이' 등 감미로운 멜
로디와 함께 펼쳐지는 밋지 게이너 주연의 〈남태평양〉 등
많은 영화가 있지요. 우리나라의 경우는 1960년대 초반 유
현목 감독이 부산 해운대 백사장을 배경으로 젊은 청년 신
성일과 연상의 여인 이민자 사이에 벌어지는 러브신을 연
출한 〈아낌없이 주련다〉를 빼놓을 수 없습니다. 이렇게 오
래 전 영화부터 떠오르는 것은 빛이 바랜 남은 사진첩을
들추는 감흥과 같은 추억이 있기 때문이 아닐까요?

– 칠레의 시인이고 노벨문학상 수상 시인으로 알려진 파블로 네루다를
그린 영화 〈일포스티노〉를 어떻게 보셨는지요? 아주 시적인 영화로
기억되는데요?

➲ 김종원 – 그리고 보니 마이클 레드포드 감독의 〈일포스티노〉를 빠트렸군요. 1994년에 제작된 영화니까, 어느새 15년이나 되었네요. 제가 이 영화에 대한 평을 쓴 적이 있는데, 〈시네마천국〉의 영사기사 알프렉도로 나왔던 필립 누아레라는 배우가 바로 파블로 네루다 역으로 출연했습니다. 아시다시피, 시를 좋아하는 우편배달부인 청년과 네루다 시인 사이에 싹튼 정신적 교감이 변방의 해변을 중심으로 그려지는 작품이지요.

  시인이 되고 싶은 청년 마리오의 절문에 네루다는 '시란 은유'라고 대답합니다. 그러면서 "정말 시를 쓰고 싶다면 바닷가를 걸어 봐. 그리고 느껴지는 것을 말로 쓰는 거야. 그게 바로 은유지." 이렇게 설명해 줍니다. 시인 지망생인 순진한 시골 우체부와 유명 시인 사이에 가로놓였던 격식의 장벽이 무너지고 비로소 정서적 공감대가 형성되는 인상적인 장면이었어요. 이를 전후해서 펼쳐지는 바다의 정경과 자전거 길, 해변의 조약돌에 쓸려오는 바닷물의 대비가 이 영화를 한층 정감 있게 만들어 놓았다고 봅니다.

– 러시아 작가 시모누프가 쓴 「러시아 사람들」이란 소설에는 , '고향'과 '조국'을 동일시하고 있습니다. 고향이라는 경험의 잔상에 비춰서 조국을 생각하게 되니까요. 김종원 교수님께서는 어떻게 보십니까?

➲ 김종원 – 고향은 조국이고, 조국은 곧 고향이지요. 조국 없는 고향이 없듯이, 고향 없는 조국이란 있을 수 없다는 것을 말한 것이지요. 그런 점에서 실향민을 떠올리게 됩니다. 실향민들은 얼마나 불행할까요. 그 불행의 중심에 분단 조국이라는 역사적 사실이 깔려 있습니다.

  그런 점에서 저와 같은 삶을 걸었던 고향을 가진 사람들에게는 새삼 행복이라는 것이 고향이라는 존재와 떼어낼려야 뗄 수 없는 불가분의 관계에 있다는 것을 확인하

게 됩니다. 고향은 누구에게나 가슴을 떨리게 하는 봄소
식과 같은 것이지요, 첫사랑의 편지, 그 답장을 기다리는
소녀의 마음 같은 것이라고나 할까요.

- 요즘 우리 사회가 어렵지 않습니까? 경제적으로는 잘 나가다가 미국에
서 불어온 금융 바람에 어려움을 겪는 한편으로는 정신적인 춘궁기를
겪는다고 하겠습니다. 이번에 다섯 번째로 하는 「내 고향 여름의 추억
」 특집은 위안도 되고 신경안정제 역할을 했으면 좋겠는데, 본지 편집
위원으로서 마무리 말씀을 해주시기 바랍니다.

➲ 김종원 - 매우 적절한 기획이라고 평가합니다. 왜 그러냐하면 저 개
인으로서도 56년 전의 이야기들을 이번에 썼습니다만, 전
혀 퇴색되지 않는 추억의 장면으로서 내 가슴에 깊이 와
닿았습니다. 고향 이야기는 세월과는 상관없이 언제나 새
롭고, 두고두고 물리지 않는 좋은 소재이기 때문입니다.

- 고맙습니다.

함경도에서 제주도까지
한반도를 아우르는
80인 문사의 향토애 발성!

내 고향 여름의 추억

초판인쇄 ▎ 2022년 7월 7일
초판발행 ▎ 2022년 7월 16일

지은이 ▎ 김규동·김규련 등 80인
펴낸이 ▎ 황혜정
인쇄처 ▎ 삼광인쇄
펴낸곳 ▎ 문학사계
       등 록 2005년 9월 20일
       제318-2007-000001호

주 소 ▎ (03115) 서울특별시 종로구 종로66길 20 계명빌딩 502
연락처 ▎ 010-2561-5773
이메일 ▎ songmoon12@hanmail.net

ISBN 978-89-93768-67-1 (03810)
배포처 ▎ 북센 전화 031-955-6706

가격 16,000원